KING MAKER

킹메이커

KING MAKER

킹메이커

모스카레토 장편소설

2

TONE

목 차

7장 쩐의 전쟁 · 007

8장 믿어선 안 될 말 · 071

9장 삼류 드라마 · 147

10장 불꽃 · 209

11장 My Lord · 243

12장 대관식 · 271

외전 1 Your Favorite · 337

외전 2 사모곡(思母曲) · 377

외전 3 질투는 나의 힘 · 391

7장
쩐의 전쟁

쩐의 전쟁

"연락해 두었으니 앞에서 대기하고 있을 겁니다."

"그래요? 수고하셨습니다."

"첫 출근이시니 오늘은 이 시간에 맞추었는데 내일은 어떻게 할까요?"

"더 일찍 나와야지요. 그래도 퇴근은 늦지 않게 할 거고, 개인적인 볼일 있을 땐 제가 직접 운전할 거니까 너무 걱정하지 마세요."

"아이구, 어떻게 그러겠습니까. 이게 제 일이니 편하게 부리세요."

운전기사는 할아버지라고 부르기엔 좀 젊고, 아저씨라고 하기엔 나이가 있는 중년이었다. 굳이 태성을 통해 알아볼 것도 없이, 운전기사만큼은 기현도 잘 아는 이였다. 본관과 뜰을 담당하는 관리인 중 한 사람. 그는 갑자기 이런 일에 차출되어서 긴장했는지 운전을 하는 내내 뻣뻣하게 어깨가 굳어 있었다.

기가 막힌 인선 배치였다. 회장님의 명령을 어길 순 없다며 죄송하다고 벌벌 떠는 나이 지긋한 사람에게 모질게 대하기 어려우리란 걸, 너무나 잘 알고서 고른 사람 같았다.

대로에서 크게 좌회선하사 드디어 신사옥 정문이 보였다. 멀리서도 현관 앞에 정장을 입은 사람이 죽 늘어서 있는 게 보였다.

'맙소사. 저런 건 좀 낯간지러운데.'

기현이 탄식하든 말든 미끄러지듯 건물 앞까지 진입한 차는 도열한 사람들과 점점 가까워졌다. 차가 완전히 멈추자 누군가 문을 열며 허리를 깊게 숙였다.

"본부장님, 오셨습니까."

가운데 서 있던 남자가 한 발 나와 인사를 하자 각 맞춰 대기하던 사람들 또한 그를 따라 고개를 숙였다. 서태식. 앞으로 기현이 맡게 될 본부의 중심축이 될 사람이었다. 비서실은 따로 없지만 직속 부서의 팀장이니 사실상 그가 기현의 비서실장이라고 봐도 무방했다. 직전까진 물산에 있어서 어찌 보면 윤인범 휘하의 사람이라고 할 수 있지만, 모터스로 발령을 지시한 건 윤 회장이었다.

태성과 훑어보았던 메일을 떠올리며 기현이 고개를 끄덕였다.

"추운데 왜 밖에 나와 계셨습니까."

살갑게 웃으며 악수를 건네자 의외였는지 서태식의 눈이 동그래졌다. 그는 이내 괜찮다며 기현의 손을 조심스럽게 마주 잡아 주었다. 씩씩한 인상답게 크고 뜨거운 손이었다.

"다른 분들과도 악수하고 싶지만, 추우니까 일단 들어가서 이야기합시다."

걸음을 옮기자 기현의 왼쪽 바로 뒤로 서태식이 섰다. 나머지 사람들은 일정한 간격을 두고 2열 종대의 긴 꼬리를 이루며 기현을 의전했다. 출근하던 사원들이 위압적인 풍경에 웅성거리며 옆으로 물러났다. 임원 중 한 사람으로 윤인범이 오는 것도 놀라운데, 소문의 그 막내아들까지 진짜 출근하는 걸 보니 풍문이 사실인가 보다, 싶은 모양이다.

다른 직원들이 이용하지 못하도록 1층에서 열림 버튼을 누른 채 대기하고 있던 경비가 기현을 보자 후다닥 허리를 숙였다.

"성함이 어떻게 되시지요?"

"예? 아, 예! 이, 이순호입니다!"

"음. 저는 이렇게까지 안 해 주셔도 됩니다. 다른 사원들도 출근해야 하는데 불편할 거예요. 아침이니 출입 점검까지 하느라 바쁘시기도 할 거고. 그러니까 괜찮습니다."

"아, 아닙니다, 본부장님!"

"그렇게 인사하시는 것보다 그냥 반갑게 얼굴 보고 맞아 주시면 더 좋겠고요."

"예? 아, 이게 아니라……. 네, 알겠습니다."

경비는 갑자기 말을 붙이니 당황하면서도 살가운 기현의 태도에 내심 들뜬 것 같았다.

기현은 적당히 입꼬리를 올렸다. 출마 선언 직후 선거 운동을 하며 익히게 된 미소라 어려운 일도 아니었다. 어차피 회사 사람들은 자신에 대해 딱 대외적인 이미지, 그 정도만 알고 있을 거다. 그렇다면 탈권위적이고 친근한 모습을, 사랑받은 밝은 막내의 느낌을 계속 연출하는 수밖에. 기현은 회사 또한 선거의 2차전이라고 여기기로 했다.

챙, 하는 경쾌한 소리와 함께 목적한 층수에 도착한 엘리베이터가 열리자, 맙소사. 복도가 꽉 찰 정도로 많은 사람이 대기하고 있었다. 기현은 탄식이 터질 뻔한 걸 간신히 참았다.

"왼쪽 가장 끝이 본부장님이 쓰실 사무실입니다. 저를 비롯한 본부장님 직속 부서 직원들은 바로 앞의 사무실에 상주하고 있고, 본부에 속한 프로젝트 부서들은 6층, 7층에 있습니다."

"아직 본부별 정식 명칭은 없는 것으로 아는데, 사내에신 어떻게 부르고 있죠?"

"영업이나 홍보, 마케팅 본부가 생긴 건 한 달도 되지 않아서 전부 제품 개발 코드로 통칭했다고 합니다."

"음. 좋습니다. 일단 인사도 할 겸 다들 잠깐 뵈었으면 좋겠는데."

"본부장님 사무 공간 오른쪽에 소회의실이 있습니다. 그리로 모시겠습니다."

다과를 세팅할 모양인지 긴 꼬리 뒤쪽의 사람들이 후다닥 빠져나갔다. 어느 회사든 임원들이 머무는 층이 가장 고지식하고 답답하기 마련이니 이런 걸론 회사 분위기 전반을 살필 수 없어 아쉬웠다.

하지만 윤 회장 말대로, 연구소 위주로 돌리려고 했던 건 사실인 것 같았다. 중역들이 있는 층임에도 외국의 R&D 연구소에서나 볼 수 있던 자유롭고 편안한 분위기의 인테리어를 유도하려고 했던 흔적이 남아 있었다.

짐작이 맞았던 듯 소회의실에 있는 알록달록한 자판기와 대형 냉장고, 스낵바가 눈에 들어왔다. 유명한 IT 기업을 참고한 게 확실했지만, 글쎄. 끽해야 본부장이 온다고 엘리베이터도 함부로 못 타게 하는 회사에서 저런 형식적인 것들이 다 무슨 소용일까 싶었다.

기현이 상석에 앉자 바로 근처에 서태식이 자리하고, 다른 사람들도 조심스럽게 자리에 앉았다. 이제 표면적으론 자신의 사람들이 된 부서원들에게 일일이 눈을 맞추며 기현이 입을 열었다.

"윤기현입니다. 반갑습니다."

매우 정중하고 그만큼이나 의례적인 박수가 옅게 터졌다.

"혹시 우리 AR모터스로 직접 전배 신청해서 오신 분, 계십니까?"

여섯 명이 손을 들었다. 그중 두 명은 윤 회장과 윤인범의 지시로 기현 밑에 들어오게 된 사람이었다. 지시를 받아 놓고서도 아닌 척하고 있다니. 기현은 서태식보다는 저 사람들을 조심해야겠다고 생각했다.

"차출되어서 오셨든, 직접 전배 신청해서 오셨든, 우리 모터스가 향후 AR그룹에서 가장 기대를 걸고 있는 사업이니 나름의 기대를 하고 오셨을 겁니다. 욕심도 있으셨겠죠. 그리고 하필, 경영 실적도 확인된 바 없고 입지도 가늠해 볼 수 없는 제 밑으로 오게 되어 실망하신 분도 분명히 계실 거고요."

솔직하다 못해 노골적인 말에 몇몇 사람이 화들짝 놀랐다.

"하지만 반대로 생각해 보면, 회장님이나 형님 곁엔 이미 오랫동안 믿고 곁에 두는 사람들이 있습니다. 여러분이 아무리 노력해도 그 긴 세월을 파고들 틈이 없겠죠. 그렇지만 전 다릅니다. 처음 커리어를 시작하면서 함께하게 된 사람들이니, 제가 여러분을 소홀하게 대하는 일은 결코 없을 테니까요."

무던해 보이는 혹은 기가 좀 죽은 것처럼 보이던 이들이 그제야 조금 또렷한 눈을 하고 기현의 말에 집중했다.

가장 중요한 시기에 본인이 자원했다고 해서 다 받아 줬을 리가 없다. 심지어 AR모터스는 윤 회장이 평생에 걸쳐 공을 들여 온 새 계열사다. 어떤 경로로 지금 기현의 앞에 앉아 있든, 이 사람들은 성공을 위해 기꺼이 몸 바칠 준비가 되어 있다는 뜻이다.

그럴듯한 감투를 쓰는 게 꿈이라면, 명예와 부를 손에 넣고 싶다면, 윤 회장이나 윤인범 밑에 가는 것보다 제 밑으로 오는 게 지름길일 수도 있다는 말에 관심을 보이는 게 당연했다. 이미 남의 사람이 된 게 아니라면.

"절 믿고 제 사람이 되어 주신다면, 절대 이 싸움에서 지는 일은 없을 겁니다."

게다가 기현의 입에서 직접 싸움이란 말이 나왔다. 내부에 불화가 있다는 소문을 대놓고 인정한 셈이다. 하물며 기업인으로 어느 정도 입지가 있는 윤인범도 아닌, 이제 막 발을 디딘 애송이의 입에서.

윤 회장이 가장 아낀다더니 그게 정말이었나. 겁이 없는 건지 대담한 건지 가늠하기 어려운 기현의 태도에 부서원들이 느리게 침음했다.

기현은 어깨의 힘을 빼고 다소 느슨한 자세로 회의실 주변을 돌아보았다. 여러 가질 재 보느라 바빠진 면면들을 지긋이 관찰하는 눈가에 다소 장난스러운 웃음기가 머물렀다.

"이제, 새로운 시대를 열어 갈 때도 되지 않았습니까."

+ ♚ +

기현보다 두 살 위인 서태식은 싹싹하고 기민했다. 조 실장과 진태성은 서태식이 물산에서 모터스로 건너오긴 했지만 윤인범과의 직접적인 접촉은 없었다는 확답을 주었다. 윤 회장이 직접 뽑아 배정해 준 사람들은 생각 외로 의심스러운 구석이 없었다. 오히려 윤인범의 사주를 받은 사람들이 조금씩 티가 났달까.

애초에 윤인범이 대단한 사람들을 밀어 넣었을 리가 없기도 했지만, 사실 태성이 건네준 사전 정보가 아니었더라면 회사 업무가 처음인 기현으로선 눈치채기 어려웠을 것이다.

회장에게 충성하는 사람들, 이를테면 김 비서 같은 사람은 설득하기 어렵겠지만 서태식 정도는 해 볼 만한 상대였다. 윤인범이 호평을 했던 직원이라 하더라도 눈여겨보기 시작한 정도지, 완전히 끌어들인 것 같진 않았다.

며칠 전, 처음 가졌던 회식 자리에서는 서태식이 먼저 은근한 호감을 드러내기도 했다. 기현이 유약한 느낌이라 사실 걱정이 많았었는데, 새로운 시대를 열어 보자는 패기 넘쳤던 인사가 인상적이었노라고.

"회장님은 정말…… 음, 대단하신 것 같습니다."

"솔직하게 말해도 괜찮습니다. 어차피 우리 둘 다 같은 생각을 하는 것 같으니까."

"하하, 네. 솔직히 말해 좀 무섭습니다."

본부장 회의 자료를 살피던 서태식이 혀를 내둘렀다. 하긴, 그룹의 명운을 건 사업이라고 해 놓고서 경영권을 두고 덜컥 윤인범과 싸움을 붙일 때부터 의심했어야 했다.

만반의 준비를 갖춘 정도가 아니었다. 모든 것이 완벽하게 설계되어 있었다. 윤 회장이 짜 둔 판만 그대로 따라가면 누가 모터스를 이끌든 중간 이상의 성과는 거둘 수 있을 것 같았다.

"그렇지만 이런 식이면 제 살 깎아 먹기가 될 수도 있지 않을까요. 이런 말씀 드리긴 좀 그렇지만, 윤인범 사장님은……."

"아, 그 점은 걱정하지 않으셔도 됩니다. 형님은 최근에 호되게 당한 사례가 있어서 저를 상대로 네거티브 전략은 시도도 안 할 겁니다. 당분간은요."

그 사례가 무엇인지 궁금한 듯 서태식이 잠시 뜸을 들이며 답을 기다렸지만, 기현이 가타부타 말이 없자 머쓱해하며 계속 말을 이어 나갔다.

"그럼 초반의 브랜드 이미지를 어떻게 구축하느냐가 관건이겠군요."

"결국은 이것도 돈과 사람을 얼마나 휘두를 수 있느냐로 결판이 나겠죠."

돈과 사람. 사실 누가 봐도 윤인범에게 유리한 싸움이었다. 그가 독자적으로 벌였던 사업의 성과는 대체로 시원찮았지만, 이번엔 윤 회장이 세팅한 사업이니 그럴 일은 없을 터. 무엇보다 이미 오랜 시간 호흡을 맞춰 온 수족들이 있다는 게 윤인범의 가장 큰 경쟁력이었다. 얼마 전 그의 경솔했던 입놀림을 완벽하게 수습해 준 것도 그들이었고.

"그런데 저번에 그러셨죠? 대원하고 손잡고 계시다고……."

"그랬죠."

기현은 회식 이후로 종종 서태식과 따로 이야기를 나누었다. 전부를 보여 줄 순 없었지만 그래도 그의 귀가 솔깃할 법한 이야기는 몇 가지 흘렸었다. 모터스를 통해 차기 경영권이 결정되리라는 것, 지주사 전환 문제, 그리고 대원으로부터의 자금 후원 정도.

"물론 지금 대원이, 특히 진태성 이사는 태풍의 핵이긴 합니다만 사실 자금의 출처가 저희처럼…… 아. 실언을 했습니다."

이럴 때마다 기현은 더욱 '내 사람'에 갈증이 일었다. 진태성과 그가 가진 모든 것은 기현에게 큰 힘과 위로가 되어 주었다. 그러나 정작 재계와 정계에서 진태성이 가진 영향력이 무엇인지, 또 그가 물밑에서 손대는 것들은 무엇인지. 시답지 않은 소문이라도 알려 줄 사람이 곁에 아무도 없었기 때문이다.

서태식의 뒷말이 궁금했지만 대원과 손을 잡았다고 해 놓고선 지금 와서 진태성이 하는 일이 뭐냐고 물을 순 없었다. 시간 좀 지나고 슬쩍 찔러볼 순 있겠지만 지금 이야길 꺼내면 신뢰만 떨어질 게 뻔했다.

기현은 침착하게 서태식의 말을 더듬어 보았다. 자금의 출처…….

그러니까 깨끗한 돈은 아니란 소리다. 거기다 '저희'까지 말하고선 실언을 했다고 하는 거면 AR그룹과도 무관하지 않다는 소리일 텐데, 대원과 AR그룹의 연관점이 뭐가 있을까. 부지런히 머리를 굴렸다.

'대원…….'

대원에 대해 기현이 정확히 아는 것이라곤…… 대원 미술관 정도이다. 요즘은 이사라고 부르는 데 익숙해졌지만 진태성은 대원 미술관의 관장으로 더 유명했다.

"제가 할 말은 아니지만 사실 미술관 운영하는 목적이야 뻔하지 않습니까."

슬쩍 말을 던져 보았는데 서태식이 무안해하며 고개를 끄덕였다. 적어도 태성이 미술관을 통해 자금 세탁을 하는 건 확실해졌다.

'자사 자금을 세탁하는 것 정도론 이런 염려를 하는 건 아닐 테고. 다른 사람들의 돈이라도 맡아 주는 건가?'

그래, 그럴 수도 있겠다. 그러니 '저희' 뒤에 '처럼'이란 말을 붙였겠지. 그렇다면 대원과 진태성이 왜 국내 시장을 꽉 틀어쥐고 있는지 설명이 될 것도 같았다. 다른 사람들의 돈을 굴려 주며 손에 넣은 약점이 많았을 테니까.

"허…… 소문이 사실이었군요……. 뭐, 직접 잘 아시는 사이라면 탈이 날 일은 없겠죠. 진태성 이사가 확실히 보통이 아니긴 합니다. 어떻게 그런 방법을 생각해 냈는지."

혀를 내두르는 서태식에 기현은 애매하게 고개를 끄덕였다. 저 반응을 봐선 단순히 미술품 경매를 통해 자금 세탁을 하는 정도는 아니란 거고……. 마음만 먹으면 서태식 정도의 위치인 사람도 알 수 있을 정도로 태성의 방법이 이미 유명하단 소리다.

"그래도 조심하셔야 합니다. 진태성 이사가 지분에 목숨 거는 걸로 유명하잖습니까. 우리 계열사에도 은근히 손 많이 댄 것 같던데요."

목하 교제 중인 연인의 정체를 모르는 것도 우습고, 제 밑의 사람에게 조심하란 말을 듣는 것도 우스운 일이다. 그런데도 이상하게 서태식의 말을 들으니 가슴이 일렁거렸다.

처음 만날 때만 해도 진태성은 아려 호텔을 자신의 것처럼 취급했었다. 물론 그땐 기현의 기를 죽이려는 의도가 더 컸지만, 어쨌든. 한 곳만 뚫으면 기업을 전부 소유할 수 있는 지분 구조라는 것을 누구보다 잘 알고 있음에도, 그는 기현과 엮이게 된 이후 AR을 향해 어떤 행동도 취하질 않고 있다. 그래서 자꾸만 기대하게 된다.

'어쩌면, 진태성은 나를…….'

기현은 생각을 끊고 대수롭지 않게 말을 돌렸다. 태성에게서 배운 것 중 하나였다.

"뭐…… 일단 지주사 이야기부터 해 봅시다."

여전히 진태성에 대해 모르는 것이 많은데, 불안하기보다는 갈증이 났다. 좀 더 그에 대해 알고 싶어졌다. 누구에게도 배우지 못한 낯선 감정이었다. 그러나 그 감정이, 순수한 설렘보다 경계와 모순을 두르고 있는 이 마음이 지금을 버티고 살게 해 주었다.

"그런데 본부장님, 어제 못 주무셨습니까? 눈이 엄청……."

"아, 많이 빨갛죠? 공부할 게 좀 많아야지요."

기현이 거칠어진 뺨을 문질렀다. 매일 진태성과 밤새도록 통화를 할 수는 없었다. 어제와 그제, 태성은 무슨 일인지 목소리도 들을 수 없을 정도로 바빴다. 그래서 오래간만에 그는 내내 악몽에 시달려야 했다. 자고 깨는 걸 반복할 때마다 강도가 심해졌다.

처음엔 관장에게 끌려 나가는 집사님을 잡지 못해 무기력하게 발만 굴렀다. 그리고 다시 잠들었을 땐 눈이 어그러진 집사님이 멍하니 창밖을 바라보았다. 그리고 그다음은…… 생각도 하기 싫었다.

"참, 그래서 영업 대리점 임대는 어떻게 되어 간다고요?"

큰일이었다. 목소리를 듣지 못한 지 고작 이틀밖에 안 되었는데 벌써 진태성이 절실해졌다.

+ ♚ +

"AR모터스요?"

"다른 임원진이야 신경 쓸 거 없고, 중요한 건 윤인범과 윤기현입니다. 그보다 더 중요한 건 AR그룹이 지주사로 전환할 거란 사실이고."

"허…… 아니, 윤 회장은 대체 언제 그렇게 준비를……. 아무튼, 모터스 상장은 언제랍니까?"

"당분간은 어려울 것 같습니다. 그 이전에 AR그룹 지분 구조부터 뜯어고쳐야 할 테니."

"잘됐네요. 장외주식 다루는 건 저희 특기잖습니까. 지주사에 대한 정보는 들으신 것 없으십니까?"

"윤 회장 행보를 봐선 끝의 끝에 가서야 공개할 것 같은데…… 뭐, 그건 상관없습니다. 중요한 건 그 이전에 한 방 크게 먹여야 한다는 거니까."

만약 AR그룹의 계열사 중 한 곳을 선점해 총수 일가의 퇴진을 요구하면 그쪽에선 경영권 방어를 위해 주식을 끌어모으기 시작할 거다. 매물이 씨가 마르기 시작할 테니 시장은 출렁일 거고, 주가는 덩달아 폭등할 테고.

적당히 간을 보면서 시세 차익이 만족스러운 상태가 되면 그때 다시 윤 회장 일가에게 넘겨 버리면 그만이다. 순환출자 고리에 있는 이상, 장난질인 걸 알면서도 그룹 전체를 지키기 위해 매달릴 수밖에 없을 테니 성공할 확률은 100%다. 그 과정에서 장난질 좀 치고 싶을 뿐.

이론적으론 누구나 상상할 수 있는 일을 아무도 현실로 옮기지 못한 이유는 단 하나, AR그룹이기 때문이다. 대기업의 숨통을 죌 자금을 확보하는 것도 문제지만, AR그룹을 향한 전 국민적 맹신은 흡사 종교와도 같았다. AR그룹이 망하면 나라가 망할 거라고 굳건히 믿는 사람이 태반인 이 마당에 간 크게 AR그룹의 주식으로 놀아 볼 엄두를 내는 사람은, 감히 없었다.

"그래서 물산 주식을 확보했으면 합니다. 당연히 차명이어야 할 거고."

"물산이요?"

"AR그룹이 아려 물산에서 시작했으니까요. 다른 덴 다 포기해도 물산은 포기 못 할 겁니다."

자세한 사정은 모르지만 AR그룹을 가지고 여러 사람을 뒤집어 놔야 속이 좀 시원할 것 같다는 게 태성의 입버릇이던 때가 있었다. 여러 사람이 누굴 말하는 건지도 모르겠고, 그 말도 언제부턴가 잠잠해지긴 했지만…… 어쨌든 아직도 그 생각이 유효하다면, 태성의 말대로 지금이 바로 크게 한 방 먹일 적기가 맞긴 했다.

"그거야 어렵지 않습니다. 외국 명의 하나 빌려다 사모펀드로 굴리시죠."

"좋습니다. 여러 업체, 여러 사람으로 분산하는 거 잊지 마십시오."

"한두 번도 아닌걸요. 그럼 바로 시작하겠습니다."

"그럼 이쯤……."

이쯤 하자고 하려는데 진동이 울렸다. 윤기현이었다.

'기가 막힌 타이밍이네.'

나가 보라고 손을 휘휘 젓고 전화를 받으려는데, 조 실장이 태성을 붙잡았다.

"뭐야, 아까 회의할 때는 입 꾹 다물고 있더니."

"이사님."

"뭔데."

끊길 듯 불안한 진동이 계속 울렸다. 웅웅 울리는 핸드폰을 힐끗 보며 조 실장이 긴장된다는 듯 입술을 혀로 축였다.

"그, 집사님이라는 분 행방을 찾았습니다."

예상치 못한 말에 태성의 눈이 커졌다.

"어디서?"

"처음부터 국외로 빼돌린 게 아니었습니다."

"뭐?"

"김진덕과 접촉했던 무리를 추적하다 보니 이상한 점이 있었습니다. 어떤 무리든 그들이 가장 마지막에 접촉한 것으로 추정되는 여자들은 한쪽 눈이 실명되거나 좀 상해 있고, 고운 태가 나는 중년이라는 공통점이 있더군요."

미끼라는 건가…….

"반지는? 그때 김 관장이 윤기현에게 반지를 던져서 그걸로 확인했던 것으로 아는데."

"시신 두 구를 확인했는데 모두 같은 모양의 반지를 끼고 있었습니다. 뉴욕대 졸업 반지, 맞습니까?"

허. 태성은 기가 막혀서 잠시 천장을 올려다보았다. 윤 회장이…… 거물은 거물이었다.

"그래서 지금 어디에 있는데."

"예상되는 곳은 서울, 평택, 군산, 구미, 울산입니다. 곧 두 군데 정도로 압축할 수 있을 것 같습니다."

하나같이 국내 대기업들의 주요 거점지였다. 그런데 좀, 이상했다.

"뒤를 캤다고 했지? 아직 가담한 사람들이 살아 있다고?"

"저도 그 점이 좀 이상했습니다. 윤 회장은 기현 씨의 출생부터 꼭꼭 싸맸을 정도로 철저한 사람인데 말이죠."

원래 태성의 수족들은 사람 캐는 일로는 적수가 없다고 자부할 만큼 그 방면에 뛰어났다. 해서, 금방 해결할 수 있을 거라 생각하긴 했지만 그래도 이 정도로 쉽게 덜미를 잡을 수 있다는 건 말이 안 됐다.

물론 미끼에 납치범에 추적자들에…… 이 연극에 많은 사람이 소요되었으니 전부 처리하는 데 시간이 좀 걸렸을 수도 있다. 하지만 그렇다 치더라도 그 윤 회장은 이렇게 쉽게 꼬리가 잡히도록 내버려 둘 사람이 아니다.

'꼭 일부러 그런 것…… 잠깐. 일부, 러…….'

속으로 셈을 해 보던 태성이 이내 아득 이를 갈았다.

"……윤 회장 짓이야."

"예?"

"처음부터 윤 회장이 지시한 거야."

"예?! 하지만……."

물론 김 관장이 움직이긴 했을 거다. 하지만 윤 회장 또한 김 관장이 움직일 수밖에 없도록 뭔가 미끼를 던졌겠지. 사람들을 그대로 내버려 둔 것 또한 아직까지 시간이 있어서인 것 같았다. 금융 계열사들로 간을 보면 애가 탄 김 관장이 어떻게든 손을 쓰려 들었을 테니까.

윤기현이 감투 하나를 쓰고, 자동차 계열사 창립 선포를 하고, 지분이 움직이기 시작해 누구도 쉽게 움직일 수 없을 때. 불순한 무리는 그때 다 처리해도 늦지 않다.

"처음부터 윤인범이 성에 안 차서, 윤기현이 움직이게 만들 생각이었던 거야."

"하, 하지만……. 그 집사님이라는 사람에 대한 집착이 대단하다면서, 김 관장이 이렇게 수를 써서 괴롭히게 둔다는 게……."

"윤 회장이라면 그러고도 남지. 손해 볼 것도 하나 없잖아."

집사님이란 이를 사람답게 대할 거였으면 처음부터 그렇게 가둬두지도 않았으리라. 기현의 말처럼 김 관장으로부터 그딴 취급이나 받도록 내버려 두지도 않았겠지.

"그리고 만약 그대로 윤기현이 나자빠지면 그걸로 끝내면 되는 일이고. 어차피 윤기현이 계속 살아 있다 한들, 한자리 차지할 능력도 없는 서자 같은 건 윤 회장 입장에서 필요하지 않았을 테니까."

하여튼 계속해서 정확한 정보를 추적하라며 태성은 영양가 없는 지시만 내렸다. 지금 상황에선 달리 할 수 있는 일이 없었다.

"내 기억엔 생모 이름이 이수경이었던 것 같은데."

호텔에 쳐들어왔던 김 관장이 형형한 낯으로 몇 번이고 말했던 이름이었다. 알겠다고 이수경, 이수경 하고 이름을 되뇌던 조 실장이 표정을 와작 구겼다.

"이사님 잠깐……. 지금 이수경…… 이라고 하셨습니까?"

"그래."

"그렇다면…… 그렇게 되면……. 그럼 지금 AR모터스 신사옥이……."

"모터스 신사옥? 문제라도 있어?"

조 실장이 하얗게 질린 얼굴로 고개를 끄덕였다. 그러곤 확실하지는 않은데 돌아가는 정황상…… 하고 망설이며 입을 열었다.

"저번에도 말씀드렸던 것 같은데, 지금 AR모터스 신사옥은 원래

연구소 용도로 지어질 예정이었습니다. 본디 작은 공장이었는데 AR그룹이 인수했고…… 그리고 그 이후로는 영업점들 사무실로 쓰이다가 AR전자 연구소로 재건축을 하려고 했습니다. 하지만 급작스럽게 AR모터스 사옥으로 변경이 되어서…….”

“용건만 말해.”

“기억 안 나십니까? 작년에 드렸던 보고서에서 말입니다.”

“내가 작년에 받아 본 보고서가 한둘이야?”

슬슬 짜증이 나는 듯 태성이 언성을 높였다. 그런데도 조 실장은 약간 넋이 빠져서 중얼중얼 계속 말을 풀어놓았다. 어지간히도 놀란 모양이었다.

“원래 그 공장의 주인 말입니다. 세금 덜 낼 꼼수였는지 법인 등기에 일가족이 전부 올라와 있었는데…… 그중에 이수경이란 사람이 있었습니다.”

“이수경이?”

“네. 서류가 남아 있을 텐데……. 찾아봐야 알겠지만 제 기억으론 나이대가 얼추 맞을 것 같습니다.”

태성이 얼굴을 찌푸렸다. 정보가 바로 입력이 안 됐다. AR그룹에서 공장을 인수했는데, 그 공장의 주인 일가족 중에 이수경이 있었다, 라…….

“자금 흐름표나 은행 기록을 대조해 봐도 역시나 AR그룹이 이 부지가 마음에 드니 압력을 가해서 빼앗아 간 게 뻔하다고 말씀하셨잖습니까.”

“그랬…… 지.”

불쾌한 추측이 들었다. 너무 추악해서 열어 보기도 싫은 이야기였다. 그러니까, 윤 회장이 억지로 공장과 딸을 빼앗았고…… 그 한 많은 부지 위로 세워진 번쩍번쩍한 새 건물에 이수경의 아들인 윤기현이 본부장으로 임명받아 들어갔단 소리다.

문득 윤인범에게 얻어터진 얼굴로 한 방 먹였다고, 본부장이 되었다고 자랑스럽게 말하던 윤기현이 떠올랐다. 차라리 쫄쫄 굶기고 못살게 군 김 관장이 나아 보일 정도였다. 적어도 그쪽은 첩의 자식이라 미워 죽겠다는 명분이라도 있지만, 윤의택 그 인간은 대체 뭐란 말인가.

"그런데 그 서류……. 조금 전에 제가 윤 변호사님께 보내 드린 것 같습니다."

조 실장이 황망한 얼굴로 더듬거렸다.

"뭐?"

태성이 날카롭게 눈을 치떴다.

"AR모터스 설립 시기에 관해 알 수 있는 자료 일체를 부탁하셔서 제가 이 자료 드려도 되겠냐고 여쭤봤던 것 기억나십니까? 이사님께서 뒤의 두 개는 빼고 주라고 하셨던…… 그……."

"이런 개 같은……."

뭔지는 모르겠지만 기분이 더러웠다. 친근한 척 사귀자는 이야길 꺼낸 건 자신이었다. 윤기현도 몸으로 변제에 응하는, 그런 뒤틀린 채무 관계. AR그룹을 망칠 궁리를 하는 가장 큰 그림자가 곁에 있었다는 걸 알면 윤기현은 상처받게 되리라.

그러나 그에게 상처를 줄 수 있는 것은 자신뿐이어야 한다. 더는 윤기현이 AR그룹 사람들에게 휘둘리는 걸 보고 싶지 않았다.

"제 기억으론 그 서류의 첨부 자료로 그 등기에 관한 내용이 들어가 있습, 이사님! 이사님? 잠시만요!"

드디어 자신의 이름을 올리게 된 회사가, 실은 그렇게나 찾아 헤매던 제 생모를 나락으로 처박은 씨앗이었다는 건…… 그런 건 아직 윤기현이 몰라도 될 비극이었다.

태성은 웅웅 울리는 핸드폰을 대충 챙겨 회의실을 박차고 나왔다. 일단, 윤기현에게 가야 했다. 등기부 등본이야 누구나 구할 수 있는 서류지만, 그래도 지금은 아니었다. 아직은 아니었다.

"이사님!"

조 실장이 걸음을 막아섰다. 바닥에 밀린 구두가 끼익, 하고 거슬리는 소리를 냈다. 진정하라는 듯 막아선 모습은 흡사 목숨 걸고 간언하는 충신처럼 거창해 보였다.

"가시는 건 좋습니다, 좋은데요. 이사님 요즘 좀 이상한 건 아십니까?"

태성이 나른하게 눈을 치켜떴다. 약간 벌어진 입술이 자신의 앞길을 막은 데 탄성하는 듯도 책망하는 듯도 했지만, 그뿐이었다.

"내가 미친 짓 벌이는 게 한두 번도 아닌데 뭐가 그렇게 새삼스러워."

"이사님이 미친 짓이라고 하셨던 그간의 모든 것…… 네, 놀랍긴 했어도 최소한 납득은 할 수 있었습니다."

어릴 때부터 부당한 방법으로 돈을 긁어모았던 것, 그 돈으로 사람들을 제 아래 두기 위해 무슨 짓이든 했던 것…… 그리고 돈. 그놈의 돈으로 끝내 아버지와 배다른 형을 정신병원에 처넣고 계모를 영영 가두어 버린 것도, 전부.

"그런데 요즘은 정말 모르겠습니다."

조 실장은 부들부들 떨리는 손을 하고선 끝까지 태성을 막아섰다. 기현은 태성 덕에 점점 견고해졌다. 이제 잘 웃기까지 하는데, 당장에라도 비상할 것처럼 반짝반짝 빛이 나는데, 정작 태성은 갈수록 이상해졌다. 꼭 마음 어딘가가 무너져 내린 것처럼. 이토록 쉽게 흔들리고, 동요하고, 쉽게 마음을 바꾸고, 또 그걸 자신에게 전부 읽히는 진태성이라니.

만약 그 이유가 기현을 마음에 담아서라면, 그걸 태성이 인지하고 있다면, 조 실장으로서는 두 손 번쩍 들고 환영할 일이었다. 인간적인 감정을 이유로 방황하고, 그래서 그답지 않은 모습을 보이는 건 얼마든지 괜찮았다.

그런데 정작 태성 본인은 그 점을 깨닫지 못하는 것 같았다. 정작 중요한 건 깨닫지 못하고, 그러다 결국 서로 상처만 주고 끝나게 될까 봐 조 실장은 답답함에 속이 터질 것 같았다.

"윤 변호사님을, AR을 어떻게 하시고 싶은 건지. 물론 제가 다 알아야 할 이유는 없지만, 그렇지만……."

필사적으로 설득을 하다 감정이 북받친 조 실장은 고개를 들어 태성의 얼굴을 마주하고는 아차, 싶어 숨을 삼켰다.

"이사님……."

얇은 유리로 차단막을 두른 것처럼, 어느새 태성의 눈동자가 초점을 잃고 무감해져 있었다.

"그래, 나도 계속 생각을 해 보고 있긴 한데 말이지."

한때 윤소형…… 그러니까 윤기현의 호적상 막내 누나의 이름만 들어도 숨이 턱 막혀서 구토까지 하곤 했다.

어떻게든 연이 닿아 AR 같은 혈통 좋은 족보로 거듭나야 한다, 윤소형과 결혼하는 것을 네 인생의 목표로 삼아라. 씨발, 그 좆같던 집구석과 그래서 이를 갈며 차곡차곡 써 내려갔던 치부책, 중국과 북한을 팔아 가며 내돌렸던 피 묻은 돈과 약, 이룰 수 있는 모든 걸 이루었다고 생각한 순간부터 목을 졸라 오기 시작한 지금의 자리, 그리고…….

그리고 다시 AR, 그리고 윤기현.

"서울, 평택, 구미, 군산, 울산이라고 했었나."

"예?"

난데없는 지명 이야기에 조 실장이 말끝을 흐리자 태성이 대수롭지 않게 말했다.

"윤기현의 생모가 있는 곳으로 추측되는 장소 말이야."

너무 많은 감정이 흘러서 오히려 불투명하게 느껴졌던 태성의 눈과 입매가 평소와 다름없어졌다.

"서울 아니면 군산일 거야. 군산은 윤 회장이 그토록 심혈을 기울인 모터스 거점 지역인 데다 항구도 있고. 그리고 서울은……."

그래도 서울은 짚이는 곳이 너무 많은데, 하며 태성이 뻐근한 목을 좌우로 꺾었다. 다급하던 발걸음에 다시 여유가 돌아왔다.

결국 조 실장은 태성의 앞을 막아섰던 몸을 물리며 깊이 탄식했다. 무슨 이유인진 모르겠지만 태성 안에 어설프게 피어오르던 불씨가 또 어딘가 이상한 방향으로 튀어 버린 것 같았다.

"서울에서 가장 안전한 곳이 어딜까. 윤 회장 허락 없이는 누구도 들일 수 없는 안전한 곳."

태성은 엘리베이터 버튼을 꾹 누르곤, 벽을 토독토독 두들겼다. 손가락으로 어딘가를 두들기며 리듬을 타는 건 그의 오랜 습관 중 하나였지만 손톱 끝과 벽이 부딪히는 소리가 평소보다 거칠었다.

"그러고 보니 그런 말이 있지, 피는 피로 숨긴다고. 아니다. 나무는 숲에 숨긴다고 하던가? 뭔지 제대로 기억은 안 나지만 말이야. 하여튼 그거 오래된 병법 중 하나잖아."

조금 더 속마음을 듣고 싶었지만 이미 본인이 저렇게 거부를 하는데 어쩔 방법이 있나. 조 실장은 맥없이 고개를 끄덕였다.

"철저히 윤 회장 손아래에 있고, 누구도 접근할 수 없지만, 보통은 상상도 할 수 없는 장소라……. 서울에서 그런 곳은 단 한 군데밖에 없지 않나."

내가 윤 회장이었더라도 거길 골랐겠다며 태성이 고개를 주억거렸다.

"예? 그게 어디입니까?"

"이렇게 생각하니 군산보다 서울이 훨씬 더 가능성이 커 보이는데. 이쪽에 무게를 둬 봐."

"그게 어디, 이사님!"

태성은 더 가타부타 말하지 않고 닫힘 버튼을 꾹 눌러 버렸다. 화려한 낯이 순식간에 쑥 사라졌다. 심술을 부리는 걸 보니 조 실장의 충고가 거슬리긴 했던 모양이다. 제대로 된 힌트도 주지 않고 막무가내로 서울이겠군, 뒤져 봐라. 이런 지시만 내리다니.

주제넘은 소릴 한 것 같아 마음이 안 좋아진 조 실장은 하릴없이 결재판과 서류들을 뒤적였다.

"윤 회장 말고 누구도 접근할 수 없는 곳이 대체 어디야. 회사는 아닐 거고, 뭐 어디 집 안에 숨겨 놓은 것도……."

잠깐, 집 안……?

"허……?"

철저히 윤 회장 손아래에 있고, 누구도 접근할 수 없지만, 보통은 상상도 할 수 없는 곳.

"허허, 설마……."

그 대단한 집에 단 한 군데, 윤 회장만 출입할 수 있기로 유명한 장소가 있긴 했다. 신무원이라 부르는 그 저택 안, 유명한 왕의 글자들을 가져다 붙인 윤 회장의 집무실이. 조 실장은 멍한 시선으로 이미 닫힌 엘리베이터를 쳐다보았다.

어쭙잖은 조언에 결국 어딘가 핀트가 나간 것 같은 태성, 기현, 그리고…… 여러 가지 문제가 스쳐 갔지만 일단 가슴에 가장 크게 쿵 하고 얹히는 것은, 기현 생모의 행방이었다. 설마 사람이 이렇게 잔인할 수 있을까 싶지만, 슬프게도 태성의 말마따나 윤 회장이라면 충분히 그러고도 남을 인사였다.

"골프라……."

"일정 조절이야 어떻게든 해 볼 테니, 한 번쯤은 가시는 것도 나쁘지 않을 것 같습니다."

기현은 서태식의 말에 대충 고개를 끄덕이며 생각에 잠긴 척했다. 골프라. 치는 법을 모르는 건 아닌데 즐길 수준은 아니다. 그래서 문제였다. 얼마나 잘 치는지가 중요한 게 아니라, 필드 매너를 관찰하고 평가하는 자리이므로. 이런 데서 소문 한번 잘못 났다간 뒷수습이 곤란해진다.

"거절하는 게 좋겠습니다. 회장님이나 형님 동석 없이 멋대로 혼자 참석하기가, 음. 아직은 좀……."

그 점은 생각지도 못했던 부분인 듯, 서태식이 짧은 탄식을 터뜨렸다.

"무슨 말씀이신지 알겠습니다. 회장님 말씀이 필요하지 않겠냐고 하면 그쪽에서도 납득하겠지요. 그렇게 전달하겠습니다. 제가 생각이 짧았습니다."

그럴듯한 핑계긴 했다. 홀로 장관들과 골프 클럽에 간 윤기현. 기자들이 좋다고 빨아 댈 뉴스거리 아닌가. 이미 윤인범과 윤기현의 후계자 싸움으로 여기저기서 말이 많은 통에 기름을 붓는 꼴이 될 수도 있다. 민감한 사안을 헤아리지 못했다며 서태식이 선선히 말을 물렸다.

“아, 안녕하십니까!”

코너를 돌자 구석에서 시시덕대던 직원이 화들짝 놀라며 꾸벅 고개를 숙였다.

“수고 많아요.”

기현은 선하게 눈을 접으며 잘 만들어진 미소를 건넸다. 엘리베이터 안 탄다고 하더니 진짜였나 봐, 하는 수군거림이 옅게 흩어졌다.

윤인범이 엘리베이터라면 기현은 계단. 윤인범이 임원들과 바쁘고 위엄 있는 모습을 즐겨 노출한다면 기현은 스스럼없고 친근하게. 노골적이다 못해 유치할 정도로 반대의 노선을 고르고 있지만 어쨌든 이미지를 확고히 하는 데는 도움이 되었다.

‘뭐, 이런 것들이 좋은 안줏거리가 되는 거겠지.’

서태식에겐 곤란한 척 말했지만, 정작 의도적으로 이런 모습을 흘려 언론을 조장하고 부채질하는 건 기현이었다. 감추고, 숨기고, 이따금 우아하게 성 밖으로 손만 흔드는 AR그룹의 전통 따위. 다 엿이나 먹으라지.

“오늘은 그럼 그쪽…….”

건성건성 보고를 들으며 현관 계단을 내려오는데 태식이 말을 흐렸다. 뭔가 싶어서 보니, 진태성이었다. 뭐가 거슬리는지 그는 사이드미러 안으로 거의 빨려 들어갈 태세로 집중하고서 앞머리를 정돈하고 있었다. 이게 웬 미친놈인가 싶어 경비가 옆에서 계속 뭐라고 하는데도 아랑곳하지 않은 채로.

“멀쩡한 엘리베이터는 두고 왜 걸어 다닙니까? 안 그래도 삐쩍 말라서.”

사이드미러에서 시선을 거두지 않은 채 태성이 툭 말을 던졌다.

"전기도 세금 몇 푼 안 들이고 펑펑 쓰는 마당에 새삼 절약 운동이라도 하는 건 아닐 테고."

건들건들한 시비조에 옆에 선 서태식이 미간을 찌푸렸다. 하필 또 오늘따라 진태성의 옷차림은 왜 이렇게 화려한지. 평소엔 잘 찾지도 않던 클러치백까지 들고 있었다.

"안 그래도 그쪽으로 가려던 참이었습니다만……."

"아아. 조 실장이 뭘 전달해 줬다는 걸 듣긴 했는데, 내가 시킨 일로 지금 바쁠 겁니다."

"그래요?"

태성은 머리카락을 마지막으로 쓸어 보곤 기현을 향해 나른하게 웃었다.

"그러니 조 실장은 됐고, 나랑 놀아 줘야겠습니다."

기현을 제외한 모든 사람을 투명 인간으로 만들어 버리는, 쓸데없는 수작질이었다. 문제는 그런 무례함이 나쁘지가 않아서, 아니, 오히려 은근히 설레서. 그래서 문제였다.

두 사람의 진득한 시선이 얽히는 가운데 자신의 존재감을 알리려는 듯 서태식이 작게 헛기침을 했다.

"아, 이쪽은……."

퍼뜩 정신을 차리고 서태식을 소개하려 하자 그제야 태성이 기현의 주변 인물들에게 흘끔 눈길을 주었다.

"압니다. 물산에서 왔죠, 서태식 씨. 지난 금융 위기 때 구원투수였다고요?"

다부지게 몸을 펴고 소개를 하려던 서태식은 의외의 호평에 얼떨떨한 얼굴로 길고 하얀 손을 마주 잡았다. 예상치 못한 칭찬에 조금 분위기가 풀어졌지만, 여전히 그의 딱딱한 눈매 끝에는 태성에 대한 의심과 찝찝함이 대롱대롱 매달려 있었다.

“서태식 씨가 기현 씨, 아니, 윤 본부장의 컨트롤타워나 다름없다고 하던데.”

태성은 오히려 그런 시선이 마음에 든 모양인지 서태식 씨는 꽤 믿을 만한 사람인 것 같다며 칭찬 아닌 칭찬을 늘어놓았다. 분위기가 점점 난감해지자 결국 기현이 나서서 말을 잘랐다.

“서태식 씨. 앞으로도 그런 초대는 적당히 거절해 주세요.”

“아…… 예, 연락드리겠습니다.”

서태식이 허리를 굽히자 태성을 흘겨보던 경비들도 어쩔 수 없이 꾸벅 인사를 건넸다.

“초대? 무슨 초대.”

미친놈 취급하던 시선이 즐거웠는지 차에 올라타서도 계속 창밖을 힐끔거리던 태성이 이윽고 완전히 풍경이 바뀌자 툭, 물었다.

“아아. 골프요.”

골프라. 입안에서 나지막이 단어를 곱씹어 보는 찰나, 태성은 백미러로 운전기사와 눈이 마주쳤다. 나이 지긋한 양반이었는데, 그 나이가 무색하게 의전 경험은 없는 듯했다. 어설프게 그들을 힐끔거리는 모양새가 거슬렸다.

‘윤 회장이 심어 두었나. 아니, 그랬겠지.’

태성은 백미러에서 시선을 떼 기현 쪽으로 눈을 굴렸다. 뭘 찾는지 서류 가방 안을 뒤적이는 그의 손이 분주했다.

“그런데 왜 진태성 씨가 왔습니까?”

“조 실장이 바빠서요.”

"흠."

"뭡니까, 그 눈은."

"참…… 사람 어지간히 부려 먹는다 싶어서요."

"어쨌든 내가 대신 왔잖아요? 그럼 윤기현 씨에겐 더 좋은 일 아닌가?"

뻔뻔한 얼굴이 더 뻔뻔하게 손을 내밀었다. 맡겨 둔 거라도 찾는 당당한 모양새였는데, 뭘 말하는지 기현은 도통 알 수가 없었다.

"보고서."

보고서? 물음표를 띄우던 기현이 조 실장이 준 걸 말하나 싶어 코웃음을 쳤다. 안 그래도 그걸 찾고 있기는 했다. 하지만.

"그걸 왜 이사님한테 보여 줍니까?"

"그 보고서 작성할 때 최종 결재는 누가 했을까?"

팔 아프다는 듯 태성이 내민 손을 휘휘 흔들었다.

"줘 봐요, 설명해 줄 테니까. 듣고 싶은 게 있으니까 조 실장 만나자고 했던 거 아녜요."

산재한 서류에 한 번, 그리고 다시 운전기사에게 한 번. 시선을 번갈아 옮기는 기현은 조금 곤란한 기색이었다. 거창한 비밀 자료도 아니고 AR그룹 분석한 보고서인데, 게다가 그걸 만들라고 지시했던 사람 앞에서 저렇게까지 고민할 이유가 뭐가 있단 말인가. 그렇다면 역시 운전기사를 신경 쓰는 걸까?

'흠. 주고받은 이야기들이 윤 회장에게 다 넘어가려나.'

또 운전기사와 눈이 마주쳤다. 그는 눈에 보일 정도로 어깨를 떨며 핸들로 시선을 떨궜다. 처음엔 저런 사람을 왜 기사로 두었을까 싶었는데, 지금 보니 이유를 알 것 같았다. 기현이 해를 끼치기 주저할 것 같은 사람. 태성은 역시, 기현의 생모는 윤 회장의 거처에 있을 것이라는 추측에 무게를 실었다. 지키고 선 익숙한 사람들에게 기현이 쉽게 분노할 수 없을 테니까.

"무엇보다 이런 보고서, 게다가 꽤 예전에 만들었던 건데. 이걸 퀵으로 받아 봐야 할 정도입니까?"

"솔직히, 그렇습니다. 전 그 정도로 정보가 부족해요."

기현은 시트에 몸을 묻으며 서글프게 긍정했다. 밑에 둘 사람이 생기면 더 편해지리라 생각했는데 오히려 더 힘들어졌다. 누가, 어떤 목적으로 접근했는지를 따지기는커녕 그들에게 얕보이지 않기 위해 애쓰는 것으로도 진이 다 빠졌다.

그런 상황에서 모터스 창립을 둘러싼 시시콜콜한 이야기를 궁금해한다? 차라리 접시 물에 코를 박고 말지. 벗어나려 발버둥 치고 있지만 애석하게도 그 잘난 핏줄의 후계라는 명분과 권위만이 지금 기현의 전부였다.

"증권사 홈페이지 아무 데나 들어가 봐요."

태성이 서류 더미를 빼앗는 대신 기현의 허벅지 언저리에 태블릿을 툭 던졌다.

"어차피 개입할 수 없는 과거의 일은 명확한 사실관계만 파악해 두면 됩니다. 중요한 건 앞으로의 일이죠."

그러곤 외부 발송 도장이 찍힌 자신 명의의 직인을 들여다보다, 힘을 주어 보고서 표지를 뜯어내 몇 장을 추렸다. 이수경의 이름이 찍힌 계약서와 사옥 건축에 관한 짤막한 내용 또한 포함되어 있었다.

"윤기현 씨는 물산에 지분이 어느 정도 있습니까?"

"저는 거의 없다고 봐도 됩니다. 그런데 갑자기 웬 물산입니까?"

"모터스는 어차피 어떻게든 굴러갈 겁니다. 윤 회장이 그렇게 공을 들인 데다 마침 국내 수요도 적절한 상황이죠. 그럼 모터스는 더 신경 쓸 이유가 없습니다. 왜? 윤인범도 윤기현 씨도 모두 똑같은 파이를 쥐고 있으면 그건 무기가 되지 못하니까요."

태성이 기현 쪽으로 몸을 기울이며 특정일과 키워드를 검색해 짤막한 투자 보고서를 짚어 주었다. 그다음, 그다음, 그리고…….

"아까 내가 보여 줬던 보고서들. 자세히 보면 공통점이 있습니다. 뭔지 알겠습니까?"

그가 보여 줬던 것은 윤인범이 거하게 말아먹은 프로젝트 혹은 계열사와 관련이 있는 것들이었다. 하지만 이 성격 나쁜 인간이 그런 당연한 걸 물으려던 건 아닐 테고.

"큰 정책이나 규제…… 가 공표됐던 시기인 것 같은데요."

"맞습니다. 그리고 그때마다 전면에 나섰던 AR계열사들이 있습니다. 물산, 카드…… 뭐 이런 곳들."

물산은 여러모로 상징성이 있는 계열사로, AR그룹의 전신인 아려그룹의 모태였다. 반면 카드는 AR그룹의 순환출자 중심에 서 있었다. IMF 때를 비롯한 크고 작은 위기가 있을 때마다 자금줄을 마다하지 않았던 공로. 윤인범의 그룹 승계가 당연시되는 가운데, 윤진서에 대한 일말의 기대가 끊이질 않는 것은 현재 두 사람이 가진 물산의 지분이 동일하기 때문이다.

"시시콜콜한 것까지 전부 알아야 할 필요는 없습니다. 필요한 정보를 누구보다 빨리 알아내는 게 더 중요하지. 그러니 지금은 다른 것보다 윤기현 씨가 단 1%라도 물산의 지분을 확보하는 데 집중해야 합니다."

태성은 미간을 찌푸리며 생각에 잠긴 기현에게서 태블릿을 빼앗아 왔다. 가죽 커버를 덮으며 아까 빼 두었던 서류들을 안으로 밀어 넣는 손길이 자연스러웠다.

방향의 제시나 앞으로 저질러야 할 나쁜 짓…… 그러니까 물산의 지분을 빼앗으라는 둥. 태성이 그런 일을 독촉하는 상황은 새삼스러운 게 아닌데도 유독 기현의 표정이 어두웠다.

'내 말이 어딘가 이상했던가?'

태성 또한 고개를 모로 기울였다. 실없던 조 실장의 말이 순간 스쳐 갔다.

분명 그 이전에 뭔가 울컥하고 뜨거운 게 가슴을 치고 갔었는데. 기현에게 생모에 관한 절망적인 단서를 주고 싶지 않았던 이유가, 얼핏 스쳐 갔었던 것도 같은데. 그게 뭔지 깨닫기도 전에 그는 이미 내달리고 있었고, 조 실장에게 가로막히면서 그 감정은 순식간에 어디론가 자취를 감춰 버렸다.

"이사님이 무척 고마우면서도…… 점점 내가 한심해집니다."

가라앉은 목소리를 가다듬으며 기현이 쑥스러운지 웅얼거렸다.

"처음에 굉장히 호기롭게 이사님을 찾아갔었던 것치고, 제가 많이 의지하게 된 것 같습니다. 이사님을."

"……."

"아직 사고가 유연하지 못해서 아무래도 이런 식으로 도움을 청할 일이 종종 생길 것 같아 제가 참 한심하지만…… 그래도 역시 이사님을 만나서 다행이라고 생각합니다."

그러면서 기현이 말갛게 웃었다. 그 투박한 진심에 태성은 저 안쪽부터 뭔가가 올라오는 것 같았다. 목이 아팠다. 타들어 가는 것처럼.

"나는……."

"예?"

친부는 친모를 정신병원에 밀어 넣고 자기가 꾸리던 술집 마담을 계모랍시고 데려왔다. 물론 친부든, 친모든, 계모든, 딱히 도움이 됐던 건 아니다. 세 사람 모두 태성에게 바란 역할은 혈통 좋은 집안과 엮어 줄 종마, 딱 그 수준이었으니까.

태성은 사실 어릴 때 윤소형과 윤기현의 이름만 들어도 토할 정도로 시달렸다. 아버지 일생의 소원이 태성과 기현이 친구가 되는 것 혹은 기현의 막내 누나 윤소형과 결혼하는 거였으니까.

물질의 보상 외에 태성에게 허락된 건 아무것도 없었고, 약에 미친 계모는 벼르고 벼르다 그의 음모 위에 술집 여자들에게나 새겨 주던 낙인을 찍어 놓았다. 혈통 좋은 여자에게 팔려 가서 족보를 사 와야 하는 태성이 몸 파는 것들과 다를 게 뭐냐면서.

그때부터였다. 어떻게 하면 이 엿같은 현실에서 벗어날 수 있을까 고민했던 게. 뒤에서 돈을 굴려 치부책을 만들었던 게 시작이었다. 돈이야 처음부터 부족하질 않았으니 어려운 일은 아니었다.

우습게도 사람의 약점을 쥐고 흔들기만 했을 뿐인데 돈도 점점 불어났다. 그리고 드디어 어머니가 갇혀 있던 병원에 아버질 밀어 넣고 계모의 인생도 시궁창으로 처박는 데 성공했다.

그런데…… 그런데도 변하는 게 없었다. 쾌감은 아주 잠깐일 뿐 다시 무료해졌다. 그렇다고 여기서 손을 놓을 순 없었다. 태성이 쥐고 있는 치부책이 이젠 그의 목을 졸라 올 게 뻔히 보였기 때문이다.

"이사님?"

뭔가 이상한 낌새를 느꼈는지 기현이 가만히 불렀다. 어깨에 닿는 조심스러운 손길에 태성은 저도 모르게 내내 참았던 숨이 터졌다.

"어디 안 좋으십니까? 괜찮으세요?"

"글쎄요."

태성은 차마 하지도 못할 말을 미친 사람처럼 속으로만 되뇌었다. 내가 너에게 대체 뭘 하고 싶은 걸까. 결국 내가 지금 하려는 모든 일은 널 울릴 게 뻔한데. 그런 주제에, 어지간해선 눈치도 못 챌 이 서류 쪼가리들을 감추고 싶은 이 이상한 마음은 뭘까.

'넌 왜 날 보고 그렇게 웃을까.'

+ ♚ +

"너희가 그 꼴을 봤어야 해."

"앉아요."

"자기가 뭐라도 되는 양 거들먹거리면서 인사하고 다니는데, 하! 웃기지도 않아."

"제발, 좀, 앉아요. 품위 없게 호들갑 떨지 말고."

윤진서가 싸늘하게 쏘아붙였다.

"품위? 호들갑? 너 같으면 지금 상황에서 내가 그런 걸 챙길 정신머리가 있을 것 같아?"

윤인범은 핏대까지 세워 가며 버럭 소리를 지르곤 벌겋게 된 얼굴로 라운지를 배회했다.

윤진서는 눈썹을 씰룩이며 찻잔을 들었다. 늘 우아해야 했다. 화내는 방법도, 하다못해 누군가를 엿 먹이는 방법도. 분명 같은 걸 배우고 자랐는데 윤인범은 왜 저 모양일까. 이런 말까진 하기 싫었지만, 윤진서는 정말 가끔 차라리 윤기현이 윤인범보다 이 집안에 더 어울린다는 생각을 할 때가 있다.

"어머니 쪽은 어때요? 뭐 들은 거 없어요?"

윤희연이 눈치를 보며 윤진서를 쿡쿡 찔렀다.

"많이 참고 있으신 것 같은데, 글쎄. 이 정도면 한계 아닐까. 내가 어머니라도."

이미 참다못해 뭔가 일을 친 것 같기는 한데…… 그것까지 알려 줄 이유는 없었다.

윤 회장의 것들이 인범에게 넘겨질 예정인 것처럼 어머니, 김연수 관장의 지위와 지분은 윤진서에게 넘어오는 게 당연시되고 있다. 그녀의 입지가 흔들리게 되는 건 윤진서 자신 또한 설 자리를 잃는다는 뜻. 어머니가 크게 사고를 칠 것 같다는 말을 타인에게 꺼내는 건 자살행위나 다름없었다.

"잘라 내야겠어, 윤기현을."

윤인범은 실컷 씩씩거린 끝에 내린 것치고는 시시한 결론을 입에 담았다.

"아버지가 불러서 앉혀 놓은 걸 무슨 수로 잘라 내요."

"뭐, 재주껏 밀어내는 것도 능력이라고 좋아하실지도 모르죠. 아까 윤기현 칭찬하신 것처럼."

윤희연이 시큰둥하게 대답하며 잘 손질된 손톱을 불빛에 이리저리 비춰 보았다. 윤인범이나 윤진서와는 달리 처음부터 넘볼 수 없다 정해진 윤희연에겐 아무래도 상관없는 일이었다. 장남이라는 이유로 쥐뿔도 없는 주제에 전부를 다 가질 윤인범이 아니꼬웠던지라 말이 좀 더 험하게 나가긴 했지만.

"뭐, 자기 돈으로 자기 사람 부려 가면서 뭘 하든 상관은 없는데. 오빠가 그렇게 사고를 칠 때마다 내가 가진 지분이, 주가가 출렁거리니까 하는 소리예요."

"윤진서!"

"어머, 진서 언니 말이 틀린 건 아니죠. 세상에, 카드랑 보험을 어떻게 그 지경까지 작살을 낼 수가 있어?"

물산은 실적이 중요한 계열사가 아니었다. 그 존재 자체가 AR그룹에 가지는 의미가 컸다. 그리고 '그 물산'을 실질적으로 움직일 수 있는 사람은 윤 회장과 윤인범뿐이었다. 지분은 형제들 모두에게 있었으나 경영권을 쥐고 있는 사람은 윤인범이었고, 그 사실 하나만으로도 그의 차기 후계설은 당연히 여겨졌다.

하지만 몇 년 전 윤인범이 저질렀던 실수는 너무 컸다. 중동과 기타 등지에 무모하게 투자하는 바람에 물산뿐 아니라 물산이 지분을 소유하고 있는 다른 계열사도 줄줄이 바닥에 메다꽂을 판국이었다. 게다가 윤 회장에게 알려질 게 무서워서, 또 다른 형제들에겐 아쉬운 소리를 듣기 싫다는 이유로 몇 달을 혼자서 쉬쉬했더랬다.

결국 현금 기동력이 가장 센 카드와 보험에서 상당량의 현물을 합법적으로, 또 불법적으로 끌어다 막아야 했다. 이때 물산과 다른 계열사가 넘어갈 뻔한 것을 계기로, 윤 회장이 진지하게 순환출자 구조의 해체를 결심하게 되었던 것으로 추측한다. 생각만 하던 모터스 설립을 구체화하기 시작한 것도 이 무렵이라는 말이 있고.

"해서, 주주들을 압박 좀 해 보려고 하니까 너희들이 도와줘야겠다."

마음대로 돈을 굴렸다가 호되게 당했으니 또 끌어다 쓰긴 눈치 보이고, 그렇다고 윤 회장의 도움 없이 로비할 자금도, 배짱도 없고……. 더 들어 볼 것도 없었다. 불쾌한 낯을 숨기지 않으며 윤진서가 일어섰다. 그래도 혈육이고, 윗사람이라고 부르기에 와 줬더니. 결국 한다는 소리라곤…….

"돈은 은행 가서 찾으셔야죠."

"윤진서, 너 자꾸 삐딱하게 그럴래?"

"능력이 안 되거든 접으시란 말입니다."

"나도 이번엔 패스. 오라버니랑 달라서 난 호텔 넘어가면 끝장이거든요. 잘해 봐요."

"호텔? 야. 내가 넘어갔는데 호텔이라고 뭐 남아날 것 같아?"

말은 윤희언에게 했지만 윤인범의 시선은 윤진서를 향하고 있었다. 어깨에 걸친 재킷이 미끄러질세라 옷매무시를 가다듬던 진서는 무심하게 그 시선을 받아쳤다.

"그래, 너희들이야 고깝겠지. 그런데 말이다. 우리 회사 주식이 제일 곤두박질쳤을 때가 언제였는지 아냐? 내가 프로젝트 몇 번 말아먹었을 때? 증자 소문 돌았을 때? 물산 투자 관련한 소문 퍼졌을 때? 아니. 아버지가 수술받으셨을 때야. 그럼 그다음으로 가장 크게 폭락했을 때는 언제였을까?"

윤인범은 반은 분노로, 반은 광기로 번질거리는 눈을 한 채 위협적으로 걸음을 옮겼다. 어찌나 흉흉한 기색인지 눈치를 보느라 아직 자리에서 일어나지 않았던 윤소형이 겁에 질려 제 언니들 쪽으로 슬금슬금 물러날 정도였다.

"내가 해외 지사로 발령 날 수도 있다는, 경질될지도 모른다는 루머가 번졌을 때야."

좋은 소리 안 나올 거라고 예상했지만 조금 전 있었던 윤 회장의 질타는 상상 이상이긴 했다. 비서진까지 모두 모인 상황에서 윤인범에게 그 정도로 면박을 준 적은 처음이지 싶었다. 그래도 딴에는 장남이라고, 남들 눈 의식해서 꾹 참고 넘겨 줬던 것들이 펑 터진 것처럼 보였다. 윤인범에게 이다음은 없을 것만 같았다.

그런데 지금 보니 윤인범 또한 여태 윤 회장 아래에서 견디고, 또 견뎌 왔던 것이 전부 폭발한 듯했다.

"한국은 재벌들이 망할 수가 없어요. 왜? 이 나라 사람들은 말이야. 그 집 핏줄이 아닌 사람이 그룹을 채 가는 걸 가장 두려워해. 적어도 같은 핏줄이 기업을 이으면 회사를 망하게는 하지 않을 거라고 생각하거든.”

와인을 따르는 윤인범의 손길에서 유치한 과시가 묻어났다.

“이상한 믿음이야. 물론 내 건데 망하게 두지야 않겠지. 그런데 내가 망하지 않는 것과 자기들의 밥벌이가 유지되는 건 전혀 다른 문제의 이야긴데 맹목적으로 그렇게 믿고 따른다니까?”

장난처럼 몇 번 스월링하던 윤인범이 재미있는 일이지, 라고 중얼거리며 와인 잔을 내려놓았다.

“뭔가 후려치고 밑에 애들 쥐어짜는 거? 그깟 세금 좀 내기 싫어서 여태껏 순환출자 끌어안고 있는 거? 아니면 개인적인 일로 회삿돈 좀 끌어다 쓰는 거? 이게 뭐가 어때서? 이런 건 하나도 중요하지 않아요, 이 순진한 아가씨들아. 중요한 건 나의, 우리의 존재 그 자체야.”

이 거대한 그룹을 안전하게 지켜 줄 선택받은 핏줄들이 사이좋게 파이를 나눠 먹고, 위계질서를 굳건히 해 주는 거. 그게 아랫사람들이, 모두가 가장 바라는 일이라고.

윤인범이 선택받은 핏줄로 태어난 제 동기들을 하나하나 살펴보며 말을 이었다.

“자, 그럼 다시 생각해 보자고. 그 잘난 핏줄의 적장자가 무너지면 다른 혈통들은 어떻게 될까?”

“누구 하나 나자빠진다고 문제 생길 집안이었으면 애초에 끝장났을 거야.”

“그래, 그렇지 않은 집안이라는 그 대단한 이미지가 우릴 지금의 이 위치까지 끌어올린 거야. 지저분한 루머나 더러운 싸움박질 없는 재벌가. 진짜 귀족……. 그런데 윤기현이 우릴 그런 하찮은 것들과 똑같이 만들고 있잖아, 지금.”

윤인범이 노골적으로 광기를 흩뿌렸다. 윤진서 또한 늘 기대에 미치지 못했던 오라비에 대한 경멸을 숨기지 않았다. 그러나 오로지 사실만 놓고 판단했을 때, 윤인범의 말이 틀린 것은 아니었다.

"나더러 알아서 하라고 방관할 문제가 아닐 텐데. 내가 회삿돈 좀 까먹었던 여느 때와 전혀 다른 문제라고. 내가 무너지면 너희들도 다 끝장인 거야."

윤진서는 확연히 눈에 보일 정도로 미간을 찌푸렸다. 지점토로 빚기라도 한 듯 표정의 굴곡이 없는 그녀가 감정을 얼굴에 띄운 건 흔치 않은 일이었다.

윤인범은 목을 긁는 서러운 울림을 토해 냈다. 그가 지껄이는 말들은 노쇠한 맹수의 마지막 발악 같았다. 추했다. 그러나 목숨을 걸었다는 점에서, 이번엔 재고해 볼 필요가 있을 것 같았다. 그래도 맹수는 맹수니까.

엘리베이터를 바꿔 타느라 긴 걸음을 옮기는 동안 윤소형이 총총 따라붙었다.

"언니."

윤진서를 불러 놓고 한참을 또 머뭇거린다.

"말해."

말은 그렇게 하지만 계속 불렀다간 뺨이라도 올려붙일 쌀쌀맞은 목소리였다. 윤진서는 팔에 가방을 걸치며 엘리베이터에 지문을 찍었다. 윤소형은 우물쭈물하며 윤진서에게서 반걸음 물러섰다.

이 바닥 누구나 그렇겠지만, 윤진서 또한 누구도 믿지 않았다. 바보처럼, 늘 겁먹은 것처럼 소심하게 구는 윤소형이지만 반대로 저렇게 조용하게 굴었던 덕에 여태 큰 풍파 또한 겪지 않고 지내 왔다.

지금만 해도 그렇다. 여긴 VVIP 이상만 드나드는 라운지고, 모든 것이 카드 키나 오너 일가의 지문만으로 작동한다. 윤진서에게 드러내고 열등감을 폭발시키는 윤희연도 함께 있을 땐 자신이 먼저 손가락을 가져다 대고 엘리베이터 버튼을 누른다. 그러니까, 아랫사람이 먼저 해야 하는 일을 알아서 하는 거다. 누가 시키지 않아도.

하지만 윤소형은 살살 눈치를 보면서도 한 번도 그런 적이 없었다. 멍청한 윤희연도 알아서 당연하게 하는 일을 눈칫밥으로 먹고 사는 윤소형이 모를 리가. 일부러 모르는 척하는 거다, 저건.

"저, 언니. 아까 그 이야기 말인데요."

"그리 좋은 기분 아니니까 알아서 할 말, 못 할 말 가려서 해. 뭐야."

"그게……."

난데없이 엘리베이터가 정지할 것 같은 움직임을 보이더니 대시보드의 숫자가 천천히 떨어졌다.

'하, 세상에.'

AR그룹 직계 가족이 모두 모이는 자리였다. 이쪽 엘리베이터를 쓸 수 없도록 호텔 측에서 미리 투숙객이나 방문자 조율을 하는 게 당연하다는 말이다. 윤진서가 윤희연의 무능력함에 한숨을 쉬며 대외용 가면을 뒤집어쓴 순간 문이 스르륵 열렸다.

"어?"

앞에 선 인물을 보자 그 알량한 가면은 전부 부서져 버렸지만.

"오랜만입니다."

진태성 또한 의외라는 듯 눈을 동그랗게 떴다 이내 나른한 얼굴로 눈인사를 건넸다. 물기가 채 마르지 않아 흐트러진 머리카락이나 어깨와 허리를 조이며 떨어지는 셔츠의 라인이 대단히 육욕적이었다.

뜬금없는 인물의 등장에 잠시 입을 벌렸던 윤진서는 바보같이 굴었던 자신이 수치스러운 듯 입술을 지그시 깨물곤 표정을 이예 지워 버렸다.

"가족 모임이라도 있으셨나 봅니다."

"……."

"보자. 이쪽이…… 윤소형 상무겠고."

태성이 장난스럽게 몸을 틀었다. 머리에서 얼마간의 물기가 튀고, 익숙한 어메니티의 향기가 번졌다.

"그래서 윤인범 사장은 뭐라고 했습니까? 자기에게 투자라도 하랍니까? 뭐라도 내놓으래요? 왕자인 내가 털리게 생겼는데 밑의 것들은 뭐 하냐고 패악이라도 떨어요?"

"뭐……?"

"맞구나. 정말 재미없는 사람이네, 그 사람."

어떻게 된 게 예측을 벗어나질 않아. 흥얼거리듯 가벼운 중얼거림이었다. 그 장난 같은 말에 여태 차곡차곡 잘 참아 왔던 뭔가가 터진 것처럼, 윤진서가 숨을 들이켰다. 한계에 다다른 건 비단 윤 회장이나 윤인범만의 문제는 아니었던 모양이다.

마침 청량한 소리와 함께 다시 한번 육중한 문이 열렸다. 딱히 작별 인사를 나눌 사이는 아니라 태성이 그대로 걸음을 옮기려는 찰나, 윤진서가 손을 들었다.

"내려."

뒤에서 눈을 굴리느라 바쁜 윤소형에게 한 번 더 서릿발 같은 음성이 떨어졌다.

"내리라고."

그제야 윤소형이 잔뜩 움츠린 어깨를 하고 후다닥 태성과 윤진서의 사이를 가로질러 나갔다.

윤진서가 아직 주차장에 들어서지 않았으니 이 엘리베이터는 계속 통제가 될 터. 태성은 어쩐지 묘한 기분이었다. 소음이 걷힌 엘리베이터에 가만히 있는 건 처음이어서. 일단 윤진서가 답지 않은 짓을 하는 건 흥미로워서 내버려 두었다.

태성이 보인 호기심이 썩 반갑지 않았는지, 윤진서가 미간을 찌푸리며 툭 말을 내뱉었다.

"그 애에게 들었습니까?"

"그 애? 윤기현?"

"설마하니 이런 가족 일정까지도 다 주고받는 친밀한 사이였나요."

이 마주침을 태성이 의도라도 한 것처럼 여기는 모양이다. 뭐, 물론 아려 호텔에 심어 둔 사람들 통해 그쪽의 동향을 살펴봤던 건 사실이다. 윤 회장이나 윤인범…… 이런 기타 등등과 호텔에서 마주치면 곤란한 건 그니까.

다만 오늘은 그저 기현을 만나, 이상하게도 보여 주고 싶지 않았던 보고서 몇 장을 빼돌리고 아무 생각 없이 같이 뒹굴고 싶었을 뿐이다. 확인해 보니 오늘 이쪽에서 일정이 있다기에, 마주쳐서 몇 마디 거들 수 있다면 그것도 나쁘지 않겠다는 생각을 하긴 했지만……. 어디까지나 생각이었을 뿐이지 의도했던 것은 아니었다. 맹세코.

'갑자기 기가 막히게 일이 풀리는데 이걸 운이 좋다고 해야 해, 나쁘다고 해야 해?'

태성은 주머니에 손을 찔러 넣고 천장을 응시했다. 도자기의 색을 표방한, 은은한 디자인에 어울리는 조도였다. 시야는 편안한데 머리는 복잡했다.

'친히 이런 반응까지 보여 주신다면야, 뭐라도 얻긴 해야겠는데…….'

물론 다른 누구도 아닌 윤진서만이 태성에게 줄 수 있는 것이 있긴 했다. 윤진서가 이렇게 붙드는 거로 봐선, 뭘 원하고 있는지도 어렴풋이 짐작이 갔고. 즉, 충분히 협상의 물꼬를 터 봐도 괜찮을 것 같았다. 그런데…….

'그만. 내가 언제부터 이런 것에 얽매였다고.'

태성은 가슴을 옥죄는 무언가를 무시하며 한껏 입매를 비틀어 올렸다.

"가족 모임이라면서 왜 윤기현은 그 자리에 없죠? 그런 것, 아예 모르는 것 같았는데."

기꺼이 원하는 대로 시비를 걸어 줬더니 윤진서는 또 한참을 고요했다. 밀폐된 공간에 계속 갇혀 있으려니 점점 지루해졌다. 답답하고. 원하는 게 있으면 빨리 이야길 할 것이지. 뜸 들이고 간 보는 게 세련된 거라 여기는 이 집안사람들의 사고방식을 이해할 수 없었다.

그러다 문득 윤진서가 뿌린 향수와 자신에게서 나는 샤워 콜로뉴, 로션과 같은 것들의 냄새가 묘하게 닮은 것 같다는 생각이 들었다.

'그래……. 여긴 아려 호텔이지.'

태성은 이것도 못마땅했다. 이유는 모르겠지만 기현 또한 이 브랜드의 제품을 좋아했다. 아니, 습관처럼 썼다. AR일가에 관한 사적인 감정을 빼고서라도, 윤기현에겐 그냥 본인의 살냄새가 가장 잘 어울린다고 생각하는데.

"오늘 윤인범이 한 헛소리 때문에 기분은 상하고, 어디서 튀어나온 막냇동생이라는 게 윤인범과 차기 후계자 전쟁 소리나 듣고 있는 것도 견딜 수 없을 거고. 저 새끼는 뭔데 윤기현 옆에 얼쩡거리면서 돈을 막 퍼 주나, 황당하고. 아닙니까."

결국 태성이 먼저 말을 꺼냈고, 윤진서는 순순히 고개를 끄덕였다.

"확실히……. 이상하게 무슨 용을 써도 윤기현에 대한 정보는 안 잡힌단 말이죠. 가족인데도."

그간은 일부러 관심을 두지 않았지만, 모터스 본부장으로 발령받고 난 후엔 윤진서도 손을 써 봤다. 솔직히 자존심이 상했다. 지주사든, 지금의 순환출자 체재를 유지하든, 모터스는 그 중심이 될 게 뻔했다. 경영자로서 윤인범의 자질은 지금까지 단 한 번도 인정하지 않았지만 그럼에도 꾹 참았던 것은 어쨌든 같은 핏줄이고, 장남이기 때문이다.

하지만 윤기현은 아니었다. 그래서 일단 되는대로 윤기현의 정보를 모아 보려 했지만, 막상 마음먹고 찾아보려니까 쉽지 않았다.

하긴. 윤 회장이 윤인범에게만 공유하는 것이 있다면, 김 관장 또한 윤진서에게만 공유하는 것이 있었다. 이 정도로 일이 커졌는데 김 관장이 아무 이야기도 안 해 줄 리가 없다. 그녀 또한 윤기현에 대해 파악한 정보가 한정적이라는 소리다.

"그래서 그쪽을 캐 봤던 것도 있고."

"흠, 결론은?"

좀 지루한데요. 태성이 무료하다는 듯 목덜미를 주무르며 말을 이었다.

"위에 기다리는 사람이 있어서."

시계를 들여다보는 모습은 다분히 과장됐지만, 사실이었다. 채 몸이 식지도 않은 윤기현이 침대 위에 늘어져 있으니까. 태성은 일단 기현을 머릿속에서 지우며, 어딘가 닮은 것도 같은 그의 이복 누이를 다시 마주했다.

"회장님과 관장님은, 두 분은 좀…… 뭐랄까. 확실히 저보다 귀족적인 부분이 있어요. 아, 오라버니도."

"귀족적?"

"네, 귀족적. 즉물적이고. 시야도 좁고. 그러나 받쳐 줄 가문도, 돈도 있으니 그 단점이 문제 될 게 없는……. 좀 그렇잖아요, 그분들의 삶에 대한 태도가. 한창 공부할 때 특히 그런 생각 많이 했던 것 같아요. 귀족은 절대 우아한 게 아니구나. 그런 점에서 난 귀족적인 사람이라고 보긴 어렵죠. 모든 걸 치밀하게 계산하고, 특히 고상해 보이도록 연출하는 데 아주 많은 노력을 기울이거든요."

연출이라고 말하는 부분에서 윤진서는 팔에 걸친 가방의 각도를 다시 바로잡았다.

"뭐, 그런 식의 설명이라면 동의해 줄 수 있겠네요."

던져 놓고 거의 잊으려 노력했던 태성의 치부를, 서문희를 건드려 기어이 속을 뒤집게 했던 여자 아닌가. 본인의 말처럼 고상해 보이는 연출을 한껏 과시하면서.

"그래서 이해가 안 간단 말이죠. 진태성 씨가 필요한 게 있었다면 윤소형에게 접근을 하는 게 더 자연스러웠을 텐데. 왜 굳이 남자인 그 애와 놀아나는 연기까지 하는 건지. 새삼스러운 비밀도 아니던데요, 그쪽 부친께서 윤소형을 며느리로 들이고 싶어 하셨던 건."

윤진서의 거침없는 말에 태성이 흥미롭다는 듯 한쪽 눈썹을 치켰다. 그래, 확실히 윤진서가 귀족적이라곤 볼 수 없겠다. 그 김 관장은 아마도 본인 위신상의 문제를 고려해, 바로 앞에서 태성이 윤기현과 입을 맞대는 걸 보고서도 아직 아무에게도 얘길 흘리지 않은 것 같던데.

"그래서 대원이 부상했을 때도 회장님이 그 어떤 지시도, 정확히는 상종도 하지 말라 하셨던 것 같고요. 뭐, 여기엔 그 이유만 있는 것도 아니지만……."

태성은 엄지손가락으로 눈 밑을 쓸었다. 피곤해지는 주제였다. 하지만 자연스러운 의문이기도 했다. 전후 사정을 안다면 자신이 굳이 기현과 흘레붙는 이유가 궁금해지는 것은 당연하니까.

"이제 와 그걸 궁금해하는 이유가 뭡니까? 회장님 말대로 하등 신경 쓸 것 없는 천박한 집구석을."

"말했잖아요. 그 애, 윤기현에 대한 정보가 필요한데 얻을 수 있는 곳이 없다고요."

"그래서 윤기현과 닿아 있는 날 알아 둘 필요가 있다고?"

답은 없었으나 긍정이나 마찬가지였다.

"고작 그 목적 하나로 나와 손을 잡고 싶다는 겁니까?"

"그렇게 생각하는 게 좋다면 그렇게 생각하고요."

"좋다면 그렇게 생각하라……."

"솔직히 말해도 될까요."

윤진서는 곤란하다는 듯 번 스타일로 틀어 올린 옆머리를 매만졌다. 물론 아주 희미한 기색이었지만. 아니, 그 곤란해하는 표정마저도 윤진서가 말한 '연출'에 가까웠다고 보는 게 맞겠다.

"난 내가 원하는 것이 있다면, 아랫사람은 그걸 제공하는 게 당연하다고 생각해서. 이럴 때 보통 손을 잡는다는 표현을 쓰진 않으니까."

참으로…… 대단한 핏줄이고 자부심이었다. 그래. 윤진서의 입장에선 천박한 핏줄이라며 무시했던 태성과 거래를 할 이유가, 하물며 부탁할 이유가 없다. 열(劣)인 태성이 자신의 지시를 따를 수밖에 없다는 것은 태어나서부터 지금까지 당연했던 일이었을 테니.

갑자기 윤진서가 본인은 김 관장이나 윤인범과 다르다는 헛소릴 늘어놓은 이유를 알 것도 같았다. 신중하게 체면을 따지는 김 관장과 달리, 멍청한 윤인범과는 더더욱 다르게, 계산에 따라 영민하게 움직이며 아랫사람 부려 먹는 걸 마다하지 않는 성격이란 뜻인 거다. 널 인성했다거나 동등하게 여기는 것이 아니니까 착각하지 말라는 경고이기도 했다.

"원하는 게 뭔진 모르겠지만, 어려울 것도, 못 할 것도 없죠. 나는 체면 따지는 윤진서 씨와는 달리 원하는 것이 있다면 무슨 짓이든 할 수 있는 쪽이라서."

평소 신무원 일가의 회의나 담소보다 훨씬 걸린 것 같더라니. 윤회장 혹은 윤인범의 지랄이 상상 이상이었던 모양이다. 그러니 윤진서가 저렇게까지 자신을 붙들고 말을 하는 거겠지. 그럼 차라리 지금 더 세게 치고 나가는 게 좋을 것 같았다.

"무슨 짓이든 할 수 있다고요……. 그건 진태성 씨도 나에게 바라는 게 있다는 뜻인데. 뭐죠?"

"지분이요."

"지분?"

"물산의 지분. 아주 조금이어도 좋습니다."

단 1주라도, 몇 사람을 걸쳐 손에 넣게 되더라도 상관없었다. 윤진서가 직접 물산 지분을 내놓았다는 사실만으로도 시장을 뒤흔들 수 있을 테니까. 그리고…….

'아.'

분명 기현의 것과 뿌리는 같은 비슷한 향이건만. 이상하게 점점 속이 메스꺼워서 자꾸 눈살을 찌푸리게 됐다. 그러다 깨닫는다. 조금 전 윤소형을 마주했는데도 아무렇지 않았다는 사실을. 구역질이 치민 것도 아니고, 어지러워 머리를 짚지도 않았다. 왜일까. 요즘 윤기현과 가까이 지내서? 신기한 일이었다.

"밑지는 장사는 아닐 겁니다. 윤기현이 생각보다 쥔 게 많은 카드라서요. 정작 윤기현 본인도 잘 모르는 것 같았지만."

"근거는?"

"여기저기 사방팔방 쑤시고 다니는 모양인데, 그럼 김 관장님이 윤기현 씨 생모를 데리고 무슨 짓을 하려고 했는지도 알 것 아닙니까. 우리 윤 회장님이 그걸 그대로 보고 계실 분은 또 아니고요."

"밖에 그런 이야기까지 돕니까?"

"그건 중요하지 않아요. 키워드는 윤기현이라니까. 지금 상황을 조합해 보면 이게 윤 회장님이 파 놓은 함정 같단 말이죠. 그 집사님이란 사람은 어디다 적당히 숨겨 놓고 비슷한 여자들 데려다가 여기저기 쇼해 놓은 걸 보면."

"뭐?"

여기까지는 아직 몰랐는지 처음으로 윤진서가 놀란 목소리를 냈다.

'음. 윤기현과 엮이면 윤진서에게도 이 정도까지 정보가 차단될 수 있는 건가.'

어렵긴 했어도 태성조차 추적하니 건질 수 있는 이야기들이었다. 그렇다면…… 적어도 신무원에 발붙이고 사는 사람들만큼은 윤 회장이 철저하게 통제하고 있다는 뜻이다.

"왜 그렇게까지 하려고 드셨을까요, 윤 회장님이. 아마 김 관장님이 갑자기 행동 개시한 이유와 같겠죠. 후계자 문제, 경제 계열사, 그룹 지분 구조 정리……. 그러니까 회장님은—"

"처음부터 윤기현이 필요했다는 거군요. 비슷한 여자들 데려다가 뭔가를 했다는 걸 보면 일부러 무슨 일을 겪게 만들었다는 뜻이고……. 정황상 어머니가 두 사람을 데려다 납치라도 했던 모양인데. 일부러 윤기현이 그런 상황까지 겪게 만드신 거로 봐선, 아버지는 막내가 밟으면 꿈틀할 수 있는 패기라도 있는지 시험해 보고 싶었던 거고. 맞아요?"

과연. 사람들이 왜 윤인범과 윤진서가 바뀌어 태어나지 않았나 통탄할 법도 했다. 영민한 여자는 느리게 고개를 끄덕이며 자신이 습득한 이야기를 정리했다.

"아주 많은 것이 바뀌게 될 겁니다. 윤기현 쪽에 발 걸쳐 놔도 나쁘지 않을 거고, 원하신다면 제가 도움 좀 드리는 거야 어렵지 않습니다. 물산 주식 조금 내놓는 거? 아깝지 않을 거니까 잘 생각해 보시죠."

필요한 정보는 다 얻은 듯, 윤진서가 생각해 보겠다며 열림 버튼을 누르려다 문득 태성을 돌아보았다.

"그런데 나와 이런 이야길 하고 싶어서……."

"아뇨. 사람들을 푼 건 사실인데, 이 이야기 할 자리를 만들려고 했던 건 아니었습니다. 오늘은 당신들과 마주쳐선 안 됐으니까. 그저 일정만 좀 파악해 두려고 했을 뿐이에요."

"……그럼 위에 있다는 게, 설마?"

윤진서가 질색했다. 둘이 어울린다는 건 알았지만 설마 아려 호텔에서 대담한 짓을 벌일 거라곤 상상도 못 했나 보다. 심지어 총수 일가가 모두 모이는 오늘.

"맙소사. 조심 좀 해서 놀아요. 안 그래도 윤기현이 요즘 가장 뜨거운 감자인데, 뒤져도 나오는 게 없으면 결국 만만한 당신한테 들러붙을 테니까."

단지 그 말뿐이었다. 윤진서에게 윤리적 잣대는 조금도 중요하지 않은 것 같았다. 어쩌면 버러지들 둘이서 흘레붙는 것쯤 관심도 없는 걸지도 모르고. 그녀에게 중요한 건 이 관계를 누군가에게 들켜 그룹의 이미지, 위신 그런 것이 추락하는 일인 모양이다.

엘리베이터 문이 열리며 순간적으로 쏟아진 샹들리에의 환한 조

명에 시야가 잠시 어두워졌다. 태성은 그렇게 한참을 가만히 서 있었다. 젖었던 몸은 이제 완전히 말라 버렸다.

AR을 쥐고 뒤흔들면 이미 반쯤 미쳐 버린 아버지가 완전히 맛이 가서는 길길이 날뛸 것 같았다. 서문희의 표정도 볼만하겠지. 어쩌면 윤소형과 AR이란 이름만 들어도 차게 피가 식었던 악몽도 그칠지 모른다.

하지만 태성은 그런 것들이 더는 즐거움을 주지 못한다는 걸 잘 알고 있다. 복수가 주는 쾌감은 허무했다. 눈 한 번 깜빡이면 다 사라져 버린다.

살아남기 위해 축적했던 부와 정보들은 이제 내버려 뒀다간 내가 죽을 판이라서. 사는 게 아니라 어떻게든 살아지고 있을 때, 윤기현이 자신의 품 안으로 걸어 들어왔다. 하는 짓이 재밌어서. 또, 가끔은 불쌍해서. 그렇다고 믿을 수는 없어서. 그런 윤기현을 생각하고 있으면, 자꾸…….

"아……."

태성은 곤란하다는 듯 탄식을 터뜨렸다. 왜 이렇게 윤기현만 얽히면 마음이 종잡을 수 없이 튀어 버리는지. 자꾸 헷갈리게 왔다 갔다 하는지. 뭘 하고 싶은지도 모르게 되어 버리는지…… 알 것도 같았다.

윤기현은, 자꾸만 자신을 인간적으로 만든다. 감정에 휘둘리게 되고, 자꾸 고민하게 되고, 그 사람이 신경 쓰여서 뭐가 뭔지 잘 모르도록 만든다. 사람들은 이런 걸 인간적이라고 불렀던 것 같다. 그리고 그건 조 실장이 태성에게 그토록 바라던 것이기도 했다. 그래서 그렇게 필사적으로 뭔가를 설득하려고 들었나.

'그렇구나.'

태성은 자신이 왜 자꾸 기현의 일에 갈팡질팡하게 되는지 비로소 깨달았고, 스스로를 납득시킬 수 있었다. 묵직하고 답답하던 마음이 한결 가벼워졌다. 그러나 그 모든 쾌락이 찰나였던 것처럼, 이번에도 개운함은 오래가질 않았다.

'……그래서?'

그래서, 어떻게 하란 말이지. 윤기현에게, 인간적으로 되면 뭐 어떻게 된다는 거지. 필사적으로 머릿속을 더듬던 태성은 이윽고 부질없는 고민을 멈추었다.

사실 '인간적'이라는 건 지극히 당연한 거였다. 태성이 돈과 힘을 얻기 위해 모든 걸 내던졌던 게 당연한 것처럼, 윤진서가 세상 모든 사람을 발아래 두는 게 당연한 것처럼. 사람이라면 당연히 가지고 태어나야 하는 것이니까.

'그럼 나는 왜 이 거치적거리는 감정을 지금에서야 알게 된 것일까. 그것도 하필이면, 윤기현 때문에.'

태성은 무거운 손을 들어 버튼을 눌렀다. 발걸음이나 표정에서는 늘 그랬듯 특유의 리듬감이 흘렀다. 길 가는 사람 모두가 돌아볼 화사하고 화려한 낯이었다.

예쁜 얼굴로 기현의 부어오른 곳에 발라 줄 약과 그와 즐길 콘돔을 사면서 태성은 조금, 기현을 만나게 된 것을, 책임질 수도 없는 이상한 감정을 깨닫게 된 것을 아주 조금, 후회했다.

멀찍이서 문이 열리는 소리, 발걸음 소리 같은 게 들리는가 싶더니 바로 옆자리에 무게가 실리고 바깥 공기 특유의 향이 확 났다. 모든 것을 인지하면서도 기현은 좀처럼 눈을 뜨질 못했다. 그냥 몸이 축축 까라졌다.

"뭐 이런 거로 엄살입니까."

태성은 다소 어이없다는 것처럼 말했지만, 황당한 건 기현이었다. 엄살이라니? 불과 몇 시간 전까지 자기가 남을 어떻게 몰아붙였는지 기억을 못 하는 모양이다.

"대체…… 어디서 섹스를 배웠습니까?"

"왜요."

"늘 이렇게 죽을 듯이 해야 합니까? 게다가 손해 보는 건 나뿐인 것 같은데."

기현은 침대에 손을 짚고 상체부터 힘겹게 일으켰다. 이불이 맨몸을 타고 흘러내렸다. 태성은 기현의 등 근육이 꿈틀대는 모습을 잠시 응시했다. 어루만지고 싶을 정도로 곧고 고운 선이기도 했고, 동시에 그대로 숙인 목덜미를 쥐고 바닥에 처박은 채 범하고 싶어지는, 가학성을 들끓게 하는 무엇이기도 했다.

"새롭네요. 여태 그런 식으로 말해 준 사람이 없어서."

"없었다고요?"

"네. 그런데 기현 씨도 너무 좋아서 힘든 거잖아요? 아프기만 한 반응이라곤 생각 안 되는데. 정말 싫다면 굳이 밀어붙일 의산 없습니다."

오로지 고통뿐이냐고 묻는다면 그건 확실히 아니었지만……. 태성의 섹스 스타일은 거칠다거나 격한 움직임이라는 표현으론 심히 부족했다. 아니, 차라리 폭력적이라고 하는 게 맞을까? 처음 허락했을 때도 그랬다. 아무리 뒤를 넓히기 위해서라지만 대뜸 와인병을 들이밀었던 거라든지……. 섹스에도 전체적인 흐름이 있고 분위기가 있는데, 태성에겐 오로지 쾌락이 최우선의 전제인 것 같았다.

물론 그 어떤 잠자리보다 강렬했다. 죽을 만큼 힘들었지만, 또 죽을 만큼 좋았다. 누구나 그렇듯 온몸이 절절 끓는 쾌감이 싫을 수는 없다. 그런데, 그럼에도 불구하고 진태성과의 섹스는 도리어 마음 한구석을 허전하게 할 때가 있었다. 한없이 뜨거웠지만 정작 중요한 무언가가 결여된 것 같아서 절정 이후를 더욱 허무하게 만들었다.

"갑자기 이것저것 싫은 일도 많이 해야 하고, 일도 많았으니 더 힘에 부치는 걸지도 모르죠."

결국 기현의 몸뚱이가 부실하단 말이다. 태성은 곧 죽어도 자기 탓은 없는 것처럼 뻔뻔한 낯으로, 그래도 손길만큼은 제법 신경 써 주는 척 기현의 어깨 부근을 부드러이 더듬었다. 나긋하게 살을 쓰다듬는 감촉에 다시 몸이 노곤해졌다. 하지만 이 손짓도 불순한 뜻을 내포하고 있을 터였다.

역시. 약국 좀 다녀오겠다던 태성이 들고 온 비닐봉지 안에서 콘돔 박스가 언뜻 보였다.

"궁금한 게 있는데."

봉투를 뒤적이며 파스나 연고 같은 걸 꺼내려던 태성이 말하라는 듯 잠깐 시선을 준다.

"진짜로 많이 잤습니까? 아니, 많이 잤다고 하니까 말이 좀 웃기긴 한데……. 그러니까 남자와……."

기현은 말을 내뱉은 순간 후회했다. 뭐 이런 멍청한 질문이 다 있지. 무감하던 태성의 눈동자에 장난기가 어렸다. 놀릴 건수 하나 물었다는 표정이다.

"저번에도 말했던 것 같은데. 난 검증된 곳에서 만난, 검증된 사람하고만 관계했습니다."

삽입만 따지자면 확실히 그랬지만……. 생략된 이야길 굳이 덧붙일 정도로 태성은 눈치가 없지 않았다. 어차피 기현은 자신이 문란하게 놀았다고 단정하는 모양인데, 뭐 틀린 말은 아니긴 하다만…… 굳이 쐐기를 박아 줄 필욘 없을 터였다.

왜 난데없이 남의 과거를 들먹일까. 이유를 알 수 없는 뜬금없는 기현의 행동이 조금 간질간질해서 태성은 애꿎은 뒷덜미를 주무르며 그의 옆에 완전히 앉았다. 기현은 몸이 뻐근한 척 베개를 끌어안으며 도로 길게 누웠다. 저도 민망하긴 했는지 묘하게 비껴가는 시선을 하고서.

'아.'

태성은 절로 입술이 벌어지려는 것을 참았다. 속내를 숨기지 못하는 정직한 기현의 눈이, 그 간질간질함이, 매체에서나 가끔 보던 연인들의 그것과 닮아 있었다. 처음 받아 보는 종류의 시선이 신기해서 자꾸 기현과 얼굴을 가까이하게 됐다.

'난데없이 불쑥 저런 질문을 하는 것도, 혹시.'

"그런데 이런 건 왜 물어봅니까. 결국은 싸우던데."

나 만나기 전엔 누구랑 뭐 했어, 나에게 했던 것처럼 그랬어? 그런 궁금증이 아닐까. 좋아해야 싹틀 수 있는 그런 것들.

"……그냥요."

그냥요. 짧지만 간지러운 말을 곱씹던 태성은 조금 눈을 찡그렸다. 달았다. 너무 달아서 점점 고통스러워질 것 같았다. 그는 방금 윤진서에게 기현의 동향과 정보를 대가로 물산 주식을 내놓을 것을 제안했다. 어쨌든 윤기현으로 인해 인간적인 마음을 느낀다는 것이 거슬려서, 마뜩잖아서…….

윤기현은 평생을 지독한 사람들에게 지독하게 시달려 왔다. 그래놓고선 저렇게 순순한 눈으로 자신에게 마음껏 기대려고 한다. 대체 내가 뭔 줄 알고 저렇게 마음을 쏟으려고 할까.

"……내가 좀 삐뚤어져 있는 건 사실입니다. 트라우마랄까, 난 여자와는 안 됩니다. 어릴 때 하도 지독하게 시달려서요."

그래서인지 아무렇게나 말이 튀어나왔다. 기현 앞에서도 몇 번이고 되새기다 도로 삼키곤 했던 못난 시절에 대한 들끓는 고백이었다.

"시달렸다고요? 여자에게요?"

"뭐, 그렇다고 볼 수 있겠죠. 계모가 한때 잘나가던 마담이라는 건 이전에도 이야기했었던 것 같은데."

"네, 아마……."

"음. 어릴 때부터 봤던 여자들은 다 그랬습니다. 괴롭히기도 심하게 괴롭혔고. 내가 할 소린 아니지만, 우리 본가는 참, 쓰레기들 집합소였죠."

그 말을 하며 태성이 벨트 부근을 툭툭 두드렸다. 대체로 태성은 생각할 때 손가락으로 어딘가를 두드리는 편이라 그런 의미인 줄 몰랐다. 그런데 유심히 보니 평소와는 조금 다른 느낌이었다. 그 부근을 인지시켜 주려는 듯한 움직임. 뭐지, 싶어서 고개를 기울이던 기현의 머릿속에 번뜩 뭔가가 스쳐 갔다. 늘 궁금해했던, 그쯤에 자리한 이질적인 흉터였다.

기현은 뒤늦게 아, 하고 탄식을 뱉었지만, 태성은 그 이상 아무 말도 해 주지 않았다. 뭔지는 모르겠지만 흉터가 생겼으니 신체적으로도 학대를 받았다는 것일까. 정신적인 소모야 말할 것도 없을 거고…….

"그래서 여자는 안을 마음이 안 났습니다. 그냥…… 다 거슬렸어요. 기다랗게 꾸민 손톱이나, 치렁치렁한 머리카락이나, 화장한 꼴이나. 그런 걸 보면 자꾸만 식어 버려서 난 아예 성감이 없는 놈인가 싶었는데."

그런데 남자에겐 반응했다.

계기는 접대받기를 원하던 큰손 하나였다. 그는 남자에게 사족을 못 썼다. 처음엔 뭐 저런 변태 새끼가 있나 싶었는데 같은 남자에게 박아 대는 건 의외로 공급도, 수요도 있는 취향이었다. 촬영했던 영상이 쓸 만한지 돌려 보면서 태성은 어쩌면, 자신도 이쪽은 될지도 모르겠다는 생각이 문득 들었다.

"그냥, 처음엔 그게 전부였습니다. 내가 우위에 있다는 걸 온몸으로 느낄 수 있으니까. 젤 뿌린 기구로 아랠 넓힌 다음 그저 찔러 넣고, 흔들고, 싸고……. 사실 사정이나 삽입이나 그런 걸 다 떠나서, 돈으로든 힘으로든 굴복당한 남자가 내 앞에 엎드려 파들파들 떠는 걸 보는 게 더 즐거웠던 것 같습니다."

아름다운 얼굴이 고개를 모로 기울이며 생각에 잠겼다.

"그러다 익숙해지니 다른 방식으로 즐거울 수 있다는 걸 알았고. 그때부터 이런저런 짓들을 했던 것 같은데…… 이거 봐, 결국은 싸운다니까."

"예?"

"윤기현 씨 표정 안 좋아졌잖아요."

"아뇨. 그런 게 아니라."

태성은 뒤를 뚫는 섹스에 익숙해 보였다. 과거에 누구와 염문을 뿌리고 다녔는지 신경이 안 쓰인다면 거짓말이겠지만, 이제 와 그런 걸 따져 물으며 추궁하고 싶은 건 아니었다.

다만 지금 기현이 조금 흔들리는 눈을 할 수밖에 없는 건, 또 궁금해져서였다. 그러니까…… 결국 그도 태성에게 돈으로든 힘으로든 굴복당해서, 어쩔 수 없이 뒤를 내주는 그런 사람일 뿐일까. 그저 굴욕감에 떨리는 능을 보고 쾌감을 느끼는 정도인 걸까 하는 궁금증 말이다.

'물론 우리, 시작은 그랬지만…….'

"그럼 그간 교제를 했던 분은……."

"교제?"

"네. 그냥 잠자리 상대 말고요."

"그냥 잠자리 상대 말고, 라."

"……궁금해서요. 얼마나 잘난 사람이었나."

이사님은 맨날 제가 못생겼다는 구박이나 하지 않습니까. 우물쭈물 덧붙이는 말은 유치했지만 귀여웠다. 태성 또한 한쪽 팔꿈치로 상체를 지탱한 채 침대 위로 길게 누웠다. 집요하게 따라붙는 시선을 이기지 못하고 먼저 고개를 숙인 건 기현이었다.

"상대방 쪽에선 나를 그렇게 여겼을지도 모르지만, 저는 그렇게…… 그러니까 누군가를 애인이라고 생각했던 적은 한 번도 없었습니다. 사귀자는 말을 한 적도 물론 없었고."

"아……."

"그런데, 윤기현 씨는?"

다소 무뚝뚝하지만 설레는 대답을 던져 주고는 태성이 불쑥 치고 들어왔다.

"어, 저는……."

저번에도 말했던 것 같은데, 하고 기현이 목청을 가다듬었다. 만난 지 얼마 되지 않았을 때 나누었던 이야기인지라 기억이 가물가물했다. 어디까지 말해 줬더라.

"대시하는 사람들이야 종종 있었습니다. 내가 AR그룹의 누구라는 걸 알고서 그랬던 것 같진 않고. 그냥 걸치고 있는 게 비싸 보이니까. 좋은 맨션에서 산다고 하니까…… 호감을 보인 거겠죠? 어쨌든 잘 모르는 사람이 대뜸 와서는 좋아한다고 그러는 게 당황스러워서 매번 거절해 왔는데, 어느 날은 문득 궁금해지더라고요.”

“사귄다는 게?”

“……네. 그래서 이후로 가볍게 만나 봤는데.”

“만나 봤는데?”

“연애에 대해 뭐 아는 게 있었어야죠. 별별 이유로 차였던 것 같은데요.”

“어떤?”

“재미없다, 날 사랑하는지 모르겠다. 뭐 이런 거?”

“그래요? 왜 재미가 없었을까.”

내가 만난 사람 중 가장 흥미로운 사람인데. 그 말에 기현이 싱겁게 웃었다. 다소 신기한 것처럼 관찰하는 태성의 시선을 여전히 민망해했지만 영 싫지는 않은 것 같았다.

“아마도 기대했던 바와 달라서가 아니었을까요. 늘 명품만 걸치고 다니는 남자, 이런 데서 사는 남자…… 그런 데서 오는 기대가 있었겠죠. 여러모로 능숙하고 돈 잘 쓰는.”

태성은 가끔 기현이 의외로웠다. 돈이든 사회적 지위든 잃을 것이 많은 이들은 사람에 대한 불신을 기저에 깔고 있기 마련이다. 하물며 자신이나 기현처럼 사람다운 삶이라는 게 뭔지 모르고 자라났다면 더더욱.

기현이 대뜸 미술관에 찾아왔을 때만 해도 얼마나 독을 활활 태우고 있었던가. 그 집안을 망쳐 놓을 수 있다면 몸을 내놓는 것도 주저하지 않았던. 그래. 윤기현은 그랬던 사람이다.

물론 지금도 그건 변함없어 보인다. 그 지옥 같은 집구석에서 견디는, 그것도 제 생모가 죽어 나갔다던 그 별채에서 꾸역꾸역 견디고 있는 단 하나의 이유도 이 나락의 끝을 보기 위해서일 테니까.

한데 윤기현은 신기할 정도로 아주 작은 일에 마음을 활짝 열었다. 조 실장이든 그 선거 캠프 사람들이든, 그리고 태성에게든. 자꾸 곁을 준 사람들에게 벽을 허무는 게 보였다. 재미있어 보여서 쿡쿡 찔러보고, 갑자기 내켜서 몇 번 빨아 주고, 머리 좀 쓰다듬어 주고, 우는 걸 달래 줬을 뿐이다. 겨우 그거에 벌써 마음을 다 내주다니.

"……아."

반은 갑갑해서, 반은 이유 없이 뿌듯한 탄식이 터져 나왔다.

태성이 기현으로 인해 불필요한 인간적인 감정에 휘둘리는 것처럼, 기현 또한 태성으로 인해 사람다운 삶이라는 것에 한 걸음 가까워진 셈이다. 그런데도 기현은 그에 대한 동요가 전혀 없어 보여 신기했다. 제 마음을 아주 잘 알고 있고, 심지어 쉽게 인정한 것처럼 보였다. 정작 태성 본인은 알면서도 미친놈처럼 하루에도 몇 번을 왔다 갔다 정신이 없는데 말이다.

"그래서 결국은 우리 둘 다 이런 관계는 처음이라는 거죠."

"그…… 렇겠죠? 굳이 따져 보자면."

처음이라는 말이 좀 낯간지러운 듯 기현이 코끝을 찡긋거렸다.

"어렵군요."

"어떤 점이요?"

"글쎄……. 그래서 질투는 다했습니까?"

"질투요?"

"갑자기 과거 타령하다가 혼자 이것저것 물어봤잖아요. 질투한 거 아니었어요?"

"아니, 그건…… 질투라기보다는 그냥 궁금했던 거죠. 대체 이사님의 이런 취향은 어디에서 기인했을까……."

"음. 그래요, 맞아. 원래 궁금해했던 건 그 주제였죠. 사실 난 잘 모르겠습니다. 좋잖아요. 기현 씨는?"

"……싫은 건 아니지만."

"그럼 뭐가 문제죠? 내가 기현 씨를 때린다거나 괴롭힌 것도 아닌데. 말이 좀 거친 거, 행위가 거친 거…… 뭐 그거는 솔직히 기현 씨가 싫어한다고 보기 어려웠는데. 정말 영 아니었다면 지금 알려 줘요. 윤기현 씨의 적당한 선을."

태성이 심각한 얼굴로 기현의 몸을 머리부터 발끝까지 쭉 살폈다. 속내를 투시라도 하는 것처럼.

"그런 게 아니라……."

설명하기 어려운 문제였다. 애초부터 삽입의 강도를 부드럽게 혹은 강하게, 이런 걸 주문하고 싶었던 게 아니었으니까.

뭐라고 해야 최대한 덜 민망할지 기현이 천천히 단어를 고르는 걸 보던 태성이 작게 도리질을 했다. 이유는 모르지만 듣고 싶지 않았다. 듣고 나면 돌이킬 수 없을 것 같았다.

"됐고. 엉덩이 좀 들어 봐요."

"예?"

"연고 바르게요. 아프다면서요. 관리 잘해야 서로가 즐겁습니다."

태성이 순식간에 이불을 쑥 끌어 내렸다.

"잠깐……!"

그래 봤자 도망갈 곳도 없건만. 벗어나려는 것처럼 자꾸만 꿈지럭대는 기현의 허벅지를 한쪽 무릎으로 눌러 고정하고, 손을 뻗어 연고를 꺼냈다.

"주세요, 내가—"

"어? 뒤처리 이미 한 것 같은데?"

한 손으로 연고 뚜껑을 열며 다른 쪽 손을 기현의 아래로 밀어 넣어 보았지만 흘러나오는 게 없었다. 죽겠다더니 기어이 씻은 모양인지, 드러난 엉덩이는 보송보송했지만 바로 아래 샅과 회음, 구멍까지 전부 축축하게 젖어 있었다.

"이거 봐요. 나에게 뭐라고 할 처지가 아니란 말이지. 혼자서 뒤에 손까지 넣으면서."

진짜 뭘 몰라서 그러나? 윤기현은 이상한 곳에서 대담했다. 처음에도 알아서 혼자 준비해 오곤 할 수 있다고 통보 아닌 통보를 하지 않나.

허리 좀 들어 보라고 치대도 꿈쩍도 안 하고 버티기에 태성은 직접 기현의 다리를 벌리며 그 사이에 자리 잡았다. 그러곤 무릎으로 단단히 고정한 채 기현의 몸을 아래로 쑥 잡아끌었다. 태성의 허벅지 위로 기현의 허벅지가 겹친 셈이었다.

조금 더 기현 쪽으로 접근하자 마른 몸이 짜부라지듯 접히며 붕 뜨는 바람에 그의 아랫도리가 눈앞에 고스란히 드러났다. 아까까지 실컷 가지고 놀았던 치부가 긴장으로 파르르 떨리고 있었다.

"그러게 시킬 때 말 들으라니까."

태성이 쯧, 하고 혀를 찼다. 뭐라 대꾸할 틈도 없이 찐득한 연고를 바른 손가락이 입구를 둥글게 문지르기 시작했다. 기현은 그저 숨을 집어삼킬 수밖에 없었다.

"응……."

풀린 몸은 수월하게 손가락을 받아들였다. 연고에 적셔져 찔꺽거리는 소리가 점점 커졌다. 그저 홧홧하고 몸이 무겁다고 했을 뿐이다. 사실, 늘 사정 봐주지 않고 무시무시한 삽입으로 이어지는 것이 못내 아쉬웠던 건데. 좀 더 부드러운, 연인다운 섹스가 궁금했을 뿐이었는데. 이런 이야길 해 볼 틈도 없이 또 태성에게 휘둘리고 있다.

그렇지만 태성의 말마따나, 저도 모르게 길든 뒤는 좋다고 굵고 예쁜 손가락을 조여 대고 있었다. 침대 시트를 그러쥔 손가락이며 발가락에 자꾸만 힘이 들어갔다.

태성의 손길을 기다리다 힐끔 뒤를 돌아봤을 때, 정작 그는 손을 넣기 편하도록 뒤로 몸을 빼고 있다는 걸 깨달았다. 그러니까 이렇게 다릴 넓게 벌리고 엉덩일 움찔대는 건 어느 순간부터 자신의 의지란 거다. 기현은 부끄러움에 목까지 발갛게 달아올랐다.

"다…… 했으면……."

"내 걸 뭐로 보고. 훨씬 더 깊이, 안쪽까지 다 발라야 합니다."

"그럼, 빨리, 좀……."

"왜요. 죽일 것처럼 몰고 가서 싫다면서요."

이미 그에게 전부 꿰뚫린 몸이다. 정확히 어딘진 모르겠지만 태성이 건드리면 달아오르게 되는 곳이 있다. 그리고 태성은 아까부터 거길 느긋하게 문질렀다. 점성이 있던 연고는 물처럼 뚝뚝 흘러내린 지 오래다. 얕은 치댐에 애가 닳아 절로 허리가 흔들렸다.

"안 돼. 무슨 짓을 해도 안 넣어 줄 겁니다. 귀엽지도 않게 질투나 하고."

질투, 라 말하는 태성의 목소리가 어쩐지 즐겁게 들렸다.

"아……!"

기계적인 손놀림에 기현의 것이 점점 부피를 키워 나갔다. 꺼떡대며 일어선 성기 끝은 이미 반질반질해져 있었다. 그래도 확실히 오늘 힘들긴 했는지 지르는 신음이 형편없이 갈라졌다. 물론 그쪽 또한 태성의 취향이긴 했지만.

"흐으……."

계속되는 자극을 견딜 수 없었는지 기현이 저도 모르게 침대에 자신의 것을 비비려고 들었다.

"어딜."
회음을 찰싹 때리자 기현의 몸이 움찔 튀었나.
"응, 으응……!"
두 번, 세 번……. 성의 없이 아래를 내려치는 손길에 동그랗게 올라붙은 고환이 파르르 떨렸다. 조금도 아프지 않았지만 매우 굴욕적이었다. 기현은 입술을 깨물며 웅크리던 허리를 꼿꼿하게 폈다. 그게 더 태성을 부채질하는 줄도 모르고.
손가락을 세워 긁어내듯 문지르자 힘이 들어가는지 기현의 손에 구겨진 시트가 팽팽하게 당겨졌다. 그대로 태성이 기현의 위로 몸을 겹치려는 찰나, 진동이 느껴졌다. 짧은 진동음 세 번. 조 실장이 웬만해선 쓰지 않는, 정말 긴급한 전달이 있을 때 넣는 신호다. 그리고 잠깐의 텀을 두고 긴 진동음 또 한 번. 저장되지 않은 번호의 알림이었다.
태성의 직통 번호를 아는 사람은 극히 드물었다. 긴급 알림 끝에 모르는 사람에게 연락이라……. 왠지 그 모르는 사람이 윤진서일 것 같다는 생각이 들었다.
생각보다 빠른데. 태성은 핸드폰을 꺼내려다 앞에 뻗어 있는 흰 몸을 힐끗 응시했다. 마른 태에 시선이 길게 머물렀다. 선뜻 주머니로 손이 가질 않았다. 믿을 수 없게도, 정말로 죄스러운 느낌이 들어서. 태성은 눈살을 찌푸렸다.
'어째서? 그렇다고 내가 윤기현을 자리에서 밀어내겠다는 것도 아닌데. 왜? 어차피 윤기현이랑 목표하는 바는 비슷한 거 아닌가? 둘 다 지금의 AR을 망치고 싶을 뿐인데.'
잠시 기현의 호흡과 맥박을 좇던 태성은 마른 입술을 축이며 그의 위로 몸을 굽혔다.
"뭐 하나 물어봐도 됩니까?"

난데없이 온도가 바뀐 목소리에 기현이 신경질적으로 팩 흘겨보았다. 자기는 실컷 힘들게 해 놓고 혼자 유유자적하는 것 같아 화가 난 모양이다. 이런.

"아까 질투한 거죠?"

"대체, 이사님은……!"

"그러니까 윤기현 씨는 내가 다른 사람과 잤던 이야기를 하면 질투 나는 거죠?"

기현은 황당해서 뭐라고 하려다가 도로 입을 꾹 다물었다. 상대해주기 싫은 듯했다. 그것으로 확신을 얻은 태성이 입 끝만 슬쩍 올렸다.

그래. 이로써 일단 태성 자신이 기현보다 감정적으로 우위에 섰다는 건 확실해졌다. 역시 사귀자고 하길 잘한 걸까. 덕분에 편하게 AR 그룹 내부의 이야길 들을 수 있었으니 뭐, 나쁘지 않은 거겠지. 무슨 소릴 해도 믿어 줄 테니 앞으로 편하게 움직일 수도 있을 것 같고.

'그리고…… 으음.'

태성은 핸드폰이고 마음이고 모든 것에 신경을 쓰지 않기로 했다. 적어도 지금, 이 순간만큼은. 기현이 이번에도 착하게 제 말을 잘 듣는다면 상을 줄 생각이었다. 생모를 추적하는 일이 긍정적이라고 말하면, 어떤 얼굴을 할까. 한동안 김진덕인 것처럼 꾸며 메시지를 보내지도 않았으니 소식이 끊겨 애달파 했을 텐데. 좋아하겠지.

'윤기현, 넌 고마워하며 또 말간 눈을 할까.'

하지만 지금은 그의 웃는 얼굴보다 우는 얼굴이 보고 싶었다. 마침 짐승이 되어도 좋을 시간이었다.

8장
믿어선 안 될 말

믿어선 안 될 말

"무슨 일 있으십니까?"

"아뇨."

기현이 머쓱하게 핸드폰을 내려놓았다. 사실 모터스로 넘어온 이후 크게 하는 일이 없었다. 기업과 큰 조직이라는 게 익숙하지 않았던 처음에야 고생을 좀 했지만, 이것도 결국 선거와 다를 바 없었다.

다른 점이 있다면 그땐 태성이, 지금은 윤 회장이 짜 놓은 판에 맞게 각계 사람들과 만나 인사 나누고…… 뭐, 웃어 주는 정도? 물론 태성의 설계와는 달리 윤 회장의 판엔 기현의 의견 같은 게 끼어들 여지가 없었지만. 대신 비교도 할 수 없을 정도로 곁에서 들려오는 정보가 풍부해졌다.

하지만 정작 기현이 듣고 싶은 이야기. 그러니까 집사님에 관한 거라든지, 그런 것들을 해 줄 수 있는 사람은 태성밖에 없어 점점 답답해지기도 했다.

……아니다. 솔직해지자. 과연 그래서일까. 서태식에겐 아무 일 없다고 해 놓고 자꾸 핸드폰만 쳐다보게 된다. 어느 순간부터 태성이 이상했기 때문이다.

태성의 집에 잠시 머무를 때, 그땐 진짜 미친 사람처럼 쓸데없이 만지려 들고 불쑥 들이댔었는데…… 요즘은 아니다. 그때처럼 저질스럽고 의도적인 말들은 하지 않는다. 골 때리는 걸 처음 만났다는 듯 큰 소리를 내며 웃는 일도 줄었다. 요즘엔 만나면 그저 같이 뒹굴기나 할 뿐, 그렇게 자신을 신기해하고 놀라워하는 모습은…… 확실히 뜸하다. 자신의 그런 황당한 면이 마음에 든다고, 분명 그렇게 말했던 것 같은데.

그렇다고 막상 마주했을 때 뭔가 이상한 낌새가 보이는 건 아니었다. 여전히 뻔뻔하고 능글맞은 구석은 그대로인데…… 아. 몇 번 떠보는 것 같은 말을 하긴 했지만. 그래도.

"허……."

액정을 만지작거리던 기현은 스스로에게 기겁을 하며 의자를 뒤로 쭉 뺐다.

'내가 지금 그 이후로 진태성한테 연락이 없다고 초조해하는 거야? 미쳤다. 몸 주고 마음 줬더니 그에게 연락이 없어요, 딱 이거잖아. 아니. 마음을 줬다고 하긴 애매하지만…… 적어도 내 쪽이 훨씬 더 순간순간, 어쩔 수 없이 자꾸 감정이 뚝뚝 흐르는 게 티가 났던 것도 같고…….'

그래. 그 눈치 빠른 진태성은 자신보다 그걸 먼저 느꼈을지도 모른다. 거기까지 생각이 미친 기현은 점점 울적해졌다. 혼자 별채에 있는 게 걱정된다고 밤새 전화를 해 줬던 것, 서툴게 머릴 쓰다듬던 손길 같은 것들에 가슴이 뛴 걸, 사실 아주 쉬운 사람이라는 걸 태성에게 들킨 기분이라서.

생각해 보니 어떻게든 그를 받아 주지 않았을 땐 헤퍼질 필요가 있다고도 했고, 가여이 여기는 것 같은 표정을 짓기도 했다. 또 자긴 원래 꼬실 땐 반말한다면서 툭툭거리기도 했는데, 이젠 그런 장난은 좀처럼 보기 어렵다.

거기다 얼마 전, 뜬금없이 놀아 달라고 나타나서는 실컷 헤집고 갔을 때. 그때 너무 순순히 무슨 짓이든 다 들어줬던 것도 같고.

'정말로 요즘 내가 너무, 쉬웠나…….'

기현은 고개를 갸웃거리며 피곤함에 눈두덩이를 꾹 눌렀다. 어느 순간부터 그는 태성에게 굉장히 의지하게 됐다. 빌렸던 돈, 사람, 정보…… 그런 것들은 전부 갚을 자신이 있다. 받은 것 이상으로 되돌려줄 수 있단 말이다.

다만, 마음이 문제였다. 누굴 좋아해 본 적도, 다른 사람과 함께 목표를 향해 달려가 본 적도 없었기에. 기현은 늘 혼자였다. 그런데 이런 상황에서…… 정신머리 똑바로 차려도 모자랄 이 전쟁터에서 어딘지 변한 것 같은 진태성을 떠올리며 심란해하고 있다.

'그저 혼자가 아니라는 사실 하나만으로 이렇게 크게 흔들리는 게. 이게 정상인가.'

선거 사무실을 정리하던 날, 가장 아끼는 그릇이며 과도며 살림살이를 다 들고나왔던 현아의 어머니가 그랬다. 판결이 어떻게 났더라도 자신은 기현을 위해 이렇게 일했을 거라고. 처음 만났을 때 기현이 두 손을 붙들어 주었던 게, 그게 그렇게 고마웠다고.

자신이 그랬던가. 미안하게도 잘 기억이 나질 않았다. 사실 그런 정중한 인사는 고객과 만날 때의 습관과도 같은 것이라서. 그랬었나요, 하고 애매하게 고개를 기울이자 그녀가 세차게 머리를 끄덕였다. 그렇게 정중하게 손을 맞잡아 준 게 태어나서 우리 변호사님뿐이어서, 얼마나 고맙고 또 고마웠는지. 앞으로도 계속 그 생각만 하면 가슴이 따뜻해질 거라고.

그땐 그러시냐며 쑥스러운 마음에 대충 넘기고 말았는데 지금은 기현도 그녀의 말을 조금이나마 알 것 같았다. 남에겐 아무것도 아닌 흔한 일들이 내 세상을 뒤흔드는 거대한 파도가 되기도 한다.

며칠 전에도 그랬다. 결국 태성과 제대로 된 대화를 나누진 못했다. 그는 자기 이야기를 들려주는가 싶더니 그대로 입을 꾹 다물고는 손가락으로 뒤를 괴롭히기만 했다. 기현이 혼자 두 번이나 사정하자 그제야 자신의 것을 입에 담아도 좋다는, 끝까지 태성 본인에게만 좋은 허락을 관대히 베풀어 주었다.

너무 함부로 대하는 것 같아 울컥하려는 그 순간, 머리카락에 손을 넣어 쓰다듬으며 집사님을 찾을 수 있을 것 같다고 말했다. 자신의 생각이 맞는다면 아마 그분은 무사할 거라고. 화도 낼 수 없게 그런 말을 툭 꺼냈다.

진태성은 이렇게 예상치 못한 시점에서 기현이 필요로 하는 것들만 꺼내 보였다. 어딘가 핀트가 나간 것 같은 그런 다정함이었다. 대뜸 밤새 통화해도 괜찮다고 하거나 뒤를 헤집는 건 그렇게 능숙하면서 머리를 어루만지는 손길은 서툴다거나, 하는.

"저…… 본부장님, 혹시 이 보고서 보신 적 있습니까?"

"아, 미안합니다. 어떤 거요?"

잠시 다른 생각을 하던 기현의 눈에 초점이 돌아왔다. 그런데 서태식의 표정이 심상치 않았다. 기현의 상태가 어떠했는지는 눈치채지 못한 것 같다. 그 정도로 지금 서태식은 중요한 주제에 몰입해 있었다.

"얼마 전에 대원에서 받아 오신 보고서 말인데요……."

"아, 네. 무슨 문제라도……?"

"갑자기 끊기는 부분이 있습니다. 중요한 건 아니라 저도 대충 넘긴 서류이긴 한데…… 분명 봤던 것 같은데 중간이 텅 비어서요. 여기, AR모터스라고 시작되어야 하는 부분이 있는데 그 부분이 없습니다."

기현은 굳은 얼굴로 벌떡 일어났다. 문서 분실이라니?

"원본입니까?"

사본을 만들지 않겠다는 약속하에 조 실장도, 태성도 문서를 열람시켜 주었다. 하지만 서태식이 그 문서를 그대로 뒀을 리가 없을 터인데.

"예. 애초에 복사하기 좀 어려운 문서였습니다. 아까 시험 삼아 슬쩍 한 장 해 봤는데 사본 표시가 뜨더군요."

"특수한 종이로 만들어진 문서라고요? 이게 그 정도로 중요한 내용입니까?"

"예. 저도 그렇게 중요하다 생각하지 않았는데 사본 표시가 뜨는 걸 보니 마음에 걸려서……. 마지막으로 다 같이 한 번 더 살펴보려고 했습니다."

"그런데 중간에 빈 서류가 있었다고요……. 그것도 모터스 관련한 내용으로."

가장 마지막에 손을 댄 사람이 누구였더라. 팀원들과 대략 살펴본 후에 차에 가지고 탔고, 그걸 보고 태성이 조언을 해 줬고, 다시 사무실에 가지고 왔고, 그리고…….

곰곰이 생각하던 기현은 싸해지는 기분에 손을 꾹 쥐었다. 설마…… 윤의택이든 윤인범이든, 그쪽의 누군가가 빼돌린 걸까.

솔직히 그 문서에 그렇게 중요한 정보는 없었던 것 같지만. 만약 대원이, 태성이 그렇게 여겼던 서류라면…… 아니, 그런 걸 다 떠나서 사소한 서류일지라도 다른 기업에 그걸 보여 준다는 게 쉬운 일이 아닌데. 그런데 실수로 원본 서류를 우리 쪽에서 잃어버렸다면…….

'아, 그 호의에 고작 잃어버려서 미안하다는 변명 따위나 해야 하는 상황이라니.'

기현이 급히 보고서를 넘겼다. 모터스에 관한 모든 정보가 없어진 건 아니었다. 중간 부분. 사옥을 건설하는 과정과 그와 관련한 로비 활동에 관한 내용이 뚝 끊겼다 몇 장 후 다시 시작되었다.

"혹시 사진은?"

"두께도 상당하고 특이한 내용도 없었던 터라 따로 촬영하진 않았습니다."

서태식 이하 팀원들이 고개를 푹 숙였다. 저 문서는 지금 여기 있는 사람들에게만 보여 주었다. 그럼 이 안에 윤인범이 회유한 사람이 있다는 걸까. 하지만 그것도 말이 안 된다. 기현과 서태식을 포함해 겨우 네 사람이다. 책임 소재야 금방 유추될 거란 뜻이다. 이 상황에서 그렇게 위험한 일을 벌일 리가 없다.

기현은 다시 한번 문서를 넘겼다. 자동차 회사 인수의 배경, 모터스 발족, 공장 인수와 지분의 흐름……. 교과서 같은 보고서였으나 증권사나 경제연구소 홈페이지에도 이런 비슷한 내용은 널렸다. 딱히 비밀이라고도 볼 수 없다는 뜻이다. 대체 이 평범한 문서의 어떤 점이 문제가 되어서…….

"본, 본부장님!"

어지간히 급했는지 수행 비서 한 명이 노크와 동시에 문을 벌컥 열었다. 허둥거리는 모습에 서태식이 노려보자 그가 다시 각을 잡고 묵례했다. 그렇지만 이미 마음이 어딘가 붕 뜬 것처럼 문 너머를 자꾸 힐끔거렸다.

"무슨 일이죠?"

"죄송합니다, 저, 손님이 오셨습니다."

"어디서? 지금 조금 중요한 일이 생겨서—"

"업무 관련 회의라면 잠깐 미뤄 줬으면 좋겠는데. 이쪽도 중요한 일이라."

"어……?"

별안간 들리는 익숙한 목소리에 서태식을 비롯한 직원들이 벼락이라도 맞은 듯 자리에서 벌떡 일어섰다.

"많이 바쁘니?"

윤 회장과 김 관장을 여러모로 꼭 닮은, 호적상의 큰 누이. 윤진서였다.

"그럼 기다리고."

기현은 윤진서를 이런 식으로 마주한 적이 한 번도 없었다. 물론 몇 번 보기야 했지만…… 고갤 숙여야 할 윤 회장이 없어서인지 뿜어내는 위압감이 대단했다. 무릎 바로 아래까지 오는 타이트한 펜슬 스커트에 아슬아슬한 스틸레토힐까지. 불혹을 훌쩍 넘긴 이라곤 상상할 수 없는 모습이었다.

"매정하게 이렇게 세워만 두고. 차도 한 잔 안 줄 셈이니?"

서태식이 황급히 서류를 챙기다 옆의 직원을 티가 나게 퍽 때렸다. 입 모양을 보니 여기서 뭐 하냐는 것 같았다. 기현은 해마다 전달받았던 가게 관련 일람을 떠올렸다. 그룹 홍보팀에서는 윤진서의 대내외적 이미지에 늘 카리스마라는 단어를 빼놓지 않았는데, 과연 그대로였다. 서태식이 이렇게 허둥지둥하는 건 처음 봤을 정도니까.

윤진서는 자리에 앉고서도 아무 말 하지 않았다. 사무실을 살펴보며 여러 가질 계산해 보는 것 같았다. 무슨 가구를 쓰고, 어떻게 그 걸 배치하고. 그런 걸 사람을 판단하는 중요한 시표로 여겼다.

"아랫사람들 다 있는데."

뭔가 마음에 들지 않았는지 잔을 유심히 살피며 진서가 입을 열었다.

"그렇게 멍청한 얼굴을 하면 어쩌자는 거야. 게다가 인사도 안 하고 날 멀거니 쳐다만 보고 있으면 다들 무슨 생각을 할 것 같아?"

차에 대한 감정을 끝냈는지 부드럽게 잔을 내려놓았다. 역시 못 마실 것으로 판단한 모양이다.

"……무슨 일입니까?"

"세상에, 유유상종이라고. 반응이 어쩜 이럴까."

"유유상종이라뇨?"

"진태성 이사 말이다."

"진태성?"

기현의 눈이 한층 사나워졌다.

"또. 감정 드러내지 말래도?"

"무슨 수작입니까."

"수작? 수작은 내가 아니라 너희가 부리고 있잖아?"

사무실 창문 너머로 시선을 주던 윤진서가 드디어 기현을 향해 고개를 돌렸다. 인테리어 역시 불합격이었는지 머리를 작게 저으며.

"그래, 여태 말도 섞은 적 없던 사람에게 예의 차릴 이유는 없겠지. 결론으로 바로 들어갈까. 진태성에게 뭘 빚졌는지 말해."

"빚이라뇨?"

"뭘 주겠다고 약속하고 진태성의 돈과 인맥을 움직였느냔 말이다. 거래를 했으면 오고 간 게 있었겠지."

황당해진 기현이 허, 하고 잠시 천장을 올려다봤다. 갑자기 들이

닥쳐서 저게 무슨 황당한 소리야?

"그걸 내가 왜 당신에게 말해 줘야 하지?"

"네 그 잘난 연애 놀음 때문에 내가 진태성에게 협박씩이나 당해야 했으니까."

"연애 놀음……?"

"틀린 말 했어? 내가 이 정도까지 알아냈으면 다른 사람들에게도 곧 쉬워질 거다. 우리에게 붙는 사람이 몇인 줄이나 알아?"

무슨 말인지 모르겠다. 기현의 표정이 잠시 흐트러진 것을 놓치지 않고 진서가 혀를 찼다. 실전 경험이 없어도 너무 없다. 선거로 여론몰이를 할 땐 그래도 좀 뭔가 있는 놈 같아 보였는데.

"미리 말해 두지만 난 상관없다. 이 바닥에 얼마나 괴팍한 취향이 많은데, 같은 남자 만나는 것 정도는 양호하지. 하지만 중요한 건 그게 아니고. 진태성에게 뭘 약속했기에 그쪽에서 엄청난 돈을 뿌리고 있는 거지?"

"당신 말대로라면 오고 가는 게 있어야지. 어떻게 보면 그것도 내 영업 비밀 아닌가?"

"영업 비밀이라고."

다소 삐딱한 말이었지만 진서의 표정은 아까보다 훨씬 너그러웠다. 그래, 차라리 이런 쪽이 나았다. 멍청하고 욱하는 윤인범 같은 성깔보다야.

"며칠 전으로 기억하는데, 호텔에서 진태성을 마주친 일이 있어. 그때 그러더군. 너에 대한 정보를 줄 테니 물산 주식을 달라고."

기현은 느리게 눈을 끔뻑였다. 갑자기 들어온 정보가 제대로 인지가 되지 않았던 탓이다.

"무슨 말도 안 되는 소릴."

너무 뜬금없는 소리여서 비웃음도 안 나왔다.

"단 1주라도 좋으니 물산 지분이 필요하다고 하던데. 난 그래서 진태성이 물산에 지분이라도 있는 줄 알았어. 그런데 그것도 아니야. 대원, 그러니까 진태성의 포트폴리오를 보면 물산 지분은 예전에도 그랬고, 지금도 적절한 선택이 아니야. 하등 필요 없는 주식이라는 걸 나도 알겠는데 장본인이라고 모를까? 그런데 난데없이 물산 주식을 요구했어, 그것도 내가 가진 지분을. 당연히 의심스럽지 않겠니?"

'시시콜콜한 것까지 전부 알아야 할 필요는 없습니다. 필요한 정보를 누구보다 빨리 알아내는 게 더 중요하지. 그러니 지금은 다른 것보다 윤기현 씨가 단 1%라도 물산의 지분을 확보하는 데 집중해야 합니다.'

"그건…… 날 돕기 위해서였으니까."

태성을 감싸는 말부터 대뜸 튀어나왔다. 하지만 사실이었다. 같이 보고서를 보면서 기현이 놓치고 있는 게 있다고, 물산 주식을 선점해야 한다고 말했으니까. 그리고 그건 상당히 설득력이 있는 분석이었다.

"널 돕기 위해서……. 그래, 그러니 넌 진태성에게 대가로 뭘 줬냐고 묻잖아. 뭘 얼마나 내줬으면 진태성이 내 앞에서 이수경에 대한 정보까지 입에 올려?"

"……누구?"

확실히 태성이 그 일을 도와주고 있긴 했다. 얼마 전에도 긍정적인 결과를 기대할 만하다는 이야기까지 해 주었으니까. 하지만…… 그걸 왜 윤진서가 알고 있는 거지?

"그 반응은 뭐야? 너 정말 한 번도 진태성을 의심해 본 적 없었던 건 아니지?"

기현이 아무런 말을 않자 윤진서가 머리를 짚었다.

"세상에, 정말인가 보네. 다른 사람도 아니고 외부인이 이수경을 캐고 다니도록 그대로 뒀다고? 너, 대체 얼마나 우습게 보였으면 감히 그런 놈이 나를, 우리 그룹을 상대로 그런 망발을 하게 만들어?"

그 뒤로도 뭐라고 말을 했지만 하나도 귀에 들어오지 않았다. 강렬한 이명이 머릿속을 뒤흔들었다. 사망 선고라도 받은 것처럼 삐, 하는 날카로운 소리가 온몸을 파고들었다. 기현은 눈을 질끈 감았다. 두려워서 윤진서가 한 말을 다시 정리할 엄두가 나지 않았다.

"심지어 그날 진태성, 아려 호텔에서 너랑 같이 있었던 것 같은데. 막 씻고 나온 차림새로 위에서 기다리는 사람이 있다고 했어. 그거 너 아니니?"

체온이 쑥 내려간 것 같았다. 손이 덜덜 떨리고 눈앞이 아득해졌다. 그가 호텔에서 자리를 비운 시간이라면…… 안 되겠다고, 아래가 걱정된다면서 약국에 다녀오겠다고 몸을 일으켰을 때였다. 그런데 자신이 누워 기다리고 있던 그 호텔에서, 그것도 AR그룹이 소유한 호텔에서, 윤진서와 접촉해선 저런 소릴 했다고?

"윤기현."

"……그렇다고 해도, 내가 진태성에서 뭘 대가로 줬는지 당신에게 말해야 할 이유는 없지."

당장 뛰쳐나가고 싶은 걸, 태성에게 전화를 걸고 싶은 걸 참으며 기현이 아무렇게나 말을 던졌다.

"솔직히 지금 상황에서 내가 당신 말을 믿어야 할 이유도 없잖아?"

나 자신도 믿지 말라는 게 이 집안 대단하신 어른의 가르침 아니었나. 기현이 애써 빈정거렸지만 이미 눈빛에서 다 티가 났다. 마음이 흔들리고 있다는 게.

"내가 여기까지 널 보러 직접 온 게 어떤 의미일 거라고 생각해? 심심해서 놀러 온 거로 보이니?"

기현은 주먹을 꾹 쥐었다. 태성이 그동안 했던 말들과 윤진서의 말들, 그리고 상황이 이렇게까지 잘 맞지만 않았어도. 아니, 무엇보다 찾아온 사람이 절대 자신 같은 사람을 보러 손수 행차까지 할 윤진서만 아니었어도…….

"윤인범 그 인간보다야 네가 나은 건 사실이다만…… 이건, 뭐. 어려도 너무 어리네."

윤진서가 혀를 찼다. 남자와 남자든, 사람이 아닌 존재와 놀아나든 그건 상관없다. 다만 대체 놈에게 얼마나 마음을 줬으면 사실 확인도 안 된 일로 저렇게 동요하는지.

기실 윤진서는 기현과 그의 생모가 시커멓게 가라앉은 얼굴로 늘 불쌍한 척 눈치 보는 것을 이해할 수 없었다. 어릴 때부터 외국에서 혼자 자라서?

하지만 뿔뿔이 흩어져 부모가 지시한 교육 과정을 들어야 했던 건 이쪽도 마찬가지였다. 기현이 어떻게 자랐는지는 윤진서를 비롯한 다른 형제들이 알 바 아니었다. 오히려 고마워해야 할 일이라고 생각했다. 밖에서 낳은 자식 주제에 신무원의 사람으로, AR그룹의 사람으로 필요한 모든 것을 누리며 살아왔으니까.

"됐다. 너 정신부터 차리고 이야기하자. 못 믿겠으면 확인부터 해 봐."

이미 평정을 잃은 것 같은 사람과 불확실한 미래를 이야기하고 싶지 않았다. 생각보다 실망스러웠지만, 그래도 확실히 윤인범보다는 높은 점수를 줄 수 있는 건 사실이었다. 어떻게든 멀쩡한 척, 아무렇지 않은 척이라도 하려고 든다는 점에서. 어쩔 수 없이 표정이 다 드러나는 점이나 순진하게 덥석 마음을 주는 것 정도야…… 몇 번 구르고 데다 보면 단단하게 굳어지겠지.

"무슨 이유입니까?"

"뭐?"

"내가 누구에게 속아 넘어가든, 내가 뭘 어쩌고 살든 관심도 없던 당신이 그런 이야기를 해 주는 이유가 뭔지 궁금해서요."

"아, 이유?"

"여기까지 직접 와서 친히 어려운 이야기까지 들려주시는데, 그 꿍꿍이가 짐작은 가야 믿든 말든 하겠죠?"

"당연한 거 아니겠니? 하나뿐인 오라버니가 하는 멍청한 짓거리들을 더 참기가 어려워서."

일말의 망설임도 없는 대답이었다.

"아무리 생각해도 그 멍청한 작자가 집안 말아먹을 걸, 정확히 내가 가진 것까지 다 망쳐 놓을 걸 생각하면 피가 거꾸로 솟아서 말이다."

윤 회장이야 워낙 의중을 알 수 없는 인물이니 혹 이렇게 윤인범을 밀어붙이는 데 무슨 뜻이 있는 건 아닐까, 싶었지만 그렇다고 기현을 방치할 순 없는 노릇이었다. 아무리 윤인범이 용을 써도 윤 회장처럼 그룹과 재계 전체를 휘어잡을 그릇이 못 된다는 건 자명한 사실이었다.

"서자도 왕의 핏줄인데 너에게 기회가 없으리란 법은 없고, 반정이 일어나면 득세하는 건 공신 아니겠니? 이런 계산도 물론 있고."

처음으로 윤진서의 얼굴이 풀렸다. 기현도 느낄 수 있을 정도로. 과연 윤진서는 신무원 그 자체였다. 누군가를 믿고, 좋아하는 것보다 의심하고 집요하게 굴수록 쓸 만한 인간 취급받는 .

"물론 진태성 같은 근본 없는 것들이 거래니 뭐니 설쳐 대는 꼴을 참을 수가 없기도 하지. 차라리 반쪽이어도 같은 피가 흐르는 너를 상대하는 게 나아. 그런 놈보다는."

기현은 일어서는 윤진서를 멍하니 올려다보았다. 그 눈빛이 뭔가 마음에 안 들었는지 진서가 쯧, 가볍게 혀를 찼다. 뭔가 더 쏘아붙일 말이 남은 것 같았지만 일단은 덜떨어진 정신머리부터 수습하라며 그대로 걸음을 옮겼다.

"참."

그러다 기현을 향해 돌아서는 모습이 어느 날의 김 관장과 아주 많이 닮아 있었다.

"너. 당신, 당신 그렇게 불러 대는 거, 고쳐. 어디서 건방지게."

윤진서가 손잡이를 돌리기도 전에 임원실의 육중한 문이 저절로 열렸다. 밖에서 진서의 발걸음 소리를 듣고 대기했던 모양이다. 문 너머로 윤진서를 배웅하는 소리가 들렸다.

귀가, 머릿속이 너무 아팠다. 이명이 귓전을 사납게 때렸다. 모든 것이 소음이었다. 그럼에도 들어야 할 목소리가 있었다. 작은 일로 자꾸 마음을 뒤흔들다 못해 이제 이런 확실하지 않은 이야기에도 심장이 쿵 떨어지게 만드는 그를, 진태성을 만나야 했다.

하지만…… 그 전에 반드시 확인할 게 있었다.

"오셨습니까."

지배인이 차 문을 열며 비켜섰다. 누구도 아닌, 얼굴도 보기 힘들었던 AR그룹 막내 아드님이 직접 방문할 예정이라고 때아닌 통보를 한 탓에 난리도 이런 난리가 없었다.

심지어 사장인 윤희연은 자리를 비운 상태였다. 어제부터 관광 및 항공 산업 관련한 콘퍼런스가 있었기 때문이다. 그것도 중국 정부가 직접 개최한 콘퍼런스였다.

자국 산업 보호로 중국에서 유독 아려 호텔을 꺼렸던 탓에, 업계의 큰손이 되어 줄 관료들의 마음을 이번에 반드시 잡아야 했다. 즉, 윤 회장의 부고라도 뜨지 않는 이상 내일까지는 윤희연과 연락이 닿기 어려울 거였다.

하필이면 오늘. 직원들이 기현을 의전하며 뒤에서 눈치를 주고받았다.

"저, 무슨 필요하신 일이라도."

기현은 대뜸 호텔로 오겠다는 통보만 내던졌다. 밥을 먹겠다는 건지, 라운지에 가겠다는 건지. 가타부타 어떤 말도 없어서 그야말로 호텔 전체가 비상이었다.

"확인 좀 할 게 있습니다."

정 · 재계 인사들이 비밀을 안고 숱하게 호텔을 드나들었건만 정작 주인인 AR그룹 사람들은 한 번도 그런 일이 없었다. 아니, 있을지도 모르겠지만 들킨 적이 없었다. 어느 정도의 결벽이냐면, 총수 일가가 호텔에서 업무를 볼 땐 직원들이 아닌 신무원에서부터 대동한 이를 부릴 정도였다.

그저 그들을 위해 늘 비워 두는 방이 있고, 그곳이 아닐지라도 어떤 객실에 지문으로 체크인한 것이 확인되면 오너 일가의 누군가가 묵고 있다 추측하고 조심할 뿐이었다. 그 정도로 윤 회장 일가는 AR그룹과 관련하여 조금의 잡음이 나는 것도 견딜 수 없어 했다.

게다가 호텔은 이미 의도치 않게 기현의 행보를 놓친 전적이 있었다. 대원의 이름으로 빌린 홀에서 설마 출마 선언을 할 줄이야. 누구도 예상하지 못했던 일이었다. 심지어 거현이 호텔에 며칠간 머무르고 있었던 것도 까맣게 몰랐다.

그때 관리자들의 목이 줄줄이 달아났었지……. 이번에도 그다지 좋은 일이 있을 것 같지는 않아서 지배인은 침을 꿀꺽 삼키며 기현의 뒤만 졸졸 따라갔다.

"저, 본부장님. 그런데 오늘은 무슨 일로……."

"CCTV를 좀 봐야겠습니다."

"예?"

기현은 관계자 외 출입 금지 표찰이 붙은 쪽으로 무작정 걸었다. 구구절절 설명하다간 앞에서 가로막힐 게 뻔하니 일단 어디로든 들어가고 보자는 심산이었다.

"본부장님! 들어가시면 안 됩니다! 본부장님!"

뒤에서 다급히 말리는 지배인과 달리 분주히 침구를 나르던 사람들은 당황하며 길을 비켜 주었다.

"잠시만요, 본부장님."

차마 팔을 붙들진 못하겠는지 지배인이 뛰어와 앞을 가로막았다. 나이 지긋한 아저씨가 숨차 헉헉대는데 거기다 대고 저리 비키라고 할 위인은 못되었다. 어차피 통제실이 어디에 있는지 잘 모르기도 하고. 기현은 일단 그가 원하는 대로 멈춰 주었다.

"봐야 합니다. 확인할 게 있어요."

하지만 원하는 것은 여전히 명백했다. 지배인이 뒤의 직원들에게 눈짓했다. 이쪽으로 오는 사람들을 차단하려는 모양이다.

"죄송합니다. 그건 어렵습니다."

"어렵다는 게 안 된다는 건 아니잖아요?"

"그런 뜻이 아니라는 걸 잘 아시잖습니까."

지배인이 한숨을 푹 쉬었다. 조용하고 얌전한 재벌가 도련님. 계열사 사람들에게 윤기현은 딱 그 정도의 이미지였는데. 아니었나 보다.

"이런 말씀 드려서 죄송합니다만, 본부장님. 여기는 아려 호텔입니다. 현재 윤희연 사장님께서 외부에 계셔 연락이 좀 어렵지만, 이건 사장님이 계신다고 한들 당장 허가를 구할 수도 없는 내용입니다. 본부장님께서 방금 요구하신 것들은, 이런 말씀 드려서 죄송합니다만, 저희 쪽에선 상당한 월권으로 해석될 수 있습니다."

"……월권이라."

"죄송합니다."

틀린 말은 아니었다. 들키면 곤란해지는 건 책임자인 그일 테니 더더욱 그렇겠지. 하지만.

"반드시 확인해 봐야 할 것이 있습니다."

"거듭 말씀드리지만—"

"회장님 지시입니다."

"예?"

"회장님 지시라고 말씀드렸습니다. 필요하시다면 통화든, 영상 통화든 뭐든 연결해 드리죠."

"예? 하지만 회장님께서……."

윤 회장이 김 비서가 아닌 다른 사람을 시켜 이런 일을 할 리가 없는데. 지배인이 자신 없는 얼굴로 고개를 갸웃거렸다.

그도 그럴 게, 윤 회장은 여태껏 단 한 번도 자식 중 누군가에게 사적인 일을 맡긴 적이 없었다. 하다못해 술 한 병 사 오라는 심부름을 보내더라도, 누군가를 딱 찍어 지목한다면 그걸로도 대문짝만하게 뉴스가 날 판국이다. 그런데 기현에게 CCTV 확인과 같은 정보 수집을 맡겼다고?

"이 일과는 아무 관계가 없는 제가 급히, 조용히 확인 좀 할 게 있다고 하셨습니다. 급합니다."

"그렇지만……."

"필요하시다면 당장에라도 전화 연결해 드리죠."

기현이 재킷 안쪽을 뒤적여 핸드폰을 꺼냈다. 당연한 말이지만 전부 거짓말이고 허세였다. 잔뜩 긴장한 탓에 핸드폰을 쥔 손에서 미지근한 열이 올랐다.

"하지만 지난번에 제가 집에는 안 들어가고 여기서 묵는 걸 모르셨던 것도 그렇고……. 회장님께서 AR 계열사의 CCTV 열어 보는데 하나하나 딸의 허락이 필요하니 방법이 없다고 한다면 호텔 측의 느린 대처에 굉장히 실망하실 겁니다."

과거의 일까지 들먹이자 지배인이 땀을 삐질삐질 흘렸다. 평소에도 그랬다면 모를까, 안 그러던 사람이 윤 회장 이름까지 거론하자 좀 당황스러웠다. 한편, 기현은 기현 나름대로 초조해졌다.

'이렇게까지 나왔는데도 만약 안 된다고 하면 어떡하지. 회장님께는 전화로 보고 드리고 다시 오겠다고 해야겠지……. 대신 윤 회장 귀에 들어갈 각오도 해야 할 거고.'

다소 거북한 침묵이 내려앉으며 지배인의 눈동자가 빠르게 움직였다. 눈짓이 오가더니 결론을 내렸는지 이내 비장하게 고개를 끄덕였다.

"보여 드릴 수 있는 건…… 복도와 엘리베이터 정도입니다. 그나마도 소리는 들리지 않을 거고요."

복도와 엘리베이터라…….

"그 정도면 충분합니다. 지난주 목요일 오후 두 시에서 네 시 사이. 스위트 라운지를 중심으로 봐 주세요."

지난주 목요일 스위트 라운지라면…… 윤 회장을 비롯한 AR그룹 직계 가족이 모이느라 라운지와 엘리베이터 전체를 폐쇄했던 날이었다. 기현이 그 자리에 없었던가? 아니다. 분명 그날 상위급 객실 하나에 지문 체크인된 걸로 확인되어서 기현과는 따로 담소가 오가는 모양이라고 생각했다.

그런데 자신은 이 일과는 아무 관계가 없는 사람이라니? 잠깐, 그날 대원의 이사도 오지 않았던가? 지배인은 뒤늦게 기현의 말을 의심하게 됐으나 계급이 깡패라고, 그룹 오너의 아들이 자기 계열사 CCTV 좀 보여 달라는데 끝까지 거절할 수 없었다. 그럴 군번도 못 되는 지배인은 한숨만 푹 쉴 뿐이었다.

"이쪽입니다."

기현 또한 지배인 몰래 작게 안도의 한숨을 쉬며 표정이 무너지지 않도록 다잡았다.

\+ ♚ +

"엇, 안녕하세요."

처음 대원 미술관을 찾았을 때 거지꼴을 한 기현을 보고 난감해했던 그 직원이었다.

"예. 이사님은……."

"회의 중이십니다. 그런데 선약을 하셨던가요? 제가 전달받지 못해서……."

"급한 일이 생겨서 바로 온 거라. 음, 정말 급한데."

그때나 지금이나 여전히 난감하게 만드는 사람이었지만 이젠 확실히 신분을 안다. 무엇보다 AR그룹과 관련해서, 특히 기현과 관련한 일에서 진태성이 얼마나 기민하게 움직이는지 대원에서 일하는 사람이라면 모를 수가 없었기 때문에 데스크의 직원은 군말 없이 기현을 들어보내 줬다.

"2층에서 내리시면 비서가 안내해 줄 겁니다."

"아. 조 실장님은?"

"같이 회의 들어가셨는데, 전화 드릴까요?"

"음…… 아뇨. 제 이야길 들으면 회의를 계속하실 수 없을 테니까. 그 정도로 중요한 일이라서요. 제가 기다리겠습니다."

그리고 그때는 죄송했습니다. 기현이 장난처럼 사과를 덧붙이자 직원의 표정이 한결 밝아졌다. 예의 바르게 지어 주었던 미소는 엘리베이터 문이 닫히자마자 가셔 버렸지만.

기현은 의미 없이 주먹을 쥐었다 폈다 했다. 아까의 CCTV가 자꾸 머릿속에서 반복 재생되어 몸이 싸하게 말라 버리는 기분이었다. 뭐 대단할 장면은 없었다. 자신이 태성과 함께 방에 들어가는 모습이 잡혔을 땐 조금 긴장했지만 아무도 의심하지 않았다. 실제로 남의 이목을 피해야 할 중요한 회의나 이야기는 그런 방식으로 많이 이루어졌으므로.

그 후로 한참 동안 아무도 없었다. 두 시간쯤 흐른 후 윤 회장이 나오고, 뒤이어 윤희연이 엘리베이터를 타고, 그리고…… 그리고 진태성이 윤진서와 같은 엘리베이터를 탔다.

윤소형은 먼저 내렸고 둘이서만 이야기를 주고받았다. 태성은 삐딱하게 다리를 짚고 서서 심드렁한 표정으로 뭐라 말했고, 윤진서 또한 태성을 마주하지 않은 채 제 할 말만 했다. 딱히 소리가 필요 없을 정도로 건조함이 느껴지는 장면이었다.

잠깐에 불과한 단조로운 CCTV를 보고 나니 불안했던 마음이 오히려 차분해졌다. 태성을 먼저 붙든 것도 윤진서, 이야기를 이어 나간 것도 윤진서였으므로. 매번 태성을 향해 천박한 것이라 운운했던 사람이 먼저 말을 걸었다는 사실이 좀 이상했지만…… 어쩌면 이간질을 노리고 저런 행동을 했을지도 모른다. 그녀는 이미 태성의 모친에게 화려하게 망신을 주었던 전과도 있지 않은가.

"차 드릴까요?"

"괜찮습니다. 오늘은 이미 많이 마셔서."

조금만 기다리시라는 공손한 답과 함께 문이 닫혔다. 오랜만에 보는 풍경이었다. 널찍한 창문으로 빛이 쏟아지는 것도 그때와 똑같았다. 저녁 무렵이라 그림자가 많이 지긴 했지만, 그도 제법 운치 있었다. 창문의 위치부터 소파의 팔걸이까지, 디자인 잡지에 나오는 것처럼 한 치의 오차도 없이 설계된 태성의 사무실을 보고 있으려니 새삼스러운 기분이 들었다.

꼬질꼬질해진 몰골로 무작정 찾아와 태성의 얼굴을 보고 넋을 잃었던 그때부터 지금까지. 벅찰 정도로 시간이 빠르게 흘렀고, 많은 것이 변했다. 태성을 의심까지 할 정도로, 그 가정에 절망부터 할 정도로, 제 안에서 진태성의 존재감이 커졌다.

혹시 반가운 발소리가 들릴까, 복도 쪽으로 귀를 기울이며 기현은 천천히 사무실을 한 바퀴 돌았다. 황혼을 등지고 선 탓에 태성의 명패가 잘 보이지 않았다. 그러고 보니 처음에 만났을 때도 이름을 제대로 읽을 수 없어서 한참을 쳐다봤었지. 그땐 빛이 쏟아지는 바람에 눈이 부셔 그랬다면, 이번엔 자신의 그림자에 가려져 보이지 않았다.

"……뭐라고 묻지."

기현은 태성이 앉아 있는 양 그의 빈자리를 응시하며 스스로에게 물었다. 윤진서가 찾아왔다. 당신이 나를 배신할 생각인 것 같다는 말을 듣고 나니 가정만으로도 속이 뒤집혀서 호텔 CCTV를 열어 봤다. 과연 엘리베이터 안에서 윤진서와 오래 이야길 나눴던데 대체 무슨 이야길 한 거냐……. 뭐, 이렇게?

"하……."

사실이든 아니든 진태성은 저런 바보 같은 질문을 던진 기현에게 실망할 게 뻔했다. 만약 진태성이 대뜸 찾아와 저렇게 묻는다면 기현 또한 그랬을 테니까.

'그럼 뭐라고 물어야 하지. 당신의 말이 어느새 나에게 이렇게나 위력적이게 되었다고? 당신이 이긴 것 같다고? 상상하는 거로도 속이 뒤집히니까 그러지 말라고?'

그럼 진태성은 어떤 표정을 지을까. 기현은 복잡한 마음으로 명패를 천천히 쓸었다.

사실 그런 말은 절대 할 수 없었다. 이건 감이었다. 태성은 그런 종류의…… 구속 같은 그런 말을 기꺼워할 사람이 아니었다. 그랬다간 기현을 그저 정에 굶주려 쉽게 마음 다 줘 버리는 개새끼처럼 치부할 거다. 그러니까……

"어……?"

애꿎은 명패를 쓸던 것을 멈추고 기현이 몸을 기울였다. 책상 위에 널브러진 여러 뭉치의 서류 중 눈에 띄는 것이 있었다. 물산, 모터스, 지분……. 익숙한 단어들이었다.

"이게 왜……?"

주인 없는 사무실에서, 마음대로 뒤져 봐선 안 될 서류라는 건 안다. 하지만……. 기현은 잠시 망설이다가 손을 뻗었다.

서류를 넘기던 손의 떨림이 점차 심해졌다. 초안이었는지 여기저기 체크한 부분이 많았다. '캥거루1'과 '캥거루5'의 모터스 장악 가능성, '캥거루'를 압박할 수 있는 루트, 그에 따른 대원 사업 확장의 이점, '캥거루2'에게 물산 지분을 넘겨받을 경우와 그렇지 못할 경우…….

캥거루라 지칭하며 숫자를 붙였지만, 내용을 아는 사람이라면 누가 봐도 알아챌 것이다. AR그룹의 이야기라는 걸. 손에 땀이 나서 종이 쪼가리들이 자꾸 달라붙었다. 급하게 훑느라 전체적 맥락이 눈에 들어오질 않았지만…… 분명 그랬다. 기현은 빠르게 앞으로 넘겨 문서의 생산 날짜를 확인했다.

'오늘 아침…….'

멍한 얼굴로 문서를 들여다보던 기현은 아예 책상 뒤로 돌아가 다른 문서들을 헤집었다. 되도록 티가 나지 않도록 조심해서 살펴본다고 보는데도 그러기가 어려웠다. 좀처럼 진정이 되지 않아 손바닥이나 등, 이마에 땀이 맺혔다.

그런 와중에도 혹시나 태성이 여기서 뭐 하는 거냐며 문을 불쑥 열진 않을까 걱정되어서 신경의 반은 복도 쪽에 쏠려 있었다. 서류를 훑어보다가도 자꾸 문을 쳐다보게 됐다. 밖의 상황이 신경 쓰여서, 언제라도 누군가 들어올 것 같아서 집중력이 떨어졌다. 그나마 '캥거루' 정도야 어느 정도 해석이 가능했지만, 그 외의 서류들은 암호 같은 말투성이여서 더더욱.

"대체 이게 무슨……."

모르겠다. 대원이 AR의 순환출자 구조를 따라 그룹의 지분을 조금씩 확보하고 있다는 것 정도는 알겠는데, 정작 중요한 이야기들이 안 보였다. 돈을 얼마나 썼는지, 목적은 무엇인지. 그런 건 하나도 없고 결과에 대한 보고일 뿐이었다.

피가 맺힐 정도로 입술을 깨문 기현은 정신없이 책상 위를 훑다 결재판 옆에 아무렇게나 던져진 태블릿을 발견했다. 정확히는 태블릿 가죽 커버 안에 구겨진 듯 보이는 흰 종이들을.

이건 또 무슨 서류인가 싶어서 별 기대 없이 태블릿을 열었다 닫으려던 기현은…… 커버를 쥐고 그대로 굳어 버렸다. 모를 수가 없는 서류였다. 아침 내도록 태성을 볼 면목이 없어 기현을 곤란하게 만들었던 그 서류들의 일부가, 여기 있었다.

"이게 왜 여기……."

그럼…… 그렇게 화려하게 빼입고 와서, 안 들던 클러치까지 들고 와서 조 실장이 넘긴 서류 좀 보자고 했던 게…….

"그게…… 다 쇼였다고?"

예정에도 없이 회사까지 찾아온 진태성. 막힘없이 AR그룹사를 늘어놓으며 그 무엇보다 물산의 지분을, 단 1%라도 확보하는 데 주력하자던 진태성. 패기 있던 처음과 다르게 자꾸 의지하게 된다는 자신의 말에 가만히 생각에 잠겼던 진태성.

진태성.

진태성…….

진태성……!

저도 모르게 손에 잡히는 것들을 구길 듯 꽉 쥐던 기현은 멀리서 들리는 소리에 숨을 삼키고 일단 책상 상태부터 확인했다. 조심한다고 했지만 누가 봐도 건드린 흔적이 역력했다. 멀리서 들린다 싶었는데 코너를 돌았는지 이야기를 주고받는 목소리가 어느새 가까워졌다. 몇 걸음이면 바로 문이 열릴 것 같았다.

기현은 소파까지의 거리를 초조하게 가늠해 봤으나 무리였다. 게다가 지금 이런 감정을 품고서 진태성을 제대로 마주할 수 있을까?

'아니, 아냐. 안 돼…….'

이 와중에도 발소리는 점점 가까워졌다. 태성과 조 실장의 목소리를 확연히 구분할 수 있을 정도였다. 기현을 안내해 주었던 비서가 뭐라고 말하는 것까지 들렸다.

사고가 멎은 뇌를 애써 일깨우며 기현은 다급히 책상 밑에 웅크렸다. 문고리가 철컥 돌아갔다. 땀에 젖어 헛도는 손으로 간신히 핸드폰을 꺼내 무음으로 돌리자마자 문이 벌컥 열렸다.

"없는데?"

"어, 바로 올라가셨는데……. 화장실이라도 가신 걸까요."

"급한 일이라 했다고?"

"네, 이사님이나 조 실장님께 연락드리겠다고 했더니 이야길 들으면 우리 쪽 회의를 지속할 수 없을 정도로 중요한 일이니 전부 끝나고 만나는 게 낫겠다고 하셨습니다."

"조 실장."

"일단 저에겐 남겨진 연락이 없습니다. 무슨 일일까요……."

"윤진서 쪽에선 연락 없었고?"

윤진서……. 불편하게 웅크려 문자메시지를 입력하던 기현은 의심을 진실로 만드는, 쐐기를 박는 태성의 목소리에 눈을 질끈 감았다 떴다. 연락이 없었냐고 묻는다는 건, 조 실장도 이 일에 대해 알고 있다는 이야기다.

기현은 자꾸만 짐승처럼 가쁘게 터지는 숨을 참았다. 미친 사람처럼 아무렇게나 소리를 지르고 싶은 것을 꾹꾹 눌렀다. 그렇게 간신히 견뎌내면서 액정의 빛이 새어 나가지 않도록 더욱 몸을 웅크리며 빠르게 메시지를 썼다. 손이 축축해질 정도로 땀이 나서 자꾸만 미끄러졌다.

문가에서 이제 그만 사무실로 들어오려던 누군가…… 그러니까 아마도 진태성의 발걸음이 진동음에 멈칫했다. 그리고 잠시 이어진 침묵.

"지금 주차장에서 출발한 모양이니까 따라잡아."

"예? 지금요?"

"그래, 지금."

"알겠습니다. 이사님도 바로 내려오시죠."

확인할 게 있는데 회의가 길어지는 것 같으니 먼저 가겠다, 연락 꼭 달라. 뭐 이런 내용이었다. 사실 뭐라고 썼는지도 모르겠다. 일단 진태성과 조 실장을 여기서 나가게 해야 하는데…… 뛰어가는 발소리는 하나뿐이었다. 아마 조 실장이리라.

이윽고 발걸음 소리가 빠르게 방 안으로 미끄러졌다. 두 사람의 몫이었다. 태성과 다른 수행 비서일 테지. 심장이 벌컥벌컥 뛰었다. 혹시나 들킬까 봐 기현은 좀 더 몸을 웅크리면서 입을 틀어막았다. 발소리는 책상 바로 옆에서 부산스럽게 머물렀다가 다시 멀어졌다. 비서가 태성의 옷을 챙겨다 준 모양이다.

"중간에 자리 비웠어?"

"예?"

"중간에 자리 비웠냐고. 중요한 사람이 와 있는 걸 뻔히 알면 다른 쪽에 언질을 줘 놓든가. 사람이 오고 가는 걸 왜 못 봐. 메시지라도 받아 놔야 할 거 아냐. 비서가 앉아서 방긋방긋 웃고 차만 타 주면 끝인 사람이야?"

기현의 심장마저 덜컥 내려앉을 정도로 무시무시한 목소리였다.

'아아, 평소엔 저렇게 말하는구나. 그럼 여태 저런 목소리로 나에 대한 지시를 내렸을까…….'

두 사람의 발소리가 멀어지더니 그대로 문이 닫혔다. 그제야 긴장으로 한껏 조여들었던 몸이 조금 풀렸다. 기현은 이마에 맺힌 땀을 닦으며 태블릿에 꽂혀 있던 서류를 빼내 주머니에 아무렇게나 쑤셔 넣었다. 그러곤 소리를 죽이려고 애쓰며 가만히 밖의 동향에 귀를 기울였다.

'진태성은 따돌렸지만…… 비서는 어떻게 하면 좋지?'

엘리베이터까지만 들키지 않으면 된다. 그럼 바로 주차장으로 가면 되니까. 고민하는 찰나, 태성을 배웅하러 쫓아갔던 발소리가 바로 근처가 아닌 어딘가에서 멈추었다. 그리고 쏴, 하는 물소리가 들렸다. 손이라도 씻는 걸까.

기현은 천천히 문고리를 돌렸다. 고급스러운 마감재와 카펫이 최소한의 소리도 막아 주었다. 인테리어 하나하나에 공을 들일 수밖에 없는 미술관 관장의 사무실이라 다행이라고 생각하며 천천히 발을 내디뎠다. 문 뒤에서 이럴 줄 알았다며 태성이 나타날 것만 같아 심장이 벌컥벌컥 뛰었다.

힐끔 내다보니 태성에게 혼났던 수행 비서가 탕비실에서 뭔가를 씻는 모양이었다. 아니, 훌쩍이는 소리도 섞여 있는 걸 보니 물을 틀어 놓은 건 핑계고, 그냥 우는 것 같았다. 미안한 일이었지만 기현에겐 다행이었다.

기현은 큰 보폭으로 단번에 엘리베이터까지 걸음을 옮겼다. 뒤축이 구겨졌던 구두를 제대로 신으며 초조하게 여기저기를 응시했다. 불안한 시선이 데스크와 태성의 사무실, 다시 대시보드를 자꾸 오갔다. 이제 타이밍의 문제였다.

'급하다고 했으니 진태성도 바로 출발했겠지.'

챙, 하고 엘리베이터가 경쾌한 소리를 내며 열렸다. 소리에 놀란 비서가 뛰쳐나올세라 기현은 닫힘 버튼을 마구 눌렀다. 물소리는 바로 멎은 것 같았지만 일단 엘리베이터 문은 닫혔다.

"하……."

서류를 쑤셔 넣은 주머니를 뒤적이던 기현은 잠시 존재를 잊고 있었던 핸드폰을 꺼냈다. 무음으로 해 둬서 몰랐는데 전화가 계속 오고 있었다. 기현은 자꾸만 땀이 나는 손가락으로 화면을 가만가만 어루만졌다. 아까 태성의 명패를 쓸어 보았을 때처럼.

안타까운 손길은 오래가지 못했다. 파르르 떨리는 손으로 기현은 고개를 푹 숙였다. 기운이 빠져서 무릎이 꺾인다는 게 무슨 말인지 알 것 같았다.

태성이 떠났는지 주차장은 고요했다. 패잔병처럼 고개를 숙인 채로 기현은 천천히 걸음을 옮겼다. 그래. 아직은. 아직 태성에게 무슨 말을 들은 게 아니었다. 정황이야 잘 맞아떨어지지만, 사실 윤진서가 대뜸 찾아와 이런 이야기를 해 주는 것도 수상하지 않은가. 진태성의 배신이란 말에 눈이 뒤집혀 움직였지만 보이는 것만 믿고 화르르 날뛸 그럴 일이 아니었다.

일단 진태성이 빼 갔던 그 서류부터 확인하고…….

"헉……!"

생각에 잠긴 가운데, 누군가 뒤에서 어깨를 잡고 돌려세워 몸이 펄쩍 뛰었다.

"뭘 그렇게 놀랍니까. 귀신이라도 본 것처럼."

진태성이었다. 갔다고…… 생각했는데. 태성과 마주치자 말문이 꽉 막혔다. 기현은 핸드폰을 쥔 채 어설프게 주머니를 뒤적이던 손을 그대로 멈추고서 멍하니 태성을 쳐다보았다.

"이미 출발한 줄 알았는데 차는 그대로 있어서. 조 실장을 보내긴 했는데 혹시나 해서 기다려 봤습니다. 그러길 잘했네. 급한 일이라더니, 무슨 일입니까?"

아, 그래, 차……. 따돌릴 생각만 급급해서 그걸 미처 생각 못 했다. 무슨 핑계라도 대야 하는데 좀처럼 목소리가 나오질 않았다. 목

안쪽부터 심장까지, 피가 흐르는 길은 전부 저릿저릿했다. 입을 열면 그대로 울컥 눈물이 쏟아질 것 같았다.

애초부터 수상쩍은 구석이 있었는데, 윤진서의 말마따나 아무 이유 없이 그렇게 돈이며 사람을 퍼 줄 리가 없는데. 아니, 처음부터 그렇게 단단히 마음을 다잡고서 여기까지 찾아왔었는데. 대체 자신은 어느 순간부터 태성을 아무 의심 없이 믿게 된 걸까.

윤진서가 태성의 이야기를 꺼낸 그때. 예전 같았다면 조심스럽게 그녀와 태성 모두를 저울에 올리고 냉정하게 생각했을 거다. 그런데 그게 안 됐다. 듣는 순간부터 평정을 잃고 날뛰었던 자신이 한심했다. 그 정도로 마음속 깊이 파고들어 버린 거다. 진태성이.

"어디 아픕니까?"

태성이 땀에 흠뻑 젖은 기현의 머리칼을 쓸어 넘기며 이마를 짚었다.

"열이 나는 것도 같은데……."

자긴 이런 쪽은 잘 모른다며 태성이 기현의 어깨를 쥐고 흔들었다. 괜찮지 않도록 한 장본인이 자꾸만 괜찮냐고 묻는다.

"……괜찮습니다."

꽉 막힌 목구멍을 비집고 간신히 목소리가 나왔다. 하지만 누가 봐도 심상치 않은 목소리여서 태성의 미간에 주름이 잡혔다.

"대체 무슨 일입니까?"

"그게……."

그래. 직원에게 아주 급한 일이 있다고 핑계를 댔었지……. 뭐라고 말해야 할까.

"그…… 서류 말입니다……."

"서류?"

"보고서요. 대원 쪽에서 작성했던…… 조 실장님 통해서 받아 본……."

"아아, 그게 왜?"

"오늘 다시 살펴봤는데 아무리 봐도 일부가 없어진 것 같습니다. 제 책임입니다."

되는대로 튀어나온 말이었지만, 내뱉고 보니 그럭저럭 어색한 변명은 아니었다. 정말 아무것도 몰랐다면 내내 보고서의 사라진 부분만 들여다보고, 이걸 대체 어떻게 해명해야 할지 고민했을 테니까. 신무원에서 몸소 배운 위기관리법이기도 했다. 거짓은 디테일할수록, 그리고 진짜가 섞여 있을수록 그럴듯해진다는 것.

"……없어졌다고요, 일부가."

태성은 어쩐지 허탈한 반응이었다.

"네. 드릴 말씀이…… 없습니다. 단순한 분실과 일부러 누군가 가져간 것 모두 염두에 두고 살펴보고 있습니다. 죄송합니다."

보고서라, 하고 중얼거리는 태성의 목소리 반이 한숨이었다. 기현은 꺼끌꺼끌한 입천장을 혀로 굴리며 반쯤 넋이 나가 죄송하다는 말만 되풀이했다.

"됐습니다. 뭐가 어떻게 된 건지는 내일 확인하고 일단 쉬어요."

데려다주겠다며 태성이 기현의 팔을 이끌었다.

"차는 내일 사람 시켜서 모터스 사옥이든 신무원으로든 돌려보내라고 할 테니까, 타요."

의지가 아닌 걸음. 발걸음이 둥둥 떠 있었다. 정신 차리지 못하는 사이 조수석에 앉았고, 운전석에 올라탄 태성이 몸을 숙여 안전벨트까지 채워 주었다. 기현은 멍하니 정신을 놓고 있다가 훅 끼친 향수 냄새와 코앞까지 다가온 태성의 얼굴에 누가 봐도 수상하게 몸을 퍼덕였다.

사실, 뒤에서 모든 걸 지켜보고 있던 태성이 지금이라도 주머니에 숨긴 서류 빼내고, 여태 숨겨 왔던 이야기들을 내뱉으며 자신을 아프게 하는 말들을 잔뜩 쏟아 내진 않을까. 자꾸 그런 어이없는 상상만 하게 됐다.

“뭡니까?”

여러모로 수상했는지 태성의 눈꼬리가 불만스럽게 올라갔다. 당장에라도 속도를 낼 것 같은 아까와는 달리 그가 핸들에서 완전히 손을 떼어 냈다.

“나한테 숨기는 거 있죠?”

기현의 상태가 나쁜 게 문제가 아니라는 걸 깨달은 태성이 잇새로 훅 바람을 불었다. 뭔가를 잔뜩 억누르고 있는 목소리는 아까 비서를 책망하던 때와는 확연히 달랐다. 그 점이 새삼스럽게 위로가 되었다. 기가 찬 일이다. 결국 기현은 태성을 향한 의심이 사실인지 확인하는 것을 가장 두려워하고 있다.

“기현 씨.”

“…….”

“윤기현.”

……이번엔 무슨 핑계를 대야 하지. 기현은 집요하게 따라붙는 시선을 피하며 입술을 살짝 물었다. 아까부터 괴롭혔던 안쪽 여린 살이 기어이 엉망이 되었는지 피 맛이 났다.

‘아마 날 돌려보낸 후 당장 뒷조사를 할 텐데.’

태성의 의심을 살 만한 일이 뭐가 있을까. 모터스 사옥에 윤진서가 왔었고, 기현은 방금 호텔에 들렀다가 왔다. ……전부 다 수상하게 생각할 만한 부분이었다.

“오늘…… 윤진서가 찾아왔습니다.”

기현이 느릿하게 말을 꺼냈다. 적당한 디테일, 사실을 기반으로 한 거짓말. 그렇게 치를 떨던 신무원 사람들의 생존 방식이었다. 그러나 결국 기현 또한 그 방법을 택하고 말았다.

"윤진서?"

태성이 저 깊은 곳에서 올라오는 것 같은 숨을 토하며 시트에 몸을 묻었다.

"그 여자가 뭐라고 했습니까?"

윤진서가 했던 이야기 중 태성에게 말해도 괜찮을 것 같은, 그러나 자신이 이성을 잃을 만한 주제가 뭐가 있었을까. 속이 문드러지는 와중에도 이렇게 차분히 머리를 굴리는 자신이 우스워서. 이런 때 집사님을 떠올리는 스스로가 끔찍해서 기현은 피식 웃음을 흘렸다. 이래서 핏줄은 못 속인다고 하는 거다.

"집사님이 있는 곳을 알 것 같다고 했습니다."

"윤진서가?"

기현은 유리알처럼 초점을 잃은 눈동자로 고개를 끄덕였다. 딱히 표정 변화는 없었지만, 그 일이라면 지금 기현의 상태가 이 모양인 것도 이해한 듯 태성은 이제야 묘하게 부드러워진 기색이었다.

"안다고 해도 윤진서가 뭘 어쩔 수 있는 건 아닙니다. 생각이 있다면 그분께 절대 해코지할 수 없을 겁니다. 그리고 말했잖아요. 나도 그분 소재지 알 것 같다고, 긍정적으로 생각해도 될 것 같다고."

'그러니까, 응?' 하고 태성이 채근해 왔다. 자신에게 뭘 확인받고 싶은 걸까. 이유는 모르겠지만 기현은 일단 멍하게 고개를 끄덕여 주었다. 그제야 만족했는지 태성은 화사한 미소로 답했다. 그것으로 대화는 끝이었다.

울렁거리는 속을 달래려 창문을 내렸다. 나부끼는 바람에서 어느새 산재한 꽃들의 향이 묻어났다. 기현은 목을 조금 빼고 밖을 응시하다, 자세를 바로 하는 척하며 운전하는 진태성을 훔쳐보았다. 그림 같은 옆모습이었다. 가로등과 라이트에 반사되는 얼굴이, 눈 아래 점이 홀릴 것처럼 아름답고, 또 서늘했다.

진태성은 눈치가 빠른 사람이었다. 분명 기현이 훔쳐보는 걸 알면서도 모른 척해 주는 것일 테다.

그에게 묻고 싶은 게 많았지만, 지금은 아니었다. 오늘 한 거짓말을 그럴싸하게 수습하기 위해 내일부터 무척 바빠질 것이다. 큰길가로 나오자 꽃잎이 하늘하늘 휘날렸다. 이렇게 좋은 계절이 가고 있다는 걸 미처 몰랐다.

사무실의 분위기가 무거웠다. 어제 잃어버린 서류의 행방은 끝내 찾지 못했다. 대원에서 호의로 넘겨준 문서 일부가 분실되었다는 것도 당연히 문제지만, 서태식은 개인적으로 대원에 가진 껄끄러움을 다 지우지 못했기에 이렇게 꼬투리가 잡히는 것이 마뜩잖아 더더욱 표정이 어두웠다.

기현은 아침에 출근하자마자 서태식을 불러 두고 한참을 말이 없었다. 당연한 말이지만 어젯밤엔 한숨도 잘 수 없었다. 그러고 보니 이렇게 완벽하게 불면에 시달린 건 꽤 오랜만이었다.

"……돌려 말하지 않겠습니다."

기현은 피곤한 눈두덩이를 몇 번 누르며 입을 열었다.

"예."

문서에 대한 질책은 피해 갈 수 없는 것이었다. 서태식은 각오한 바라는 듯 허벅지 위에 두 주먹을 올린 공손한 자세로 기현의 화를 기다렸다.

"실은 미리 알아봤습니다. 내 직속 부서로 발령받은 사람들이, 실제론 누가 보낸 사람들인지 파악할 필요가 있었거든요."

"정말 죄…… 예……?"

그러나 기현은 분실한 서류가 아닌, 엉뚱한 이야길 꺼냈다.

"회장님께서 보내신 사람이니 적어도 나에게 허튼짓은 못 하겠지……. 하지만 회장님이 짜 둔 판대로 나를 조종할 수는 있을 테니까. 그래서 서태식 씨를 과연 어디까지 믿고 모든 이야길 할 수 있을까, 많이 고민했습니다."

뜬금없는 말에 어안이 벙벙한 듯 입을 헤벌리던 서태식이 이내 표정을 굳혔다.

"아닙니다, 제가 설마…… 본부장님, 그건 말도 안 됩니다. 제가 그럴 주제가 못 됩니다."

"글쎄요. 난 충분하다고 생각하는데. 물산에 있을 때 실력이야 증명했고, 와서도 너무 잘해 주고 있고."

의심인지 칭찬인지 알 수 없는 말이었지만 듣는 사람을 폄하하는 뉘앙스는 아니었다. 서태식은 헛, 하고 당황스러운 웃음만 흘렸다.

"좋게…… 흠, 좋게 봐 주신 것 같아 감사합니다. 열심히 하는 것, 욕심이 많다는 것은 부정할 생각 없습니다. 하지만 저는 현실에 발붙이고 사는 걸 좋아합니다. 제 한계는 정확히 알고 있습니다."

"한계?"

"모터스로 전배가 결정되었을 때 본부장님 밑으로 가고 싶다고 한 건 제 의지였습니다."

기현은 흥미로워하면서도 어딘지 권태로운 얼굴이었다. 서태식은 문득, 처음 마주했던 진태성과 기현의 지금 분위기가 조금 닮은 것 같다 생각했다.

"첫날 그러셨죠. 회장님이든 윤인범 사장이든 곁을 파고들 틈이 없을 거라고. 저도 그렇게 생각했습니다. 윤인범 사장 밑으로 가 봐야 나에게 얼마나 기회가 있을까, 이런 생각도 있었고…… 또, 갑자기 본부장님을 언급하시는 거로 봐선 앞으로 회장님께서 본부장님을 밀어주실 것 같다는 느낌도 있었고요."

"확실하지 않은 일인데도 그저 느낌만으로 내 밑으로 오고 싶어 한 겁니까?"

"본부장님이 차기 후계자가 될지는 확실하지 않은 일이지만 그래도 회장님께서 어느 선까지 밀어주실 것 같았던 건 사실이니까요. 본부장님께는 실례되는 말씀이지만, 전 최고가 아닐지라도 입지가 확실한 사람의 최측근이 된 것만으로도 충분히 성공했다고 생각합니다."

"……."

"믿지 못하셔도 어쩔 수 없지만, 저에겐 '회사에 남아 있을 수 있다'라는 게 매우 중요한 문제였거든요. 윤인범 사장 밑에서 팽 당하는 사람들, 혹은 선배들 이야기를 많이 들었으니까요."

'윤인범 사랑 2년'이라는 업계 용어가 괜히 있는 게 아니었다. 그는 새로운 사람을 쓰면 딱 2년만 쓰고 버렸다.

"전 서태식 씨가 제 최측근이라고 한 적이 없는데."

장난스러운 목소리에 비로소 긴장이 좀 풀렸는지 서태식이 머쓱하게 웃었다.

"회장님께 직접 말했다고요? 내 밑으로 오고 싶다고? 그게 언제입니까?"

"모터스로 갈 수도 있다는 이야길 들은 건 재작년이었고, 정확히 부서가 정해진 건 작년 가을쯤입니다. 창립 기념일 직후였으니까요.

하지만 제가 그렇게 말하기 이전에 회장님께서도 이미 절 본부장님 밑으로 보낼 계획이셨던 것 같습니다."

"허……."

재작년……. 또 귀에 날카로운 이명이 스쳐서 눈을 꾹 감았다. 이미 윤 회장은, 그 비정한 아버지는 모든 일을 차곡차곡 설계하고 있었나 보다. 기현의 의지와 관계없이. 기현을 장기 말 중 하나로 삼아. 이제 뭘 믿어야 할지, 얼마나 더 숨은 이야기들이 있는지 감이 오질 않았다.

"본부장님?"

"아닙니다. 그렇군요."

……뭘 믿어야 할지 모르겠으면, 이젠 아무것도 믿지 않으면 되는 거다.

"제 처지를 좀 더 솔직히 말씀드리죠. 불가피한 사정으로 대원과 손을 잡았지만 제가 그 외에 기댈 수 있는 것은 아무것도 없었습니다. 아니, 지금도 그렇다고 봐야죠. 특히 자금, 지분, 인맥……. 이쪽이 특히."

"……예?"

"자세한 건 좀 더 나중에 말해 주겠지만, 이쪽으론 워낙 관심이 없었거든요. 그러다 문득 그룹 자체를 박살 내든, 아니면 다 가져 버리든……. 여하튼 지금 모든 걸 망쳐 놔야겠다는 그런 목표가 생겼습니다."

위로 가까워질수록 총수 일가의 삶과 서로 얽힌 관계가 대외적 이미지와 다르다는 건 어렴풋이 눈치채고 있었다. 물론 그게 나쁘다는 생각은 안 했다. 당연히 그럴 수 있는 일이므로. 심지어 그 천재적인 이미지 메이킹 덕분에 AR그룹의 주가와 이미지는 나날이 상승하고 있으니, 오히려 서태식 같은 일개 사원에겐 고마운 일이었다.

하지만 지금 기현이 이렇게 강렬하게 증오심을 드러낼 정도로 격렬한 사연이 있을 거란 생각은 못 했다. 기현의 눈동자를 스친 살의는 기껏 후계 자리 하나 얻고 싶어서 덤빈 그런 종류가 아니었다. 서태식은 자세를 바로 한 채 기현의 말을 좀 더 경청했다.

"그런데 그렇게 다 엉망진창으로 만들어 봤자 남 좋은 일만 시키는 거더라고요. 그러니 하루라도 빨리 후계 문제를 확실히 해야겠다는 생각이 들었습니다."

"그 말씀을…… 저에게 하시는 이유를 여쭤봐도 됩니까?"

"물론—"

지잉— 징—

중요한 대목이었는데 난데없이 진동이 크게 울렸다. 괜찮으니 확인하시라며 서태식이 몸을 뒤로 물렸다. 전화인 줄 알았는데 태성으로부터 메시지가 도착해 있었다.

[왜 연락이 안 됩니까. 오늘 얘기 좀 합시다.]

[그나저나 몸은? 잠은 좀 잤어요? 힘들면 말하지.]

[필요하다면 전화해 줬을 텐데.]

이야기라……. 윤진서가 찾아왔던 일에 관한 거겠지. 자신이 난데없이 호텔로 찾아갔다는 것도, CCTV를 내놓으라고 진상을 부렸던 것도 들었을 것 같고.

"아직 모든 이야길 해 줄 순 없지만…… 저는 참 외롭게 자랐습니다."

필요하다면 전화해 줬을 텐데. 기현은 그 부분에서 눈을 떼지 못하고서 더듬더듬 입을 열었다.

"그래서 그랬는지…… 처음엔 그렇게 자신만만했으면서도, 가끔

씩 잘해 주니까 완전히 마음을 열어 버렸어요. 바보처럼."

뜬금없는 기현의 말에도 서태식은 가만히 귀를 기울이기만 했다. 역시, 눈치가 빨라서 좋았다.

"……이야기가 중구난방이 되었는데, 어쨌든 다시 한번 확인하고 싶었습니다. 서태식 씨를 좀 더 믿고 깊이 끌어들여도 괜찮을지."

"아……. 저 합격한 겁니까?"

"네. 뭐, 그럴 수밖에 없었습니다. 말했잖아요, 내 처지가 워낙 외롭다고. 서태식 씨 외엔 달리 사람이 더 없기도 하고……."

무엇보다 다음이라는 게 있을지 없을지도 모르는 상황이었다. 길게 보고 천천히 해야 하는 게 맞았다. 서태식도 자세한 사정을 들으면 무모하다고 말릴 게 뻔하다. 그런데 더 견딜 자신이 없었다. 아무렇지도 않은 척 사람들을 마주할 자신이, 더는 없었다. 최초로 기억하는 어린 시절부터 지금까지. 간신히 견뎌 왔던 모든 것이 와르르 무너져 내리고 있었다.

잘 버텨 왔는데……. 다 지쳐서 그만 모든 걸 끝내고 싶었다. 김관장은 이걸 바라고서 그렇게 학대했던 것일까. 바싹 마른 장작처럼 멀쩡해 보여도 불을 붙이면 화르르 다 타 버리게. 아주 작은 친절에도 쉽게 무너져 버리게.

"참, 본부장님. 이야기가 나와서 말인데 그…… 어제의 서류……."

"아. 미안합니다, 찾았어요. 차에 있더군요."

"와, 다행입니다. 정말 다행이에요."

서태식이 가슴을 쓸며 안도했다. 기현은 슬쩍 바지 주머니 위를 더듬었다. 접힌 종이의 질감이 느껴졌다. 오래간만에 기현을 완연한 불면으로 몰아간 그 서류였다.

어제저녁, 별채의 거실 구석에 콕 박혀서 닳을 정도로 들여다봤지만 정말 평범한 내용이었다. 뭐였을까. 대체 무슨 내용이 숨어 있기에 그런 수까지 써 가면서 진태성이 몰래 빼내려고 했을까.

그렇게 문장 하나하나 외울 정도로 보고서를 계속 들여다보다 마침내 대수롭지 않게 넘겼던 첨부 문서 중 등기부 등본 사본에서 낯익은 이름을 발견했다.

'이수경.'

만약 그 보고서를 봤더라도 기현은 크게 신경 쓰지 않았을 거다. 그저 수많은 첨부 서류 중 지나가는 깨알 같은 이름 중 하나고, 특이한 이름도 아니고. 하지만 진태성의 그 결벽증적인 의심이 기현에게 확신을 주었다. '그 이수경'이 아니었다면 이 서류만 빼돌릴 이유가 없었을 거라고.

"잘 해결됐으니 신경 쓰지 말고 서태식 씨가 알아봐 주었으면 하는 일이 있습니다."

"말씀하시죠."

"회사 업무 외적인 일입니다. 어떤 불법적인 수단을 활용해도 좋습니다."

"그런 게 꺼려졌으면 이 자리까지도 올 생각 안 했습니다."

"좋네요. 진태성 이사에 대한 정보를 전부 모아 주세요. 어떤 루머여도 상관없습니다."

"알겠습니다."

"아, 그런데."

"예?"

"저번에…… 서태식 씨가 이미 나한테 한 번 물어본 적 있잖습니까. 진태성 이사에 관해 알고 있느냐고."

"예…… 그랬었지요."

서태식이 희미한 기억을 더듬으며 긍정했다.

"서태식 씨는 얼마나 알고 있습니까? 진태성 이사에 대해서."

"알고 있다…… 고 할 수 있을 수준도 아니고, 이거야말로 그저 루머일 뿐입니다."

"괜찮으니 말해 봐요."

"대부업, 연예인을 이용한 매춘, 미술품을 이용한 자금 세탁 대행……. 뭐 온갖 불법적인 건 다 한다는 이야기가 있었습니다. 진영복 회장, 그러니까 진태성 이사의 부친이 원래 해 왔던 일이기도 했으니까 소문에도 제법 신빙성이 있었죠."

"음, 진영복 회장이 우리 쪽 조부님과 관계가 있다는 이야기는 들었습니다만."

"네, 사업 초반에 많이 도와주셨다고……. 그런데 지금 돈 좀 있다는 사람 중에 근원이 깨끗한 사람이 몇이나 되겠습니까. 그것보다는 진영복 회장이 AR그룹에 엄청나게 집착을 했다고 해야 할까요. 그런 거로 좀, 윤 회장님이 대원 쪽은 꺼리시는 걸로 압니다."

"집착?"

꽤 유명한 이야기인가. 이런 일엔 일절 관심 끊고 미국에서 지냈더니 처음 듣는 이야기라고 둘러대자, 별 의심 없이 믿은 듯 이야기가 술술 흘러나왔다.

"예. 일단 족보에 대한 집착이 엄청났습니다. 진정한 상위층이 되겠다는 말을 달고 살았다고도 하고…… 어떻게든 AR그룹과 가까워지고 싶어 했습니다. 윤소형 상무와 둘째 아들을 결혼시킬 거라는 이야길 거의 매일같이 했고요. 본부장님도 아시겠지만, 그 둘째 아들이 진태성 이사고요."

"음……."

"이 또한 소문이긴 하지만 그래서 진 이사의 트라우마가 굉장하다는 말도 있습니다. 처음엔 미술 쪽 행사에서 AR 쪽 사람들 마주치면 바로 화장실로 달려가 토했다고 합니다. 근데 이건 정말 루머라서."

기현은 이상하게 명치 아래가 아릿해져서 그러냐고 고개를 끄덕이고 말았다. 서태식마저도 알고 있을 정도의 이야기였는데, 어쩜 이렇게 진태성에 대해 알아볼 생각을 안 했을까. 아니, 어쩜 이런 걸 물어볼 사람조차 곁에 없었을까. 대충 듣고 싶은 이야기를 다 들은 기현은 주머니에서 구겨진 종이를 꺼내 서랍에 넣고 잠갔다.

"볼일 있으십니까?"

"오늘은 아마 안 돌아올 겁니다. 최대한 빠른 시일 내로, 아까 말한 일 처리 좀 부탁해요."

아무래도…… 윤진서에게 가 봐야겠다.

"저, 본부장님."

핸드폰을 챙겨 나서려는데 서태식이 그답지 않게 머뭇거리며 말을 아꼈다.

"주제넘은 말씀이지만…… 아마 누구나 다 그럴 겁니다."

누구나 다? 서태식이 무슨 말을 하는 건지 알 수 없어서 뒤이을 말을 기다렸다.

"아까 그러셨잖습니까. 바보처럼 마음을 열어 버렸다고……. 힘들 땐 누구라도 다 그럴 겁니다."

너무 자책하시는 것 같아서요, 하고 덧붙이는 목소리가 어딘지 자신 없어 보였다. 기현은 별다른 대꾸 없이 작게 고개를 끄덕이며 사무실을 나섰다. 퍽 고마운 위로였다. 적당히 야심도 있고, 그러면서

현실적이고, 따뜻한 구석도 있고……. 서태식은 확실히 괜찮은 사람이었다.

하지만 이제 기현은 그 어떤 말도, 그 누구도 믿고 싶지 않았다.

당장에라도 여름옷을 꺼내 입어야 할 것처럼 더워지는가 싶더니 비가 오자 또 싸늘해졌다. 바짓단 끝이 아직도 축축할 정도로 빗방울이 제법 거셌다. 변덕스러운 날씨였다.

기현은 커피 잔을 손에 쥔 채 비 오는 창밖을 응시했다. 아려 백화점 본점은 가까이론 남대문과 시청 등지를, 멀리는 북한산까지 내다볼 수 있는 서울의 중심부에 있었다. 시설이나 규모로만 봐선 지방의 새로 생긴 점포만 못했지만, 이 위치가 주는 상징적 가치가 있었다.

넓게 튼 창 너머로 서울의 중요 시설이 다 눈에 들어온다. AR그룹의 핵심 계열사들 사옥이나 대표 사무실은 아마도 이런 비슷한 풍경을 담고 있을 것이다. 손을 뻗으면 언제라도 이 도시의 모든 것을 움켜쥘 수 있을 것처럼.

"미리 연락이라도 하든지. 미술관에 있는 걸 알면 미술관으로 올 것이지."

긴 정적을 깨고 마침내 사무실의 문이 열렸다. 윤진서는 어디서 건방지게 사람을 오라 가라 하는 거냐며 제법 매섭게 쏘아붙였다. 하지만 저것도 진심은 아닐 것이다. 정말 거슬렸다면 보고를 받은 즉시 당장 쫓아내라고 했지, 사무실 안에서 기다리게 하진 않았을 테니까.

"다른 덴 몰라도 미술관엔 껄끄러운 사람이 있으니까요."

"껄끄러운 사람이라니, 말 가려서 해."

"불과 몇 달 전입니다. 날 납치해서 죽이려던 게. 고운 말 안 나가는 건 어쩔 수 없죠. 지금 있죠? 미술관에."

"관장님을 말하는 거라면, 그래."

"일에 대해서 알고 계시긴 했나 봐요."

"어떤 일? 납치? 그런 걸 나와 상의하시진 않아. 독자적으로 벌이시는 일이잖아."

기현은 어깨를 짧게 으쓱했다. 정말 관심이 없는지 영 시원찮은 반응이었다. 그래도 윤진서는 좋고 싫은 게 확실하고, 원하는 것 또한 확실했다. 차라리 진태성보다는 상대하기 편할 것도 같고…….

"왜 절 찾아오신 겁니까?"

"지금 여긴 내 사무실인 것 같은데?"

"어제 말입니다. 이제 정신 좀 차렸으니까 못 들었던 이야길 듣고 싶은데요."

"아쉬운 건 내가 아니잖아? 네 패부터 보여야지."

"제가 아쉽다뇨. 벌레 취급도 안 하던 사생아에게 천하의 윤진서가 직접 방문까지 할 정도의 사건이 있었다는 건데요."

"……무늬만 변호사였던 건 아니구나. 이제 보니 말 잘하네."

썩 달갑지 않은 칭찬을 흘린 윤진서가 스피커폰을 누르며 커피, 라고 짧게 말했다.

"어렵다면 어려운 문제고, 예상 못 했던 일은 아니긴 한데. 윤 사장이 자금을 무리하게 요청했어."

본인을 말하는 것 같진 않았다. 아마도 윤인범이 윤 사장이겠지.

"실례합니다."

공손하고 익숙한 태도로 직원들이 트레이를 날랐다. 윤진서가 백화점으로 온다는 소릴 들은 순간부터 준비했는지 그녀가 즐기는 종류의 커피와 나과가 빠르게 차려졌다. 비서가 오가는 탓에 잠시 침묵하던 윤진서는 문이 닫히자 다시 말을 이었다.

"대충은 알겠지만, 그 인간은 여러 차례 회사 자금에 손을 댔어. 들키기야 큰 한 건만 들켰지만. 이미 한계까지 끌어다 써서 각종 허튼짓을 벌이던 중이었고…… 그런 와중에 너란 변수가 생겼고, 위험하단 생각이 들었겠지. 게다가 요즘 회장님 행보를 보니 심상치 않단 판단을 내렸을 테고."

"윤인범 사장이 돈을 요구하는 이유가 뭐죠? 용도 말입니다. 주주 압박? 여론 좀 나쁘게 만드는 거?"

"그렇겠지. 최종적으론 전자겠지만 지금 당장은 후자일 거다. 하지만 여론 좀 나쁘게 만드는 그 일도 말이 '좀'이지, 생각보다 까다롭고 돈도 많이 드니까."

하지만 한번 뿌리를 내리면 그 어떤 것보다 파급력이 대단하긴 하다. 사람들의 눈을 완전히 가려 버릴 수 있으니까.

"그래서 절 찾아오신 겁니까?"

"그래."

"윤인범 사장의 한두 번도 아닌 무리한 자금 요구에 화가 나서 절 찾아온 거고, 차라리 제가 기업을 승계받는 게 낫겠다고 생각하신 거고요?"

"맞아."

"그리고 제 뒤에서 기업을 조종하는 게 낫겠다고 판단하신 모양이네요."

"그래."

기현은 적당히 식은 커피를 들이켰다. 제대로 자지 못했는데 속에

카페인까지 끼얹으니 위가 아우성을 쳤다.

"야망이 없으시네요."

아픈 부위를 슬쩍 누르며 기현이 운을 뗐다.

"야망?"

"본인이 직접 AR을 갖겠다는 생각을 안 하시는 게 좀 놀라워서요. 그렇게 경멸하던 저를 찾아오느니 차라리 내가 그 자리에 오르겠단 생각을 한 번쯤은 할 법도 한데."

한껏 여유로운 얼굴을 하던 윤진서가 처음으로 시선을 떨어뜨렸다. 당황으로 벌어진 입술은 무언가를 말하고 싶은 듯했지만 결국 꾹 다물고 말았다. 윤진서는 기현조차 가장 먼저 떠올린 방안을, 그 당연한 것을 허락받아 본 적 없었다. 여자라서. 딸이라서. 태어난 그 순간부터 지금까지, 40년이 넘도록 딸이라는 이유로 그런 생각은 꿈꾸는 것도 허용되지 않았다.

"뒤에서 아무리 AR을 휘두른다고 하더라도, 그다음은요? 흑막은 흑막입니다. 결코 빛이 될 수 없어요. 그 논리대로라면 결국 AR의 다음은 제 아이, 혹은 윤민우에게 갈 겁니다. 당신…… 아니, 윤 사장님의 아이들이 아니라요."

"그땐—"

"달라질 거라고요? 차기 후계자는 무조건 장남인 윤인범. 아무리 윤진서가 잘났다고 하더라도 딸이라서 안 된다던, 이 규칙을 당연하게 받아들였던 주주들은 여전히 버티고 있을 텐데요. 여자는 안 된다, 결국 딴 핏줄에게 그룹을 쥐여 주는 거다…… 이런 고리타분한 생각에 빠져 있잖아요, 그 사람들. 그래서 윤진서 사장님도 본인이 아닌 저를 앞에 세우려는 거고요."

"……그래서 네가 하고 싶은 말이 뭐야."

"나눠 갖자는 겁니다."

이제야 본론이었다. 기현은 제법 친밀한 척 신서 쪽으로 몸을 기울였다.

"뭐?"

"제가 밤새 이런저런 생각을 했는데, 그게 제일 괜찮을 것 같아서요. 우리 둘 다 치우고 싶은 공동의 목표가 있으니, 치워 버리고 깔끔하게 나눠 가져요."

"하……."

"게다가 명분도 있잖습니까."

"무슨 명분."

"어차피 반드시 독립시켜야 할 금융 계열사들이 있잖습니까."

물음표를 그리던 진서가 짚이는 바가 있는지 눈을 가늘게 떴다.

"설마…… 금융 계열사를 따로…… 그러니까, 금융 그룹의 형태로 만들자고?"

"어차피 반드시 해야 할 대수술이잖아요. AR그룹의 현금 이익, 돈의 흐름을 전부 쥘 수 있게 될 겁니다. 지금 개인적으로 쥐고 있는 지분은 그대로 유지하셔도 관계없고요."

"……."

"모터스도 지금은 단순히 AR모터스지만 휘하에 곧 계열사를 거느릴 예정이라고 들었습니다. 거대한 그룹으로 분사시킬 예정이라고. 그럼 AR금융 그룹은 만들지 못할 이유가 뭡니까?"

찻잔을 내려놓는 윤진서의 손끝이 가느다랗게 떨렸다.

"세금 문제가 상당히 복잡하게 얽힐 것 같긴 하지만 그거야 차차 풀어 나가면 될 일이고……. 자질도 능력도 이미 충분히 입증됐는데, 이젠 누님만의 왕국을 세우는 것도 나쁘지 않은 일일 것 같은데요. AR금융 지주 회장, 윤진서. 괜찮잖아요?”

AR금융 지주 회장, 윤진서.

“회장, 윤진서…….”

생각지도 못했던 말을 입안에서 굴려 보던 진서가 마른 웃음을 터뜨렸다. 나쁘지 않은 어감이었다. 아니, 꽤 좋았다. 어떻게 봐도 모자란 윤인범이 회장이란 직함을 가질 걸 생각하면 분해서 잠도 안 왔었다.

하지만 그걸로 끝이었다. 그 직함을 직접 달아 볼 생각은 해 본 적 없었다. 아니, 감히 할 수 없었다. 태어난 순간부터 그게 당연했으니까. 모든 걸 다 가지고 있는 것처럼 보였지만 결국은 그 정도 시야밖에 안 되는, 좁은 삶이었다.

“……일이 그렇게 되면 네가 갖게 되는 건 뭐지?”

“전 적당히 남은 거 가져도 됩니다. 이름뿐인 지주사 사장이어도 좋고요.”

“그게 다라고?”

“윤인범을 치워 내 우리 김 관장님이 눈 뒤집히는 걸 보고 싶고, 윤 회장님이 무릎 꿇고 피를 토하는 걸 보고 싶습니다. 누님을, 금융 지주사 회장으로 올린다는 것 자체가 이미 저 사람들의 몰락을 전제로 하는 거기도 하고요.”

친부와 친모를 끌어내리고 싶다는데도 윤진서에게선 별다른 반응이 없었다. 오히려 복수를 꿈꾸고 있다는 말에 기현의 계획을 납득한 것처럼 보였다.

“그런데, 이런 이야기 아무렇지도…… 않습니까?”

기현이 조금 머뭇거리며 물었다. 윤진서 앞에서 그녀의 부모를 꺾을 거란 이야길 너무 거침없이 말했던 게 아닌가 싶어서.

"어떤? 회장님과 관장님께 복수하겠다는 말? 글쎄……."

윤진서가 꼬았던 다리 한쪽 무릎에 깍지를 낀 채 잘 다듬어진 손톱을 한참 들여다보더니 입을 열었다.

"내가 살면서 단 한 번도 감히 윤인범을 제치고 회장이란 직위를 달 생각을 안 했던 것처럼……. 나에게 회장님…… 아니, 아버지와 어머니는 부모님이라기보다 상사라고 보는 게 옳지. 그것도 매우 절대적으로 충성해야 하는."

빗방울이 거세게 창을 때렸다. 부하 직원이 언젠가 상사를 제치고 위의 자리에 오르는 건 당연했다. 그렇다고 누굴 죽이겠다는 것도 아니고, 그 자리를 조금 일찍 뺏는 정도니 문제 될 일이 아니었다.

상사 입장에서도 억울해할 필요가 없다. 그저 무능력한 자의 패배일 뿐이지, 원망할 일이 아니므로. 윤진서는 그렇게 생각하는 것 같았다. 반대로 윤진서가 지금보다 훨씬 더 무능하고 멍청했다면, 윤 회장과 김 관장 또한 미련 없이 그녀를 내쳤을 테니까.

'윤인범이든 윤진서든 이렇게 자랄 수밖에 없는 이유가 있었구나.'

기현은 처음으로 그들에게 조금 불쌍한 마음이 들었다. 물론 그렇다고 해서 그 연민이 자신과 집사님의 인생을 망쳐 놓은 것을 상쇄해 주진 않았다. 그들의 사정은 그들의 사정일 뿐. 기현이 거기까지 이해해 줄 이유는 없었다. 그도 원해서 이 핏줄로 태어난 게 아니었으니까.

"그럼 차차 생각해 보세요. 시간이 많지는 않겠지만."

"내가 싫다고 하면?"

"솔직히 허락을 구하러 온 건 아닙니다. 어쨌든 전 그렇게 만들 생각이거든요."

잠시 서로를 관찰하는 시선에서 불꽃이 튀었다.

"어디 잘해 봐, 그럼. 네가 믿을 만한 행보를 보인다면 알아서 답을 줄 테니까."

먼저 어깨에 힘을 뺀 것은 윤진서 쪽이었다. 그러곤 몸을 틀어 비 오는 창밖을 응시했다. 퍽 운치 있는 축객령이었다.

"안 받는다 이거지."

태성이 핸드폰을 집어 던졌다. 다행히 박살이 나진 않았다. 소매로 액정을 닦으며 조 실장이 다시 얌전히 책상 위에 올려놓았다.

지금까지 내내 외부에서 일정이 있었다. 선거 자금, 옥션…… 지루한 이야기가 오가는 틈틈이 그는 기현에게 전화를 걸었다. 뭔가 심상치 않아서. 그렇게 무너진 기현을 보는 건 오랜만이었다. 아니, 좀 달랐다. 웅크리고서 자기가 우는 건지, 제대로 잠도 못 자는 건지도 모르던 그때와는…… 많이 달랐다. 설명할 순 없지만, 여태껏 한 번도 본 적이 없는 모습이었다.

태성이 한숨을 쉬며 의자에 몸을 묻자 조 실장이 곧바로 보고를 시작했다. 오전 모터스 사옥에 윤진서 방문, 그 후 아려 호텔 방문, 그리고 대원 미술관행. 기현이 했던 말들과 크게 어긋나는 것이 없었다.

그런데도 뭔가 찜찜했다. 분명 뭔가가 더 있었다. 생존을 목적으로 부단히 단련된 감이 진태성을 이 자리까지 끌어올렸다. 결코 무시해선 안 될 예감이었다.

"……주차장에 CCTV 있던가?"

"그럼요."

"확인 좀 해 봐."

먼저 가 본다 했으면서 자신보다 늦게 건물에서 나온 윤기현. 사무실에서 나가는 그를 발견하지 못했던 비서. 지금으로선 타임라인이 어긋나는 일이 이것뿐이었다.

"참, 하 선생은?"

"대기 중이라고 하셨습니다. 윤 변호사님, 아니, 윤 본부장님…… 또 많이 안 좋으십니까?"

"딱 봐도……."

태성은 됐다는 듯 손을 휘휘 저었다. 자신도 악몽과 불면을 껴안고 사는 건 매한가지지만 적어도 기현보다는 상황이 낫다고 생각한다. 지금 이 모든 불안과 공포를 키운 별채에서 혼자 견뎌야 한다니. 심지어 생모가 죽어 나간 그곳에서.

"끝나고 하 선생한테 전화 연결 좀 해 봐. 그리고……."

의자를 빙글빙글 돌리며 몇 가지 의미 없는 지시를 내리던 태성의 말끝이 의심스러움을 품고 느려졌다.

"그리고……."

흘끗 책상을 보며 계속 의자를 돌리던 태성이 느린 말투만큼이나 천천히 움직임을 멈추었다. 내내 신경질적이던 눈동자에 사나운 이채가 어렸다. 사냥감을 포착이라도 한 것 같은 모습이었다. 길쭉한 손가락으로 책상 위 서류들을 쿡쿡 짚다 몸을 일으켰다.

"누가 들어왔었나?"

스산해진 목소리에 조 실장이 긴장해 말을 더듬거렸다.

"오늘은 청소 담당 외에 따로 출입한 사람 없을 겁니다. 제가 알기론 계속 그랬습니다."

태성이 책상과 눈높이를 맞추며 널려 있는 종잇조각들을 응시했다.

"……누군가 서류에 손을 댔어."

"예?"

가지런히 놓인 문서들의 일정한 위치에 손자국이 남아 있었다. 땀이나 물에 젖은 손으로 종이를 만졌을 때 흔적이 남는 것처럼. 빛에 반사되지 않았다면 눈에도 띄지 않았을 희미한 자국이었다.

"주차장 말고 사무실부터 확인해 봐."

그 위로 손가락을 대어 보며 흔적의 주인이 서 있었을 위치를 가늠하던 태성이 책상에서 두어 걸음 물러섰다.

"아니, 내가 직접 보안실로 가지."

그대로 문을 박차고 나서는 태성을 따라가며 조 실장이 다른 비서들에게 '보안실, 보안실!' 하고 입을 벙긋거렸다. 다시는 태성의 싸늘한 얼굴을 보기 싫은 그때 그 수행 비서가 허둥지둥 내선 전화를 들었다.

다른 곳도 아닌 미술관이다. 태성의 사무실도 일반 사무실과는 비교할 수 없을 정도로 다양한 보안 장치가 설치되어 있었다. 하물며 온갖 서류를 늘어놓는 책상이니 각도별로 확인해 볼 수 있을 거다. 태성이 복도와 계단을 지나 철제문을 부수듯 밀었다.

"무슨 문제라도……."

미술관 주인의 난데없는 행차를 방금 막 전달받은 모양인지 마중 나온 보안실장의 이마에는 땀이 송골송골했다. 태성의 성격을 잘 알고 있는 그는 잔뜩 긴장한 티를 숨기지 않으며 센서에 출입증을 찍고 마지막 문을 열었다.

"어젯밤, 내 사무실. 확인 좀 해 봐."

"예? 아, 예. 시간대는……."

"회의가 몇 시였지?"

"16시입니다."

"그때부터."

모니터들이 다닥다닥 붙어 대원 미술관 전체를 그려 내고 있었다. 보안실장이 데이터를 뒤지는 동안 태성은 말없이 그 풍경을 응시했다.

"이쪽에서 보시는 게 더 편할 것 같습니다."

각각 네 분할 된 커다란 듀얼 모니터 두 대가 켜졌다. 총 열여섯 개의 장면을 볼 수 있는 셈이다. 세세한 판독을 필요로 할 때 따로 가동하는 장비인 것 같았다. 모니터 하단의 16:00이라는 숫자가 깜빡이기 시작했다. 책상과 캐비닛 근처에만 CCTV 네 대가 돌아가고 있었다.

10분가량 흘렀을까, 아무런 움직임도 보이지 않자 태성이 따분한 표정으로 턱짓을 했다. 지시에 따라 화면이 빠르게 흘러갔다. 정지 화면인 것처럼 한참 아무 변화 없다가 40분쯤 되었을 때, 비로소 사무실 문이 열렸다. 변화가 감지되자 보안실장이 재생 속도를 정상으로 되돌렸다.

누가 봐도 윤기현이었다. 정작 태성은 무덤덤하게 화면을 보고 있는데 옆에 선 조 실장이 긴장하며 자꾸 침을 삼켰다. 목울대를 울리는 소리가 다 들릴 정도로.

기현은 한참을 가만히 앉아 있었다. 이따금 지친 듯 고개를 떨구거나 마른세수를 하는 게 전부였다. 그러다 무료해졌는지 사무실 여기저기에 시선을 주기도 했다.

그러다 한곳에 고정된 눈길. 기현은 그렇게 한참을, 태성의 책상만 바라보았다. 지는 해를 온몸으로 받아 내느라 표정까진 확인할 수 없었지만, 이런저런 생각에 잠긴 것처럼 보였다. 어쩌면 태성과 처음 만났던 때를 회상하고 있을지도 모른다. 지금 화면으로나마 기현의 흔적을 뒤쫓는 중인 진태성 또한 그러했으므로.

걸음을 옮겨 태성의 명패를 쓸어 보던 기현의 손이 점점 느려졌다. 상체가 앞으로 급격히 기울었다. 그러더니 책상 안쪽으로 빙 돌아와, 놓인 서류들 전부를 빠르게 훑어보기 시작했다.

태성을 제외하고, 지켜보던 모두의 표정이 싸해졌다. 사무실은 그의 명령으로 카메라를 수시로 체크하지 않는 곳이었다. 그러나 이런 경우 대부분 책임은 아랫사람에게 내려온다. 보안실장의 얼굴이 허옇게 질렸다.

미친 듯이 서류를 뒤적이다 멍하니 책상을 짚고 서 있던 기현이 옆에 내동댕이쳐진 태블릿에까지 손을 뻗었다. 커버를 열어 문서 몇 장을 확인하곤 다시 또 고개를 숙였다. 그러다 발소릴 들었는지 빼낸 서류를 주머니에 쑤셔 넣으며 책상 안으로 몸을 숨겼다.

"……됐어."

더 보지 않고 태성이 보안실을 빠져나갔다.

"조 실장님!"

보안실장이 다급한 얼굴로 조 실장을 붙들었다. 태성은 부술 듯 철제문을 열어젖혔던 아까와는 달리 덤덤하게 걸음을 옮겼다. 물론 겉으로 보기에만 그랬다. 차라리 아까처럼 화를 내는 게 나을 정도로 그는 아슬아슬한 상태였다.

"뭔진 모르겠지만 역시 시, 시말서를 써야겠죠?"

"아뇨. 그냥 지시 내려오기 전까지 가만히 계세요."

이 일과 관련해서는 어떠한 말이든, 문서든…… 태성의 눈에 띄지 않는 게 상책이리라.

"별일 없을 겁니다."

조 실장은 벌벌 떠는 보안실장의 어깨를 짚어 주고 뛰다시피 걸음을 옮겼다. 멀리서 계단을 오르는 태성은 이미 누군가에게 전화를 걸고 있었다. 아마 기현이겠지.

태성은 끈기 있게 신호를 기다렸다. 뭐, 상관은 없었다. 어차피 받든 말든 직접 찾아갈 생각—

—네.

……그럴 생각으로 통화를 끊으려는 순간, 희미한 목소리가 들렸다.

—여보세요? 말씀하세요.

"……이제야 전화를 받네요."

—아……. 오늘은 일이 좀 많았습니다.

"그래요? 지금은?"

—지금도요.

"바빠도 기현 씨가 꼭 와서 확인해야 할 서류가 있는데."

—서류요.

"네, 서류."

피곤함이 묻어나는 기현의 숨소리가 흩어졌다.

—30분? 아니, 40분. 그 정도 걸릴 것 같습니다.

"상관없어요."

—네. 어차피 저도 이사님께 드릴 말씀이 있기도 했고…….

"그래요? 그럼 집으로 좀 와요."

전화를 끊으며 태성이 조 실장에게 손을 내밀었다. 흐름을 미루어 그가 요구할 건 차 키밖에 없었다.

"이사님, 제가—"

"한마디도."

돌아보는 태성의 눈이 스산했다.

"거기서 한마디도 보태지 마."

얼음장 같은 태성의 말에 조 실장은 뭐라 더 대꾸도 하지 못하고 순순히 차 키를 내주었다. 살벌한 태성이 무섭기도 했지만…… 그가 살인자가 되는 걸 원치 않았기 때문이다. 지금의 진태성은 누가 조금만 건드려도 바로 죽여 버릴 기세였다.

조 실장은 숨을 죽인 채로 태성의 뒤를 따랐다. 시한폭탄 같은 상사를 혼자 보낼 순 없으니 다른 차로라도 따라붙어야 했다. 성큼성큼 걸음을 옮겨 차에 탄 태성은 조 실장이 그런 고민을 하든 말든, 미사일이 튀어 나가듯 속력을 올렸다.

+ ♝ +

윤기현이 지금 눈앞에 없는 게 차라리 다행이었다.

'내가 어떤 마음으로 그 서류를 빼냈는데. 어차피 다 알게 될 일이라는 걸 알면서도, 그래도 너에게 시간을 좀 더 주고 싶어서. 네가 여기서 더 불쌍해지는 건 마음에 걸려서. 아무렇지도 않게 못된 짓거리를 계획하다가도 자꾸 이상해져서, 약해져서. 그래서 내가…….'

핸들을 쥔 태성의 손끝이 하얗게 변했다. 차라리 그러지를 말지. 진심으로 허락하는 것처럼, 무슨 짓을 해도 용서해 줄 것처럼 받아들이질 말지.

'……정말 내가 좋은 것처럼 그렇게 올곧은 눈을 하고 바라보지를 말지.'

주차할 정신도 없어서 앞에 아무렇게나 차를 세우고 내리려는데, 저 멀리서 헤드라이트가 반짝이더니 빛무리가 점점 커졌다. 윤기현도 서둘러 온 모양이었다. 태성이 이상하게 차를 대 둔 바람에 더는 전진하지 못하고 애매한 거리에서 기현이 내렸다. 꼬리를 하나 단 채로.

"……저건 뭡니까?"

뒤에서 곧장 따라 내린 누군가가 기현의 차를 수습했다. 제대로 확인한 건 아니었지만 아마도 서태식과 그가 부리는 사람인 듯했다.

"조 실장님은요?"

기현 또한 의아하다는 듯 반문했다. 고작 하루 사이에 수척해진 얼굴을 하고서는.

"서태식을 여기까지 데리고 왔습니까?"

"……제가 봐야 할 서류가 있다고 하셨던 것 같은데요. 이젠 제 비서실장이나 다름없는 분이고. 같이 있어도—"

"난 기현 씨만 부른 것 같은데."

대꾸하려던 기현은 심상치 않은 태성의 기색을 읽고는 잠자코 입을 다물었다.

"서태식 씨. 낄 자리, 안 낄 자리 구분할 눈치는 있겠죠?"

그림 같은 얼굴이 무심히 협박을 쏟아 냈다. 평소엔 어딘가 나른하게 풀린 인상이라 잘 몰랐는데, 저렇게 무표정을 하고서 똑바로 사람을 응시하니 대단히 위압적으로 느껴졌다. 서태식은 이러지도 저러지도 못한 채 기현의 지시를 기다렸다.

"우리가 무슨 짓거릴 했는지 다 까발려도 상관없으면 데리고 들어오든가. 까발리기만 해? 직접 눈앞에서 보여 줄 수도 있어."

묘하게 한기가 느껴지는 목소리였다. 워낙 눈치가 좋은 남자니까, 어제의 핑계가 이상했다는 것쯤은 금세 들킬 거라 생각했지만…… 그래도 이건 너무 빨랐다.

"서태식 씨."

"네."

"가 보세요. 나중에 연락드리죠."

"괜찮…… 으시겠습니까?"
"네."
서태식이 탐탁지 않은 얼굴을 하고 몇 걸음 물러났다. 그제야 태성이 따라오라는 듯 몸을 돌렸다. 기현은 조금 당황한 속내를 숨기느라 더욱 표정을 지우려 노력했다. 시간만 따지면 거의 이틀이 넘도록 한숨도 못 잔 셈이라 머리가 핑핑 돌았다.
센서, 비밀번호 등을 거쳐 몇 가지 잠금장치가 해제되고 익숙한 복도를 지났다. 태성은 구두를 신은 채로 거실에 들어섰다. 기현은 망설이다 그대로 태성의 뒤를 따랐다. 낮에 비가 왔던 탓에 카펫이 순식간에 더러워졌지만, 누구도 개의치 않았다.
소파에 앉으려는 듯 그쪽으로 걸음을 옮기던 태성이 갑자기 몸을 틀어 기현의 뒷머리를 움켜쥐었다.
"무슨, 윽……!"
무자비한 악력 때문에 고개가 꺾일 것 같았다. 태성은 물어뜯을 것처럼 기현의 입안을 침범했다. 아니, 실제로도 그런 모양인지 오가는 타액이 피 맛으로 비렸다. 입술만 맞대고 있을 뿐, 몸싸움이나 다를 바 없었다. 휴식을 취하지 못해 몸뚱이가 좀처럼 힘을 쓰지 못했지만, 기현은 필사적으로 태성의 단단한 몸을 밀어내려 애썼다.
퍽―!
"크읏……."
힘에서 자꾸 밀리자 일단 되는대로 팔을 휘둘렀는데 태성의 쇄골 부근에 제대로 맞은 모양이다.
"헉……."
쥐였던 머리 전체가 얼얼했다. 숨을 고르는 사이 태성이 인상을 찌푸리며 떨어져 나갔지만, 그것도 잠시였다.

“확인할 서류가…… 헉, 있다고 했잖습니까.”

“서류? 아. 서류.”

맞은 쪽의 어깨를 대충 돌려 보던 태성이 어이가 없다는 듯 웃었다. 손을 뻗어 오기에 쳐 냈더니 이번엔 스르륵 부드럽게 몸을 끌어안았다. 뱀이 감기듯 밀착해 와서 밀어낼 수도 없었다. 터질 것 같은 서로의 맥박이 닿았다.

“글쎄. 난 이미 충분히 대답을 들은 것 같은데.”

태성의 손이 기현의 허리, 벨트를 지나 주머니를 쓸었다. 하필 서류가 들어 있는 쪽을. 침을 삼키느라 목울대가 움직이는 것이 적나라했다. 너무 가까이 있어서 숨길 수 없었다. 나쁜 손이 기현의 엉덩이를 세게 움켜쥐었다 놓았다.

“어떻게…… 알았습니까.”

“그게 중요한가? 중요한 건 결과지. 윤진서의 말에 어떤 식으로 휘둘린 건진 모르겠지만.”

누구 하나 죽일 것처럼 굴더니 저렇게 말하곤 끝이다. 기현이 어떻게 나올지 지켜볼 심산인 듯했다.

“……CCTV 봤습니다.”

“…….”

“아주 오래, 윤진서와 같은 엘리베이터에 머무르시던데. 흥미로운 대화였습니다.”

거짓말이었다. 소리까지 들렸던 건 아니었으니까. 애초에 윤 회장의 이름을 팔아먹는 데도 한계가 있었다. 그저 그가 윤진서와 무슨 대화를 나누었는지 추리해 보기 위한 일종의 연막 장치였다.

“그래요?”

태성이 대수롭지 않게 받아쳤다.

"그런 것치곤 훔쳐 간 서류가 너무 시시하던데."

고개를 모로 기울이며 태성이 말했다.

"아, 나도 봤거든요. CCTV."

기현은 슬그머니 뒷짐을 지며 세게 주먹을 쥐었다. 땀에 젖어 손가락이 자꾸만 밀려났다. 그대로 이어질 태성의 말을 기다리는데, 할 말 다했다는 듯 뻔뻔한 낯을 한 그가 기현을 쳐다보기만 했다.

"그게, 끝입니까? 나한테 할 말은…… 그게……."

결국, 먼저 감정을 드러낸 건 기현이었다. 황당했다. 윤진서와의 대화를 다 들었다고 했는데도. 그런데도 고작 하는 소리가 나도 CCTV로 네가 서류 들고 가는 것 확인했다, 이게 끝이라고? 이러면 윤진서의 말에 상당한 무게가 실리게 된다.

'그러니까 진태성이, 나 몰래 집사님의 이름을 입에 올리면서까지 윤진서에게 물산의 지분을 요구했다는 게. 그럴 수 있다면 내 정보를 내줄 수도 있다고 했던 게…….'

"윤기현 씨에게 궁금한 게 하나 있긴 한데."

이런 말을 하는 스스로가 어이없다는 듯 태성이 픽 코웃음을 쳤다.

"당신은 어떻게 그렇게 좋아서 어쩔 줄 모를 것 같은 눈을 하고 날 쳐다볼 수 있죠?"

순식간에 기현의 얼굴이 벌겋게 달아올랐다.

"진심도 아니면서."

"……."

기현은 입술을 세게 짓씹었다. 또 피가 터져 여린 살갗이 엉망이 되어 버렸다. 끝내 그가 들려준 대답이 이게 끝인가 보다.

하지만 태성은 진심으로 순수한 호기심에서 묻는 것이었다. 아까 살인 충동이 들 정도로 화가 났던 이유이기도 했다. 아니, 사실은 잘 모르겠다. 그냥 지금 윤기현에게 느끼는 배신감의 이유를 굳이 찾아보자면, 이것뿐이었다.

"재미있었겠네요. 적당히 위로해 주고, 사귀자, 어떻게 하자 대충 구슬려 놓고, 뒤로 어떤 짓을 꾸미는지 알지도 못하면서 좋다고 속아 넘어가는 내 꼴이. 그래…… 정말 재미있었겠네, 너란 새끼는."

바닥을 내려다보고 있었지만, 기현의 떨리는 시선은 정신없이 여기저기를 배회했다. 숨이 막히는 듯 중간중간 호흡도 엉망으로 떨렸다.

"굳이 따진다면 즐거웠어요. 뭐…… 간질간질했지."

태성이 기현의 눈높이에 맞춰 상체를 기울였다. 서로의 콧대가 스칠 정도의 거리였다.

"하지만 너도 처음부터 나한테 원하는 게 있어서 네 몸뚱일 팔았잖아. 나도, 그런 너에게 처음부터 필요한 게 있었을 뿐이고."

애써 괜찮은 척하던 기현의 눈동자에 습한 것이 어리더니, 당장에라도 눈물이 떨어질 듯 뿌옇게 부풀었다.

"왜. 아니었다고 말하고 싶어? 그럼 그 자리에서 이렇게 화를 냈어야지. 네 친모의 생사부터 물었어야지. 하지만 너도 똑같이 계산하면서 서류 다시 빼돌리고 나한테 거짓말했잖아. 나도 딱 그 정도의 진심이었을 뿐이야. 좋지만, 목적은 있는."

그런 눈을 해 놓고. 온 마음 다 준 것 같은 그런 눈을 해 놓고. 태성은 결국 자기도 다를 바 없었으면서 저를 천하의 나쁜 놈 보듯 하는 기현이 이해가 안 갔다. 정도의 차이일 뿐, 똑같은 거 아닌가? 아닌 게 아니라, 생각해 보니 저번에도 그랬다. 스스로 원한 것처럼 자신을 받아들여 놓곤 그 뒤 곧장 윤진서의 우아한 지랄을 사과했었다. 혹시라도 수틀린 그가 다 때려치우자고 할까 봐.

"그랬…… 을지도 모르지. 적어도 나는 당신보다는 진심이었어."

가냘프고 하얀 모가지를 힘없이 떨군 채 기현이 웅얼거렸다.

"나는…… 태어나서 처음으로, 당신을……."

"……."

"당신을……."

이어질 말이 몹시 궁금했지만, 기현은 끝내 그다음을 들려주지 않았다. 그저 그늘진 구두 앞코, 카펫 위로 그 처량한 뒤통수만큼이나 동그란 물방울이 후드득 떨어질 뿐이었다.

눈물이 번져 색이 진해진 카펫을 보면서 태성은 아까부터 계속 찌르르한 뭔가가 치고 올라오는 명치 부근을 문질렀다. 아까 윤기현에게 맞은 건 쇄골 쪽인데. 게다가 아프지도 않았는데, 자꾸 아리고 땅기는 감각이 슬금슬금 몸을 기어다녀 불쾌했다.

"……윤진서가 뭐라고 제안했을지 뭐, 뻔하지만 무시하는 게 나을걸요. 그 여자가 당신을 존중해 줘서 찾아간 것 같습니까?"

속이 뭉개지는 것 같은 느낌을 떨치려고 애쓰며 태성이 작게 도리질을 쳤다. 뱀 같은 혀가 일부러 더 못된 말을 쏟아 냈다.

"윤진서든 김 관장이든, 그쪽 집안 족속들의 사고방식은 매우 단순합니다. 잘난 자기네들 혈통 빼고는 사람이 없거든. 당신은 그나마 반이라도 자기 핏줄이 섞였으니 대화를 나누는 아량을 베풀어 줬을 뿐이겠지. 그래서 내 생각엔—"

"잠깐만. 잠깐……."

기현이 방금 들은 말을 믿을 수 없다는 듯 고개를 치켜들었다.

"당신, 무슨 소릴 하는……."

"무슨 소리라니. 윤진서는—"

"어떻게 지금 이 지경이 되어서도…… 당신은 나한테…… 나한테 손삽자는 말이 나와?"

"안 될 이유라도 있어요?"

"……뭐?"

"차라리 이게 나을지도 모르지. 정말 숨기는 거 하나 없고, 각자 필요한 건 챙기는."

태성은 말을 꺼냄과 동시에 스스로의 마음을 납득했다. 어쩌면 자신이 바랐던 것이 이것일지도 모른다고. 문자 그대로다. 그렇게 되면, 이 낯선 감정이 대체 무엇인지 복잡하게 고민할 필요가 없다. 그렇게 생각하니 한껏 엉켜 있던 마음속이 조금 편해지는 것도 같았다.

"미쳤어……."

잠시 멍하니 입을 벌리고 있던 기현은 끝내 붉어진 눈매를 일그러뜨렸다.

"당신 미친 거야, 그러지 않고서 어떻게……."

"뭘, 새삼."

어깨를 으쓱하는 태성에 숨이 턱턱 막히는지 기현이 가슴께를 움켜쥐고 거칠게 호흡했다.

"그럼 계속 말해도 될까? 내 생각엔……."

더는 들을 가치도 없다는 듯 기현이 몸을 틀었지만, 태성에게 손목이 붙들려 소파에 내동댕이쳐지는 게 더 빨랐다.

"놔, 놔!"

"어딜."

이제 기현의 벌겋게 된 눈동자를 번들거리게 하는 건 슬픔이 아니라 분노였다. 태성은 발버둥 치는 기현을 어이없을 정도로 쉽게 내리눌렀다. 반항의 의지는 가상했으나, 불면에 충격으로 온 신경이 미쳐 날뛰는 여린 몸은 좀처럼 주인의 뜻대로 움직이지 않았다.

"이거, 읏……!"

부러뜨릴 것처럼 기현의 팔목을 움켜쥔 채로 태성이 입을 맞췄다. 도망치려는 살덩이를 기어이 꼭 붙들었다. 타액이 얽히는 소리가 질척했다. 아까 실수로 때렸던 것에 대한 답례인 듯 폭력에 가까운 키스였다. 그 와중에도 계속 밀어내려는 힘과 찍어 누르려는 힘이 팽팽해 소파의 가죽이 지직, 거슬리는 소리를 냈다.

"이제 이야기를 할, 큭!"

퍽—!

"미친…… 헉, 미친 새끼……."

태성이 잠시 숨을 돌리며 입을 뗀 사이, 기현이 필사적으로 힘을 쥐어짜 주먹을 날렸다. 상체 전체가 흔들릴 정도로 온 힘을 끌어모은 일격이었다. 태성은 아픔보다도 충격이 더 큰 듯 그대로 굳었다. 입가를 닦아 낸 손등에 피가 묻어났다.

덕분에 완전히 그를 밀어내려던 몸짓이 조금 흔들렸지만…… 기현은 다시 마음을 다잡았다. 저 인간이 무슨 짓을 했는데. 무슨 말을 했는데. 아프든, 상처가 났든, 알 바 아니었다.

"흣, 이게 무슨…… 그, 읏!"

애써 냉정히 마음먹고 일어나려 했으나 손목이 한 번 더 당겨졌다. 이젠 목구멍을 틀어막을 기세로 태성의 혀가 침입했다. 확인이라도 하듯 입안을 한차례 들쑤시고 나가더니 귀와 목덜미를 물어뜯으며 셔츠를 한 번에 잡아 벌렸다. 투둑. 단추와 실밥이 요란하게 터져 나갔다.

"놔, 이 미친…… 이거 놔!"

아무리 발버둥을 쳐도 태성은 꿈쩍하지를 않았다. 이미 돌아 버린 것 같았다. 흰 피부에 피로 붉어진 입술을 하고, 그래서 더 요사스러운 낯짝이 된 진태성이 기현을 잡아 삼킬 기세로 달려들었다.

"놓으라고……!"

태성의 뺨 위로 재차 약한 파열음이 울렸다. 간신히 틈이 주어진 걸 이용해 기현이 또 주먹을 휘두른 탓이다. 다만 많이 지쳤는지 아까보다는 현저히 약한 힘이었다.

또 한 번 고개가 돌아간 태성은 후, 하는 숨을 내뱉더니 다시 아무 일도 없다는 듯 기현에게 파고들었다. 힘이 빠진 팔을 억세게 누르면서, 다른 한 손으로 기어이 바지 버클을 풀고 벨트를 벗겨 냈다.

"이거 놓—"

놓으라고 발버둥 치던 기현의 고개가 꺾였다. 퍽, 정도가 아니라 얼굴 뼈 한쪽이 주저앉을 것 같은 엄청난 소리였다. 두개골 전체가 너덜거리는 것 같은 아픔에 기현은 잠시 숨도 쉬지 못한 채 그대로 얼어붙었다. 우웅— 하는 묵직하고 긴 이명만 귓가에 맴돌았다.

"까부는 것도 정도가 있어."

태성은 기현이 정신 차리지 못하는 사이 속옷과 바지를 한꺼번에 끌어 내렸다. 망가진 인형처럼 덜렁거리는 다리를 벌려 잡고, 피가 섞인 침을 뱉어 메마른 구멍에 대충 문질렀다. 잘 떠지지 않는 눈으로 기현이 뭐라고 자꾸 중얼거렸다. 놔, 아니면 미친 새끼. 둘 중 하나겠지.

"헉……!"

뒤를 채 풀지 못했지만 그럴 여유가 없었다. 봐주지 않고 그대로 꿰뚫어 버리자 정신 못 차리고 까라지던 기현의 눈이 경악으로 홉떠졌다. 귀두 끝만 간신히 걸쳐 놨을 뿐인데도 숨이 넘어갈 듯 헉헉거렸다. 영 삽입이 원활하지 않자 축 늘어지는 한쪽 다리를 어깨에 걸치며 조금 더 밀어 넣었다. 갈 곳을 잃은 기현의 손이 소파며, 태성의 옷을 쥐어뜯었다.

"하…… 아…… 으읏……."

"네가 매번 좋다고 삼키던 거야. 익숙하잖아, 응?"

허리를 느긋하게 추어올리며 기어이 완전히 밀어 넣자 기현이 끔찍하다는 듯 도리질을 쳤다. 입 안쪽 살이 터졌는지 울컥, 하고 피가 새어 나왔다. 맞은 자국을 따라 벌겋게 붓기 시작한 기현의 얼굴은 이미 엉망진창이었다.

"좋다고, 씨발, 조이면서 질질 쌌던 건 너잖아, 윤기현. 왜 싫어? 후우…… 지금 와서 왜? 뭐가 마음에 안 들어?"

"그…… 만…… 그만해……."

질척하게 몸을 섞었던 게 바로 며칠 전이다. 제법 관계에 익숙해진 기현의 뒤는 곧 노곤하게 풀어지며 남자를 받아들일 준비를 했다. 어떻게 굴어야 아프지 않다는 걸, 그래야 즐겁다는 걸 몸이 본능적으로 알아챈 것 같았다. 기현은 습관처럼 순응하는 제 몸을 견딜 수 없는지 컥컥거리며 온 힘을 다해 태성을 거부하려 들었다.

"제발…… 윽, 이러지……."

상체를 좀 더 숙여 찌르는 각도를 바꾸자 기현이 기어이 눈물을 쏟아 냈다. 아파서가 아니라 좋아서. 그런데 그게 너무 비참해서.

"나한테, 이러면 안, 흐으…… 이러면 안, 으읏!"

당신이 이러면 안 되는 거잖아. 나한테 이러면 안 돼…….

떨리는 목소리에 허리를 쳐올리던 태성의 움직임이 잠시 둔해지는 것 같았지만…… 그것도 잠깐일 뿐이었다.

"흐읏—!"

기현의 내벽이 오물거리며 확 조여들었다. 길게 시간을 끌고 싶지 않아 그 부근을 집요하게 박아 댔다. 이미 뒤만 쑤셔 줘도 갈 수 있게 된 기현의 성기가 금세 꺼떡거렸다. 귀두는 말간 액으로 번질거리고 있었다. 싸기 직전인 것처럼 기현의 발가락이 안으로 곱았다.

"으, 싫, 싫다고 했잖……."

하나같이 못마땅한 말이 기현의 입에서 터져 태성은 좀 더 속도를 높였다. 흉기 같은 좆으로 여린 안쪽을 찍어 누르기를 몇 차례, 비로소 울음 같은 신음이 길게 터졌다. 소파가 힘에 밀려 쿵쿵거리며 옆으로 밀려났다. 태성은 빠르게 찍어 올리다 기현이 특히 느끼는 부분을 느릿하게 휘저어 주었다.

"으응—!"

왈칵 정액을 뱉으며 기현의 내벽이 세게 수축했다. 아랫도리에 찰지게 감기는 따뜻한 살결에 태성 또한 더 참지 않고 사정했다. 기현의 안에 남김없이 정액을 쏟으려는 듯 두어 번 가볍게 허리를 털었다. 꽂힌 성기를 빼내자 구멍이 뻐끔거리며 허연 정액을 흘렸다.

"아읏, 아!"

자신의 것을 다 비워 낸 태성이 이번엔 기현의 정액을 모조리 빼내려는 듯 빠르게 좆을 쓸어 주었다. 예민해진 아랫도리가 파르르 떨리다 질금거리며 약간의 체액을 토해 냈다. 불에 덴 것처럼 뜨겁게 달아오르는 몸이 비참해서, 앞의 남자를 더 볼 자신이 없어서 기현은 그냥 눈을 감아 버렸다.

"하아……."

길게 숨을 뱉은 태성은 그런 기현을 잠시 두고 보다 몸을 일으켰다. 기현은 벌어진 다리를 제대로 수습도 하지 못한 채 그저 멍청하게 누워만 있었다.

무슨 일이 일어난 거지. 납치당해서 죽기 일보 직전에도 팽팽 잘만 돌아가던 머리가 그대로 멈춰 버렸다. 눈이 먼 것처럼 앞이 온통 뿌옇다. 목소리를 잃은 것처럼 거칠고 가쁜 숨만 터졌다.

"으읏……!"

또 입술이 겹쳤다. 대신 이번엔 혀가 아니라 물이 벌린 틈으로 쏟아졌다. 제대로 삼키지 못하자 차가운 손이 머리를 받쳐 왔다. 먹지도, 마시지도 못하고 소모됐던 육체는 가뭄 끝에 맞이한 단비처럼 쏟아지는 물을 기꺼이 받아들였다. 물론 기현이 그러고 싶어서 그런 건 아니었겠지만. 의도치 않은 잔망스러운 몸짓에 맞닿았던 태성의 입매가 조금 올라간 것도 같았다.

입술과 목을 타고 채 입으로 넘어가지 못한 물이 주르륵 흘렀다. 태성은 꼼꼼하게 나머지를 핥아 주었다. 구멍을 다 찢어 놓을 것처럼 굴었던 건 언제고, 기현이 반항을 멈추자 상처를 핥아 주는 짐승처럼 다정하기만 했다.

"왜……."

느리게 눈을 깜빡이면서 기현은 되는대로 말을 내뱉었다.

"뭐라고?"

"왜…… 나를 이용해야겠다고…… 생각한……."

왜 하필 자신이었는지. 왜 그런 연기까지 하면서 곁에 두려고 했는지. 대체 AR에 얼마나 대단한 목적이 있기에.

태성의 삶이 평탄치 않았다는 건 어렴풋이 알고 있었고, 대원과 AR이 그리 좋지 않게 엮였다는 것도 알고는 있었지만, 잘…… 이해가 안 됐다. 적어도 태성이 숨기고 있는 처절한 이유가 있다면. 그렇다면 적어도 머리로나마 그를 이해한 채로, 그렇게 덮고 끝낼 수 있을 것 같았다.

"글쎄."

남은 물을 끝까지 들이켜고 텅 빈 생수병을 구긴 태성이 거실 어딘가로 던지며 제 머리를 쓱 헝클었다.

“그런 게 중요한 게 아니잖아, 우리.”

“……우리?”

기현이 헛웃음을 터뜨렸다. 당신이랑 나, 이제 그렇게 부를 수 있는 사이이긴 한가?

“어쨌든 너도, 나도 제일 먼저 치워야 하는 건 윤인범인데.”

“더는, 당신과 그런 이야기, 나눌 일 없다고 했지.”

끓어오르는 화를 누르며 기현이 또박또박 끊어 말했다. 소리를 질러 봐야 저 남자는 당최 듣질 않으니.

“이러니까 꼭 마음에도 없는 사람 이용해서 사기라도 친 것 같잖아. 이봐, 윤기현. 난 네가 마음에 든다니까?”

벌어진 기현의 다리 사이로 재차 파고들며 태성이 몸을 숙였다.

“그래. 마음에 들기도 하고, 서로 반드시 필요한 존재이기도 하고.”

“하…….”

“네가 처음이라고 했잖아. 넌…….”

아까 말을 꺼내지 못한 기현처럼, 태성이 처음으로 말을 주저했다.

“넌…….”

넌…… 날 자꾸 인간적이게 만들어. 가끔 이상한 감정을 불러일으켜. 하려던 말을 애써 다시 삼킨 태성이 스스로의 말에 긍정했다.

‘그래, 넌 나에게 자꾸 인간다운 감정이 뭔지 깨닫게 해.’

태성에겐 결코 달갑지 않은 일이었다.

“아까도 말했지만, 어쩌면 더 숨길 일 없는 지금이 서로에게 나을지도.”

시종일관 물기를 머금고 있던 기현의 눈이 점점 검게 메말라 갔다. 마치 남아 있던 일말의 감정마저 증발시켜 버린 것처럼.

“처음에 내가 빌려 갔던 돈…… 조 실장님 통해서 다시 청구해. 이

자까지 얹어서 돌려줄 테니까. 그냥 이렇게…… 이렇게 끝내."

"……누구 마음대로?"

"빌렸던 거 갚겠다잖아. 당신이 부르는 액수 그대로 돌려줄 테니까 그냥 이대로—"

"그러니까, 누구 마음대로."

순식간에 난도질 된 사이. 이제 다 까발려진, 아니, 속까지 파헤쳐진 관계였다. 그런데도 태성은 아무 일도 아닌 것처럼 태연하게 굴었다.

"윤기현. 내가 어떻게 이 자리까지 올라왔는지 알아?"

돈 때문이었다. 그 빌어먹을 돈.

"일수, 사채, 그다음은 투자. 중국과 북한만 엮으면 굉장한 돈이 되거든. 그걸로 사람들을 틀어쥐었어. 이후론 알아서 굴비처럼 엮였지. 그것들로 또 다른 사람을 낚아서 이번엔 돈이 아니라 사람들의 치부를 틀어쥐기 시작했고."

"……."

"여태 네가 쓴 돈도 그런 돈이야. 위험한 나라들만 골라서 세탁한, 누군가의 멱을 따고 차곡차곡 굴렸던 그런 돈. 물론 나 같은 새끼야 그런 소문 붙는 거 신경도 안 쓰지. 하지만 넌 어떨까."

윤의택의 아들, 대외적으론 AR그룹의 가장 사랑받는 막내.

"재벌가라면 다 따라붙는 사생아라는 추문이 끔찍해서 너와 네 생모를 그렇게 가둬 두고 길렀던 게 그쪽 집안이야. 그런 집구석에서 과연 그따위 추문을 용납할까? 밝혀지는 순간 넌 잘려 나갈걸."

"이미 당신 손을 잡았다고 소문이 파다한데 내가 그 정도 각오도 안 했을까 봐?"

온통 붉게 짓무른 눈을 매섭게 치켜뜨며 기현이 맞받아쳤다. 그래. 윤기현은 이런 맛이 있는 사람이었다. 그래서 처음부터 흥미가 생겼고.

"……그래. 그랬었지."

태성은 불량스럽게 목을 좌우로 꺾곤 다시 기현에게 밀착했다.

"너 같은 사람이 참 많았어. 자기 필요할 때만 가깝게 지내다 말 바꾸려고 드는 사람들……. 그래서 난 사전에 늘 그보다 더한 준비를 해야 했지. 배신자에게 위협이 될 그런 장치들을."

"배신? 지금 당신이, 배신이라고 했어?"

분통이 터지는 듯 기현이 쇳소리를 내질렀다. 하지만 태성은 그저 느릿한 손길로 기현의 성기를 손에 쥘 뿐이었다. 말라붙은 정액이 몇 번의 손길에 금세 흘러나온 점액질로 뒤덮였다.

"다른 건 몰라도 영상이, 그것도 남자에게 박히는 영상이 있다는 게 밝혀지면 볼만하겠지?"

"……뭐?"

기현은 믿을 수 없어서 멀거니 태성의 입술만 쳐다보았다. 저 입에서 나온 말이, 방금……. 아니야, 이건 분명…….

"지금 뭐…… 라고……."

"영상이 있다고. 너랑 나."

평범한 직장인들도 밥 먹다 전화 한 통이면 사람 불러다 떡칠 수 있는 미친 나라다. 하물며 돈도 좀 있고, 사회적 명망이 있다는 것들은 오죽할까.

엔터테인먼트 쪽 투자가 빛을 발하지 못하면 관계자들, 주로 연예인들을 데려다 접대용으로 써먹곤 했던 게 어떻게 소문이 난 모양인지 태성에게겐 유독 그런 요구가 많이 들어왔다. 어차피 그럴 목적으로 스폰서 역할을 자처하고 있었던 터라 태성이 손해 볼 건 없었다.

그들이 원하는 대로 사람을 수급해 주는 대신 그 난잡한 밤을 몰래 촬영해 두었을 뿐이다.

“그러니까 남이 주는 건 함부로 먹지 말라잖아. 뭐가 들었을 줄 알고.”

태성이 기현의 볼을 아프지 않게 톡톡 쳤다. 물론 그가 실제로 그런 짓을 자행해 왔던 건 사실이지만, 이건 거짓말이었다. 인터넷에 잠깐만 풀려 돌아도 평생을 수렁에 처넣을 수 있는 영상을 많이 찍어 두었으나 거기에 기현은 없었다. 그냥 심술이 나서 아무렇게나 말한 거였다.

어차피 구구절절한 이야기를 늘어놓아도 지금의 기현은 들어줄 것 같지 않았다. 그렇다고 나중에 이야기하자고 놓아 주면, 이젠 다시는 자신을 만나 줄 것 같지 않고. 둘 다 골치 아픈 일이었다. 그럼 거짓말을 해서라도 붙들어 둘 수밖에.

“하…… 하하…….”

기현의 맥없는 웃음소리가 흩어졌다. 퉁퉁 부어오른 한쪽 볼에 벌써 울긋불긋한 멍이 올라오고 있었다. 아마 태성의 얼굴도 마찬가지일 거다.

오히려 흘가분해야 하는 게 맞건만, 심장 부근이 지끈거려서 태성은 자꾸 눈살을 찌푸렸다. 당연히 해야 하는 일들인데도 어쩐지 기현을 속이고 있어 꺼림칙할 때가 많았다. 이런 찜찜한 감정을 느끼는 자신이 이상해서 또 짜증이 나고, 그러다 윤기현을 보면 또 괜찮아지고. 생전 처음 느끼는 감정들에 휘둘리고 이게 뭔지 고민하는 일도 슬슬 지쳐 가던 참이었다.

어차피 언젠가는 서로 알게 되었을 일. 이제 감출 것도 없으니 이대로 즐길 건 즐기고, 필요하다면 파트너십은 유지한 채 만나는 게 머리도 덜 아프고 깔끔하지 않을까. 그런데…… 그런데 왜.

태성은 그새 축 늘어져 쪼그라진 기현의 성기를 다시 쓰다듬었다. 시선만 오가도, 몇 마디만 속삭여도 바로 반응하며 빰을 붉혔었는데, 이젠 물리적 자극이 없으면 어떤 반응도 보이질 않는다. 뺨 대신 잔뜩 붉어진 기현의 눈은 더 이상 어떤 감정도 드러내질 않았다.

초조해졌다. 대체 왜, 자꾸 왜. 태성은 움찔대며 조일 준비를 하는 구멍에 급하게 제 아랫도리를 문질렀다.

"김 관장이 왜 네가 윤인범과 함께 모터스에 입사하는 꼴을 두고 봤을까. 윤진서는 너랑 내가 흘레붙는 걸 아는데도 왜 그 부분은 건드리지 않을까."

"……."

"처음에 네가 그런 말을 했었지. 선민의식."

"……."

"자기들끼리 아는 건 상관없어도 세상 사람들에게 알려지는 건 견딜 수 없었을 거야. 그 핏줄 빼곤 전부 원숭이나 새대가리로 사람을 보는 그 잘난 선민의식 때문에 말이야."

가물가물 어떠한 환상이 태성을 스쳐 갔다. 자신을 올려다보는 기현의 눈과 표정, 그 무엇도 믿지 못해 허세와 의심으로 무장하던 그 얼굴이 함께 지내는 동안 점점 미소를 그렸다가…… 결국은 지금처럼 이렇게, 눈물로 변했다.

"그러니까, 아직은 너랑 나. 못 끝내."

"……."

"아직은 놔줄 생각이 없어, 내가."

윤기현과 처음 만났을 때와 자신의 품 안에서 무너지는 그의 모습이 영화의 한 장면처럼 교차했다. 내내 정의하지 못해 괴로웠던 태성의 마음 또한 툭 떨구어졌다. 그래. 굳이 이런 감정이 뭔지 알아야 할 필요가 있나? 필요한 건 필요한 대로 취하고, 즐기고 싶을 땐 즐기면 되는 일 아닌가?

"너 같은…… 개새끼를, 내가……."

이번에도 뒤의 말은 들려줄 생각이 없는 것 같았다.

"내가, 읏……!"

한 차례 더 성기를 밀어 넣자 견디기 어려운 듯 고개가 뒤로 꺾였다. 처량한 눈물이 귓바퀴를 타고 흘렀다.

"처음부터 몇 번을 말했어, 나 개새끼라고."

태성이 속삭이며 엉망으로 젖은 볼에 입을 맞추었다. 기현의 눈물을 핥아 보자 짭조름한 맛이 났다.

9장

삼류 드라마

삼류 드라마

"하아, 하……."

기현이 쌕쌕거리며 숨을 고르는 사이, 태성은 그의 허벅지며 발목을 되는대로 쥐고 벌리며 욕심껏 정액을 흩뿌렸다. 내벽 안은 이미 미끈한 액이 그득하게 들어차 있었다. 기현은 그저 눈을 감고 견뎌낼 뿐이었다.

그러길 잠시, 호흡이 좀 진정되자 이미 사정을 끝내 놓고도 계속 맞물려 있던 몸을 밀어냈다. 목이 타들어 가는 것 같았다.

그런 마음을 읽기라도 했는지 태성이 물을 머금고 입술을 겹쳐 왔다. 얼마 전부터 이상하게 생긴 습관이었다. 물 마시는 것 하나도 허락해 줄 수 없다는 듯 꼭 제 입으로 먹이는 진태성. 젖은 혀가 오가길 한참, 오늘은 이 정도로 만족스러웠는지 더는 치대지 않고 몸을 물렸다.

"오늘은 웬일로 꽤 풀어진 것 같네요."

칭찬이라도 하듯 태성이 볼과 입술에 짧게 입 맞추었다.

그 이후. 그간 나누었던 모든 이야기, 꿈같았던 밤들이 하루 만에 전부 박살이 난 그 이후, 기현은 그저 고장 난 인형처럼 태성을 가만히 받아들이거나 불현듯 발작이라도 온 것처럼 크게 몸을 퍼덕이며 미친 듯이 밀어냈다. 둘 중 하나밖에 할 줄 모르는 것처럼. 물론 그 끝은 태성이 바라던 대로 제발 싸게 해 달라는 애원이었지만.

이따위로 만들어진 몸을, 자신의 하반신을 용서할 수 없다는 듯 부들부들 떠는 모습도 나쁘지 않았지만 사실 태성은 기현이 오늘처럼 선선히 안기는 쪽이 더 좋았다. 오기로 사람 찍어 누르는 것도 한두 번이지. 매번 강간하는 것 같아 기분이 썩 좋지 않았기 때문이다.

"참. 윤인범이 꽤 궁지에 몰린 것 같던데."

태성이 목을 가다듬으며 윤인범을 화제에 올렸다. 어쩐지 들떠 보였다. 오래간만에 잠자리의 끝이 쓰지 않아서 기분이 좋은 거였지만, 기현은 그저 윤인범이 힘들어지고 AR그룹이 기울면 털어 갈 콩고물이 있어서 저렇게 좋은가 보다, 하고 여길 뿐이었다.

"……그렇군요."

돌아온 건 대수롭지 않은 대꾸였지만, 어차피 대단한 대답을 기대했던 건 아니어서 태성은 축 늘어지는 기현의 몸을 옆으로 뉘고 안에 손가락을 넣어 가득 고여 있던 제 정액을 긁어냈다. 기현은 그 손길을 가만히 받아 낼 뿐이었다. 눈이 잠들 듯 말 듯…… 감겼다가 떠지기를 반복했다.

'꿈인가 싶었는데…….'

꿈이 아니었다. 기현은 무거운 눈두덩을 손가락으로 꾹 눌렀다 뗐다. 이래 봤자 도망칠 수 있는 건 아니었다. 되돌릴 수 있는 것도 아니었고.

"군납품 업체가 있는데, 여기가 결국 김 관장 쪽 사람들이 운영하는 곳이더군요. 여기 자금 흐름을 따라가 보면—"

"결국 윤인범에게 닿았다는 거죠. 저번에 어디더라. T실업이었던가? 그것까지 합치면 드러난 것만 네 건 정도네요."

"맞아요. 생각대로 잘 안 풀리는 모양인데."

누군가 김 관장과 윤인범 쪽을 방해하고 있었다. 그런데 지운 흔적이 깨끗했다. 아주 오래전, AR그룹 가계를 조사했을 때와 비슷했다.

'윤기현에 관한 것은 흔적도 없이 깔끔했었지.'

태성은 어쩐지 윤 회장이 손을 쓰고 있는 것 같다는 생각이 들었다. 또 한 번, 처음부터 이 모든 일이 후계로 기현을 염두에 두고 벌인 짓이라는 심증이 굳어졌다.

"조금 더 압박하면 완전히 꼬리를 밟을 수 있을 겁니다."

그날 밤. 강압적인 섹스 직후, 태성이 곧장 아무렇지도 않게 저 비슷한 소릴 입에 올렸을 때. 그때 기현은 손에 쥐는 걸 닥치는 대로 집어 던졌었다. 아직 화를 낼 힘이 남아 있다는 게 신기할 정도로 악을 썼다.

하지만 지금은 이렇게 태연하게 몸을 섞고, 또 그만큼이나 태연하게 앞일을 논의한다. 로비 자금과 그 돈을 끌어올 곳에 관한 이야기가 진중하게 오갔다. 이미 서로에 대한 신뢰는 박살이 난 채로.

뭐라고 말하는 태성의 목소리가 희미했다. 사실 그 이후 기현은 줄곧 제대로 잠을 잘 수 없었다. 이렇게 구체적이고 괴로운 악몽이 계속되는 건 처음이었다. 자라면서 잊고 지냈던 사소한 것들까지 전부 튀어나와 목을 졸랐다. 길지 않은 평생이었는데, 그 짧다면 짧은 시간 동안 싱그러웠던 나날이 하나도 없었다.

'힘들어.'

이제 그만 끝내고 싶었다. 무엇이든, 전부, 다.

돈. 진태성. 약점. 영상. 모터스. 지주사. AR그룹. 단편적인 단어들을 간신히 떠올리며 무거운 정신을 간신히 붙들고 있는데, 등에 따뜻한 것이 와 닿았다. 진태성이었다. 어느새 대충 뒤처리를 마쳤는지 벗은 몸 그대로 뒤에서 기현을 끌어당겼다.

목 아래로 단단한 팔이 불쑥 파고들어 왔다. 허리를 감은 남자의 손은 뜨거웠고, 움츠린 등 위로 규칙적인 맥박과 숨소리가 흩어졌다.

이내 무거운 눈꺼풀이 느리게 감겼다. 어쩌면 태성이 이렇게 아름다운 건 사람이 아니라서 그럴지도 모른다. 그런데 그 짧은, 부질없는 시간 동안 줬던 마음 때문에 이젠 이 악마가 곁에 있을 때만 잠깐이라도 눈을 붙일 수 있다. 비참한 일이었다.

"헉……!"

기현은 눈을 번쩍 떴다. 목 아래 고인 땀이 불쾌했지만, 잠든 태성은 팔을 치워 줄 생각이 없는 것 같았다. 물론 이전에 이런 상황이 몇 번 있었고, 기현은 망설임 없이 그를 밀어냈었다. 그러면 기현만큼이나 잠이 얕은 태성도 결국 깨고, 그러다 보면 몸을 섞는 것으로 분위기가 흘러갔다. 저만 손해란 말이다. 기현은 손으로 입을 틀어막고 숨을 진정시켰다.

이번엔 좀 더 어릴 때의 꿈을 꿨고, 거의 잊고 살았던 기억이 줄줄이 딸려 나왔다. 면역이 없었던 장면들을 관람한 탓에 후유증이 더 컸다. 기현은 핸드폰으로 손을 뻗었다.

'겨우 두 시간. ……아냐, 그래도 이만큼이라도 눈을 붙인 게 어디야.'

대충 식은땀을 닦아 낸 그가 핸드폰을 쥔 김에 윤인범의 이름을 검색해 봤다.

평화로웠다. 태성이 알려 줬던 일이 그룹 홍보실을 거치지도 않고 함부로 기사화될 턱이 없는데도, 조금 아까 주워들은 게 있다고 괜히 기대를 품어 봤다. 기현은 윤인범의 프로필 가족 관계에 등재된 자신의 이름을 눌렀다.

페이지가 바뀌자 간단한 신상 명세가 드러났다. 이전까지는 흔한 증명사진 한 장 노출하지 않고 조용히 묻혀 살았는데 이젠 제법 많은 연관 검색어가 꼬리에 붙는다. 기현은 제법 선하게 웃고 있는 제 얼굴을 들여다보았다.

새삼 낯설었다. 크게 확대해 봐야 가로 3㎝, 세로 4㎝에 불과한 이 작은 사진을 최종적으로 고르기까지 홍보실과 전략실이 3일은 꼬박 여기에만 매달렸었다. 배경색을 푸른색, 회색 중 무엇으로 할 것인가. 채도와 명도는 어떻게 해야 인상이 가장 살아나는가. 입매는 얼마나 올려야 하는가. 턱은 반드시 조금 더 드러나 고급스럽게 보여야 한다 등등. 다시 생각해도 피곤했다.

화면을 좀 더 아래로 내렸다. 이젠 자신과 관련한 뉴스와 사진들이 꽤 노출된다. 물론 아직도 대부분의 분량을 차지하는 것은 봉사활동에 관한 이야기였다. 이런 사람이 모터스 경영에 참여하게 되어 기대가 크다는 평이 많았다.

하지만 냉정하게 평가하자면, 기현은 기업 운영에 관한 그 어떤 실무 경험이 없다. 그럼에도 첫 입사부터가 차기 핵심 계열사의 본부장, 상무급인데 트집 잡는 사람이 아무도 없었다. 이게 바로 윤의택이 그렇게 철저히 신무원 사람들을 단속했던 이유이리라. 사람들은 작은 것에 감동하여 큰 그림을 보지 못하곤 했다. 자신이 태성에게 그랬던 것처럼.

그렇다고 악성 댓글이 없는 것은 아니었다. 소설도 이런 소설이 없었다. 하지만 그건 기현뿐 아니라 유명인이라면 모두가 겪는 구설이라서 딱히 방법이 없었다.

예전 같았으면 포털 사이트가 문을 닫거나, 엄청나게 압박을 받았을 텐데 이제 이런 일은 홍보실에서도 포기한, 당연한 것이 되었다. 기현이 그토록 부르짖었던 것처럼 시대가 바뀌긴 한 것이다. 더는 윤 회장처럼 입을 틀어막고 목을 조르면서 이미지를 컨트롤할 수 있는 시대가 아니었다.

작은 액정을 들여다보고 있으니 눈이 피곤해져서 핸드폰을 다시 밀어 두었다. 간신히 눈을 붙인 거였다. 다시 태성을 만나기 전까지, 엉망으로 다루어지다 그와 살을 맞대고 잠들기 전까지는 또 불면에 허우적댈 텐데. 지금이라도 쉬어야 했다.

기현은 고개를 받쳐 주는 단단한 팔과 허리를 감고서 툭 떨구어진 기다란 손가락에 차례로 시선을 주었다. 긴 속눈썹과 매끈하게 뻗은 코, 살짝 벌어진 입술과 눈 아래 점까지. 입을 열지 않는 그는 여전히 감탄스러운 하나의 예술품이었다.

잠시 태성의 얼굴을 들여다보던 기현은 다시 힘겹게 몸을 돌리곤 웅크렸다.

'너도 처음부터 나한테 원하는 게 있어서 네 몸뚱일 팔았잖아. 나도, 그런 너에게 처음부터 필요한 게 있었을 뿐이고.'

틀린 말은 아니었다. 그가 자신에게 품은 악감정과는 상반되는 효용성을 있는 그대로 받아들인 것처럼, 기현 또한 그러면 될 일이다. 그가 굴리는 대로 몸을 내줬으면 이쪽도 당연히 얻는 게 있어야 하는 것 아닌가.

'그렇다면 전부…… 전부 이용하자.'

어차피 진태성과는 끝이 보이는 사이다. 그렇다면 이 비틀린 관계가 지속되는 동안 돈이든 사람이든 이용할 수 있는 건 전부 이용해야 했다. 태성은 이미 그렇게 행동하고 있는데 이렇게 멍청하게 넋 놓고 있을 틈이 없었다.

'본인이 그렇게나 원한다는데……. 이 더러운 일, 남의 손 빌려 처리하는 게 뭐 어떻다고.'

기현은 다시 힘겹게 잠을 청하며, 바투 붙은 몸을 조금 떼었다. 그와 동시에 태성의 눈이 슬쩍 뜨였다. 여태 일부러 감아 주고 있었던 것처럼 잠기운 하나 없는 움직임이었다.

벌어진 기현과의 거리가 못마땅해서 다시 손을 뻗으려는데, 뒤에서 뒤척이는 움직임을 감지한 건지 마른 몸이 움찔 떨렸다. 처연한 목이 더 수그러들었다. 민망할 정도로 명백한 거부에 태성은 그저 눈을 느리게 깜빡였다. 개새끼란 욕이나 주먹질보다 그 무언의 거부가 훨씬 더 크게 가슴을 때렸다.

잠시 벌어진 그 거리를 가늠하던 태성은 지끈거리는 심장을 누르고 모르는 척 손을 뻗어 기현의 몸을 당겼다. 땀이 찰박이는 여린 살결에 고개를 묻고, 다시 잠을 청하려 노력했다.

태성과 만나는 곳을 여의도의 모 호텔로 옮겼다. 지난번에 CCTV를 보여 달라고 난리를 친 덕에 윤희연까지 그들을 예민하게 주시하고 있어서 아려 호텔은 자유롭게 드나들기가 꺼려진 탓이었다. 이그제큐티브 아파트먼트라는 거창한 이름이 붙었지만 결국 유명 호텔 브랜드 이름이 붙은 레지던스와 비슷한 구조였다.

"음, 좋네요."

서태식은 당황스러우면서도 뿌듯한 얼굴로 주변을 둘러보았다. 드디어 기현의 유일한 측근으로 인정받았다고 여기는 모양이었다. 조 실장은 앞으로 잘해 보자며 악수를 건네곤 얇은 파일을 내밀었다.

"지금까지 추적한 자금의 행방입니다."

"추적이요?"

"사실 그저 돈이 오갔다는 것 외엔 밝히는 게 없습니다. 그나마 하나도 T실업 측에서 잘못 흘리는 바람에 추적해 볼 수 있었던 거고요. 사실 지금 가장 큰 문제는 지금 이 회사들에 압박을 넣는 곳이 어디인지 불명확하다는 것입니다."

윤인범이 AR그룹의 이해 관계사, 그러니까 을의 자금 흐름에 관여했다. 혹은 그들을 쥐어짜 비자금을 만들고 있다. 이 가설을 토대로 추적하는 중이었다. 원래부터 윤인범의 돈 운용이 좀 수상하기도 했고…… 무엇보다 갑을 관계가 강조된 자극적인 이야기를 만들 수 있을 터였다.

그러니까 아주 약간의 증거만 있으면 된다. 명확한 사실관계까지는 필요도 없고, 그저 사람들이 믿을 수 있는 정도면 충분했다.

"그냥 흐름 타고 시기적절하게 기사나 터뜨리면 될 것 같은데."

팔짱을 끼고서 비스듬하게 벽에 기댔던 태성이 냉장고 쪽으로 걸어갔다.

"하지만…… 기사야 어차피 묻어 버리면 그만일 텐데요."

태성이 생수병을 집어 들고 기현 옆에 털썩 앉았다. 이미 반대편 옆쪽에 서태식이 앉아 있어서 비좁은데도 굳이 기현 옆을 고수했다. 결국 서태식이 속으로 의문을 표하면서도, 불편할 기현을 위해 맞은

편의 조 실장 옆으로 자리를 옮겨야 했다.

"아뇨, 기사가 나야 해요."

"이유는?"

"데스크 컨펌 직전에 그룹 전략실 쪽으로 연락이 들어올 테니까요."

"그러면?"

"그때 제의해 볼 생각입니다. 다른 이슈로 윤인범의 일을 덮어 보자고."

"이를테면?"

"이를테면…… 금융 그룹이 따로 세워질 거고, 회장은 윤진서가 된다거나."

기현의 말을 장난스럽게 받아치며 물을 넘기던 태성의 목울대가 잠시 멈추었다. 방금 기현이 한 말은 들어 본 적 없는 이야기였다.

"예? 저는 그런 이야기는……."

조 실장 또한 놀라서 입을 쩍 벌렸다.

"어차피 언젠가는 해치워야 할 일입니다. 그리고 금융 그룹은 그룹 내부의 일이죠."

이런 것까지 너희에게 보고할 필요는 없지 않냐는 듯, 덤덤한 얼굴이었다. 잠시 당황해서 기현과 태성을 쳐다보던 조 실장이 '어, 네, 그럼……' 하고 다소 두서없는 보고를 이어 갔다. 대체로 허위로 인터넷 언론사를 세우고 기사를 뿌릴 제반 비용에 관한 이야기였다.

"그런데 이 돈은…… 대체 어디에서 나는 겁니까."

서태식이 심각한 낯으로 가장 근본적인 부분부터 짚었다. 이런 일을 합법적인 자기 재산으로 저지르는 사람은 없다. 그렇다면 비자금인데, 지금 기현이 관여할 수 있는 회사는 모터스밖에 없다. 하지만 모터스의 자금은 실질적으로 윤 회장의 손에서 나오고 있으니, 아직 마음대로 가져다 쓸 수 있는 처지가 아니다. 그럴 여유가 없기도 했고.

그렇다면 이 돈은 어디에서 나오는 걸까.

"그게 우리와 함께 있는 이유겠죠?"

예상했던 말이었는데도 서태식의 주름이 더욱 깊어졌다. 아무리 생각해도 진태성의 돈은 너무 위험했다.

"그러면 일이 이렇게 되는 게 대원에는 무슨 이익이 됩니까?"

"이익?"

"세상에 대가 없는 돈은 없지요. 무엇을 조건으로 후원하시는 건지……. 그리고 실례지만 저희에게 약점이 될 것은 없는지 확인해 보고 싶은데요. 거래는 거래여야지, 이 일로 내내 질질 끌려다닐 수는 없잖습니까."

대가 없는 돈은 없다는 말에 기현이 잠시 뺨을 붉혔다. 서태식도 제일 먼저 지적하는 일이었는데, 그때의 자신은 바보처럼 눈이 멀어서…….

"글쎄요. 크게 바라는 건 아니지만 AR그룹이 아니면 어려운 것들이 있습니다."

"어떤 건지 여쭤봐도 될까요?"

태성이 어깨를 으쓱했다.

"서태식 씨는 이 일엔 이렇게, 저 일엔 저렇게 딱딱 나눌 수 있을 거라 여기는 모양이지만 사람 일이라는 게 그렇게 단순한 등가교환으로 끝나지 않습니다. 윤기현 씨가 진 빚은 언제고 대원에 필요한 일이 생겼을 때 큰 도움이 될 겁니다. 모든 곳에 손이 닿아 있는 대원이 유일하게 영향력이 없는 곳이 바로 AR그룹이니까. 난 이거면 충분합니다."

"……혹은 당장 대원이 필요로 하는 실질적인 도움을 드릴 수 있을지도 모르죠. KNB펠로우 가입 추천이라든지, AA컨트리클럽 회원 추천이라든지."

태성의 고개가 고장 난 로봇처럼 끼긱 돌아갔다. 대수롭지 않다는 듯 이야기를 꺼낸 기현의 눈에 옅은 승리감이 깔려 있었다.

KNB펠로우 가입 추천과 AA컨트리클럽 회원 추천. 모두 태성의 부친, 진영복이 그렇게나 갖기를 소망하던 것들이었다. 계급 없는 한국 귀족의 권위이자 자부심. 그 허울뿐인 타이틀이 갖고 싶어서 그는 어린 태성을 끊임없이 몰아세웠다. AR그룹에 어떻게든 연이 닿아야, 눈도장을 찍어야, 그 반반한 얼굴로 윤소형을 꼬시기라도 해야…….

"진영복 회장님께서 그렇게 바라 마지않던 것들 아닙니까."

기현이 어떻게 그 이야기까지 알아냈는지는 중요하지 않았다. 윤진서와도 손을 잡기로 한 모양이니 그를 통해서 들었겠지. 그런데 윤기현이, 그 윤기현이 지금 자신을 조롱하고 있다는 게 믿기질 않았다.

"……그도 나쁜 이야기는 아니지만 전 아버지와는 많이 다른 사람이라 이름뿐인 것에 크게 신경 쓰지 않습니다."

놀라워서 입을 꾹 다문 기현의 옆모습을 응시하던 태성이 이내 느릿하게 웃었다. 의외긴 했다만, 저런 도발쯤이야 조금도 생채기를 내지 못했다.

"이대로 계속 잘 지내길 바랄 뿐입니다."

어깨를 툭툭 치고, 잠깐 목뒤를 짚으며 더듬는 손이 야했다. 기현은 하마터면 무슨 짓이냐고 소리를 지를 뻔했다. 간신히 참았기에 망정이었다.

"그러니까, 이렇게…… 이대로요."

태성이 말하는 이대로, 는 기현에게 지나치게 위험했다.

"이제 두 분은 자리를 좀 물러 주실까요. 우리 둘이 할 이야기가 있는데."

사르르 눈을 접으며 태성이 조 실장과 서태식에게 눈치를 주었다. 둘이서만 할 이야기. 장소는 호텔. 뻔한 전개였다. 입술을 꾹 깨물던 기현은 곧 아무렇지도 않은 척 일어서서 영문도 모른 채 쫓겨나는 두 사람을 배웅했다. 태성이 철저히 우위에 있는 관계인 건 맞지만 속절없이 끌려다닐 생각은 없었다.

문이 닫히자 태성이 기현 쪽으로 몸을 돌렸다. 오가는 시선에서 불꽃이 튀었다.

'설마 각오도 없이 도발했을까 봐. 해 봐. 무슨 말이든, 무슨 짓이든.'

가장 민감한 치부를 건드려 놓고 담담한 기현의 태도가 재미있는지 태성이 피식 웃었다.

"감당할 수 있는 소리만 해야죠. 귀엽게."

까분다는 듯 볼을 톡 치더니 얼굴을 감싸 쥐었다.

"하나부터 열까지 이사님이 원하는 말만 하는 앵무새가 되겠다는 이야길 한 적은 없으니까요. 설마 몸으로도 모자라서 비위까지 맞춰 드려야 합니까?"

"글쎄요. 그럴 필욘 없지만 내가 심통 나면 결국 당신 몸이 피곤해지니까요?"

태성은 건방진 소리를 하는 입술을 사납게 물어뜯었다. 피 맛을 음미하며 목구멍 깊이 혀를 찔러 넣자 딱 알맞게 조여들었다. 그렇게 태성이 나른한 숨을 흘리며 기현의 셔츠 안으로 손을 넣었을 때였다.

테이블 위 두 개의 핸드폰이 동시에 진동했다. 무시하고 계속 키스했더니 이번엔 또 동시에 메시지 알림이 울렸다. 우연이라기엔 타이밍이 거슬릴 정도로 일치해서 결국 태성이 손을 뻗어 기현에게 핸드폰을 건네주고, 곧장 자신의 것을 확인했다. 각각 조 실장과 서태식에게서 온 것이었다.

내용을 확인하는 태성과 기현의 미간이 못마땅함을 담고 동시에 찌푸려졌다.

"본부장님!"

서태식이 반갑게 기현을 불렀다. 신무원 입구에서 사원증과 신분증으로 AR그룹의 직원이라는 것까지 증명했는데도 기현이 묵는다는 별채엔 들여보내 주지 않았다. 당장 기현의 노트북과 문서들이 필요하건만, 어디 숨어 있었는지 모를 경호원들이 튀어나와 서태식을 강하게 제지했다. 윤기현 본부장의 부하 직원이고, 이 별채의 주인이 필요한 물건을 가지고 오라 했다고 말했는데도 강경했다.

입구에서부터 서태식을 따라온 관리인들도, 별채를 지킨다는 경호원들도, 어딘지 모르게 태도가 이상했다. 이런 걸 경비가 삼엄하다고 해야 하나? 하지만 그런 것과는 조금 느낌이 달랐다. 굳이 따지자면, 안에 있는 사람을 감시하는 것에 가까웠다.

"본부장님. 전화 드렸던 그때부터 지금까지 들어갈 수 없었습니다."

아까보다 피곤하고 음울해진 낯으로 기현이 경호원들을 노려보았다. 지금 보니 어딘지 옷매무새가 많이 흐트러져 있었다. 서태식의 시선을 느꼈는지 기현이 팔에 걸친 재킷과 셔츠를 추슬렀다.

"조금 전에 내가 직접 전화한 것으로 기억하는데요. 이 사람 들여보내도 좋다고."

"죄송합니다만, 관장님 지시입니다. 본부장님이 머무시기 이전부터 별채는 늘 그렇게 운영됐습니다. 이유는 잘 아시지 않습니까."

가장 나이가 많아 보이는 경호원이 정중하게, 그러나 내용은 전혀 정중하지 않게 양해를 구한답시고 고개를 꾸벅 숙였다. 서태식이 고개를 갸웃거렸다. 입구에서 보안을 확인하는 관리인과 저 경호원들까지, 내부 사람들이 기현을 대하는 태도가 확실히 좀 묘했다.

“날 여기에 머물게 한 건 회장님이신데. 관장님이 관리나 운영에 지시를 내리는 건 월권이지.”

“본부장님. 그런 말씀 하시면 안 됩니다.”

“그걸 왜 당신이 정해.”

“예?”

“피고용자가 고용주에게 무슨 말을 하고, 해선 안 되는지 왜 참견하는 거냐고. 어디서 뭘 주워듣고 이유 운운하는진 모르겠지만, 문 열어.”

이토록 서늘하고 날이 선 기현을 본 적 없던 탓에 경호원들이 몸을 굳혔다. 서태식 또한 마찬가지였다. 뭔가, 신무원 내부에…… 그러니까 AR그룹의 가족사가 보이는 것과 판이한다는 생각이 들었다. 추악한 비밀이 열리기 직전을 목도한 기분이었다.

하지만 이런 아슬아슬한 순간이 되고 나니, 이제야 기현에게 온전히 이 일에 개입해도 좋다는 허락을 받은 것 같아 기분이 좋기도 했다. 아는 사람만 알고 있다는 비밀스러운 세상, 판의 주인을 바꾸려는 이 역사적인 순간을.

고작 이런 일에 자부심을 느끼는 어쩔 수 없는 속물이었지만, 서태식은 그런 자신이 부끄럽지 않았다. 다급하고 곤란하던 그의 표정은 제가 모시던 상사를 향한 뿌듯함과 자랑스러움으로 뒤덮였다.

“본부장님이 저희의 실질적 고용주는 아니시죠. 죄송하지만 저희는 회장님이든 관장님이든 어떠한 분께도 그와 관련하여 따로 명령받은 적이 없습니다."

기현의 스산한 태도에 잠시 멈칫거리던 경호원이 다시 어깨에 다부지게 힘을 주며 버텼다. 그를 무시하고 기현이 서태식과 별채에 들어가려는 찰나, 관리인들의 무전이 시끄럽게 울렸다. 경호원들 것 또한 마찬가지였다. 동시에 기현의 핸드폰이 울렸다. 본채, 그것도 본관의 관리실 번호였다.

—본부장님, 지금 당장 대회의실로 오시랍니다. 급한 일입니다.

대답할 새도 없이 전화는 끊겨 버렸다.

"갑시다."

"예?"

"늦었습니다. 이미 회장님 귀에 들어간 모양입니다."

"그럼……."

무슨 목적인진 모르겠지만 윤인범은 미친 듯이 돈을 끌어모으고 있었다. 그때 윤진서와 이야기했던 대로 언론을 상대한 로비를 위한 것 아닐까……. 뭐, 처음엔 그렇게 생각했는데 김 관장까지 나서는 꼴이 수상했다. 그래서 아예 지분을 확보해서 일이라도 치려는 것 아닐까, 하고 추측의 방향을 바꾸었다. 나름의 배수진인 듯했다.

그런데 눈에 보이는 게 없었는지 사람 관리를 잘못했다. 김 관장은 사학재단과 학계에서 영향력이 컸다. 그녀의 집안사람들 또한 대대로 유수의 대학 총장 혹은 교수를 역임해 왔다. 윤인범은 그런 김 관장을 믿고 여기저기 깝죽거렸던 모양인데, 그게 누군가의 심기를 건드린 모양이었다.

언론사를 설립하고 말 것도 없이 이미 관련 이슈 고발자가 있고, 사실 확인을 위해 홍보팀에 연락이 빗발치고 있다고 했다. 입이 썼다. 태성에게 자금을 기댈 일은 없어졌지만, 기현이 원하는 협상 카드인 금융 그룹 설립 등을 당장 제시하기 어려워졌기 때문이다.

"여기는 외부인이 들어갈 수 없습니다. 회장님 비서실장이나 김 관장의 비서실장이 아니면……."

"괜찮습니다. 여기서 기다리겠습니다."

"아닙니다. 날도 점점 더운데. 기사 불러 줄 테니 가서 쉬세요."

"정말 괜찮습니다. 분명 지시 사항이 생길 텐데, 바로 듣고 준비하는 게 마음 편합니다."

서태식이 야무진 얼굴을 하고서 공수 자세를 유지했다. 제법 충성스러운 모습에 기현은 더는 권하지 않고 어깨를 한번 다독인 뒤 안으로 들어갔다.

본채는 그가 머무르는 별채를 제외한 모든 건물을 말했지만, 이곳은 그중에서도 윤 회장과 김 관장이 머무르고 주로 사용하는 핵심 건물이었다. 가장 큰 로비와 여러 회의실, 서재, 영상실 등이 있는데 다들 본채의 다른 건물과 구분 지어 본관이라고 불렀다.

"늦었……."

전화를 받자마자 바로 건너왔지만 가장 어린 사람이 먼저 와 있지 않은 이상, 예의상 그렇게 말해야 했다. 습관처럼 늦었다고 말하려는데, 문을 열자마자 무릎을 꿇은 채 고개를 숙인 윤인범의 모습이 보였다. 제 아비의 이런 모습을 처음 보는 윤인범의 아이들은 앉지도 못하고 그렇다고 제대로 서 있지도 못하고서 그저 새파랗게 질려 있었다.

"늦었습니다."

생각보다 살벌한 광경에 잠시 멈칫한 기현은 윤 회장의 엄한 눈길에 표정을 갈무리한 채 말을 마무리하고서 끝자리에 앉았다. 얼마나 급한 소집이었는지 흐트러지기 싫어하는 윤진서의 머리칼이 채 마르지 않았을 정도였다.

“각자 부리는 사람이 있을 테니 들었을 게다. 여당 원내대표에게 연락이 왔다. 첫째가 개인적으로 자금을 융통하는 과정에서 부당한 압력을 행사했다고 하더구나. 원내대표 말로는, 차기 입시 제도는 물론이고 누군가가 끔찍이 아끼는 손주의 대학 입학 전형을 가지고 모가지를 짤짤 흔들었다는데…….”

벼락같은 시선이 숙인 윤인범의 정수리를 훑고 갔다.

“문제는 그 누군가가 여야를 아우르는 협상의 키를 쥔 사람이라는 데 있다.”

“설마…… 박상범 전 의원인가요?”

“그래. 심지어 이야기가 틀어지자 이번엔 우리 재단 장학생으로 추천해 주겠다고 했다지. 불난 데 기름을 붓는 짓이었다. 누굴 거지로 알고 적선하냐며 박 의원의 진노가 하늘을 찔렀고.”

윤희연이 아이고, 하는 추임새를 넣으며 이마를 짚었다. 윤진서의 표정도 심상치 않은 걸 보니 박 의원이 대외적으로 유명하진 않아도 정계 내부에선 힘이 있는 사람인 것 같았다.

“박 의원님께서 오해가…… 있었던 것 같습니다. 제가 다시 잘 말씀드리겠습니다.”

“기업을 경영하는 사람이 제대로 된 자기 뜻도 설명하지 못한다면, 그래. 거기까지가 네 능력인 거겠지. 난 더는 너에게 놀랍지도, 실망스럽지도 않다.”

울컥한 건지 움찔한 윤인범이 이렇게 된 거 끝을 보자는 듯 목소릴 높였다.

“예, 제가 다소 강경하게 나섰던 건 사실입니다. 하지만 회장님. 어차피 여당이든 야당이든 저희에게 진 빚이 있지 않습니까. 우리가 딱히 불리한 상황도 아니었고, 또 아쉬운 소리를 했다간 반대로 책잡힐 게 뻔합니다."

"그게 뭐가 중요합니까. 빚을 졌든, 어쨌든 아쉬운 게 내 쪽이었다면 좋게 말을 했어야지요."

기현이 끼어들자 윤인범이 흰 눈으로 보았다.

윤인범이 배수진을 쳤다는 건 방금까지도 실컷 얘기하다 온 주제였다. 자금 확보에 집중하고 있다는 사실을 들켜도 상관없을 정도로 발버둥을 치고 있었으니, 지금이 마지막이라고 생각했을 거다. 대체 무엇이 그렇게 초조하게 만들었는지는 모르겠다.

물론 짐작 가는 부분이 없는 건 아니었다.

'아마 갑자기 나타난 내가 원인이겠지.'

그렇지만 그런 건 기현이 알 바 아니었다.

애초에 윤인범은 박 의원에게 접근하는 방식조차 틀려먹었을 게 뻔했다. 기현이 선거를 준비하면서, 또 모터스에 들어온 뒤로 가장 크게 배운 것이 있었으니. 그 순간만큼은 상대에게 진심을 보여야 한다는 것이다. 그게 내 사람을 만드는 지름길이었다. 결핍이란 게 없었던 윤인범은 전혀 몰랐겠지만.

"올림픽을 유치시키라고 하더구나."

"올림픽…… 이요? 다음 올림픽은 우리나라에서 개최하는 것도 아니잖습니까?"

"그래. 미국 쪽에서 압박이 들어온 모양이던데, 표를 얻을 수 있게 각국에 로비해 줄 것을 부탁했다. 물론 소모되는 비용은 우리가 감당해야 할 거고."

윤의택 회장이 국내 올림픽 유치 위원회장이니 겸사겸사 일을 떠넘긴 것 같지만, 그에겐 제의 자체가 상당한 굴욕이었다.

AR그룹은 이제 세계 재계 순위에도 이름을 올리는 유일한 국내 재벌이었다. 유수의 경제지에서 매년 발표하는 영향력 있는 글로벌 브랜드 30위권 안에 AR그룹 계열사만 네 개가 들어갔다. 타국에서 윤 회장에게 로비하는 마당이란 말이다. 그런 그가, AR그룹이 고개를 숙여 올림픽 개최를 부탁해야 한다니.

"표가 확실하지 않은 쪽이 다섯 군데 있다. 네가 대신 가서 해결해야겠다."

"하지만……."

"일은 잠시 접어 둬라."

"……예?"

"잠시 머리 좀 식히고 오라고 했다. 그리고 진서."

"네."

"당분간 김 관장의 일은 네가 대신 수행해야겠다."

그러고 보니 며느리며 손자, 손녀까지 다 모인 자리인데 김 관장이 안 보였다. 결국 그녀가 윤인범에게 헛바람을 불어넣은 모양이었다. 일도 윤진서에게 대신하라고 할 정도이니 윤 회장이 근신을 명했을지도 모른다.

"기현이 너는 되도록 언론에 많이 노출해라. 요즘 네가 패셔니스타라며 자주 거론되는 것 같던데, 그런 방향도 좋고. 당장 다른 쪽으로 시선을 많이 끌어야 하는데 딱히 마땅한 주제가 없으니……."

머리가 아픈 듯 윤 회장이 말을 흐렸다. 이슈라……. 그룹 내부의 일을 빵 띄우는 게 최고이긴 한데, 지주사며 금융 계열사며 여러 문제가 복잡한 AR그룹 입장에서는 섣불리 언론사에 찔러 줄 법한 주제가 없었다.

'뭐가 있을까. 사람들 이목을 끌 만한 화제가…….'

사실상 경질과 가까운 명령에 충격을 받은 듯 멍한 윤인범을 훑어

보던 기현의 시선이 반지를 낀 그의 손가락에서 멈췄다.

"……하나 있습니다."

아. 그래, 그게 있었다.

"언론도 그렇고, 정계든 재계든 집중시킬 수 있는 화제가 하나 있긴 합니다."

"뭐지?"

"제 결혼입니다."

"결혼?"

"슬슬 좋은 사람 짝을 맺어 주고 싶은데 국내엔 연고가 없어 고민이 많다고 운을 떼는 건 어떨까요."

"결혼이라……."

윤 회장이 소파에 몸을 묻으며 톡톡 팔걸이를 두드렸다.

"이참에 마음에 두신 곳 몇 군데 알려 주시면 제가 골라 보고요."

"고르는 건 네가 한다고?"

"그래도 평생을 같이 살 사람인데 마지막 선택 정도는 제가 하면 안 되겠습니까."

"허허."

당돌한 말이었지만 오히려 윤 회장의 기분은 조금이나마 풀어진 듯했다.

"어차피 보통 사람들은 모릅니다. 당장 제 패션, 봉사 행사…… 이런 일로 화제가 되어 봤자 정작 중요한 내부 인사들은 다른 이야기로 쑥덕댈 텐데, 그럼 소용이 없잖습니까. 대내외적으로 모두의 시선을 돌릴 수 있어야 합니다. 제가 입는 옷보단 저의 결혼이 더 화제가 될 것 같은데요."

"그래…… 나쁘지는 않은 얘기다. 생각해 보마."

조금이나마 부드러워진 분위기 속에서, 사실상 경질을 당한 윤인범에 대한 보도 자료와 이로 인해 생긴 업무 공백을 메꿀 방안은 기현에게 알아서 통보할 테니 그렇게 알고 있으라며 윤 회장이 식구들을 물렸다. 무릎 꿇은 채 부들부들 떨고 있는 윤인범과 그의 가족들을 제외하고 모두가 천천히 일어섰다.

대회의실의 문이 닫히기 직전, 인범이 '아버지!' 하고 울음과 분노가 반쯤 섞인 절규를 내질렀다. 오랜만에 듣는 것 같았다. 아니, 처음 아닐까. 회장님이 아니라 아버지라고 부르는 윤인범은.

"이거, 설마 네가 짠 판이니?"

"예? 아뇨."

"준비했다는 듯이 답이 튀어나오길래. 역시 머린 좀 쓸 만하게 돌아가는구나. 그래, 저치보단 네가 낫지."

윤진서가 한숨을 쉬었다. 전혀 접점이 없던 그녀와 기현이 이야기를 나누자 윤희연과 윤소형이 수상하다는 듯 흘끔거렸지만, 뭐라 더 말은 하지 못하고 지나쳐 갔다. 그들 또한 심상치 않은 흐름에 생각이 많을 터였다.

"……사실 기사를 터뜨리려고 했습니다. 자금 행방을 쥐고 다른 쪽에서 압박해 오면 금융 계열사 독립이라든지, 이런 얘길 터뜨려서 시선을 돌리고 윤인범을 자연스럽게 끌어내리려고 했죠."

"어머니도 그런 생각을 하신 것 같더라."

"김 관장이요?"

"그래. 아까 아버지께 먼저 들었어. 사람 생각하는 건 다 비슷하단 말이지……. 물론 본인이 금융 그룹 회장이 되시려고 했다는 점이 우리와 달랐지만."

여러 감정이 얽힌 표정이었다. 윤진서는 사실상 김 관장의 후계자로 많은 일을 해 왔었다. 어머니가 벌인 추악한 일들을 묵인했고, 포기해야 했던 것도 많았다.

그런데 김 관장은 윤인범하고만 살길을 도모하고 있었다. 윤인범을 서포트하는 능력 있는 여동생 정도로 포지셔닝하는 건 알았지만 그룹의 주인이 바뀌는 일에 이렇게까지 자신을 배제할 거라곤 생각 못 했던 모양이다. 정작 본인이 금융지주 회장이 되겠다는 욕심으로 도취됐던 것은 까맣게 잊은 채 윤진서는 그들을 원망하는, 배신감이 절절한 얼굴을 하고 있었다.

뭐, 다 그런 법이었다. 윤인범과 김 관장의 오만함처럼, 윤진서 또한 이기적 유전자를 가진 AR그룹 사람일 뿐이니까.

"저는 더 길게 끌 생각 없습니다. 윤인범이든 김 관장이든 둘 다 손쓰기 어려울 때 빨리 후계 확정 지을 겁니다."

"흠…… 그래, 어차피 금융지주야 따로 분리될 거고, 지금 H그룹 회장도 스물아홉 때 총수 자리에 올랐으니……. 네가 마냥 어리다곤 볼 수 없겠지."

자신의 몫을 놓치지 않으며 윤진서가 찝찝한 응원을 했다.

"하지만 진태성은 위험해. 그런 쪽에 휩쓸리면 우리까지 급이 떨어지는 건 순식간이다. 정리해."

기현을 생각해서 건네는 위로가 아니었다. 기현과 함께 묶여 도매금으로 취급될 자신의 위치를 걱정하는 말이었다. 대충 넘기려던 기현은 문득 스쳐 가는 것이 있어 진서를 붙잡았다.

"그때…… 진태성이, 집사님에 관한 이야기를 꺼냈다고……."

"아, 그랬지. 아직도 그걸 해결 못 했단 말이야? 난 진태성이 그걸로 딜을 하려고 들어서 네가 엄청나게 중요하게 생각하는 건 줄 알았더니. 꼭 그렇지도 않았나 봐."

윤진서와 독대한 뒤 처음으로 말문이 막혀서 기현은 멍한 얼굴을 하다 더듬거리며 입을 열었다.

"믿고…… 맡길 사람이 없었습니다. 정보를 파악할 수 있는 그런—"

"정말 그렇게 중요한 거였다면, 상대방을 믿든 믿을 수 없었든 네 모든 걸 걸고 어떻게든 찾으려 들었겠지. 그럼 진태성에겐 뭘 믿고 생모에 관한 이야길 한 거며, 무엇으로 빚을 갚으라 할 줄 알고 그 돈을 가져다 썼는데?"

"그……."

"결국 너에겐 생모라고 해 봐야, 딱 그 정도의 가치였을 뿐인 거지."

기현은 빠르게 고개를 저었다. 그렇지 않았다.

"미국에서…… 여기까지 이렇게까지 버틴 건—"

"네가 이 집안 핏줄이기 때문인 거고."

윤진서가 대수롭지 않게 말을 잘랐다.

"가여운 생모를 위한다는 명분 아래, 착하게 살려고 노력했던 거잖아? 다 버리고 도망갈 자신은 없었으니까."

기현은 그대로 얼어 아무 말도 하지 못했다.

"왜 그런 눈을 해? 네가 나쁘다는 게 아니야. 당연히 나라도 그랬을 테니까."

그게 뭐가 나쁜 거냐는 윤진서의 말이 기현을 더욱 비참하게 했다. 아닌 것처럼, 저 사람들과 다른 것처럼, 전혀 다른 방식으로 그들을 부수고 위에 서겠다 다짐했었는데……. 그런데 결국 기현 자신 또한 다를 바 하나 없었다. 선량한 사람인 양, 잘 포장해 왔던 껍질이 파사삭 부서진 기분이었다.

나름대로 사람들을 시킨다고, 알아보고 있다 생각했지만 그건 그저 잊지 않는 선에서였다. 윤 회장에게 인정받기 위해서, 나중에 잘

되어서…… 그런 핑계를 수도 없이 대 왔지만, 윤진서의 말 그대로였다. 그렇게 스스로를 위로하면 그럭저럭 잠을 수 있었기 때문이다.

그저 입만 산 걱정이었다. 최근에 흘렸던 눈물은, 자신이 불쌍해서 흘린 눈물뿐이었다. 집사님은 혹시라도 그가 잘못될까 봐 어쩌지도 못하고 그 갖은 고초를 겪으며 납작 엎드려 살았는데.

'나는 알량한 지위에, 조금씩 위에 가까워지고 있다는 그 도취감에 빠져 있었어. 난생처음 누군가에게 마음을 빼앗기고, 그 독 같은 달콤함에 눈이 멀어서…….'

"조만간 자리 만들어서 다시 얘기하자."

"……들어가세요."

"표정. 똑바로 관리하고."

윤진서가 스쳐 가고, 멀리 자신을 기다리며 목을 빼는 서태식이 보였다.

'……그래, 일단 지시를……. 그다음의 일을 어서…….'

"……아."

기현은 잠시 걸음을 멈추고 천장을 보며 눈을 굴렸다. 울지 않으려 애썼다. 신무원 사람들의 오만함과 이기심을 비웃었건만. 지금의 눈물 또한 꼴사나운 자기 위로에 불과했다. 그에겐 울 자격도 없었다.

지친 한숨이 흩어졌다. 어제 잠을 잤던가. 몸 어딘가 망가진 게 분명했다. 이렇게 여러 사람을 다 망쳐 놓을 거라면 차라리 태어나지 않는 편이 좋았을지도 모르겠다.

태성은 사무실 책상에 발을 쭉 올린 채 반쯤 누워 있었다. 폼만 봐서는 한가로워 보였지만 요즘의 그는 어느 때보다 살벌했다. 태성의 눈치를 보느라 미술관 전체가 죽은 듯 고요했다.

"이사님……."

새로운 결재 서류를 한 아름 들고 온 수행 비서가 난장판이 된 사무실을 보고 한숨을 쉬었다. 종이비행기가 비서의 발치에 떨어졌다. 미술관 운영의 한 분기 예산이 걸린 경매에 관한 결재 서류였다. 수행 비서는 접힌 서류를 펴서 조심스레 결재판에 도로 꽂아 두곤 조용히 문을 닫았다.

태성의 손이 타닥타닥 리듬을 탔다. 윤인범이 차기 올림픽 유치 위원회에 들어가기 위해 잠시 자리를 비운다고 했다. 전후 사정을 모르는 사람들이야 윤인범이 윤 회장의 지위를 서서히 물려받는구나, 싶겠지만 태성은 무리하게 자금을 쥐어짜려다 탈이 났다는 이야기를 먼저 들은 터였다. 경질이나 다를 바 없었단 말이다.

심지어 해외 주재원도 아니고, 웬 올림픽? 윤 회장이 완전히 마음을 돌렸다는 소리 아닌가. 은밀하게 퍼진 이야기에 모터스 장외 주식이 미친 듯이 뛰었다. 물론 윤인범도 모터스에 직함을 걸치고 있었지만, 분명 윤기현으로 갈아타려는 움직임이었다.

이렇게 되면 언론사 설립과 같은 그간의 계획들은 전부 무의미해졌다. 그럼에도 괜찮았다. 오히려 윤인범의 등신 같은 짓거리로 돈도 안 들이고 빨리 해결을 본 셈 이니까. 다만, 이젠 윤기현과 관련된 일에 할 수 있는 게 아무것도 없다는 게 짜증이 났다.

—이사님.

"……."

비서가 내선 전화로 조심스럽게 불렀지만, 대꾸도 하지 않았다.

'좀 이상하단 말이지…….'

이번 일 이후로 기현은 태성을 자꾸 따돌리려고 하는 것 같았다. 조 실장처럼 드러난 정보원들에겐 꿈쩍도 안 하는데 반면, 뒤에 풀어 뒀던 조무래기들에게서 야금야금 이야기가 들어오는 걸 보면.

—이사님?

태성은 어쩐지 초조한 기분에 손톱을 튕겼다. 윤인범을 끌어내리기 위한 자금은 윤기현을 가장 강하게 옥죌 수 있던 속박 중 하나였다. 마지막 남은 한 방이기도 했고. 그 밖에도 여러 가지 장치가 있지만…… 글쎄. 영상이며 뭐며 이런저런 이야길 꺼내 놓았으나 이상하게 그 정도로는 기현이 마음 쓰지 않을 것 같았다. 다른 게 필요했다. 윤기현을 잡아 둘 다른 무언가가.

'……아니지. 이상한데. 왜 이렇게까지 윤기현을 붙잡아 두고 싶은 거지.'

잠시 잠잠해졌던 마음의 수면에 파문이 번졌다. 그렇게 하릴없이 의자를 핑그르르 돌리고 있는데, 문 앞에서 웅성거리는 소리가 났다. 누군가와 약간 시비가 붙은 것 같았다.

시끄럽게 뭐야. 빨리 치우라고 내선 전화를 들려는데 기현의 목소리가 귀에 꽂혔다. 태성은 벌떡 일어났다.

"저번에도 많이 혼났어요. 제가 큰일 납니다."

"그러니까 제가 모든 책임을—"

막 노크를 하려다 비서에게 붙들린 듯 손을 든 윤기현이 서 있었다.

"지겠다고……."

문이 불쑥 열리고 태성이 나타나자 당황한 건지 기현이 어, 하면서 손을 내렸다. 그러고 잠시 아무런 말이 없었다. 뻘쭘해진 비서가 물러나고서도 두 사람은 내내 서로를 쳐다보기만 했다. 시선은 살짝 비낀 채로, 어깨나 손 같은 곳만 비스듬히 바라보면서.

"……들어가겠습니다."

재킷 밑단과 단추를 만지작거리며 기현이 안으로 들어섰다.

신기한 일이었다. 머리가 터져라 윤기현을 생각하고 있을 때, 마음이 많이 복잡할 때, 시기적절하게도 딱 그가 나타나다니. 태성은 어쩐지 들떴으나 그런 내색을 표하지 않으려 애쓰며 자리를 권했다.

그러고 보니 용케도 여기까지 왔다, 싶었다. 솔직히 썩 좋은 기억은 아니었을 텐데. 뭘 마시겠냐고 묻자 기현은 급한 일이라며 가볍게 고개를 저었다.

"들으셨겠지만 윤인범이—"

"누가 봐도 경질이던데. 웬 올림픽 위원회입니까?"

"……건드리면 곤란한 사람을 협박했다가 도리어 역공당한 것 같은데 자세히 말해 주진 않았지만, 그……."

사실대로 말하려던 기현은 머뭇거리며 다른 이야길 꺼냈다.

"세무 관계로 국회의원들을 압박했던 것 같습니다."

"……뭐라고요?"

태성이 아는 사실과 다른 이야기였다. 믿을 만한 정보원이었고 태성도 직접 확인을 했다. 박 의원을 건드린 게 분명했는데. 기현이 이렇게 태연하게 거짓말을 할 수 있다는 게 좀…… 놀라워서 태성은 잠시 침묵했다.

"……정권 말 세무 조사가 무슨 힘이 있다고."

"그거야 모를 일이죠. 어쨌든 이제 금융 그룹 독립시키고 제 지분 확보하고…… 그 일에 집중해야 할 것 같습니다."

가까이에서 보니 기현은 그 하루 사이에 얼굴이 많이 여위어 있었다. 눈가는 사연 있는 사람처럼 몽롱했다. 뭐, 그것도 좋았다. 태성은 윤기현의 저런 음울하고 청순한 작태도 퍽 마음에 들었으니까.

"이젠 뭐라도 해 볼 생각입니다. 윤 회장 밥에 약이라도 타서 재우고 서류에 지장이라도 찍게 하든지……."

내용은 장난스러웠지만, 기현의 말에 실린 무게는 진심이었다. 그런 방법이라도 좋으니 이 판을 빨리 끝내고 싶다는 것 같아서 태성 또한 진지하게 고개를 끄덕여 주었다.

"그런데 이미 투자자들 사이에선 소문이 퍼진 모양이던데요. 모터스 장외 주식이 심상치 않은 걸 보니."

"그런가요? 다른 계열사 변동은 크지 않았던 것 같은데."

"여기서 한 걸음만 더 나가면. 윤기현이 확실히 윤인범을 제쳐 버렸다는 확신이 생긴다면, 추는 무섭게 기울겠죠."

"그렇게 되면…… 다른 형제들이 반발할 가능성이 크겠군요."

형제들도 그렇고, 다른 친척들도 있고, 주주들도 있다. 윤인범과 김 관장만 물리친다고 끝날 싸움이 아니었다. 짓무른 기현의 눈가가 파르르 떨렸다. 예상했던 일이고 각오했던 바였다. 그런데…… 이것밖에 안 되는 그릇이었는지, 벌써 힘에 부쳤다. 자꾸만 무릎이 꺾이려고 했다.

"그러잖아도 내부의 시선을 돌릴 이슈를 만들어 낼 거라고 했으니까, 어떻게든 되겠죠. 지금까지도 잘 버텼으니까."

"그래요? 뭔데요?"

"아마도 결혼이 되지 않을까요."

흠. 재벌가의 결혼이라. 확실히 큰 이슈긴 하겠다. 평범한 사람들보다는 구름 위 세상 속에 산다고 믿는 비슷한 배경의 사람들에게는. 속으로 동조하던 태성이 무섭게 얼굴을 굳혔다. 잠깐, 결혼? 누구의?

"어쨌든, 중요한 건 이 정도로 해 두고 이사님께 궁금한 게 있습니다."

설마 윤소형의 결혼? 그렇지만 윤소형의 존재감으론 시선을 돌릴 떡밥이 못 될 텐데.

"저번에 제가 듣기론 공장 소재지에 대해서—"

"누구의?"

"누구의, 라뇨?"

"누구의 결혼을 말하는 겁니까?"

"저의 결혼이겠죠? 지금 상황에서 가장 큰 화두가 될 테니까요."

새삼스러운 질문이라는 듯 기현이 느리게 눈을 깜빡였다. 당연한 것 아니냐는 그 태도에 말문이 막혔다. 아니, 당연한 게 맞았다. 누가 봐도 그래야 하는 게 맞는데.

"윤기현 씨가 결혼을…… 한다고요."

"네."

"누구와?"

"그건 정해지지 않았습니다. 나중에 이혼을 하든 재혼을 하든 가장 파급력이 큰 건 아무래도 첫 결혼일 테니까요. 신중히 생각, 읏……! 무슨 짓입니까!"

태성이 엄청난 힘으로 기현의 어깨를 꽉 붙들었다. 속이 엉망으로 울렁거렸다. 누군가에게 두들겨 맞아 살점이 다 뭉개진 기분이었다. 태성은 이런 감정이 뭔지 몰랐다. 겪어 본 적 없고, 배운 바도 없다. 그렇지만 이것 하나는 확실했다. 결혼하겠다는 윤기현의 말에 화가 났다. 싫었다.

"지금 결혼한다고 했습니까?"

"……그런데요. 그게 문제 될 일입니까?"

"결혼하기로 했다고요……."

이렇게 넋을 잃은 것 같은 얼굴로 중얼거리는 태성은 또 처음 봐서 기현 또한 기분이 이상해졌다.

기브 앤 테이크가 확실한 편한 관계, 라고 먼저 못을 박았던 건 진태성이다. 아니, 그럴 수밖에 없게 만든 게 바로 진태성이었다. 원하는 것을 손에 넣기 위해 기현의 뒤에서 이런저런 수를 쓰는 것도, 거짓말을 하는 것도 불사했던 건 바로 저쪽이다. 그래 놓고 왜 배신한 연인을 보는 것처럼 파르르 떤단 말인가.

기현은 따끔따끔한 명치께로 손을 뻗었다. 가볍게 꾹 누르자 오히려 통각이 선명해졌다. 이 지경이 되어서도 태성의 저런 얼굴에 이런 감정을 느끼는구나. 스스로의 한심함에 염증이 났다.

"……보아하니까 먼저 묻기 전엔 딱히 말해 줄 생각도 없었던 것 같은데."

"아직 정해진 건 아무것도 없습니다. 그리고 무엇보다, 내가 그쪽에 보고해야 할 이유라도 있습니까?"

선을 긋는 말에 태성이 기현의 어깨를 쥔 손에 지그시 힘주었다. 기현의 얼굴이 고통스럽게 변했다.

악력에 아파하는 건 그였지만 정작 속이 바싹 뒤집히는 건 태성이었다. 자기 보라고 하는 도발이긴 했지만…… 틀린 말은 아니라는 게 문제였다. 이 바닥 인사들이 결혼한다고 뭐 바뀌는 게 있느냔 말이다.

물론 중요한 사안이긴 했다. 드라마에서처럼 모든 정 · 재계 인사가 삭막한 결혼 생활을 영위하는 것은 아니니까. 그러나 평생을 함께할 러닝메이트를, 페이스메이커를 고르는 것은 맞았다. 그 와중에 누군가를 잠깐 만날 수도, 사랑할 수도 있겠지만 어쨌든 인생에 가장 큰 부분을 차지하는 것은 배우자가 되는 게 당연했다.

"멋대로 결혼을 하겠다고요."

"멋대로라니요? 이건—"

"난 내가 넣고 빼는 몸을 누군가와 공유하고 싶은 마음이 없습니다."

"진태성 씨."

"다른 사람을 만나겠다고 해도 어이가 없을 와중에, 심지어 결혼? 합의되지 않은 이야기를 멋대로 혼자 정해 놓고 나한테 통보하면 끝인가?"

"지금 뭐……! 미쳤, 미쳤습니까?"

태성이 벨트를 풀더니 바지 버클을 아무렇게나 뜯어냈다. 기현이 기겁을 하며 밀어냈지만, 꿈쩍도 안 했다.

"미친 새끼야. 여기 네 사무실이야!"

비서가 들을까 숨죽여 말리는데, 제대로 마주친 태성의 눈이 시커멓게 가라앉아 있었다. 그 형형한 기백에 밀려 기현은 잠시 아무 말도 못 했다. 저렇게 맛이 간 그의 눈동자는 처음 봐서. 소름이 오싹 돋을 정도로 무서워서, 일순 꼼짝도 할 수 없었다.

"으읏……!"

상체는 재킷부터 셔츠까지 제대로 갖춘 상태였다. 하의만 덜렁 벗겨진 채로 목덜미가 세게 깨물렸다. 콰득, 하고 이가 근육에 박히는 소리가 바로 귀 근처에서 울렸다.

"돈? 사람? 뭐든지 간에 그걸 내가 대주는 조건으로 이 잘난 몸뚱이 건네준 거 아니었어? 왜, 나한테 한 번 주니까 다른 사람에게 또 넘겨주는 건 이제 아무것도 아닌 것 같아?"

"지금 그걸 말이라고……!"

말릴 틈도 없이 다짜고짜 태성의 것이 뒤에 닿았다. 어떤 전희도, 준비도 없었다. 기겁해서 남자의 등을 내려치고 밀어내는데도 꿈쩍하지를 않았다.

"아, 윽—!"

거대한 성기 끝이 배려 없이 뒤를 꾹 밀고 들어왔다. 아래가 무작정 빌어지는 기분에 기현이 컥컥거리며 짓눌린 숨소리만 간신히 내뱉었다.

"결혼? 해 봐. 여자한테 세울 수나 있겠어? 이렇게 아무것도 안 발라 주고 쑤셔 넣어도 탈도 안 나는 몸을 하고서, 다른 누굴 안을 수나 있겠냐고."

"그만, 여기, 사무…… 사무실……."

탈도 안 나는 몸이라고 했지만 지금 많이 무리하고 있는 건 사실이었다. 구멍이 찢어질 듯, 아슬아슬했다. 얕게 치대면서 익숙해지길 기다려야 했지만 그러고 싶지 않았다. 그냥…… 그냥 화가 났다. 결혼을 운운하는 눈앞의 윤기현을 찢어 죽이고 싶을 정도로.

"아……!"

기현의 것이 확 조여들었다. 쾌감보다는 고통을 조금이라도 덜어 보고 싶은 몸부림이었다. 찡그린 이마에서 식은땀이 뚝뚝 흘렀다.

그러고 보니, 사무실 CCTV가 있으니 결국은 영상을 남기긴 한 셈이다. 영상 이야길 꺼낸 건 얕은수에 불과했는데. 예전이나 지금이나, 태성은 실제로 기현을 촬영할 생각은 없었다. 적어도 그에겐 그래서는 안 될 것 같아서. 그런데 이럴 줄 알았으면 찍어 둘 걸 그랬다. 결혼 같은 개소리 못 하게.

스스로 박힐 준비를 하고 왔다고 뭉그적대던 때라거나. 발갛게 달아오른 얼굴로 숨이 넘어가던 때라거나. 악몽에 시달리며 끙끙 앓던 늘씬한 등이라거나. 뒤에서 안아 주면 안심한 듯 잦아드는 숨소리라거나. 남자 좆에, 아니, 태성의 좆에, 태성의 몸뚱이에 환장하고 있다고 빼도 박도 못할 증거를 남겨 놨어야 했다.

"아까 나한테 궁금한 게 있다고, 하아…… 했었지."

"으, 윽……!"

소파 팔걸이에 기현의 머리가 세게 박힐 정도로 들이받았다. 어느새 찌걱대며 뒤가 젖어 들기 시작했다.

"왜, 집사님의 거처라도 마음에 걸려서?"

짚이는 게 많이 없어서 당장 생각나는 주제를 아무거나 던져 봤다. 결혼까지 숨기려고 했던 기현이 저에게 찾아오기까지 해서 묻고 싶었던 게 이것 말고 뭐가 있겠나 싶어서 꺼내 본 이야기였다. 그런데 지친 듯, 빨리 끝내라며 생기를 잃었던 기현의 눈에 확 불이 켜졌다. 이거구나, 싶었다. 기현을 계속 쥐고 흔들 수 있는 다음 카드가.

태성은 조금 즐거워졌다. 윤기현을 붙들 수 있다. 내게서 도망갈 수 없다. 아직은.

"그렇지. 어디 있는지 찾아내도 문제겠지. 후…… 윤 회장 몰래 숨겨 둘 곳도 없을 테니까."

"이 개만도 못한 새끼야, 어떻게 그런 걸…… 그런 것까지……!"

목을 긁는 쇳소리를 내며, 붉게 짓눌린 눈매를 하고, 또 울음이라도 터뜨릴 것처럼 기현이 왈칵 소리를 내질렀다.

"개만도 못한 새끼?"

"어떻게, 너는…… 어떻게……."

"진짜 개같이 굴어 줘?"

삐딱한 태성의 물음에 기현은 울화가 터졌다.

"흐…… 아윽!"

태성이 성기를 꽂은 채로 기현의 몸을 반쯤 접었다. 그러곤 엉덩이와 배가 닿을 수 있을 정도로 다릴 들어 올리고 쑤셔 넣었다.

"대체 무슨 짓을…… 아……!"

"진짜 개같이 구는 게, 박힐 구멍 취급이나 당하는 게 어떤 건지 윤기현 씨가 아직 모르는 것 같아서."

구멍에 선액이 부대끼는 소리가 좀 더 적나라해졌다. 깊은 자극에 기현의 것이 점점 크게 부풀기 시작했다.

"아…… 아!"

"씨발, 결혼? 누구 마음대로 결혼이야."

태성은 반쯤 정신이 나간 채로 정신없이 머리를 굴렸다. 생모는 근희원, 그러니까 윤 회장의 집무실에 있을 게 분명했다. 윤 회장이 누구의 손도 닿지 않고 온전히 사람을 숨길 수 있는 곳이니까.

안으로의 진입은 꽤 어렵겠지만 그래도 시도는 해 볼 생각이었다. 윤인범도 제 마지막을 걸고 멍청한 짓을 벌였는데, 난장으로 달려들어 사람 하나 못 빼 올 건 또 뭐란 말인가. 당장 음지에서 부릴 수 있는 사람을 빠르게 확보할 수 있는 건 이쪽이 더 유리할 터였다. 어차피 이쪽이 생모의 신변을 확보하면 윤 회장도 어쩌질 못할 것이다.

머릿속 세포들이, 온몸의 신경들이 미쳐 날뛰는 상태였다. 태성은 반쯤 이성을 놓고 말도 안 되는 계획을 세웠다. 그래. 당장에라도 생모의 목숨 줄을 움켜쥐어야 윤기현이 자신의 말을 들을 것이다. 좋아. 그럼 그 많은 경호원을 따돌릴—

"아……."

허리를 재게 놀리던 태성의 움직임이 잠시 둔해졌다.

'보는 눈이 그렇게 많은데. 그중에 김 관장이든 윤진서든 누군가가 부리는 사람이 반드시 섞여 있었을 텐데. 어떻게 밖으로 빼돌렸던 사람을 근희원으로, 신무원 내부로 다시 들인 거지.'

"읏……!"

바짝 서서 덜렁거리던 기현의 성기가 먼저 뿌연 액을 토해 냈다. 태성은 기계적인 추삽질을 이어 나갔다. 사정 직후에 예민해진 곳을 끊임없이 치받자 기현이 괴로움에 숨이 넘어갈 듯 도리질을 쳤다.

한참을 두고 보던 태성은 그제야 자비를 베풀어 치켜들었던 기현의 다리를 편안하게 풀어 주었다. 그러곤 겹치듯 부드럽게 몸을 포개자 구멍이 조여드는 감각에 서서히 사정에 대한 욕구가 몰려왔다.

"아, 하아……."

기현은 지쳐서, 아니, 몸보다도 마음이 너덜너덜해져서 무슨 소리도 못 내고 그대로 쌕쌕거리며 앓는 소리만 내뱉었다. 꾹 감은 눈꺼풀이 끊임없이 경련했다.

'근희원이 아니라면. 내가 윤 회장이라면, 어디에 이수경을 숨겨 뒀을까.'

난장이 된 아래 사정을 뒤로하고, 태성은 저도 모르게 기현의 마른 볼을 쓸었다. 퍽 애틋하게.

'음. 나라면, 내가 윤기현을 어디 숨겨야 한다면…….'

일단 누구도 예상 못 할 장소를 고르고, 들킬 가능성이 있으니 웬만해선 자신이 출입하지 않을 거다.

'조 실장…… 음, 아니지. 조 실장은 너무 알려진 얼굴이니 그를 시킬 순 없을 거고……. 그렇지만 돈 주고 사는 사람들이 아니라 조금이라도 믿고 맡길 수 있는 사람이 드나들어야 할 텐데, 조 실장 말고 내가…….'

"아……."

순간 희미하게 머릿속을 스쳐 가는 누군가가 있었다. 윤 회장이 믿고 쓴다는 사람. 그런데 대외적으론 누구도 윤 회장과 결부시키지 못할 사람. 누구에게도 타협할 것 같지 않은 그런 사람. 박수인지 관상가인지, 하여튼 그 사람이었다.

"크읏!"

생각이 맞물림과 동시에 성기 끝에서 액이 쏟아졌다. 기어이 핏자국 섞인 멍이 남아 버린 하얀 목덜미에 고갤 묻었다. 짐승처럼 달구어진 숨이 산발적으로 터졌다. 태성은 땀으로 축축해진 섬유의 냄새를 음미하며 달구어진 심장을 달랬다.

"알아냈—"

"……혹시 질투하는 겁니까?"

이수경이 어디 있는지 확실히 알아낸 것 같다는 태성의 말은 기현의 뜬금없는 물음에 묻혀 버렸다.

"질투?"

말이 되는 소리를 하라는 듯 태성이 피식 웃었다.

"결혼한다고 하니까, 그래서 질투가 나서 이렇게 미친 짓을 하는 거면 이해라도 할 수 있을 것 같아서요."

그러고 보니 이런 비슷한 이야길 나누었던 적이 있었다. 그땐 그와의 관계가 이렇게 엉망진창이 되기 직전이었지만. 차라리 질투에 눈이 멀어서, 조금이라도 그런 마음이 있어서 이러는 거라고 말해 줘. 제발. 기현은 저도 모르게 간절히 바랐다.

"조금이라도…… 이해라도 할 수 있게 해 줘, 내가."

기현의 손이 힘없이 태성의 팔을 붙들었다. 하얗게 질린 손가락과 물기 어린 얼굴로 태성의 컴컴한 시선이 흘렀다. 문제는 이것도 다 쇼 같다는 거다. 필요해서 결혼하는 게 뭐가 문제냐고 했던 깜찍한 새끼다. 차라리 박아 주면 질질 싸는 저 좆을 믿고 말지.

"……한 번만 더 싸고."

팔을 붙들고 있던 기현의 손가락이 툭, 떨구어졌다.

"너희 어머니가 있으리라 추측되는 곳으로 데려가 줄게."

"……."

"데려가 주기만 해? 구해서 윤 회장이든 누구든, 너희 쪽 집안 손이 닿지 않는 곳에 숨겨 줄게."

태성이 기현의 목을 움켜쥐었다. 아프지 않게 적당한 강도로 쥐자 맥이 펄떡거리는 것이 느껴졌다. 좋은 감각이었다.

"……내가 그걸, 어떻게……."

"응? 윤기현."

그러니까 지금 태성은, 기현 스스로 몸을 열라고 종용했다. 스스로 다리를 벌리고, 구멍에 힘을 풀고서, 그의 좆을 물라고.

"어떻게…… 믿으라고……."

"어떻게 믿냐니?"

"당신이 그냥 내 몸만 취하고 입 닦는 건지, 내가 어떻게 아느냐고!"

"윤기현."

"……이제 안 믿어, 당신 말은, 아무것도 안…… 안 믿……."

전부터 생각했다. 기가 막히게 사람 마음을 잘 파고드는 남자라고. 진태성은 자신이 약해지는 부분만 짚으면서, 봄바람이라도 부는 것처럼 속을 울렁거리게 하는 재주가 있었다. 그리고 어쩜 오늘도……. 하필 집사님에 대한 가책으로 온 마음이 뒤흔들리는 지금, 타이밍도 좋게 저런 이야길 꺼내 사람 속을 다 뒤집어 놓는 걸까.

"김진덕이라고 있었지. 어쭙잖게 네가 부리던."

기현의 울부짖음은 안중에도 없다는 듯 태성은 태평하게 다른 이야기나 꺼냈다.

"그 사람 내가 처리했어, 꽤 오래전에."

"……뭐?"

"이후로 당신과 연락했던 건 다 내가 부리는 사람들이었다고. 확인시켜 줘? 조 실장 불러?"

그 정도로 깊이 개입되어 있으니 자신을 믿어야 한다고, 태성은 그런 의도로 꺼낸 이야기였다. 그런데 기현은 아주 낯설고 먹먹한 눈을 하고서 태성을 올려다봤다. 또 패악을 떨 거라고, 울면서 몸부림칠 거라고 생각했는데……. 그저 모르는 사람을 보는 것처럼. 지금 눈앞의 남자가 정말 진태성이 맞는가, 그렇게.

'또 그러네.'

기현의 저런 꼴을 보고 있으려니 또 이상하게 가슴이 욱신거렸다.

"……한 몸 나눠 쓰는 취미는 없으니까 결혼 같은 건 꿈도 꾸지 마. 내가 당신한테 질리기 전까진."

심장에 자꾸 덜컥하고 뭔가가 걸려서, 그걸 밀어 넣으려고 생각지도 않게 못된 말이 툭 튀어나왔다. 이렇게 심하게 말할 생각은 아니었는데. 아차, 싶을 정도였다.

"……마음대로 해요. 대신, 약속은 지켜."

파르르 떨리던 기현의 눈꼬리가 이내 처연하게 내려앉았다. 아무 일도 겪지 않았다는 듯. 아무것도 모른다는 듯. 분노도, 실망도, 아무런 기대도 없는 그런 눈은 처음이었다. 그걸 마주하자 태성은 가슴이 쿵 떨어졌다.

어쩐지 초조해져서 귓불이며 턱을 핥다가 입술을 맞대려는데, 기현이 고개를 돌렸다. 다른 데 입을 맞췄을 땐 가만히 있었으면서. 키스하려고 하니 끔찍한 듯 고갤 돌려 버린다.

"재미없게 왜 이래. 협조할 마음이 들게 해 줘야지."

그 뭣도 아닌 거부가 거슬려서 턱을 당기자 이번엔 그대로 순순히 있었다.

"말 잘 들으면 한 발만 싸고 바로 생모를 찾으러 갈 수 있다고."

달콤하게 속삭이며 턱을 쥔 손에 힘을 주자 기현의 입이 저절로 벌어졌다.

"구해 준다고 했잖아, 응?"

야비한 속살거림에 드디어 북받치는지 기현의 몸이 파르르 떨렸다.

"그래, 그렇게라도 반응해."

태성은 기현의 슬픔과 분노에 오히려 안심되었다. 적어도 윤기현이 자신을 인지하고 있다는 그 사실만으로, 이상하게 껄끄럽던 마음이 조금이나마 가시는 것 같았다.

"이게……."

난데없이 입을 만한 옷을 찾는 태성 때문에 무슨 일인가 싶어 정장을 챙겨 온 조 실장이 사무실 문을 열자마자 훅 끼치는 야한 냄새와 낯 뜨거운 광경에 할 말을 잃고는 입을 벌렸다 다물었다 부산스럽게 굴었다.

"소파 아예 갈아야 할 것 같은데……. 입 무거운 애로 시켜."

"그냥 제가 하겠습니다."

"아니, 조 실장은 당장 우리랑 같이 갈 곳이 있어."

우리? 잘은 안 보여도 널브러져 있는 기현은 어딜 갈 만한 꼴이 아니었다.

"차 대기시켜. 독립문 쪽으로 갈 거야. 적당히 힘 좀 쓰는 애들도 부르고. 미술관이랑은 관계없는 놈들로."

행선지를 듣자 힘없이 떨구고 있던 기현의 고개가 번뜩 들렸다.

"지금 독립문이라고—"

"나가."

놀라 몸을 일으키려는 기현을 감추면서 태성이 으르렁거렸다. 서릿발 같은 호령에 조 실장은 말도 더 붙이지 못하고 후다닥 뛰어나갔다.

"……지금 독립문이라고 했어요?"

완전히 문이 닫히는 소리가 나자 태성이 몸을 비키며 선선히 고개를 끄덕였다.

허……. 기현이 허망한 웃음을 흘렸다. 당연히 짚이는 곳이 있었다. 듣고 보니 말이 되는 이야기긴 했다. 그래. 과연 윤 회장이 믿을 만하고, 누구도 생각 못 할 곳이다.

"그런데…… 음. 이렇게 보니까 윤기현 씨, 좀 쉬고 다른 날 가는 게 나을 것 같은데."

쉬어야 할 몸으로 만들어 놓은 당사자가 저딴 소릴 하니 웃기지도 않았지만…… 확실히 민감한 시기긴 했다. 윤인범은 출국했을 거고, 앞으로 중요한 일의 대부분은 기현이 대행하게 될 터였다. 지켜보는 눈이 많다는 뜻이다.

그렇지만 반대로 생각하면, 윤인범이 아웃된 상황에서, 집사님까지 무사히 구할 수 있다면 더는 윤 회장 눈치를 볼 일이 없어지는 것 아닐까.

생각을 마친 기현은 생수와 입었던 옷으로 엉망이 된 아래를 닦아내고 조 실장이 가져다준 새 옷을 꿰입었다. 자꾸 넘어질 듯 몸이 위태롭게 흔들렸지만, 그때마다 잡아 주려는 듯 뻗어 오는 태성의 손을 무시하고 혼자 옷매무새 다듬었다.

"만약, 집사님을 찾는다면 어디에……."

"일단은 내가 묵는 곳을 생각하고 있는데. 주치의 부르기도 쉽고."

기현을 붙들기도, 불러들이기도 더 좋을 거고. 태성의 이런 속을 아는지 모르는지 기현이 고개를 끄덕였다.

"그래서, 나는 약속을 지킬 건데. 윤기현 씨는?"

"무슨 약속이요?"

"결혼 말입니다."

끈질긴 주제에 기현이 잇새로 아랫입술을 꾹 깨물었다 놓았다. 다 터진 여린 살이 날카로운 이 끝에 눌려 허옇게 질렸다 천천히 붉은색으로 돌아왔다. 결혼한다는 말에 저렇게 눈이 돌아 무자비하게 몰아붙이고, 하지 말라고 생떼를 쓰니까 혹시나 해서 자꾸 오해하게 된다. 태성 말마따나 그냥 다른 사람과 몸을 공유하기 싫다는, 그런 저속한 이유일 게 뻔한데.

"알겠습니다."

고개를 끄덕이자 비로소 기분이 풀렸는지 태성이 이제 나가자고 턱짓을 했다. 아까와 다를 바 없는 무표정이었지만 어쩐지 웃음기가 배어나는 얼굴이었다.

쉽게 마음이 열렸으면 쉽게 닫혀야 하는 게 맞는데, 그러질 못했다. 자꾸 찌꺼기 같은 기대가 남았다. 이제 와 진태성과 행복해졌으면. 예전에 그랬던 것처럼 계속 사귈 수 있었으면. 이딴 걸 바라는 게 아니었다. 적어도 조금이나마 마음은 주었던 게 아니었을까, 하는 그런 생각. 더 비참해지고 싶지 않은 그런 지리멸렬한 기대가 빼꼼 고개를 들었다 사라지곤 했다. 아직도. 이 지경이 되어서도.

빨리 시간이 흐르길 바라는 수밖에 없는 걸까. 결국 이 감정도 염증처럼 곪았다 사라지겠지. 하루가 참 모질고 길었다. 생각지도 못했던 일들이 자꾸 일어나 피곤했다. 하지만, 적어도 무사히 집사님의 안위를 확인할 수 있다면, 그러면…… 조금쯤은 잠들 수 있지 않을까.

기현은 하얗게 질린 손을 쥐었다 폈다 하며 차에 올라탔다. 검은

색 벤츠가 죽음처럼 주차장에 이어 도로를 가르며 속력을 올렸다.

바로 쳐들어갈 것처럼 의기양양하게 굴어 놓고선, 태성의 차는 한 시간이 넘도록 멀찍이 떨어져서 상황을 살피고 있었다.

기현은 자꾸만 늘어지려는 몸을 추스르기 위해 애썼다. 진태성과의 섹스로 녹초가 된 건 사실이지만 내내 불면에 시달렸던 여파가 큰 것 같았다. 제대로 잘 수 없었던 건 새삼스러운 일이 아닌데 요즘 유독 힘들었다. 이렇게 구체적이고 생생한 악몽이 계속되는 건 처음이라서 곤혹스러웠다.

"생각보다 촘촘하게 둘러싸고 있는데요."

태성의 지시로 한참 자리를 비웠던 조 실장이 뜻 모를 말을 던졌다. 지금 상황을 고려했을 때…… 윤 회장의 사람들이 이 부근을 감시하고 있다는 걸까.

"안에 들어가는 것만으로는 제지하지 않을 것 같은데요. 저번에도 다녀오셨다면서요. 오히려 저게 뭐라고 당돌하게 지껄이나 궁금해서라도 그대로 둘 게 뻔합니다."

어떤 놈이 쓸 만한 놈인지 계속 저울질했던 것처럼. 퍼뜩, 이상한 점을 깨달은 기현이 태성을 툭 쳤다.

"어떻게 알았습니까?"

창밖을 응시하던 얼굴이 나른하게 기현을 돌아보았다.

"뭡니까?"

그런 태성의 시선이 난데없어 기현이 불퉁하게 물었다.

"……아닙니다. 뭐라고 했죠? 어떻게 알았냐고?"

태성은 어쩐지 목이 따가워서 침을 삼켰다. 그냥 문득, 처음의 기현을 떠올렸을 뿐이다. 김 관장이 속 좀 긁었다고 우는 법도 모른다며 꺽꺽 눈물을 쏟았었는데. 현아와 사람들의 따뜻한 악수에 울음을 꾹 참는 그런 윤기현이었는데.

이젠 사람이 죽어 나갔다는데도 바로 정신을 차리고 인과관계를 묻는다. 몸을 달라는 말에 바스러질 것 같은 아련한 눈을 하다가도 쉽게 체념하고선 그로 인해 얻을 수 있는 것을 물어 온다.

그런 명민함에 끌렸던 게 사실이지만, 자신을 끊임없이 인간적으로 만드는 그런 기현이 이상하다고 생각했지만……. 따뜻하고 선한 기현은 이제 아예 사라져 버린 것 같아서 입이 썼다. 태성에게 대답을 요구하며 한쪽 눈썹을 치킨 지금의 윤기현은, 신무원의 사람들과 많이 닮아 있었다.

"계속 추적하고 있었고…… 이상한 흔적을 발견했습니다. 납치를 당한 것으로 추정되는 사람이 한둘이 아니었고, 발견된 시신들은 공통점이 있었죠. 좀 고운 중년 여성, 뉴욕대 졸업 반지를 낀."

"……한둘이 아니었다고? 그게 어떻게……."

"조 실장이 나에게 보고를 했을 시점엔 이미 두 사람이 죽어 있었습니다. 물밑에서 움직이는 사람들의 동선을 추적해 보니 접촉이 있었던 사람 중 셋은 행방불명, 나머진 전부 사망으로 처리된 상태더군요."

발끝부터 한기가 쫙 올라왔다. 머리카락이 쭈뼛거릴 정도로 소름이 끼쳐서 기현은 저도 모르게 팔을 쓸어내렸다. 그러니까, 지금…….

"처음부터 윤 회장이 벌인 일입니다. 김 관장이 미끼를 물길 기다려서, 일부러 사람들을 뿌려 놓고, 거기에 정신 팔린 사이 진짜를 빼돌린 거라고. 일단은 그렇게 추측하고 있습니다."

"하…… 지만, 김 관장은 적어도 직접 본 것처럼, 확인한 것처럼……."

"주시기 치리된 시신도 한 구 있었는데, 김칠 기록에신 폭력의 흔적이 약물 반응보다 현저히 앞선다고 했습니다. 유감스럽게도."

아……. 그러니까 이미 누군가에게 맞아서 얼굴을 알아볼 수 없는 상태였다면…….

"무슨 이유인진 모르겠지만 상당히 오래전부터 준비했겠죠. 김 관장이 이번에 이렇게 무모해진 것도, 슬슬 자신이 속았다는 걸 눈치를 채서가 아닐까 싶은데."

"대체 왜 그런 짓을……. 다른 사람들까지, 아무 연관도 없는 사람들까지 끌어들일 필요는 없잖습니까. 그 사람들은 무슨 죄가 있어서—"

"윤 회장은 기현 씨를 무대 위로 끌어내려고 한 겁니다."

그렇다면 더더욱 이해할 수 없었다. 그를 끌어내는 데, 왜 그렇게 다른 사람들을.

"확인하고 싶었던 거겠죠. 여태 납작 엎드려 살던 놈인데, 건드리면 물까. 과연 그럴 재목이 될까. 윤인범 대신 당신을 골라도 괜찮을까."

만약 아니라면 이 기회에 귀찮은 짐 덩어리 하나 치워 버리는 거고. 그제야 기현은 납득했다는 듯 더는 놀라지도, 이유를 묻지도 않았다. 다만…… 끄덕이는 고개가 희미하게 떨리는 것도 같아서.

"지키는 사람들이 내부에서 뭔가 소란이 생겼다고 감지를 한 순간부터 우리 쪽에서 버틸 수 있는 시간은 길어야 30분입니다."

대화가 정리되길 기다렸는지 조 실장이 끼어들며 최대한의 시간을 일러 주었다. 30분 안에 저 식당, 그리고 식당과 연결된 건물 내부는 다 뒤져 봐야 한다.

"의외로 깊숙한 곳에 숨기진 않았을 겁니다. 어차피 밖엔 사람들이 있고, 저 양반이 수시로 들여다보려면 차라리 가까이 두는 편이 더 편리할 테니까요."

"그렇지만……."

"내가 윤기현 씨를 가둬 둔다면, 누구도 볼 수 없게 감춰 버린다면 그렇게 했을 것 같아서."

뭐라고 의견을 내려던 기현이 말을 말자는 듯 고개를 돌려 버렸다. 핸드폰과 무전기를 동시에 쥐고 바쁘게 살피던 조 실장이 '지금입니다. 최대한 자연스럽게 움직이세요' 하고 잠금장치를 풀었다.

기현은 조심스럽게, 그러나 빠르게 차에서 튕겨 나왔다. 뒤따르는 태성의 발걸음 소리가 희미했다. 그래도 한 번 와 봤다고 길은 익숙했다. 신호등이 없는 짧은 횡단보도를 건너면 바로 식당이었다.

자신의 의지로 걷는 게 아닌 것처럼 몸이 둥둥 떠 있는 기분이었다. 지나치게 무리한 상태여서일까. 다리 밑이어서 그림자가 져 있는데도 아스팔트의 열기가 뜨거웠다. 그래서 이렇게 어지러운 걸까.

윤인범이 그렇게 나가떨어졌으니, 윤 회장의 의중이 궁금하다고 하자. 아주 말이 안 되는 핑계는 아니라 자연스럽게 행동해도 괜찮다. 그러나 그건 기현의 생각이었을 뿐, 정작 초라한 미닫이문을 선뜻 열 수가 없어서 자꾸 손이 헛돌았다. 긴장으로 손바닥이 땀에 푹 절어 있었다.

"내가 열까요."

어느새 뒤에 바투 붙어 선 태성이 물었다.

"아니, 이건 제가 해야 합니다."

반드시 자신이 해야 하는 일. 기현이 고개를 젓자, 태성은 토를 달지 않고 문을 열 때까지 가만히 기다려 주었다.

처음 왔을 때보다 더 녹슨 문이 삐걱거리며 힘겹게 열렸다. 벽에 걸린 고물 에어컨이 덜덜거리며 돌아가고 있었지만 조금도 시원하지 않았다. 눅눅한 반찬 짠 내가 확 풍겨 왔다.

"어이구, 이게 어쩐 일이래."

때가 낀 국방색 티셔츠를 입은 노인이 안쪽에서 빼꼼 고개를 내밀며 반가운 척을 했다.

"밥은?"

"아뇨."

됐다고 하는데도 냉장고를 열고 낡은 그릇을 꺼내는 소리가 요란했다. 태성은 목을 빼고 슬쩍 거리를 가늠했다. 주방이라 부르기도 민망할 정도로 협소한 공간이었다.

'당장 사람이 머무를 수 있는 방 같은 건 없어 보이는데. 확실히 저 안쪽까지 들어가 보면 보일까.'

시계를 보며 얼추 시간을 헤아렸다. 조 실장이 데려온 사람들이 근처에 제대로 자리를 잡았을까. 적정한 타이밍을 고르는데, 기현이 뭔가 결심한 듯 거침없이 노인에게로 걸어갔다. 태성 또한 빠르게 뒤따랐다.

"엥? 왜 그러누."

"그……."

거창한 결심을 비웃듯, 주방 내부에는 아무것도 없었다. 밖에서 보이는 것보다 넓긴 했지만 딸린 공간이나 문 같은 건 없었다. 방금 열어젖혔던 저 미닫이문이 외부와 통하는 유일한 문이었다.

아무 말 않고 두리번거리기만 하자 노인의 주름진 눈가가 씰룩였다. 여기서 이렇게 가만히 있으면 더더욱 수상하게 보일 거다. 당황한 기현은 되는대로 말을 꺼냈다.

"밥이 중요한 게 아니고…… 어제 윤인범이 쫓겨났습니다."

"쫓겨나?"

받아치는 노인이 허허, 하고 고개를 기울였다.

"욕심이 과했어요. 사람을 다루는 법을 몰랐던 게 가장 큰 실수였던 것 같지만."

"그래? 그런데 옆의 저 이는 누군고? 늙은이 눈이 다 환해지네, 그려."

"그냥…… 같이 일하게 된 사람입니다."

"같이 일을 한다고?"

노인이 태성을 머리부터 발끝까지 두어 번 훑었다. 태성은 어쩐지 기분이 나빠져서 일부러 시선을 피했다. 자신의 팔자가 더러운 건 충분히 알고 있으니 굳이 모르는 사람에게 확인 사살 받고 싶지 않았다. 정작 노인은 찜찜한 시선으로 한 번 슥 쳐다보고선 더는 그를 입에 올리지 않았지만.

"뭐, 무슨 일을 하든. 그래도 사람이 밥은 먹어야 일을 할 거 아냐."

그래, 계속 쓸데없는 소리나 찍찍…….

"……음?"

노인의 눈길을 피해 좁아터진 내부를 의미 없이 훑던 태성은 순간 거슬리는 것을 발견했다. 방금 너무 크게 소리를 내지 않았던가. 걱정하며 흘끔 노인과 기현 쪽을 바라보니, 두 사람은 그에게 신경도 쓰지 않고 있었다.

오른쪽에는 주로 큰 솥이나 안 쓰는 의자 같은 게 쌓여 있었는데, 그 가운데쯤의 벽에 달린 달력과 그 밑에 가지런히 쌓인 의자 두 개가…… 좀 거슬렸다. 바로 옆, 먼지에 쓸린 흔적과 뭔가에 긁힌 자국이 일정하게 있었다. 마치 오랜 시간 동일한 위치에서…… 옆으로 달력과 의자를 밀어 넘겼던 것처럼……?

"……그 사람 붙잡아요."

"뭐라고요?"

저기였다. 저기에 뭔가 있을 것 같았다. 설명할 순 없지만 어떠한 예감이 들었다. 그리고 여태까지 그가 목숨 부지할 수 있었던 건 자신의 감을 믿고 움직였기 때문이다. 태성이 곧장 걸음을 빠르게 옮겼다. 나동그라져 발에 차이는 식기를 거칠게 밀어냈다. 기현은 뭔가 발견한 건가 싶어 노인의 팔을 세게 붙들었다.

"아이고, 남의 세간에 무슨 짓이여, 이게!"

"절대 놓치면 안 돼, 좀만 버텨요!"

태성은 누렇게 낡은 달력과 의자를 옆으로 완전히 밀쳤다. 갈라진 선은 보였는데 정작 문고리는 보이지 않았다. 노인의 반항이 거세지는 듯 몸을 뒤척이는 소리가 요란했다. 뒤에서 쨍, 하고 뚝배기가 깨지는 것 같았다.

제길. 이렇게 요란해지면 안 되는데. 태성이 초조함에 아무렇게나 벽을 걷어찼다. 단순한 벽과는 닿는 느낌이 달랐다. 안의 공간이 비어 있다는 게 느껴진다고 해야 하나.

'뭔가 있을 거야, 뭔가…….'

그렇게 초조하게 벽을 더듬는데, 문득 아래쪽에 움푹 팬 공간이 눈에 들어왔다. 아니, 파였다기보다 성인 남자가 발등 정도는 넣을 수 있을 정도로 좀 들려 있었다.

발끝을 밀어 넣고 바깥으로 당기자 얇은 벽이 무너지듯 쉽게 덜렁거렸다. 손으로 틈을 비집고 열자 나무문이 나타났다. 문에는 지문 인식으로만 열리는 잠금장치가 달려 있었다.

'여기다.'

"끌고 와요! 지문으로 열어야—"

노인을 끌고 오라고 하려는 순간, 기현을 엄청난 힘으로 밀친 그가 팔팔 끓고 있는 솥에 제 손을 담갔다 꺼냈다. 기현도 태성도 노인의 미친 짓거리에 잠시 얼어붙었다.

먼저 정신을 차린 건 기현이었다.

“화상이 뭐 바로 생기는 줄 압니까?”

손을 못 쓰게 만들려는 생각이었나. 그래도 어떻게 저런 짓을. 잔뜩 경악한 탓인지 기현의 심장이 벌컥벌컥 뛰었다. 그래도 방금의 짓거리로 저 안에 사람이 있다면, 집사님일 게 확실해졌다.

“잠깐만.”

노인의 손을 막무가내로 끌어다 잠금장치에 가져다 대려는데, 태성이 고개를 젓곤 문 아래를 발로 찼다.

“아니야……. 이 문은 윤 회장만 열 수 있는 거야. 그렇지?”

그렇지 않고서야 죄수들 사식 넣어 주는 것 같은, 그런 개구멍이 문 아래에 달려 있을 이유가 없었다. 태성이 발로 차는 곳이 덜컹거리며 움직이는 것을 보고 기현의 표정이 더욱 어두워졌다. 윤 회장을, 윤의택을 이해할 수가 없었다. 좋아한다며. 그렇게 붙들고 놓아주지 않을 정도로 집사님을 사랑한다며. 그런데 어째서 이런…….

“그런 연출까지 하면서 자기 지문으로 열 수 있는 것처럼 보이게 했던 건…… 윤 회장의 지문이 아닌 게 닿기만 해도 난리가 난다는 뜻이겠고.”

“이런 숭악한 것!”

노인이 태성의 발치로 침을 캬악 뱉었다. 누런 가래가 대롱대롱 지저분하게 턱에 매달렸다. 한때는 큰 신을 모셨다고 했던가. 과연 사람이 아닌 것을 몸에 품어 본 적이 있어서인지, 형형한 빛만 남은 텅 빈 동공이 오싹했다.

“저길 중심으로 완전히 부숴 버리죠.”

태성에게 노인을 붙들게 하고서, 기현이 초조하게 부엌 내부를 둘러보았다. 지켜보는 눈이 많다고 했다. 덜컹거리는 미닫이문 밖에선 어렴풋하게 식당 내부가 보였다. 들어간 사람이 테이블에 앉아 있지 않으니 수상하게 여길 확률이 높다. 시간이 없다는 말이다.

기현은 급한 대로 옆에 포개져 있던 플라스틱 의자를 문에 대고 내려쳤다. 당연하게도 애꿎은 의자만 허무하게 부서져 버렸다. 폭력엔 익숙했으나 스스로 휘둘러 본 적은 없었던지라 기현은 당황해서 문과 의자를 번갈아 바라보았다.

"그걸 주워! 의자 다리를! 그걸로 밑을 열어!"

태성의 지시대로 정신없이 의자 다리를 주워 들고서 아래의 열린 부분에 팍 꽂았다. 손이 끊어질 것 같았다. 당장 쓰러져도 이상하지 않을 것 같은 몸에서 어떻게 그런 힘이 솟아나는지 모를 일이었다. 아주 약간, 문의 이음매가 헐거워진 것도 같았다.

순간 힘을 주어 발로 차자 개구멍처럼 덜컹거리던 부분이 아예 떨어져 나갔다.

"이게 뭐 하는 짓들이야! 이게 대체……!"

노인이 발광했다. 갈수록 심해지는 그의 발악이 거의 다 왔음을 말해 주는 것 같아서 기현은 아픈 줄도 모르고 있는 힘을 다했다. 벌어진 부분을 중심으로 몇 번이나 세게 걷어차다 남아 있는 의자를 끌어다 세게 휘둘렀다.

쾅! 플라스틱 의자 위쪽 부분으로 크게 들이받자, 나무문이 요란하게 흔들렸다. 그러기를 몇 차례. 마침내 쩌적 하는 소리를 내며 균열이 생겼다. 있는 힘껏 몸을 부딪치니 문이 완전히 반으로 쪼개졌다. 동시에 사이렌 소리가 요란하게 울렸다. 역시 보안 장치까지 완벽하게 해 둔 모양이었다.

문이 열렸건만, 차마 안으로 들어가질 못한 채 머뭇거리고 서 있기만 했다. 태성은 노인을 세게 밀어 버리고서 안으로 뛰어들었다. 생모 구출을 앞두고 싱숭생숭할 마음은 이해가 되지만 감상에 젖을 시간이 없었다.

그리고 안으로 발을 들이는 순간, 구둣발에 끈적거리는 액체가 밟혀 절로 인상이 써졌다. 뭔지 확인하고 싶지 않았다. 일부러 불을 끈 건진 모르겠지만 빛이 하나도 들지 않았다. 오래 묵은 악취와 소독약 냄새가 진동하는 가운데, 저 구석에 멀거니 서 있는 검은 인영이 보였다.

그 기괴한 모습에 천하의 태성도 일순 모골이 송연해졌으나 상황이 긴박했다. 태성은 목을 타고 올라오는 선뜩함을 누르며 손을 뻗었다. 그리고 컴컴한 공간에 멀거니 서 있는 사람을, 아마도 기현의 생모일 것 같은 그이를 무작정 잡아끌었다. 옷 밑으로 느껴지는 뼈대가 형편없이 가늘었지만, 일단은 그래도, 다행히 살아 있는 것 같았다.

"윤기현!"

그 여자가 맞느냐 기현에게 묻지도 못하고, 아니, 얼굴도 제대로 확인하지 못하고 그대로 문을 향해 달렸다. 뒤에서 기현이 뒤따르는 소리가 들렸다. 그 발소리에 안심하며 태성은 눈을 가늘게 떴다. 문 너머는 이미 대치 상황인 것 같았는데, 그 가운데서 희끗희끗하게 자신의 차가 보였다.

'좋아.'

이대로 무작정 틈바구니를 뚫고 차에 타기만 하면 어떻게든 될 것 같았다. 그렇게까지 감춰 두고 싶은 사람이 탄 차인데, 들이받거나 사고를 내지는 않겠지, 설마.

문을 열고 나서자 사이렌 같은 경보음이 귀를 찢을 것처럼 크게 울렸다. 다급히 횡단보도까지 건넌 그때, 뒤에서 따라오던 기현이 속도를 올려 먼저 차 문으로 손을 뻗었다. 태성은 종잇장처럼 가벼운 여자의 손목을 당겨 기현에게 완전히 넘겨주었다.

팔에 부딪히는 감각에 잠시 놀란 듯 흘끗 돌아보던 기현은, 이번엔 더 생각하지 않고 자신에게 닿은 그녀의 손을 꼭 붙들었다. 다시는, 절대 놓치지 않을 것처럼.

저 멀리서 차 몇 대가 미끄러져 들어왔다. 조 실장이 수배해 온 사람들은 이쪽 사정을 하등 모르는 시정잡배였다. 개싸움에 이골이 나서 그런지 맡은 바 책무에 충실하다는 것이 그나마 다행이었다.

"빨리, 빨리 타세요!"

대기하고 있던 조 실장이 차창을 내리고 손을 마구 휘둘렀다. 용케 방어선을 뚫고 달려드는 것들에게 되는대로 주먹을 날리며, 태성이 여자와 기현을 한꺼번에 밀어 넣었다. 차 문이 채 닫히기도 전에 급하게 차가 출발했다. 사람이 없기에 망정이지, 차선도 신호도 다 무시하고 내달렸다.

"헉, 헉……."

"추적이 예상되어서 집으로는 바로 가지 않으려고 합니다."

조 실장의 말에 알아서 하라며 손을 휘휘 저었다. 태성도, 기현도 그대로 아무 말도 못 하고 숨만 골랐다. 머리가 띵했다. 특히 몸이 완전히 축난 기현은 쓰러지기 직전이었다. 바로 직전까지 태성에게 시달린 몸이다. 아니, 정확히 말하자면 그보다는…… 계속 제대로 자지도, 먹지도 못했던 여파가 컸다. 그 와중에 힘도 쓰고 미친 듯이 달리기까지 했으니.

가쁜 호흡을 달래며 이제 머리가 좀 돌아가기 시작한 태성은 조심스럽게 기현의 옆을 살폈다. 어깨까지 오는 머리에 가려 여자의 얼굴이 제대로 보이질 않았다.

태성의 시선이 향하는 곳을 좇던 기현은 그제야 제 옆에 앉은 사람의 존재감을 인식하고 몸을 굳혔다. 하지만 그뿐이었다. 감히 그녀를 쳐다볼 생각도, 부를 생각도 못 하고서 그저 입술만 짓씹었다. 너무 오랫동안 만나질 못했다.

'졸업 반지를 건넸던 게 마지막이었던 것 같은데…….'

일단 그때보다 형편없이 야위었다는 건 알 것 같다. 무슨 말을 하면 좋을까.

"저, 몸은……."

상태는 어떤지 묻고 싶었는데, 입 밖으로 내고서야 멍청한 질문이라는 걸 깨달았다. 당연히 괜찮지 않을 테니까. 갇혀서 지냈던 사람의 상태가 괜찮았을 리 없지 않은가. 하물며 좋은 곳에서, 좋은 것만 먹으며, 주치의가 붙어 관리해 준 것도 아니고 그런 곳에서…….

"몸은…… 어떠세요."

그래도 할 말이라곤 이것뿐이었다.

여자, 기현의 생모는 아까 잡혔던 팔을 주무르며 말없이 창밖을 내다볼 뿐이었다. 태성은 창을 통해 그녀와 눈이 마주친 것 같다고 생각했다. 순간 아까 선뜩하게 내달리던 감각이 떠올랐다.

"……차 한 대 더 대기시켜야 할 것 같은데."

그래서 괜히 이런 말이나 꺼냈다.

"네, 안 그래도 중간에 버리고 갈아탈—"

"아니, 아니. 그게 아니라 좁잖아."

"아, 아아……. 네. 지시하겠습니다."

잠자코 고개를 돌린 태성의 눈매가 가느스름해졌다. 기현의 생모는, 집사라는 사람은, 이수경이라는 여자는 태성의 상상과는 좀 달랐다. 아니, 매우 달랐다. 막연하게 기현 같은 느낌을 상상하곤 했다. 하늘하늘하지만 곧은, 난 같은 그런 느낌을.

하지만 이수경의 상태는 괜찮지 않다는 말 정도로 표현할 수준이 아니었다. 기름으로 번들거리는 머리카락에 얼굴은 엉망진창이었다. 한쪽 눈에 상처가 있다는 건 알았지만…… 왼쪽 얼굴은 거의 주저앉다시피 했다. 하얗다 못해 창백한 피부와 생기를 조금도 찾아볼 수 없는 동공은 텅 비어 있었다. 음식물이 한데 섞인 그 악취마저 몸에 배지 못할 정도로 소독약 냄새가 진동했다.

제대로 그녀와 마주한 기현 또한 놀라는 걸 보니 처음부터 이런 상태였던 건 아닌 듯했다.

"제 예상보다 빨리 나와 주신 덕분에 조금은 수월해졌습니다. 곧 있을 신호에서 따돌릴 수만 있다면 계속 달라붙긴 어려울 겁니다. 이대로 경기도 쪽으로 빠진 다음에 차를 한 번 바꿔 탈 거고, 그 이후에 모실 곳으로 이동하겠습니다."

덧붙이는 조 실장의 목소리가 든든했다. 기현은 주먹을 꾹 쥐며 애써 불안함을 털어 냈다. 태성의 말은 이제 하나도 믿을 수 없다. 하지만 자신의 약점을 끝까지 쥐고 흔들려면 집사님의 신변 보호를 철저히 해 줄 수밖에 없으리라. 진태성이란 사람은 믿지 않지만 대원의 진태성 이사가 해 왔던 수단과 방법을 가리지 않는 야비함은 믿었다.

"저…… 이 사람이 도와드릴 거니까 당분간 편하게 계세요. 다 정리되는 대로 제가—"

"윤인범은 벌써 처리했나 보지?"

"……네?"

형편없이 갈라진 목소리가 날카로웠다. 당황한 듯 굳었던 기현은 얼결에 고개를 끄덕였다. 전부 다 잘됐다고. 되는대로 두서없는 이야길 늘어놓았지만, 수경은 기현의 이야기엔 조금도 관심이 없어 보였다.

"불이라도 지르고 나왔어야 했는데. 내가 그 새끼 돼지는 꼴은 봐야……."

생각도 못 했던 험한 말씨에 기현이 당황스러움을 숨기지 않았다.

"그 새끼라뇨? 관상가 말씀하시는 겁니까?"

기현을 대신해 태성이 끼어들었다.

"관상가?"

수경이 목을 젖히며 낄낄 웃었다. 손톱으로 칠판을 박박 긁는 것처럼 귀를 파고드는, 거슬리는 음성이었다.

"젊었을 때는 뭐, 확실히 그랬을지도 모르지. 근데 관상가고 무당이고…… 윤의택한테 그 새끼는 그냥 금고야."

금고? 차 안의 공기가 불안하게 술렁거렸다. 신호를 끊어 내며 추격을 따돌리는 데 집중하던 조 실장마저 흘끔대며 이쪽을 돌아볼 정도로.

"김연수는?"

"김 관장…… 말씀하시는 건가요?"

"그 죽일 년을 가만 안 두게 해 준다는 게 약속이었는데, 윤의택 그 새끼도 뭐 믿을 수가 있어야…… 근데 넌 뭐야?"

"집…… 사님."

"뭐 선거도 나간다고 까불고, 이것저것 하고 있다더니. 아니었어? 그리고 아까부터 뭘 그렇게 빌빌거리고 있는 거야, 등신도 아니고."

아까부터 수경 쪽으로 완전히 시선을 고정한 탓에 기현의 동그란 뒤통수밖에 보이지 않았지만, 지금 그가 어떤 표정을 하고 있을지는 뻔했다. 완전히 할 말을 잃고 멍해진 그 불쌍해졌을 얼굴. 요사이 지겹도록 봐 왔었던 그 처연한 얼굴을 하고 있을 터였다.

"윤기현이 그나마 정신 붙들고 거기서 버틴 이유가 당신 때문이라고 들었는데. 당신도 마찬가지였고……. 아닙니까? 뭔가 내가 상상했던 것과는 너무 다른 그림인데, 지금."

태성의 물음에 수경이 가소롭다는 듯 픽 웃었다.

"걔가 그래? 신무원에서 버틴 게 나 때문이었다고?"

이수경이 또 한차례 목을 울리며 소름 끼치게 웃었다.

"뭐, 그건 내 알 바 아니지. 당장 내가 죽을 것 같았는데."

순간 기현의 몸에서 느리고 무겁게 숨이 빠져나가는 게 느껴졌다.

"그래, 뭐든 필요하긴 했어. 이거든, 저거든, 굴러다니던 돌멩이든. 뭐라도 좋으니 곁에 있었으면 했지. 무슨 개돼지 키우는 것도 아니고 그렇게 가둬 놓고 24시간을 감시하다, 김연수 그 미친년은 지 기분 좆같아지면 패러 오는데…… 어휴. 진짜 우라질 것들."

태성이 기현을 자기 쪽으로 슬쩍 끌어당겼다. 그냥 그래야 할 것 같아서, 저 여자의 말을 더 듣게 하면 안 될 것 같아서. 대체 어디서부터 기현의 기억과 저 생모란 사람의 실체가 어긋난 건지 모르겠지만 지금 그가 윤기현에게 가장 큰 독이 되리라는 건 확실했다.

"전부 알고 있었습니까? 윤 회장이 일부러 당신을 납치한 것도……."

"그랬지. 윤인범이 하는 짓이 워낙 모자라니까 예전부터 탐탁지 않아 했거든. 뭐, 진짜로 불이 붙은 건 그 새끼가 나랑 씹질이나 하고 싶어 한다는 말을 들은 이후 같았지만."

기현의 입이 떡 벌어졌다.

"자, 잠깐만요. 설마 윤인범아, 진짜, 그런……."

"뭐. 윤인범이랑 진짜 잤냐고? 미쳤니. 구라지."

이수경이 천하의 아둔한 것을 보듯 눈을 흘겼다.

"그래도 윤의택은 내 말을 믿었어. 그게 중요한 거야. 윤의택이 믿었다는 게. 하하, 그 인간이 미쳐 날뛰는 걸 너도 봤어야 했는데…….”

“…….”

“네가 차기 후계자가 되는 거, 김연수는 나처럼 가둬 놓고 개같이 구르면서 평생 살게 하는 거. 그게 나한테 한 약속이었어. 그래서 내가 여태까지 그걸 다 견디면서…….”

말을 잇던 이수경이 몸을 부르르 떨었다. 그간 겪었던 좋지 않은 일들이 떠올랐는지 이가 딱딱 부딪힐 정도였다.

기현을 제 몸에 기대게 한 채 태성은 애꿎은 머리만 쓸어 넘겼다. 저 여자가, 그러니까 이수경이 점점 정신을 놓게 된 계기는 충분했다. 꼬박 기현의 나이만큼, 그녀의 말마따나 갇힌 채로 짐승처럼 구르며 살았는데. 여태 멀쩡히 살아 있는 게 용할 정도다. 이렇게 변해버린 것도 충분히 이해할 수 있었다.

그런데…… 그럼 윤기현은? 윤기현은 무슨 잘못을 저질러서 그 고난을 겪어야 했던 거지. 윤기현은 그저 그 태를 빌려 태어난 죄밖에 없는데. 바라던 일도 아니었을 텐데. 태성이 단 한 번도 그 집구석에서 태어나길 원하지 않았던 것처럼, 기현 또한 그랬을 텐데.

“그럼…….”

기현의 목소리가 꺼질 듯했다. 자주 만나진 못했으니까. 길게 이야길 나눠 본 것도 어릴 때 이후론 없었으니까. 그사이에 집사님도 변했을지도 모른다. 아니면 자신이 유리한 대로 기억하고 싶은 사실만 기억했었던 걸지도 모르고. 그건 아무래도 좋았다.

하지만 그때, 졸업 반지를 건네주었을 때는 세상을 다 가진 것처럼 환하게 웃어 줬었는데. 그것마저 다 거짓이었을까. 흘끗 살핀 수경의 손가락에 반지 같은 건 보이지 않았다.

‘이유를…… 물어도 될까.’

망설이던 기현은 목까지 차올랐던 말을 가슴에 묻기로 했다. 그녀에게서 또 어떤 엄청난 말을 듣게 될까 봐 무서웠다.

"멍청하게 찍소리도 못 하고 그러고 살더니, 그래도 네가 살면서 한 번은 도움 주는 날도 있긴 하구나."

더듬더듬 자기를 불러 놓고 아무 말도 못 하자 이수경이 흥, 콧방귀를 뀌며 제 상의 밑으로 손을 쑥 넣더니 거침없이 더듬었다. 찾는 게 잡히질 않는지 옷을 완전히 들어 올리고선 브래지어 안을 뒤지기 시작했다.

기현을 붙들고 있던 태성의 손에 점점 더 힘이 들어갔다. 기현은 이제 거의 정말 모든 걸 놓은 것 같았다. 아까 식당에 들어서지 못하고 망설이던 모습이라든지. 죽을힘을 다해 나무문을 부수고도 머뭇거리던 모습이라든지. 다시 놓지 않을 것처럼 이수경의 손목을 쥐고 차까지 달리던 모습이 자꾸 스쳐 갔다.

"사실 김연수고 나발이고, 다른 건 다 필요 없고. 난 윤의택을 엿 먹이고 싶었는데…… 그 틈만큼은 절대 주지 않더란 말이지."

수경이 속옷 안에서 끄집어낸 물건은…… 뭔지는 몰라도 아주 작았다. 녹슨 금붙이 같기도 하고, 어쨌든 정확한 정체를 파악하긴 어려웠다. 수경은 기현의 팔을 세게 끌어당기더니 희게 질린 손가락을 하나하나 펴고는 그것들을 손바닥 위에 올려놓았다. 끝이 울긋불긋하게 물들어 있는 그것은 얼핏 보면 사람의 치아 같기도 했다.

"윤의택이 쓰는 인감도장은 그 두 개가 꼭 필요해. 하나는 그게 있어야 도장을 꺼낼 수 있고, 하나는 도장에 끼워 넣어야 완벽한 그림이 찍혀 나오거든."

그간 얼마나 험한 일을 당해 왔는지 쉽게 알 수 있을 정도로 여기저기 다 깨지고 시커멓게 죽어 버린 손톱이 반질반질 때가 낀 금붙이 두 개를 번갈아 가리켰다. 갑자기 기분이 좋아진 듯 친절한 설명을 덧붙이면서.

“하나는 그 늙은 노친네 거고, 하나는 내 거고.”

태성은 머리를 쓸어 넘기던 손을 내려 기현의 눈을 덮어 주려 했지만, 그는 힘없는 고갯짓으로 같잖은 배려를 털어 낼 뿐이었다.

“네 덕분에 진짜 제대로 모든 걸 끝낼 수 있게 됐어.”

수경의 얼굴은 산 사람의 것이 아니었다. 이미 오래전에 모든 마음이 죽어 버린 여자는 홀로 키들거렸다. 무서운 전래 동화에 나오는 악귀처럼 길게 입을 찢으며 연신 웃기만 했다.

“마침내 윤의택에게 한 방 먹일 수 있게 됐다고……. 평생을 노렸지만 절대 틈을 주지 않았는데 말이야. 네가 꺼내 준 덕분에, 그 노친네에게서 눈을 돌려 준 덕분에…… 그래도 마지막은 내 손으로 끝낼 수 있게 됐어.”

심상치 않은 중얼거림이었다.

“잠시만요.”

최대한 이수경에서 몸을 물리고 있던 태성이 기현을 끌어당기며 그녀를 불렀다.

“잠깐……!”

차 문에 바투 닿을 정도로 물러난 이수경이 무슨 생각을 하는지 알 것 같아서 깜짝 놀란 태성이 몸을 일으켰다. 하지만.

“손대지 마!”

자길 건드리면 가만두지 않겠다는 듯 일그러지는 이수경의 얼굴이 굉장했다. 뻥 뚫린 것처럼 공허했던 검은 눈은 끝을 목전에 두고서야 마지막 불꽃을 활활 태우며 빛났다.

“드디어 다 끝난 거야! 다 끝이라고!”

"안—"

파리하게 마른 손이 순식간에 잠금장치를 열고 온 힘을 다해 문을 열어젖혔다. 매캐한 바람이 확 끼쳐 왔다. 좋아서 어쩔 줄 모르겠다는 듯 환하게 웃으며 이수경이 망설임 없이 무게중심을 뒤로 실었다. 순식간이었다.

"안, 돼……."

기현의 뻗은 손이 허무하게 덜컹이는 몸을 비껴갔다. 잡히는 거라곤 한 줌의 공기뿐이었다.

퍽, 하는 둔탁한 소음과 뒤이어 오던 차들이 브레이크를 밟는 소리가 아찔했다.

"안 돼—!"

10장
불꽃

불꽃

"그냥 단순히 사고인 것으로…… 사람이 더 붙지는 않았지만……."
"그냥 우리 쪽에서 사람 써서…… 윤의택은 뭐라고?"
"그게……."
시곗바늘이 돌아가는 소리와 이런저런 말소리가 뒤섞여 들려왔으나 기현은 그저 멍청하게 앉아 있을 뿐이었다. 사실 여기가 어디인지도 모르겠다. 이후에…… 무슨 일이 있었는지 그조차도 모르겠다. 아예 기억이 날아간 듯 없었다. 기현은 손바닥 위에 놓인 괴상한 금니만 계속 들여다보고 있었다.
"하 선생을 불러야 하지 않을까요."
조 실장이 기현을 흘끔거리며 속삭였다.
멀쩡히 가던 차의 문이 갑자기 열리고, 사람 하나가 밖으로 몸을 던져 죽었는데도 세상은 평온했다. 당연히 신무원에도 소식이 들어갔고, 그 직후 윤의택 전담 주치의와 비서진이 급하게 움직였다고 했다. 태성 쪽에서 사고 현장을 적당히 수습해 뒀으니 나머진 그쪽의 몫이었다.

"그 사람이 와도 달라지는 게 있을까?"

"하다못해 안정제라도……."

"글쎄."

감정을 표출하는 방법은 달랐지만, 태성 또한 저렇게 넋을 놨던 때가 있었다. 친모가 정신병원에 가두어졌단 이야길 들었을 때였던가? AR그룹이 주관하는 행사에 입장 자체를 거절당해 화가 난 아버지에게 이유 없이 두들겨 맞았을 때였던가. 아니면 약에 전 계모가 화풀이랍시고 인두로 장골 부근을 지져 놨을 때였던가…….

이젠 기억도, 통각도 희미해졌지만 끔찍했던 순간엔 안정제가 아니라 무슨 약을 들이밀어도 효과가 없다. 오히려 귀찮을 뿐.

"잠이라도 들 수 있지 않을까요. 저대로 두기엔……."

효과는 없겠지만, 기현을 이대로 두고 보기엔 조 실장 말대로 영 꺼림칙해서 그렇게 하라고 지시를 내렸다. 지켜보는 사람들의 이기심에 불과했다.

조 실장은 나중에 다시 들러 보고하겠다며 불이 난 핸드폰을 들고 바쁜 걸음을 옮겼다.

"기현 씨."

태성이 기현의 눈높이에 맞춰 무릎을 꿇자 그를 향해 고개를 돌리긴 했지만, 제대로 바라보는 게 아니었다.

"윤기현."

김 관장이 찾아와 패악을 부렸을 때도 정신 차리라고 달래 줬던 적이 있다. 그때는 기현의 머릿속에 불이 번쩍 들어올 만한 자극제라도 있었는데 이젠 그런 것도 없다. 이미 죽어, 없어져 버렸다.

"윤기현, 정신 차려."

"……네."

"들었어요?"

"어떤 걸?"

"아까 조 실장이 말했잖아요. 윤 회장, 윤의택도 소식 들었다고. 지금 신무원으로 사람들 소집된 것 같던데."

"그래요?"

윤 회장이 쓰러지기라도 했던 걸까……. 들은 기억이 나지 않았다.

기현은 윤의택을 이해할 수 없었다. 언제나 그렇긴 했지만, 알게 되는 것이 많아질수록 더욱 그랬다. 여태 사람을…… 그렇게 달래 왔던 걸까? 시간 좀 지나면 김 관장이 했던 짓 똑같이 당하게 해 줄 테니 참으라고? 오랜 시간을 별채에 가둬 둔 걸로 모자라 이젠 벽 뒤의 방에 숨겨 놓고, 죽지 않을 정도로 사식 같은 음식만 밀어 넣으면서?

"……오랜 시간을, 그렇게 벼르고 있었나 봐요."

그 정도로 없으면 안 될 존재가 어느 날 갑자기 그렇게 보란 듯이 죽어 버리면, 윤의택은 얼마나 괴로울까. 집사님은 그날만을 꿈꾸며 그렇게 꾸역꾸역 견뎌 왔던 모양이다.

"이해는 가요. 집사님은…… 살아도 산 게 아니었겠죠."

머리 풀어 헤치고 미친 사람처럼 날뛰고 싶었을 거다. 아니, 이미 반쯤은 미쳤을지도 모르겠다.

그런데, 그러면…… 가끔 자신에게 베풀었던 따뜻함도 다 거짓이었을까? 아니, 완전히 거짓은 아니었을 거다. 집사님은 무엇이든 필요하다고 했었다. 기현이 아니라 뭐든, 길가에 놓인 돌멩이라도 마음 주고 위안받을 존재라면 무엇이든. 그렇게 필요했던 존재였는데 언제부터 놓아 버리게 된 걸까.

"윤 회장의 말이 맞았네요. 김 관장이 부리는 사람들은 집사님을 잡지 못했을 겁니다. 애꿎은 사람들만 죽어 나갔네요."

그간…… 얼마나 괴로웠을까.

"굳이 그렇게 남을 이해하려고 애쓸 필요 없습니다. 당장 내가 죽겠는데 무슨 놈의 이해."

태성의 위로 아닌 위로에 울 듯 말 듯 묘한 눈매를 하고서 기현의 눈동자가 어지럽게 흔들렸다. 어쩌면 이렇게 손에 쥔 게 아무것도 없을 수 있을까. 이제 기현에게 남은 거라곤 녹슨 금니 두 개와 진태성, 이 잔인한 남자뿐이었다.

붙들고 하소연할 수 있는 상대라곤 최근 그를 가장 많이 울린, 가슴을 미어지게 만든 이 남자뿐이라는 게 기가 막혀서 헛웃음이 나왔다. 집사님이, 자신의 생모가 너무나 이해가 갔다. 고작 이따위밖에 남지 않은 삶에 무슨 대단한 의미가 있겠는가.

기현은 손바닥 위의 자그마한 것을 들여다보다 이내 테이블 위에 떨구었다. 손에 고인 땀 때문이었는지 들러붙어 있던 것들이 약간의 시간 차를 두고 떨어졌다. 그 대단치도 않은 걸 얼마나 꽉 붙들고 있었는지 손바닥의 살점이 너덜거릴 정도였다.

태성이 미간을 찌푸리며 그 상처를 들여다보고 있자 기현이 손바닥을 슬쩍 입술에 가져다 댔다. 왜 이러나, 쳐다보니 일부러 태성의 입술 쪽에 들이미는 게 맞았다. 꼭 핥아 달라는 것처럼.

알 수 없는 행동에 태성은 의아한 눈초리로 고개를 기울였다. 윤기현이 그럴 리가 없는데. 그렇지만 입술에 가져다 댄 기현의 손은 좀처럼 움직일 기미를 보이지 않았다. 나름대로 힘을 주며 버티는 모양인지 손끝은 빳빳하다 못해 조금 휘어진 것처럼 보였다.

빤히 바라만 보던 태성이 느릿하게 상처를 핥아 주자 과연 그게 원하는 바가 맞았는지 손에서 힘이 풀어졌다.

"왜 안 하는 겁니까?"

"……뭐?"

"예전엔 내가 싫어하든 말든 결국 했잖습니까."

태성에게 들이밀었던 손을 거둔 기현이 몸을 숙였다. 입술이 닿았다. 왈칵 감겨 오는 혀는 따뜻했지만, 낑낑대며 들러붙는 게 꼭 눈도 못 뜬 동물이 어미젖을 찾는 것 같아서 속이 쓰렸다.

"섹스해요, 하자고."

"알았으니까 조금 쉬고서—"

"아무 데서나 벗기고 덤벼들었잖아. 내가 뭐라고 하든 마음대로 박아 넣고서 지금은 왜 피하는데?"

"……윤기현."

"내 말 틀려? 그러니까 하자고."

기현의 고개가 툭 떨구어졌다.

물어보고 싶은 게 많았다. 아니, 집사님을 보자마자 사과라도 할 걸 그랬다. 사실 당신을 좀 더 빨리 구할 수도 있었는데. 이기적이게도 이런 핑계, 저런 핑계나 대며 자기 자신을 합리화하느라. 수를 짠다는 명목하에 드러내고 매달리지 못해서 결과적으론 당신의 삶을 더 괴롭게 만들어 버렸다고. 그래서 많이 미안하다고. 아니, 하다못해 태어나서 미안하다고, 그 말이라도 했어야 했는데.

"나는, 이제…… 이제 남은 게 당신밖에 없어. 날 그따위로 대하는 당신밖에……."

어쩐지 울게 해 달라는 말 같아서 태성은 어쩔 줄을 모르고 멀거니 그 서러움을 받아 주기만 할 뿐이었다. 기현은 왜 자신과 섹스하지 않느냐며 어깨를 쥐고 흔들며 묻더니, 종내엔 태성의 어깨를 밀어내고 때렸다.

태성은 울렁거리는 속을 꾹 누르며 기현의 눈에 입을 맞췄다. 날 그따위로 대하는 당신밖에, 이상하게 그 말이 쨍하고 심장에 박혔다. 기현의 몸이든, 배경이든 필요하니까 가지려고 노력했을 뿐이다. 그를 변덕스럽게 만드는 감정이 거슬려서, 통제가 안 되는 게 불쾌했을 뿐인데.

'어쩌면…… 날 인간적으로 만드는 그 감정을 다루는 방법이 대단히 잘못되었던 건 아닐까. 혹시 내가 이렇게 윤기현을 몰고 가지 않았다면, 그럼 그는 이 정도로 무너지진 않았을까.'

처음으로 밀려오는 두려움이 낯설어서, 태성은 길게 뻗은 기현의 속눈썹을 다 헤아리기라도 할 듯 최선을 다해 핥아 주었다. 차라리 울었으면 해서. 못난 짐승이 상처를 핥아 주듯이, 그렇게.

"수액 속도는 이 정도가 딱 적당합니다. 혹시 혈관통을 호소한다면 조절해 주시고요."

"뭐, 검사라도 해야 하는 거 아닙니까?"

"그건 제대로 된 병원에서 해 보시는 게 나을 것 같습니다, 아니, 해 보셔야 할 겁니다."

모든 게 문제지만 정신적인 문제가 가장 크다며 태성의 주치의는 별 영양가 없는 답을 내놓았다. 태성은 몇 발자국 떨어져서 벽에 기댄 채 가만히 기현을 들여다봤다. 울지도 않고, 그렇다고 기절하지도 않고, 가슴을 쾅쾅 두드리지도 않고. 기현은 그냥 그렇게 덩그러니 자리할 뿐이었다.

"……이거."

"어디 불편하세요?"

"아, 그게 아니고."

기현이 하 선생의 가방 한구석에 자리한 펜형 주사기를 가리켰다.

"이건 구하기 어려운 건가요?"

"아뇨. 자가 주사해야 하는 당뇨병 환자들이 선호합니다. 아프지도 않고 놓기도 편해서요. 아, 이 주사기는 당뇨 환자들이 쓰는 건 아닌데, 혈관이 유독 좁거나 어린이들에게 쓰기 좋아요. 아려 병원이랑 AR바이오 합작품입니다."

나름 기분을 풀어 주려는 시도였지만 지금 기현의 앞에선 AR의 A도 꺼내선 안 될 상황이었다. 주치의 덕분에 방 안의 온도가 1도는 더 내려가 버렸다.

"……할 말 있습니다."

기현에게서 꺼질 것 같은 목소리가 흘러나왔다. 목적지는 태성일 터였다. 이런 일에는 눈치가 빠른 주치의가 주섬주섬 짐을 챙기며 태성에게 수액은 10초에 한 방울이라 주지시켰다.

"조 실장님도 잠시 자리 비워 주실래요?"

두 사람만 남겨 두기 불안한 듯 조 실장이 흘끔흘끔 돌아보았지만, 지금 기현은 무슨 부탁이든 들어줘야 할 것처럼 불쌍한 몰골이었다. 별수 있나, 결국 조용히 문을 닫고 물러나는 수밖에.

기현은 무음으로 돌려 두었던 핸드폰을 확인했다. 머리맡에 놓인, 어찌 보면 흉물스러운 금니들을 보고 잠깐 손이 멈추긴 했지만 금세 아무렇지도 않은 양 굴었다.

부재중 전화 알림이 쌓여 있었다. 중간중간 찍힌 모르는 핸드폰 번호는 윤 회장일 것 같다는 생각이 들었다. 그러고 보니 여태 그 사람의 번호도 몰랐다. 전화와 메시지의 기록을 차곡차곡 넘겨 보던 기현이 이윽고 입을 열었다.

“어떻게 됐어요.”

묻는 말의 끝이 물음표가 아니라 건조한 마침표였다. 궁금한 것도, 기대하는 것도 하나도 없다는 듯이.

“마침 근방에 사람도 많이 없었고…… 그냥 조용히 잘 덮었습니다.”

아무리 사람이 없었어도 차에서, 그것도 시선을 끌 수밖에 없는 외제 차에서 문을 열고 사람이 튀어 나가 죽었는데, 아무 일이 없는 듯 넘어갔다니. 기현은 새삼 모든 것에 회의가 들었다. 핏줄, 사회적 지위, 재산, 재벌, AR그룹과 신무원…… 그 모든 것이.

그간 얼마나 아무렇지도 않게 이런 일들이 일어났을까. 아니, 지금 이 순간에도 어디선가 추악한 입막음이 계속되고 있겠지.

“아까 본…… 펜 타입의 주사기랑 약을 좀 구하려고 하는데.”

다소 뜬금없는 기현의 말에 태성이 몸을 바로 해 우뚝 섰다. 당연히 시신의 수습을 물을 줄 알았는데, 가장 먼저 묻는다는 게…….

“……약?”

“이렇게 링거에 투여할 수 있는 약이요. 약이라면 무슨 종류든 구할 수 있다고 하지 않았습니까?”

“……그렇긴 하지만—”

“몇 번에 걸쳐 투여하면, 온몸이 천천히 굳어 버리는 그런 약이었으면 좋겠네요.”

“……그런 걸 어디에다 쓰려고?”

“몸져누웠다는군요. 나만 찾으면서.”

지금 상황에서 기현을 찾으며 몸져누울 사람이라고 해 봐야 뻔했다. 태성 또한 보고받았고. 남은 수습은 AR 쪽에서 다 했다. 그 짧은 시간 동안 흠잡을 데 없이 완벽하게 마무리 짓는 비서진들의 솜씨가 놀라울 정도였다.

"……그렇다고 지금 죽어 버리면 곤란하니까."

구하지 못할 것은 아니라서 알겠다고 답하자 꼭 아까 보았던 주사기였으면 좋겠다고 강조했다.

"기현 씨—"

"지분은 어떻게 됐어요?"

기현이 틈을 주지 않고 말을 끊었다.

"지분?"

"이사님께서 물산 지분을 확보해야 한다고 그러지 않았습니까. 나한테 말만 했겠어요, 진작 본인도 직접 나섰을 것 같은데."

"음."

목에 뭔가가 걸리는 것처럼 답답했지만…… 그렇다고 달리 기현에게 할 말이 있었던 건 아니라서 태성은 선선히 맞노라 대답했다. 그게 끝이었다. 어느 정도인지, 주주들을 만나 봤는지. 그런 것도 묻지 않고 기현은 그저 알겠다고 할 뿐이었다.

"참. 저걸 이용한 잠금장치가 달린 가방 같은 게—"

"아니, 그런 거 말고."

이번엔 태성이 툭 끼어들었다.

"그런 거 말고 윤기현 씨가 나한테 묻고 싶은 게 있을 것 같은데."

아무리 공감 능력이 떨어진다지만 이수경의 말이 기현에게 깊은 상처가 되었다는 것 정도는 안다. 그래서 조심스러웠다. 이상하게 이대로 기현이 모든 걸 다 놓고 사라져 버릴 것 같아서.

"있었지만…… 이미 물어볼 사람도 없고. 그게 다 무슨 소용입니까."

아무 곳이나 응시하는 기현의 시선이 기억을 더듬는 것처럼 먹먹했다.

"이 이상 딱히 뭘 알아야 할 것 같지도 않고……."

성큼 다가서 기현의 턱을 쥔 대성의 표정이 묘했다.

"아직도 알아야 할 게 남았다면…… 그게 무엇이든 영영 모르고 싶습니다."

기현의 새카만 시선이 태성에게 닿았다. 언제나 여유가 넘치던 화려한 얼굴이 조금 일그러져 있었다. 설마 동정하는 걸까. 다른 사람도 아니고 진태성에게 동정받을 정도라면 자신의 처지가 말이 아니긴 한가 보다.

턱을 쥐고 있던 태성의 손이 조금 아래로 떨어졌다. 불순한 의도라곤 하나도 없이, 아기들 잠이라도 재우듯 가슴을 약하게 두드리기만 했다. 그러다 허리를 끌어안으며 몸을 맞대 왔다. 그새 익숙해진 질량감이었다.

"좀 자요. 자고 생각합시다."

태성이 하얀 목덜미에 대고서 작게 중얼거리자 기현의 무거운 눈꺼풀이 크게 깜빡이다 이내 닫혔다. 눈을 감았지만 잠들지 못할 게 뻔했다. 태성은 링거의 수액이 제대로 떨어지고 있는지 확인하면서 품에 안은 기현의 눈꺼풀이 쉼 없이 경련하는 걸 바라보았다. 아무도 잠들지 못하는 긴 밤이 지나고 있었다.

[“AR그룹의 후계 경영이 본격화되는 가운데, 윤인범 사장과 윤기현 본부장의 이원 체제가 예상되며, 윤진서 사장의 경영 성과 또한 무시할 수 없는바…….”]

채널 어디를 돌려도 같은 내용의 뉴스만 반복될 뿐이었다. 윤의택 회장이 건강상의 이유를 표명하며 칩거를 선언했다. 크게 시장이 출렁였으나 기현의 등장이 본격화되면서 테마주가 다시 활기를 띠기 시작했다.

윤인범은 출국했다고 하니 지금 뉴스 화면에 담을 수 있는 사람은 기현뿐인데, 그 또한 행적이 시원치 않자 언론이 들끓는 상태였다. 그룹 홍보실에는 이런 식으로 나오면 좋지 않다는 협박성 전화까지 있었다고 했다. 물론 해당 언론사 국장에게 광고에 대해 언급하자 바로 깨갱거렸다지만.

그나마 맡은 바 임무를 제대로 해 주고 있는 건 진태성뿐이었다. 생각지도 못했던 주주들이 태성의 손에 놀아났다. 물론 그 수가 과반이 넘는 건 아니었어도 아예 무시할 정도는 아니었다. 아직 30대인 그의 나이를 생각하면 놀라운 일이었다. 좀 더 연륜이 쌓이면 얼마나 많은 사람을 좌지우지할 수 있을까.

—지금 들어갑니까?

"아아…… 네."

—오늘이 아마 마지막일 텐데, 맞습니까?

며칠을 꼬박 근희원에서 머물렀다. 윤 회장은 기현을 보자마자 노발대발하며 또 쓰러졌고, 그러다 기현을 하염없이 들여다보기도 하고, 그러다 또 왜 그런 짓을 했느냐며 거품을 물고……. 그렇게 집사님의, 이수경의 죽음을 받아들이지 못한 채 기현을 손에서 놓지 않았다.

잘된 일이었다. 덕분에 의심받지 않고 곁에 있으면서 윤의택에게 약물을 투여할 수 있었으니까. 그나마 그것도 오늘이 마지막이었다. 이 이상 투여하면 위험하다고 했으니.

"네."

많은 감정을 담은 대답이었다.

—……그래요. 나중에 연락합시다.

신기하게도 태성은 일과 관련된 부분에서는 기현을 절대 배신할 수 없었다. 공들여 확보한 지분, 주주들. 그 모든 것이 빛을 발하려면 기현이 근희원의 주인이, 이 너절한 세계의 왕이 되어야 했다. 뭘 말해도 믿을 수 없을 것 같은 사람을 돈과 얽힌 일에선 누구보다 믿어야 한다니.

기현은 전화를 끊으며 근희원 안으로 들어섰다. 공항 검색대처럼 살벌하게 늘어선 보안 검사 도구들은 이제 더 이상 기현에게 통용되지 않았다.

단 며칠 사이 많은 것이 바뀌었다. 관리인들 사이에 어떤 소문이 도는지는 모르지만, 무시해도 좋은 존재였던 막내 도련님의 위치가 아주 많이 바뀐 것이다. 특히 얼마 전 별채에서 기현을 가로막은 전적이 있던 보안 직원들은 멀리서도 안절부절못하는 게 느껴질 정도였다.

"도련님. 그래도 가방은 보여 주셔야 합니다."

오랫동안 근희원에서 윤 회장의 수발을 들었던 관리인이 우물쭈물 기현을 붙잡았다. 핸드폰을 뺏는다든지, 그런 일은 차마 하지 못했어도 안에 뭐가 들었을지 모르는 가방을 들일 순 없다는 태도였다.

"이건 회장님밖에 못 열어요. 회장님 지시로 가지고 가는 거고요."

손가락 하나가 겨우 들어갈 것 같은 잠금장치를 보여 주었지만, 관리인의 표정은 여전히 안 좋았다. 믿지 못하는 것 같아 관리인의 손을 가져다 댔다. 덜컥, 하고 인식 장치가 돌아가더니 불쾌한 경고음을 냈다.

"하지만—"

이번엔 기현이 자신의 손가락을 얹었다. 역시 경고음이 울리고 인식기 위에 빨간 창이 깜빡거렸다.

"이제 한 번 남았어요. 나머지 한 번도 틀리면 다시는 못 열어요."

나이 지긋한 관리인은 어쩔 줄을 몰라 했지만 결국 기현을 막지는 못했다.

"참, 사람들 좀 다 물려 주세요."

"그건 절대 안 됩니다, 도련님."

"근희원의 다음 주인에 대한 이야기가 오갈 거예요."

무도한 기현의 말에 관리인이 헉하고 전전긍긍했다.

"아예 다 물리라는 게 아니라 잠시 밖에서 대기하시라는 겁니다."

어차피 사방이 CCTV 아니냐며, 기현이 제법 상냥한 목소리로 달랬다. 우물쭈물하던 관리인은 더 어쩌질 못하고 물러섰다. 사실 윤회장이 제대로 운신하기만 했어도 이렇게까지 사람들의 기세가 눌리진 않았을 텐데.

손수 문을 열어 사람들을 내보낸 뒤, 기현은 길고도 짧은 걸음을 옮겼다. 창가엔 큼지막한 침대뿐이었다. 안락한 의자나 다기 같은 건 일찌감치 치워졌다. 산소 호흡기의 쌕쌕거리는 소리가 기현을 맞았다. 윤 회장도 제 몸이 뭔가 잘못되어 가고 있다는 걸 깨달은 듯, 기현을 노려보는 눈이 살벌했다.

"하나 처리할 게 있어서요."

바닥에 가방을 내려놓은 기현이 책상을 한 바퀴 돌았다. 며칠 드나들면서 어디에 개인 인감이 있을까 계속 뒤져 봤었다. 그리고 책장 사이, 서랍 아래에서 작은 개인 금고로 보이는 걸 찾아냈다. 기현은 주머니 안에서 계속 굴려 보았던 녹슨 금니들을 꺼냈다.

윤의택이 눈을 부릅떴다. 말을 할 수 있다면 벼락같은 노성이 쏟아졌을 터였다. 그 노기에 움츠러들어 고개도 못 들던 때가 있었는데.

"이거요? 주셨어요. 집사님이."

아니면 이럴 수 없겠지만, 이걸로 모든 게 완성된다고 했던 집사님의 말을 믿어 보는 수밖에. 손톱 끝이 닿지 않도록 조심하며 차례로 녹슨 금니를 가져다 대자 철컥, 하며 잠금이 풀리는 소리가 났다. 어떤 게 들어맞는 건지는 모르겠지만 어차피 금니는 고작해야 두 개뿐이니 앞으로도 이렇게 번갈아 가며 가져다 대면 쉽게 열릴 것 같았다.

금고 안에는 서류 몇 개, 그리고 묵직해 보이는 도장이 있었다. 기현은 책상 위에 놓은 서류 몇 개를 헤집으며 진짜가 맞는지 확인했다. 도장의 가운데 왼쪽에 부자연스러운 공간이 있었다. 아까 금고를 해제했던 것 말고 다른 것을 잘 굴려 넣자 꼭 들어맞았다. 괴기한 모양새였다. 녹슨 금니를 끼워 넣어야 하는 인감도장이라니.

"회사를 쪼갤 거예요. 금융 계열사는 윤진서가, 나머진 제가 갖기로 했습니다."

손등과 목, 그리고 이마에 터질 듯 핏줄이 섰다. 윤 회장의, 아니, 윤의택의 얼굴이 위험할 정도로 시뻘겋게 달아올랐다. 노쇠했지만 여전히 거대한 몸이 분노로 들썩였다. 투여한 약물의 양이 결코 적은 게 아닐 텐데 저렇게까지 움직일 수 있다니, 대단한 기력이었다.

"아직 손은 움직이실 수 있잖아요. 찍어 주세요."

가방에서 벨벳 커버를 꺼내 윤의택 앞에 펼쳤다. 아래에 그의 이름만 쓰인 백지 여러 장이 들어 있었다.

"내용은 제가 알아서 쓸 거니까요."

기현은 부들부들 떨리는 윤의택의 손을 감싸 쥐었다.

"직접 찍으셔야 해요. 안 그러면 집사님이 마지막에 뭐라고 하셨는지 알려 드리지 않을 거니까."

그러자 거짓말처럼 떨림이 멈추었다. 기현은 윤 회장의 손에 도장을 들려 준 채 옆에 서서 인주를 들고 대기할 뿐이었다.

몇 번이고 생각해 보아도 모든 게 다 이해할 수 없는 것투성이다. 그중 윤의택이 특히나 그랬다. 그게 과연 사랑이었을까. 아니면 당신도 그랬을까. 김 관장을 주저앉히려는 장기 말로 집사님을 이용한 걸까. 기실 불가능한 것도 아니다. 당장 진태성도 그러지 않았던가. 같이 있으면 간지럽고 재미있다고 했지만, 그와는 별개로 기현을 이용하려고 했다.

집무실 안쪽과 기현의 얼굴을 번갈아 바라보며 한참을 생각에 잠겨 있던 윤의택이 무거운 손을 들었다. 종이가 힘겹게 넘어갔다.

겨우 그 말을 듣고 싶어서. 수십 년을 집착했던 여자의 마지막 말이 궁금하다는 그 이유로. 심지어 그게 진실일지, 거짓일지도 모르면서. 기현은 그 순정이 소름 끼치고 역겨웠다.

'그렇게 소중했다면 진작 아껴 줬어야지.'

육중한 손이 할 일을 마쳤다는 듯 파일을 툭 떨구었다. 기현은 솔에 인감을 쓱쓱 문질러 묻은 인주 찌꺼기를 털어 내고, 백지수표나 다름없어진 종이들을 갈무리했다.

"이런저런 이야길 하셨어요. 김 관장을, 김연수를 똑같이 괴롭힐 수 있게 해 준다고 약속하셨다면서요?"

주렁주렁 뭔가 잔뜩 매달린 손가락이 반응하듯 움찔 튀었다. 심박수가 경쾌한 소리를 내며 올라가기 시작했다. 이렇게 보니 윤의택도 독립문의 관상가 노인과 하등 다를 바 없었다. 그저 늙고 추한 노인네.

기현은 재킷 안쪽에서 주사기를 꺼냈다. 태성의 말대로, 이 주사가 마지막이었다. 저 물건이 자신을 이렇게 만들었다는 걸 아는 윤의택의 눈이 단박에 형형해졌다. 푸들거리는 숨이 거칠었다.

조절기에 또각, 하고 짧은 바늘을 꽂아 넣었다. 멀리서 보기엔 그냥 링거액을 체크하고 조절하는 걸로 보일 거다. CCTV를 확대한다면야 이야기가 달라지겠지만…… 이제 감히 그럴 수 있는 사람은 아무도 없다.

"순식간에 잠긴 차 문을 열고서, 웃으셨어요."

한 뼘도 안 되는 액이 줄을 타고 빠르게 떨어지기 시작했다. 그다음 말을 기대하듯 늘어진 주름이 씰룩거렸다. 미미한 희열이 느껴질 정도였다. 어쩌면 윤의택도…… 누구의 손에서든 이 비정상적인 관계가 끝장나길 바랐던 게 아닐까.

"나머지는 다음에 말씀드릴게요."

순식간에 윤의택의 심박수가 치솟았다. 호흡기를 통해 겨우 내뱉는 숨이 거칠었다.

아직은 그가 필요했다. 누구도 아닌 윤의택이다. 눈알만 굴릴 수 있는 처지가 되었더라도 무슨 짓을 꾸밀지 모를 일이다. 그러니 가진 걸 전부 내보일 순 없었다. 집사님과의 이야기가 그나마 남은 유일한 건데.

분노로 속이 뒤집히는 와중에도, 윤의택은 모든 걸 다 잃은 것 같은 초연한 기현의 모습에서 자식들 누구에게서도 찾아볼 수 없던 젊은 날의 자신을 보았다. 과연 저와 이수경의 아이였다. 분명 그 말을 쏘아붙여 주면 기현의 얼굴이 당장 일그러질 터였다. 그럼 속이 좀 시원할 것 같은데. 하지만 안타깝게도 윤 회장의 목소리가 다시 들릴 날은 더는 없을 것이다.

"그럼."

기현은 묵직한 브리프케이스를 정리하고 일어섰다. 인감을 다시 제자리에 돌려놓으려다 불현듯 치미는 호기심에 잠시 움직임을 멈추었다. 이 공간이, 근희원이 윤의택의 무엇을 숨겨 주고 있을지 궁금해졌다.

잠시 널찍한 책상 앞에서 고민하던 기현은 서랍으로 손을 뻗었다. 다시 인식기에 녹슨 금붙이, 아니, 금붙이라고 부를 수도 없는 것을 잘 굴리자 지잉, 하고 잠금이 열렸다. 어떤 대단한 걸 넣어 놨길래.

"……."

서랍에 자리한 것은…… 사진이었다. 닳고 닳아서 제대로 보이지도 않는 자그마한 사진. 그 밑으로도 온통 사진, 접힌 종이, 편지 같은 사소한 것들이 두서없이 쌓여 있었다. 누구의 사진일지 짐작이 갔지만 희미하게 떠오르려는 이름을 애써 지웠다. 더 들여다보면 안 될 것 같아서 그대로 서랍을 닫았다.

"쉬세요."

앞으로도 계속, 내내.

기현을 부르기라도 하는 듯 호흡기를 걸러 쏟아지는 바람 소리가 다급했다. 기현은 절박한 그 소릴 배경음악 삼아 손에 쥐었던 흉물스러운 이 조각들을 굴려 보았다. 울퉁불퉁한 것들이 손바닥에 난 상처를 따끔하게 스치고 갔다. 손에 오래된 동전 냄새 같은 게 밴 것 같았다.

"참, 사립대학 총장 협의회에서 연락이 왔습니다."

"총장 협의회? 그런 것도 있어요?"

"말로는 채용 설명회 관련한 논의라고 하는데, 결국은 기부금이 목적 아닐까 싶습니다. 그리고."

서태식이 화면을 정신없이 넘겼다. 그도 이런 일은 처음이리라. 갑작스럽게 그룹의 운명을 책임질 사람의 최측근이 되어 버린 것 말이다. 늘 진중한 서태식이 약간 패닉이 된 모습이 재미있었다. 그래, 처음이니까. 나중엔 기부금 내라는 연락 같은 거야 자신에게 보고되지도 않을 거다. 밑에서 알아서 해결하겠지. 모든 게 시간이 지나면 익숙해질 것이다.

"그러고 보니까 차장이었죠, 서태식 씨가."

"네."

"내일 인사팀에 말해 놓겠습니다. 내 왼팔이 차장이라니, 이래서야 면이 안 서지."

무슨 말인지 한 번에 이해를 못 하던 서태식이 이내 눈을 크게 키웠다. 말문이 막힌 것처럼 굳어 있던 그는 침을 꿀꺽 삼키고는 얼떨떨하게 감사하다고 더듬더듬 말했다. 스케줄러를 만지작거리는 얼굴에는 미미한 웃음이 번져 있었다.

……그래. 다 괜찮아질 거다. 그래야 한다.

기현은 지금이라도 전부 다 내려놓고 사라지고 싶은 것을 간신히 견뎠다. 윤의택과 바깥 상황에 공을 들이느라 김 관장은 들여다볼 여력도 없었다. 하지만 그녀까지 전부 끝내 버리고 나면……. 그러고 나면 뭘 하면 좋을지 감이 오질 않았다.

처음 그가 고대하고 꿈꾸던 순간들은 이미 허망하게 부서진 지 오래였다. 아니, 이젠 너무 지쳐서 처음에 무엇을 위해 투지를 불태웠는지도 기억이 나질 않았다.

"참, 오늘은 주차장에서 바로 올라가셔야겠습니다. 본관 앞에서 기자들이 죽치고 있답니다."

서태식의 말대로 차가 사옥 정문을 지나 후문의 주차장 쪽으로 몸체를 틀었다.

"그래요, 어려운 일도 아닌데."

“아닙니다. 이번에야 어쩔 수 없다지만 그래도 본관 앞에서 내리셔야죠.”

대수롭지 않게 생각했는데 서태식이 엄하게 고개를 가로저었다. 이제 기현은 그래선 안 된다고.

“아. 저녁에 대원 쪽과 만나기로 했습니다.”

“예, 어디…….”

서태식이 말을 하다 말고 뭔가를 응시하길래 그의 시선이 향하는 곳으로 고개를 뺐다. 창 너머로 희끄무레하게 인영이 보였다. 기현은 눈을 가늘게 떴다. 설마 진태성이 회사 안까지 들어온 걸까. 그런데도 제지하는 사람이 아무도 없었다고?

……뭐, 알아서 하겠지. 잠시 날이 섰던 기현은 다시 표정을 풀고 시트에 몸을 묻었다. 어차피 이런 일로 기현의 권위가 손상된다고 생각하는 사람이 한둘이 아닌데다 서태식은 그런 의견을 가진 핵심 인사 중 하나였으니까. 그가 알아서 처리해 줄 것이다. 그렇게 믿고 싶었다.

“저, 본부장님.”

그런데 의외로, 서태식은 얌전하게 눈만 끔뻑이며 기현을 불렀다. 어쩐 일로 그러는 거냐고 놀리려는데—

“윤인범…… 사장 같습니다.”

생각지도 못한 말을 듣게 되었다. 기현은 튕기듯 몸을 일으켜 세웠다.

“윤인범?”

윤인범은 지금 여기, 한국에 있을 수가 없는데. 미끄러지듯 유영하던 차체가 예상외 인물이 등장하는 바람에 마지못해 속도를 줄여 나갔다. 앞에 서 있던 사람이 기다렸다는 듯 걸어왔다. 빠른 걸음으로 성큼성큼. 흐릿하던 실루엣이 점점 선명해졌다.

기현만큼이나 수척해진 얼굴을 한 윤인범이 똑똑, 앉은 쪽의 창을 두드렸다. 기현은 움직이지 않은 채로 눈만 내리깔아 창문 밖 윤인범의 상태를 훑어보았다. 바싹 달라붙어 있어 전부 확인할 순 없었지만, 셔츠에는 잔뜩 주름이 가 있었다. 뭣보다 반대편 손에 쥔 뭉툭한 신문지가 수상쩍었다.

"본부장님. 이건……."

"괜찮습니다. 자리 비켜 줘요."

천천히 눈을 감았다. 그간 겪은 모든 일이 큰 파도가 되어 덮쳐 오는 기분이었다. 기현은 문득 그 새카만 물속에 영영 잠기고 싶다는 생각이 들었다. 지쳐서, 그만하고 싶었다.

혹시나 해 핸드폰을 끌어당겼지만 기다리는 연락은 없었다. 만나기로 한 시간은 벌써 코앞인데. 태성은 소파에 길게 누워 천장의 무늬를 헤아렸다. 길이 들지 않은 소파는 새 가구 특유의 냄새를 잔뜩 풍기고 있었다. 조금만 뒤척여도 뽀득거리는 불편한 소리가 났다.

기현이, 또 태성 자신이 원했던 대로 현재 그는 적당한 비율로 주주들을 구워삶고 있었다. 절반은 윤의택의 말을 더 기다려 보겠다고 했고, 또 절반은 그 윤의택을 믿는다며 주저 없이 기현 쪽으로 돌아섰다. 뭐가 되었든 결과적으론 모두가 윤의택에 대한 충성심이 대단하다는 거다. 이 정도면 종교였다.

그들의 맹목적인 믿음에 태성조차 놀랄 정도였는데, 의외로 기현은 덤덤했다. 아니, 요즘의 기현은 모든 것에 그랬다. 그는 점점 더

말수가 줄어들었다. 더 울지도, 태성에게 소리를 지르지도 않았다. 아련한 얼굴은 처연하다 못해 당장에라도 사라질 것 같았다.

소파 옆 테이블에는 컨트리클럽과 KNB펠로우 멤버십 추천장이 차곡차곡 놓여 있었다. 기현이 건네줬다. 부친이 거절당해 한이 맺혔던 것들. 지분 운용과 계열사 분할에 관한 계획을 끄적거렸던 아이디어 노트도 있었다. 그런데도 기분이 좋질 않았다. 부친과 계모와 이복형을 전부 다 망가뜨리고 몰려왔던 그런 희열이 없었다. 대체 어디서부터—

"이사님! 전화, 서태식에게 전화가……!"

노크도 생략한 채 벌컥 조 실장이 뛰어들어 왔다. 요사이 조 실장이 잰걸음으로 달리는 일이 참으로 많아졌다.

"방금 막 윤인범이 찾아왔다고 합니다."

그러나 이어지는 말에 태성도 얌전히 앉아 있을 수가 없었다.

"누가 누구를? 윤기현을?"

"네, 윤인범이 좀 수상하다고 했습니다. 여러모로 이상했다고……."

"그런데?"

"그런데도 기어이 윤인범과 함께 이동하겠다고 하셨답니다."

"뭐? 단둘이?"

태성이 신경질적으로 머리를 헝클었다.

"윤 변, 아니, 윤 본부장님이 강경하게 그러길 원했다고 합니다. 그런데 서태식 쪽도 영 불안한지……."

침을 삼키기 어려웠다. 목에 뭔가 콱 걸린 것처럼 아팠다. 무슨 짓을 할 줄 알고 둘이 보냈냐고, 서태식 그 새끼 미친 거 아니냐고 길길이 날뛰려던 말이 쑥 들어갔다. 이럴 때가 아니었다.

"핸드폰…… 윤기현 핸드폰, 우리 쪽 명의 아니었어? 그때 조 실장이 개설해 주지 않았나? 위치 추적기 달아 놨다 그러지 않았어?"

"아…… 아, 네, 맞습니다! 해 보겠습니다!"

"빨리!"

테이블 위를 더듬어 핸드폰과 차 키를 챙겼다. 어디로 가야 할지 아직은 모르겠다. 하지만 가만히 있을 수 없었다. 빨리 찾으라고, 이렇게 두면 안 된다고. 그렇게 태성이 믿어 의심치 않던 자신의 감이 불길하게 속삭였다.

윤인범은 누가 쫓아오기라도 할 것처럼 핸들에 바싹 몸을 숙이고서 불안하게 운전했다. 어디로 가는지도 알 수 없었다. 서울 외곽으로 빠질 듯하다 다시 중심부로 진입하다, 다시 방향을 확 바꾸다가……. 분명 출국했다고 보고받았는데. 그 와중에 또 무슨 일이 있었던 게 분명했다. 추레해져서는 핏발 선 눈으로 자꾸 여기저길 힐끔거리는 걸 보니.

"누가 따라붙었습니까?"

윤의택이라면 뭔가를 벌이고도 남았다. 이미 모든 건 끝났다지만, 그래도 무슨 짓이든 못 할까 싶다. 어차피 기현을 불러들인 것도 윤인범을 치우기 위해서였다던데.

"사람 붙이는 거야 늘 있는 일인데 뭐가 무서워서."

전방에서 눈을 떼지 않은 채로 윤인범이 코웃음 쳤다. 이렇게 차림새가 흐트러진 윤인범은 처음이었다. 구겨진 옷마다 먼지가 뽀얗게 쌓여 있었고, 퀴퀴한 땀 냄새가 났다. 어쩐지 익숙한 느낌이 들었는데…… 가만 생각해 보니 지금 인범은, 그때 필사적으로 도망치던 기현과 꼭 같은 모양새였다.

김연수는 내가 겪었던 것과 똑같은 일들을 겪게 될 거라며 귀까지 입술을 끌어 올리던 집사님의 그 기괴했던 풍경이 또 머리를 스쳤다. 절로 손에 땀이 고였다. 가능하다면 아예 몰랐던 일처럼 묻어 두고 싶은데 좀처럼 쉽지 않았다.

"넌, 씨발, 내가 불쌍하지? 드디어 날 밀어냈다고 생각하니까 아주 좋아서 죽겠지?!"

윤의택이 벌여 놨던 판이 어떤 목적이었는지, 어디까지인지 짐작도 안 갔지만 더 알고 싶지도 않았다. 윤인범 또한 마지막까지 휘둘릴 장기 말에 불과하단 생각이 들자 그가 안쓰러워질 정도였다. 하지만 입 밖으로 내어 동정하기엔 기현도 많이 지쳐 있었다. 뭐든 빨리 본론을 이야기했으면 좋겠는데.

"뭐야, 저건……."

갑자기 윤인범이 손톱을 깨물며 다리를 덜덜 떨었다. 왜 저러나 싶어 백미러를 보니 검은 자동차 두 대가 뒤를 바짝 쫓고 있었다. 흔들리는 차선마저 놓치지 않고, 바싹.

창문을 내리고 사이드미러를 가까이에서 들여다보려는 찰나, 재킷 안쪽에서 묵직한 진동이 울렸다. 윤인범이 흠칫 몸을 떨며 소리의 근원지를 찾아 두리번거렸다. 가슴께에 맞닿은 기기의 울림이 온몸 전체에 번졌다. 기현은 어쩐지 뒤따르는 저 차도, 이 전화도 진태성일 것 같다는 생각이 들었다. 설명할 순 없었지만 느낌이 그랬다. 서태식이 연락을 넣은 걸까.

"뭐야?"

"전화요."

"뭐냐고!"

"윤 회장은 아닙니다."

그럴 수가 없으니까. 그러나 윤인범은 믿지 않았다. 더듬더듬 한 손을 내리더니 제 허벅다리에 초라하게 놓았던 신문을 허겁지겁 풀었다. 낡아 빠져서 아무짝에도 쓸모없는 칼이었다. 예상했음에도 너무나 초라한 광경에 저도 모르게 피식 웃음이 샐 뻔한 것을 꾹 참았다.

"창문 열고 핸드폰 버려."

진동은 길게 이어졌다 끊기기를 반복했다. 목소릴 들으려고 전화를 건다고 하기엔 좀 비정상적인 움직임이었다. 위치를 잡으려고 그러나? 요즘, 겪을 수 있는 모든 끔찍한 일을 다 겪었더니 윤인범이 하는 협박은 어린애 장난 같았다.

하지만 기현은 일단 그가 시키는 대로 창문을 내렸다. 그러곤 손을 뻗어 뒤쪽에 바짝 붙은 차더러 보란 듯이 두어 번 흔들고 핸드폰을 던졌다.

"사람 하나 죽이는 게 뭐 대단한 일이라고. 그게 누구든 수습 못 할 일 아니야. 농담 아니니까 얌전히 굴어."

역시, 공중에 나동그라지는 액정의 번호는 익숙한 것이었다. 딱히 이름을 보지 않아도, 어렴풋이 본 숫자만으로도 누구인지 알 수 있을 정도로 이미 머리에 깊이 남은 탓이다.

호기롭게 밖으로 핸드폰을 내던진 것까지는 좋았는데, 핸드폰이 빠각 부서지는 소리와 자동차들이 스쳐 가는 소리에 어쩔 수 없이 몸이 굳고 말았다. 잊으려고 애쓰던 것을 자꾸 떠오르게 하는 소리였다. 기현은 입을 꾹 틀어막으며 놀라 펄떡대는 숨을 다스렸다.

"누구야."

"진태성."

"하, 그 새끼?"

제 상대가 안 된다는 듯 윤인범이 한껏 수그렸던 어깰 폈다. 제까짓 게 따라와 봤자 무슨 상대가 될까, 딱 이런 생각을 하는 것 같았다.

"그 새끼도 와 보라고 해. 가만두지 않을 테니까."

윤인범이 어울리지 않는 허세를 부렸다. 그간 무슨 꼴을 당했는지는 모르지만, 그 지경이 되어서도 사람 가리고 무시하는 걸 보니 기가 막혔다. 상대가 윤 회장도 아니고, 어둠이 내리고 도로 위의 차가 점점 적어지자 조금은 안심한 모양이었다.

그러고 보니 여긴 어딜까. 서울 근교인 것 같은데도 도로를 타고 구불구불 들어가자 금세 인적이 뚝 끊겼다. 막 개발 중인 것처럼 공사가 한창인 현장이었다. 한 번도 와 보지 못한 곳이었는데도 어쩐지 익숙하다는 생각이 들었다.

"아……."

눈이 멀 것처럼 환하게 불을 밝힌 공사장을 지나 둔덕을 하나 넘자 그제야 조금 알 것 같은 풍경이 시야에 들어왔다. 아주 예전에, 기현을 납치했던 패거리가 끌고 왔던 그 길이었다. 그땐 이렇게 큰 공사장은 없어서 몰랐는데…….

"잘도 알아냈네요."

윤인범도 여길 아는 걸 보니 역시 그때 김 관장과 함께 일을 벌인 게 분명했다.

"뭐야, 너도 알고 있었어?"

그런데 윤인범의 반응은 공모자의 것이라고 하기엔 조금 묘한 구석이 있었다.

"하여튼 이수경 그년과 얽혀선 제대로 되는 게 하나도 없었어, 옛날부터."

"뭐? 잠깐만, 여기가 어딘데요?"

“이건 또 무슨 수작질이야? 방금 네가 한 말도 까먹었어?”

“저번에 날 납치해서 죽이려고 했던 곳이 이 근처였잖아요. 아니에요?”

네놈 명줄 끊으려던 게 한두 번이었냐고 신경질적으로 말을 뱉던 윤인범은 이내 하긴, 하고 자기 혼자 수긍했다.

“확실히 여기가 네놈 죽을 자리긴 하다. 납치 이야긴 처음 듣는다만…… 최근이라면 어머니가 괜히 여길 고르신 게 아니지. 이수경이 너 밴 곳이 아마 여길걸? 이 근처에 조그만 산장인지 뭔지도 있다고 했는데.”

윤인범은 기현의 놀란, 혹은 일그러지는 얼굴을 기대했던 것 같았다. 하지만 당사자가 아무런 반응을 않자 초조해진 듯 되는대로 의미 없는 위협적인 말을 중얼거리기 시작했다.

“그래서, 날 죽이겠다고요?”

미안하게도 기현은 이제 무언가에 놀라고 절망할 생명력이 단 한 톨도 남아 있지 않았다. 도움 안 될 짓이나 저지를 게 뻔한 윤인범을 따라나선 이유도 단 하나였다. 좀…… 지쳐서. 이 모든 것에서 도망갈 핑계가 지금 같아서. 계속 치밀던 그 충동을 해소할 기회일 것 같아서.

“그래. 어쩔 거야. 아버진 그 잘난 핏줄에 목숨을 건 사람이야. 선택지가 나밖에 없으면…… 결국은 날 선택하겠지. 이수경? 사랑하긴 개뿔이. 결국은 어딘가에서 자기 약점이 될 것 같으니까 그렇게 손에 움켜쥐고 살았던 거라고. 그 덕에 적당히 어머니 속도 긁을 수 있고 말이지.”

그래도 윤인범이 멀끔한 차림새에 좋은 옷을 입고 여러 사람에게 둘러싸여 있을 땐 그릇이 좀 부족하구나, 정도로만 느꼈지 이렇게까지 초라해 보이진 않았는데.

"평생을 그렇게 아버지가 짜 놓은 판 위에서 사는 게, 그렇게 행복합니까? 사람 취급 못 받으면서 살아도?"

차창 너머로 흘러가는 풍경이 점점 선명해졌다. 뒤에서 추격하던 검은 차, 그러니까 태성의 차 또한 속도를 줄이는 것 같았다. 뒤에서 쏟아지는 헤드라이트가 위협적이었다. 빨리 거기서 나오라는 것처럼.

"네가 나의 행복을 판단할 자격은 없지. 나한텐 그 세계가 전부였어. 네가 뭘 안다고 지껄여."

여태 윤인범에게 들은 것 중 처음으로 공감이 가는 말이었다. 나에겐 전부였던 세계. 하지만 기현의 세계는 이미 다 부서져 먼지가 된 지 오래였다. 이것은 누구에게 보상받을 수 있는 거지? 누구에게 서러워하며 안겨 울 수 있을까.

깊이 들어갈수록 가로등의 숫자도 점점 줄어 갔다. 납치되었던 그때도 아주 어두웠던 것으로 기억한다. 인적도 드물었고.

집사님이 끌려갔었다던 산장인지 뭔지는 찾을 수 없었지만, 어쨌든 산의 초입이었다. 매미가 우는 소리가 커졌다 작아지길 반복했다. 수풀은 온통 싱그러운 초록이었건만. 계절을 수놓는 벌레들의 울음소리마저 스산하기만 한 밤이었다.

뒤에 선 진태성의 차는 상황을 지켜보고 움직이려는 듯 신중하게 헤드라이트를 밝히고 있었다. 그렇지만 당장 앞은 오로지 어둠뿐이었다. 기현은 컴컴하게 아가리를 쩍 벌리고 있는 길의 소실점을 응시했다.

'괜찮아지겠지, 괜찮아질 거야…….'

당장 무엇으로부터 괜찮아지고 싶은 건지는 일부러 생각하지 않으려 애쓰며, 그저 주문처럼 같은 말만 되뇌어 버티려고 노력했다. 그렇지 않으면 정말 끝일 것 같아서.

물끄러미 비현실적인 어둠을 응시하면서, 기현은 안쪽 깊은 곳에서 올라오는 충동에 귀를 기울였다. 너무 힘이 들면 힘들다는 말도 나오지 않는다는 걸 실감하는 요즘이다. 정말 시간이 지난다고 괜찮아질까. 이 모든 걸 다 잊을 수 있을까.

태성과 조 실장을 마주하고 주주들의 현황을 보고받다가도. 전략실과 홍보실이 떼로 달려들어 다음 컨펌을 달라고 아우성칠 때도. 아니…… 하다못해 그냥 끼니때가 되어 밥을 먹다가도. 출근해 엘리베이터에 올라타면서도. 그간 자신을 아프게 했던 일들이 날카롭게 찌르고 가서 자꾸만 무릎이 꺾이는데, 시간이 지난다고 이게 다 없던 일이 될까.

살짝 벌어진 마음의 틈이 둑처럼 터졌다. 주저앉고 싶었다. 이대로 달려가 온통 검은 곳에 녹아 버리고 싶었다.

'차라리…….'

기현의 손과 시선이 인범의 허벅지에 걸쳐진 신문지 꾸러미로 향했다. 얌전히 무릎 위에 올려져 있던 손끝이 움찔 떨렸다. 그래, 차라리…….

"그래서 내가—"

순식간이었다. 윤인범의 목소리가 기폭제라도 되는 듯 기현의 손이 반사적으로 튀어 나갔다. 기현은 칼을 낚아채 그대로 윤인범의 옆구리를 푹 찔렀다. 뭉툭해 보였지만 그래도 칼이라고, 손잡이에 힘을 주자 잘도 안을 전진했다. 옷과 살을 뚫고, 근육을 찢고, 살 내부를 파고드는 느낌이 생생했다.

기현의 표정이 너무나 아무렇지 않아서, 윤인범은 지금 이게 무슨 일인지 파악이 안 된다는 듯 자신의 배와 기현만 번갈아 가며 바라보았다. 기현은 느리게 칼을 뽑았다. 제 몸에서 피가 분수처럼 뿜어

나오자 윤인범이 눈을 홉떴다.

"어……?"

그러고도 실감이 안 나는지 멀거니 제 배만 쳐다봤다. 그러다 조금 늦게 고통이 밀려오는지 끄윽, 이상한 소리를 내며 손을 발발 떨었다. 약을 먹은 쥐처럼 몸부림을 쳤다. 윤인범의 발광에 깜빡이가 켜졌다, 클랙슨이 울렸다, 아주 난리도 아니었다.

"너, 이 죽일, 윽, 윤기현, 너, 이……!"

꺽꺽대며 거품을 문 윤인범이 아무렇게나 기현을 잡으려고 버둥거렸다. 팔뚝을 죄 터뜨릴 듯 움켜쥔 악력이 엄청났다. 기현은 눈을 떼지 않으며 필사적으로 살고 싶어 하는, 생명이 꺼져 가는 순간을 관조했다. 윤인범은 한 마리의 거대한 벌레 같았다. 심장박동과 이명이 귀를 어지럽게 교차했다. 시야가 뒤틀렸다.

"윤기현?"

차는 멈췄는데 이상하게 쿵쿵거리다 깜빡이가 켜지더니 클랙슨이 울렸다 그치길 반복하자 심상치 않다고 생각했는지 누군가 차 문을 잡고 흔들었다.

"윤기현!"

진태성이었다. 그림자가 생기는 걸 피하려고 몸을 옆으로 틀었다가, 칼과 옆에서 까라지고 있는 윤인범을 보았는지 창문을 두드리는 소리가 더욱 거세졌다.

"윤기현! 문 좀 열어, 윤기현!"

놀란 태성의 목소리가 희미하게 흩어졌다. 구름 위를 걷는 듯 둥실 기분이 떠올랐다. 현실이 아닌 것 같았다. 윤인범을 찌른 감촉이 아직도 생생하게 손바닥에 남아 있는데도, 이게 진짜인지 가짜인지 판단이 서질 않았다.

다급하게 차 문을 흔들던 소리가 멎었다. 대신 콱, 하고 돌덩어리가 창문에 박혔다. 창문을 깨서 잠긴 문을 열려고 하는 것 같았다.

"……안 돼."

진태성이 이 꼴을 두고 볼 리가 없다. 멋대로 결혼하려고 했다는 이유만으로 아픈 말을 쏟아 내며 자신을 범했던 남자다. 이번엔 미쳤다는 핑계를 대며 어딘가에 가둬 둘지도 모른다. 기현은 모든 것으로부터 해방되고 싶을 뿐이었다. 이제 그만 쉬고 싶었다. 제발.

조 실장까지 가세했는지 운전석과 조수석의 창문에 사이좋게 돌이 하나 더 박혔다. 유리 가루가 제법 흩날렸다. 한 번만 더 내려치면 깨질 것 같았다.

팔뚝을 움켜쥐고 있던 손이 스르르 떨구어졌다. 더운 피가 튀었다. 윤인범은 이제 발악할 힘도 없는지 운전석에서 축 늘어져 있었다. 그 순간 쨍, 하고 조수석 유리가 갈라졌다. 기현은 더 생각할 것도 없이 기어를 올렸다. 패드에 발을 올리고 있던 인범의 무게 덕에 차는 앞으로 엉금엉금 나아갔다.

기현은 팔을 뻗어 핸들을 수풀 쪽으로 힘껏 꺾었다.

'저 수풀 아래, 깎아지른 절벽이라도 있기를. 신이 있다면 나에게 그 정도의 자비라도 베풀어 주기를.'

또 쾅, 하고 차 문이 흔들렸다. 바로 옆의 차 문에서, 뒷좌석의 차문으로. 느리게나마 달리는 차의 속도를 따라잡을 수 없는지 차체에 가해지는 힘이 점점 약해졌지만, 그마저도 잠깐이었다. 와장창, 무시무시한 소리를 내며 조수석 쪽의 창문이 완전히 박살 났다.

"윤기현! 대체, 이게……!"

아, 액셀을 조금만 더 세게 밟으면 될 것 같은데.

"내려, 당장!"

태성은 깨진 유리의 이빨이 뾰족 솟아 아플 게 분명한데도, 아랑곳하지 않고 창틀에서 손을 떼지 않았다. 거의 매달려서, 아니, 질질 끌려왔다. 잠금장치를 풀려는지 다른 손이 차 안쪽을 더듬거리고 있었지만 차가 계속 움직이는 탓에 허무하게 헛돌며 미끄러질 뿐이었다.

"윤기현, 나 좀 봐 봐, 잠깐만! 제발……!"

그의 목소리는 기현을 더 아프게 할 뿐이었다. 그의 입에서 쏟아졌던 말들, 심지어 달콤했던 말들도, 떠올리는 모든 것이 가슴을 쿡쿡 찔러 댔다. 아니, 어쩌면 그냥 진태성의 핑계를 대고 싶은 것일지도 모르겠다. 기현은 안전벨트를 풀어 버리고 운전석으로 몸을 기울였다.

드디어 잠금장치를 풀었는지 딸칵, 하는 소리가 귀에 박혔다. 핸들을 꺾는 기현의 손에 힘이 들어갔다. 팔꿈치로 윤인범의 무릎께를 누르자 액셀에 하중이 더해져 속도가 빨라졌다. 손이 다 찢기며 악착같이 창틀에 매달려 있던 태성이 결국 나가떨어질 정도로.

기현은 마지막으로 남은 힘을 쥐어짜 핸들을 꺾었다. 몸이 붕, 떴다.

"윤기현!"

비로소 시야 가득 나무와 풀이, 시커먼 어둠이 가득 찼다. 주저 없이 달리는 도로에서 차 문을 열었던 집사님의 마음이 조금쯤 이해가 갔다. 아아, 드디어 끝이었다. 드디어…….

"윤기현—!"

11장
My Lord

My Lord

["윤인범 사장의 충격적인 사고사 소식이 있었던 이후 한 달 반이 지난 오늘, 윤진서 아려 백화점 사장이 AR금융 그룹 출범을 선언했습니다. 이로 인해 앞으로 AR그룹은 금융 그룹과 그 외의 계열사로 크게 나뉘며 위에 그룹 전체를 총괄하는 지주사를 두게 됩니다. 지주사 체계가 자리 잡히는 대로 계열사의 소속 또한 크게 변동이 있을 것으로 예상됩니다."

"지주사의 회장은 윤의택 회장이, 사장은 윤기현 모터스 상무로 예정되어 있으나 갑작스러운 사고로 장남을 잃은 윤의택 회장은 본가에 칩거하고 있는 것으로 알려져 있습니다. 그러나 전반적인 경영은 여전히 윤의택 회장의 지시로 이루어지고 있다고 합니다. 윤기현 상무가 윤인범 사장을 대신한 해외 출장 업무를 마치는 대로……."]

태성은 TV를 껐다. 요즘 뉴스 중 세 개는 AR그룹의 이야기였다.

그나마 적어진 거였다. 이전엔 열세 개 정도였는데.

그날의 윤기현은 뭐에 홀리기라도 한 것 같았다. 부풀던 풍선이 펑 하고 터진 것처럼. 차라리 울었으면. 자신에게 그랬던 것처럼 울고 때리고 소리라도 질렀으면……. 그러길 바랐는데 그 독한 남자는 터뜨리지 않고 조용히 다 끌어안고 있었던 모양이다.

깨어나면 기필코 내 손으로 죽일 거라고 이를 바득바득 갈았지만……. 태성은 느리게 한숨을 터뜨렸다. 이젠 정말 모르겠다. 입버릇처럼 윤기현 죽여 버릴 거라고 곱씹고는 있는데, 그럴 수 없다는 건 스스로가 제일 잘 알았다.

예전에도 윤기현이 그랬다. 자기는 우는 법을 모른다고. 과연 그는 눈앞에서 제 생모가 죽어 나가는 걸 봤는데도 울지 않았다. 어쩌면 생애 유일할지도 모르는 맑고 고운 기억을 산산조각 내면서. 그때 윤기현은 간신히 버티다 마침내 모든 것을 내려놓은 것 같았다.

그리고…… 윤기현을 그 지경으로 몰아붙인 건, 다름 아닌 자신이었다. 그의 불우함이 꼭 제 탓만은 아니라고 소심하게 반론하고 싶기는 했지만, 기폭제가 된 것은 신무원 사람들이 아닌 진태성, 자신이었다.

옆으로 확 꺾어진 차체는 어디에 걸리기라도 한 듯 기우뚱 흔들리더니 순식간에 추락했다. 가파른 산은 아니었지만, 나무도 돌도 많은 곳이었다. 이곳저곳 들이박으며 찌그러지던 차체는 끔찍한 소리와 함께 그대로 폭발해 버렸다. 그 불꽃 속에서 윤기현도 함께 타오르는 건 아닌지, 얼마나 애가 닳았던가.

다행스럽게도 윤기현은 차가 구르는 와중에 수풀로 몸이 튕겨 나온 상태였다. 태성이 창문을 부쉈던 게, 잠금장치를 풀었던 게, 막판에 안전벨트를 풀었던 게 어떻게 잘 맞아떨어진 모양이었다.

'그리고 어쩌면…….'

태성은 신이나 우연이나 뭐 그런 걸 믿지 않으면서도 어쩌면 이수경이 기현을 지킨 것이 아닐까, 그런 생각을 했다. 똑같은 방법으로 그녀는 죽고 기현은 살았다. 이수경의 독한 말을 떠올리면 기현을 그렇게 아껴 주었다는 게 퍽 상상은 가지 않았지만, 그냥, 그렇게 믿고 싶었다.

'그렇게 애써 살린 게 이수경 당신이 맞다면, 제발 당신 아들 눈 좀 뜨게 해 달라고.'

태성은 야윈 기현의 뺨을 문질러 보았다. 가벼운 찰과상이라는데. 아무 이상도 없다는데 왜 일어나질 못할까.

기현이 지금 이 지경이 되어 태성의 집에 있다는 건 극비에 부쳐지고 있었다. 기현이 사실 사생아라는 걸 알고 있던 사람들, 그러니까 직계 가족들만 이 비밀을 알고 있었다. 그들은 병원에 소문이 도는 게 무섭다며 최소한의 검사만 마친 후 기현을 신무원으로 빼내려고 했었다. 지독한 것들이었다. 그의 남은 형제들은 그저 왕국이 무너지는 것을 가장 두려워했다.

"이사님."

복잡한 얼굴로 태성이 일어섰다. 기현 대신 주주 총회에 가야 했다. 특별주를 가진 사람들만 모일 테니 결국은 관계자들, 그러니까 그 지겨운 윤씨 일가의 소굴로 기어들어 가야 한다.

우스웠다. 처음엔 AR을 아래에 두려고 시작했던 일인데, 그치들 얼굴만 봐도 올라오던 구토와 트라우마를 이기지 못하던 때가 있었는데. 마지막엔 기현을 쥐고 흔들기 위해 꾸몄던 일들인데……. 이제는 기현을 대신해, 그의 자리를 지키기 위해 최선을 다해 싸워 주고 있다.

"다녀올게."

정작 듣는 사람은 알아채지도 못할 인사를 건넸다.

나 왔어. 다녀올게. 태성이 요즘 집에서 하는 말이라곤 저 두 마디뿐이었다. 듣지도 못할 사람에게 무심히 인사를 건네고는, 한참을 들여다보거나, 뺨이나 머리카락을 쓸어 보거나……. 그게 전부였다. 사실 기현에게 하고 싶은 말은 많았다. 어떻게 그렇게 멋대로, 내가 보는 앞에서 그럴 수 있느냐는 분노와 원망, 그리고…… 모르겠다. 하지만 말해야 했다.

모든 걸 차단한 듯 바둑알처럼 초점을 잃은 기현의 검은 눈이, 차가 추락하던 순간이 머릿속을 스쳐 갔다.

그때 온몸의 피가 다 빠져나가는 기분이었다고. 세상이 무너지는 것 같았다고. 죽이고 싶을 정도로 미운데도, 모든 생기가 빠져나간 눈이라도 다시 마주하고 싶다고 말한다면…….

'날 자꾸 인간적으로 만든다고 생각했던 네가. 질척한 마음을 먹게 해서, 자꾸 혼란스럽고 짜증 나게 했던 네가……. 어쩌면 나에게 사람답게 사는 감각이라는 걸 주고 있었던 것 같아.'

'인간적'이라는 말로 포장할 수 있는 온갖 나약한 감정 따위가 아니다. 거추장스럽고 내버려야 하는 그런 감정이 아니다.

'어쩌면 살면서 다신 갖기 어려웠을 소중한 것을…… 내가 그걸 미처 몰랐어.'

그렇게 말할 기회가 단 한 번이라도 생긴다면. 태성은 기현의 손을 꼭 잡았다가 놓았다. 부디 온기가 전해지길 바라면서. 사실, 힘을 주었다가 놓으면 기현의 손이 꼭 움직이는 것처럼 보여서 며칠 전부터 의미 없이 그런 행동을 반복하는 중이었다. 그렇지만 애써 체온을 맞댄 보람도 없이 기현의 손은 다시 뻣뻣하게 굳어 버렸다. 모니터 속 심장박동에도 변화가 없었다.

혹시나 하는 미련이 남아 작은 화면을 지그시 지켜보던 태성이 이내 고개를 돌렸다. 요즘 들어 배우게 된 못난 체념이었다.

"……그래서, 오늘은 뭐라고?"

"지주사 배분에 관한 것들인데 윤소형 상무의 반발이 특히 심하다고 합니다."

"윤소형?"

느리게 문이 닫혔다. 발걸음 소리, 말소리…… 태성이 만들어 내는 모든 소리가 멀어지고 그를 대신할 간병인이 들어왔다. 원래대로라면 태성의 주치의인 하 선생이 곁을 지켜야 했지만, 좀 더 공신력이 있는 기관에 들러 기현의 상태 분석을 의뢰해 봐야겠다고 해서 부득이하게 부른 사람이었다.

고요함이 흘렀다. 공기청정기와 가습기의 상태를 살펴본 간병인이 이마의 습포를 갈아 주려 일어섰을 때였다. 긴 침묵을 떨쳐 내고 삑, 하는 경쾌한 소리가 울렸다. 규칙적인 패턴만을 그리던 기현의 심장박동이 크게 일렁였다. 토해 내는 가쁜 숨 때문에 산소 호흡기에 김이 서렸다. 간병인이 주섬주섬 꺼내던 짐 꾸러미를 와르르 떨어뜨렸다.

"어머, 정신이 드세요?"

긴긴 시간을 간신히 헤엄쳐 왔다는 듯 기현의 굳은 손가락이 힘겹게 짤각 움직였다.

"이건 너무 불공평하다는 생각, 안 드세요?"

"그럼 네가 성과를 증명해 보였어야지."

"저에게 그럴 기회가 있기는 했나요?"

"그걸 변명이라고 해? 그럼 어떻게든 기회를 만들어 보려고 노력했어야 하는 거 아닌가. 네가 얼마나 무능력했는지 자랑하는 걸 내가 계속 들어 줘야 해?"

"반말하지 마세요. 너라고 하지도 마시고요. 건물 몇 개 나누자고 모인 집안싸움 아니잖아? 저한테도 직위라는 게 있어요."

하! 화를 참을 수 없는지 윤희연이 천장을 노려보았다. 고작 한 달이었는데 천지가 개벽이라도 한 것 같았다. 아버지는 쓰러져 눈만 깜빡거리는 게 전부고, 어머니는 아버지가 어디에 치워 버렸는지 보이지를 않고, 큰오빠는 죽고, 막냇동생이라고 알려진 반푼이도 정신을 못 차리고…….

다른 곳은 다 망하더라도 AR은 굳건할 줄 알았다. 이 번영과 영광이 언제까지나 계속되리라고 믿었는데, 아니었다. 윤인범의 갑작스러운 사고사에 이때다 싶은 건지 악질적인 소문이 많이 퍼져 나갔다. 모든 것이 엉망진창인 가운데, 윤진서와 윤희연을 가장 황당하게 하는 것은 기회를 놓치지 않겠다는 듯 왈왈 짖기 시작한 윤소형이었다.

"걔 원래 저런 애였어. 몰랐니?"

"꿍꿍이야 있겠거니 했지만, 저렇게 못 배운 애처럼 굴 줄은 몰랐지."

"무능력한 주제에 욕심은 많고, 열등감은 하늘을 찔러. 티가 안 나는 건 아니었다고 생각하는데."

"내가 함부로 말하지 말라고 했죠?"

"처신 똑바로 안 해? 왜 내 몫은 없냐고 징징거리지 말고 모두가 납득할 수 있게 자료라도 준비해서 설득해. 네 말대로 그대로 다시 돌려줘? 평범한 집이었으면 대학도 못 갔을 머리에 돈 처발라서 유학 보내 놨으면, 그 돈의 효용을 증명해 보란 말이야!"

분한 듯 윤소형이 입술을 씹었다. 윤희연이 퍼부었던 말과 크게 다를 바 없는 논지였지만, 그래도 윤진서에겐 함부로 대할 수 없었다. 관록이라 불러도 좋고, 기세라 불러도 좋았다. 윤진서에겐 확실히 그런 것들이 있었다. 윤기현이 윤진서와 독대하고 협상 테이블로 끌어낼 수 있었던 건, 그야말로 윤기현이라서 그랬던 거다. 알량한 목숨 빼고 가진 게 하나도 없었던 윤기현. 자길 다 태울 수 있던 그 불꽃.

태성은 슬슬 이 자리가 지겨워졌다. 자신을 위시한 주주의 의견만 통보하고 돌아가고 싶었다. 윤기현이 모습을 드러낼 때까지 최대한 시간을 벌 것. 계열사 일부와 사람들을 잘라 내더라도 윤기현의 자리는 확고히 할 것. 그러니까, 이 모든 것이 윤기현의 몫을 지켜 주기 위함이 아니었더라면 진작 성격대로 굴었을 것이다.

"재 말은 무시하더라도, 언제까지 이렇게 덮어 둘 수 없는 건 맞긴 해요. 그리고 난 윤기현이 지주사 거머쥘 거라는 것도 솔직히 불쾌해."

"회장님 뜻이라고 하잖습니까."

윤희연이 불쑥 끼어든 태성을 흰 눈으로 보았다. 윤인범이 죽고, 윤기현은 눈을 못 뜨고, 윤 회장은 저 상태고. 혼란스러운 와중에 뭣도 아닌 진태성이 나타나 윤 회장님의 뜻이라며 파일을 내민 것이다.

당연히 믿지 않았지만, 태성의 충고대로 근희원 CCTV를 확인해 보니 정말 윤 회장이 본인의 의지로 인감을 찍고 있었다. 미심쩍은 부분은 물론 많았지만 스스로 서류를 넘기는 것까지 찍힌 상태에서 토를 달 수는 없었다.

그래서 그 서류의 진위를 물고 늘어졌다. 윤진서는 아려 미술관에서 함께 감정을 해 보자고 나섰고……. 온갖 검사 기구를 사용한 끝에, 결국 그 서류가 진짜라는 걸 자신들의 손으로 증명해 내고 말았다. 허탈해하다가 서류에 인쇄된 잉크와 인감이 찍힌 날짜의 정도가 미세하게 다른 것 같다는 의심이 뒤늦게 들었다.

그렇지만 그땐 이미 태성이 주주들을 동원한 상태였다. 반은 태성이 직접 돈으로 지분을 매수한, 그러니까 그가 명의만 빌린 사람들이었고, 반은 따로 포섭한 진짜 주주들이었다.

협박까지 갈 것도 없었다. 그들로선 손해 볼 것이 없었던 거다. 기현의 부재가 지속된다면 AR그룹을 멋대로 주무를 수 있을 것이고, 기현이 돌아온다면 그를 차기 후계자 자리에 앉혔단 이유로 역시 자유롭게 내부 일에 간섭할 수 있을 테니까.

"저도 생각이 있어요. 제가 뭘 쥐고 있는지 아세요?"

윤진서를 쳐다보는 윤소형의 눈매가 파르르 떨렸다.

"배우 누구누구랑 그렇게 자주 만나신다면서요. 언니가 그 사람과 호텔로 들어가는 영상도 있어요."

"그래서?"

윤진서가 코웃음을 쳤다. 꼭 관계를 목적으로 호텔을 드나들지 않는다. 게다가 그 배우와 만난 곳은 라운지였다.

통째로 비워 놓긴 했지만, 같이 간단히 밥을 먹고 커피를 한잔 마신 게 다다. 그에 대한 대가로 외제 차 계약서 하나를 손에 쥐여 주니 배우가 화들짝 놀랐었다. 윤진서는 그럴 때 가장 큰 즐거움을 느꼈다. 아무것도 아닌 일에 하찮은 돈 좀 썼을 뿐인데, 사람들이 자신을 우러러보는 그런 순간이.

"그 남자와 무슨 짓을 한 건진 제 알 바 아니지만, 사람들 생각은 다르겠죠. 중요한 건 사람들이 믿는가, 안 믿는가 아니었어요? 전 이거 뿌릴 거예요."

듣는 윤진서도 그랬지만 태성 또한 가소로워서 피식 웃음을 흘렸다. 과연, 윤인범이고 윤소형이고. 이 집안에서 태어나지 않았으면 대체 뭐가 됐을까 싶은 천치투성이다.

"왜 웃어요? 당신에게 배운 건데?"

"나?"

갑자기 화살이 태성에게 돌아왔다.

"당신 아버지가 노래를 불렀잖아, 나랑 결혼시키고 싶다고. 어떻게든 AR그룹과 연을 만들 거라고. 우리처럼 되겠다면서. 당신이 지금 이렇게 우리와 대등하게 앉아 있는 것도 이런 식으로 사람들 약점 쥐고 치부책을 만들어서라기에, 거기서 아이디어 좀 얻었을 뿐이야."

"하……."

안 그래도 윤기현 생각만으로 빼곡한 나날인데, 태성이 평생을 달고 살 꼬리표가 저 주제도 모르는 인간 입에서 나오자 오랜만에 울컥 짜증이 치밀었다. 순식간에 회장 안의 분위기가 바뀌었다. 그림 같은 얼굴이 싸늘한 냉기를 품자 배는 위협적이었다.

"너—"

지잉— 순간 눈치 없게도 길게 진동이 울렸다. 평소였다면 전화가 오든 메시지가 오든 다 무시하고서 하고 싶은 말부터 실컷 퍼부었겠지만, 액정 위에 뜬 조 실장의 이름을 무시할 수 없었다. 요사이 조 실장에게서 오는 연락 중 중요하지 않은 것이 없었으니까. 물론 가장 기다리는 소식은 당연히…….

[눈뜨셨습니다]

당연히…….

메시지를 멍하니 바라보던 태성은 저도 모르게 벌떡 자리에서 일어났다. 마침표도, 띄어쓰기도 없는 게 조 실장답지 않았지만 그게 중요한 게 아니었다. 태성은 급히 다른 서류들을 챙기며 자리를 정리했다.

"정신 차렸답니다."

"윤기현이?"

윤진서 또한 자리에서 일어났다.

"아직 내 말 안 끝—"

"한 번만 더."

눈치라곤 찾아볼 수 없는 윤소형의 제지에 자리를 뜨려던 태성이 머릴 쓸어 넘겼다. 목 아래에서부터 끓는 소리를 내면서.

"진영복 그 인간이 지껄였던 개소리, 나한테 지껄이면 아주 재미있어질 겁니다."

"허…… 지금 당신이 나한테 그런 말을 할 처지야? 내가 진짜 바보라서 여태 가만히 참은 줄 알아?"

가소로웠다. 자신이 참았다는 그 나날이 윤기현이 견뎌야 했던 시간만 할까. 그가 윤소형의 이름과 목소리를 들어도 토하지 않기까지 얼마나 시간이 걸렸는지 알까? 부글부글 끓는 태성의 속도 모르고, 윤소형이 이어 말했다.

"당신은 뭐 없는 줄 알아? 내가 찾아본 것만 해도—"

"해 봐."

"뭐?"

"뭐든 실컷 해 보라고. 머리가 나쁘면 얌전히 떨어지는 콩고물이나 주워 먹을 것이지."

"……뭐, 뭐라고?"

"넌 지금 윤기현한테 감사해도 모자랄 판이라고."

윤기현이 눈을 떴다고 해서, 지금 기분이 매우 좋아서 그냥 넘어가는 거니까.

“나한테서 배웠다고? 그럼 똑바로 배웠어야지. 남의 약점을 따고 싶은 거면 내 건 철저히 숨기든지, 더한 걸 손에 쥘 때까지 앞에선 개처럼 기는 시늉이라도 하든지. 윤진서한테도, 아니, 윤희연에게도 함부로 기어오르지 못하는 게 어디서 나한테 덤벼.”

싸늘한 태성의 일갈에 윤소형의 얼굴이 와그작 구겨졌다.

“정 심심하면 싸움 걸어 보든가. 내가 가진 것과 네가 가진 것 중 어떤 게 더 독한지 어디 한번, 해 보자고.”

정말 기분이 좋은지 태성의 눈꼬리는 부드럽게 휘어진 채였다. 윤진서와 윤희연 또한 드물게 태성 덕에 너그러워졌다. 태성의 말이 사실인지는 모르겠지만 동요하는 윤소형의 모습을 보니 그녀 또한 약점 잡힐 게 많은 모양이었다.

“주주들의 말은 다음에 전하죠.”

다음에 전하죠, 는 문을 나서면서 대충 흘리는 소리에 가까웠다. 메시지 알림음이 계속 울렸다. 태성은 파일을 옆구리에 대충 끼고 떨리는 손으로 화면을 두드렸다. 그러나…….

대충 메시지를 확인하고 전화를 걸려던 태성의 손이 화면에 그대로 머물렀다. 빨랐던 걸음이 조금씩 느려졌다. 파일이 툭 떨어지며 서류가 여기저기 흩날렸다.

[전화 부탁드립니다]

[아직 말씀 중이십니까]

[사라졌습니다]

"이사님!"

문고리가 부딪쳐 벽이 팰 정도로 세게 문을 열어젖혔다. 정말 없었다. 링거 줄, 호흡기, 심박 체크기…… 심지어 옷까지 벗어 두고 갔다. 전부 여기에 있는데, 아침과 똑같은데 사람만 없어졌다. 누워서 살짝 팼던 침대의 자국만 남겨 놓고 윤기현이 사라졌다.

"방금 막 눈을 떴다며."

"그게……."

"……이게 어떻게 가능해. 말이 안 되잖아."

"간병인이 하 선생 부르고, 지시에 따라 체크할 것을 가지러 잠깐 자리를 비운 사이에……."

"한 달이 넘게 누워 있던 사람이 눈을 뜨자마자 두 발로 멀쩡히 걸어서 밖으로 나갔다고? 그걸 나더러 믿으라는 거야?"

조 실장이 입을 꾹 다물었다. 말도 안 되는 상황이긴 한데 그게 사실이었다. 태성이 초조하게 황당한 풍경을 훑었다. 기현이 예전에 잠깐 머물 때 쓰던 그 게스트룸이었다.

"……언제야."

"이사님이 막 회의 들어가신 직후로 추정됩니다."

태성이 무거운 한숨을 토해 냈다. 꼭 일부러, 자신이 자리를 비우니까 눈을 뜬 것 같았다.

'망가진 몸을 꾸역꾸역 일으켜 제 발로 걸어 나갔을 정도로…… 그렇게 여기 있는 게, 나와 있는 게 싫었나.'

"이거 벗어 두고 간 거면, 자기 옷 찾아 입고 나갔단 소리지?"

“아마도…… 아.”

“그대로 하나도 안 건드렸으니까, 안에 뭔가 있었을 거야. 카드든 뭐든.”

“네.”

“찾아.”

어렵진 않을 거다. 아직 정상으로 돌아가려면 한참 먼 몸을 이끌고 어디까지 갈 수 있을까. 어딜 가려 해도 돈도 없고. 있다고 치더라도 현금보단 카드를 쓰는 편이니 바로 추적이 가능할 거다.

‘어딜 갔는지 모르겠지만 적어도 서울 안에 있겠지.’

태성이 아득 이를 갈았다. 두 번째다. 눈앞에서 윤기현을 놓쳐 버린 게. 가만두지 않을 거다. 이번에야말로 진짜 제 손으로 죽여 버리든지 해야겠다.

“……그렇게 죽고 싶어 환장한 거면 내가 직접 죽여 버리는 게 낫겠어.”

“이사님.”

눈이 뒤집힌 태성이 기현을 죽이겠다 살리겠다, 되는대로 내뱉었다.

“어떻게든, 찾아.”

그렇게 싫었나……. 얼굴 마주 보고서 화를 내고 싶지 않을 만큼.

벌써 2주가 넘어가는데도 기현의 흔적이 묘연했다. 모든 예상이 다 빗나갔다. ATM기를 이용해 현금 서비스를 받았기에 바로 그쪽으로 가 보았지만 찾을 수 없었다. 하지만 느긋해졌다. 어쨌든 돈을 출금하기는 했으니까. 여유 있는 금액은 아니었으니 금세 돈이 필요해지는 순간이 올 것이다.

예상대로 며칠 후, 조금 떨어진 곳에서 인출 시도가 있었다. 기현의 성치 않은 몸 상태와 경로를 고려했을 때 예상했던 범위 내에 있었고, 운이 좋게도 태성은 그 부근에서 대기하던 중이었다. 태성은 쿵쿵대는 심장을 달래며 그 부근으로 향했다. 이참에 기현에게 자신의 존재감을 한 번 더 각인시킬 계획이었다. 이제 너는 절대 내 허락 없이 도망갈 수 없다고.

그런데 잡힌 사람은 엉뚱한 노숙자였다. 어떤 남자가 카드를 주웠다면서 자긴 급해서 그만 가 봐야 하니 경찰에게 주라고 줬을 뿐이라며 벌벌 떨었다. 누가 봐도 당연히 거짓말이었다. 보아하니 윤기현은 노숙자가 둘러댈 핑계까지 만들어 준 것 같았다. 카드를 빼앗아 살펴보니 서명란에 약간 번진 카드 비밀번호가 쓰여 있었다.

그렇게 또 기현을 놓치고 집으로 돌아오는데 불덩이를 삼킨 것처럼 가슴이 자꾸 뜨거워졌다. 숨을 쉬기 어려웠다. 이젠 간절해졌다. 기현을 만나면 꼭 하고 싶은 말이 있었다.

태성은 그가 사라진 흔적 그대로인 게스트룸 침대에 너절해진 몸을 뉘었다. 눈이 타들어 갈 것 같았다. 자신의 것에 더해 기현의 불면마저 태성의 몫으로 넘어온 것 같았다.

이제 슬슬 한계였다. 윤진서인지 윤희연인지, 그것도 아니면 윤소형인지…… 하여튼 신무원 사람들을 통해 윤기현이 곧 모습을 드러낼 것이란 말이 흘러 나갔는데도, 코빼기도 못 봐서인지 주주들 사이에서 말이 나오기 시작했다. 이 이상 태성 홀로 사람들을 막는 것도 한계가 있었다.

"……다 그만둘까, 나도."

요즘 불쑥 치미는 생각이었다. 태성은 팔을 들어 눈을 가렸다. 그때 솔직하게 기현에게 말했다면 뭔가 달라졌을까.

너랑 있는 건 재미있고 간지럽고 다 좋은데, 지금 위치를 포기할 수 없다고. 이미 오래전에 퇴색되어 의미는 없어졌지만, AR을 맘대로 휘두르는 게 하나 남은 목표라서, 이걸 잃으면 뭘 해야 할지 모르겠으니 계속하기는 할 건데…… 자신도 제 마음을 잘 모르겠다고. 혹시 윤기현 너는 아냐고. 그렇다면 알려 줄 수 없겠느냐고. 네가 다른 사람들을 시궁창에서 꺼내 준 것처럼, 나도 좀 도와줄 수는 없겠냐고……. 그렇게 말이라도 해 볼 것을.

좋았던 일도 분명 있었다. 즐거워서 허리까지 접어 가며 크게 웃었던 때도 있었고, 처음 섹스해 보는 사춘기 소년처럼 달아올라 어쩔 줄을 모르던 때도 있었다.

그런데…… 기현이 놓으라며 울었던 것, 축 늘어진 인형처럼 초점을 잃은 눈을 했던 것. 그런 것들만 자꾸 생각났다. 납치당했다 죽을 뻔했어도, 날 팔러 왔다며 굽힐 줄 모르던 당당한 눈을 했던 윤기현이었는데. 그런 그를 시들게 한 게 누구도 아닌 자신이었다.

태성은 눈가가 뜨거워지는 걸 간신히 참았다. 참 쉽다고 속으로 빈정거렸던 것처럼 윤기현은 작은 것 하나에 마음을 쏟았었는데. 사귀자는 말 하나에 즉시 그 몸뚱일 자신의 손에 쥐여 줄 정도로…….

"아……!"

벼락이라도 맞은 듯 태성이 몸을 벌떡 일으켰다. 그때. 윤기현에게 사귀자는 말을 했을 때……. 태성은 혹시나 하는 마음에 덜덜 떨리는 손으로 핸드폰을 움켜쥐었다.

"난데, 헬기 좀 대기시켜. 아니, 비행기든 뭐든 다 좋으니까."

다 끝났다고 생각했다. 기현의 부재를 더는 숨길 수 없었다.

그렇지만 안타깝게도, 태성에겐 패배가 있을 수 없었다. 정확히는, 그래선 안 됐다. 단 한 번이라도 지게 된다면 그간 거미줄처럼 정교하게 쳐 왔던 모든 관세가 박살이 날 수밖에 없을 것이다. 그리고 너덜거리며 끊어진 셀 수 없이 많은 줄이 태성의 목을 칭칭 감아올 터였다. 다시 일어서거나 다음을 노릴 기회 같은 것도 없겠지. 그대로 죽음이고, 추락이다.

하지만 이젠 뭐든 상관없다고 생각하며 윤기현의 흔적을 더듬다가 퍼뜩 스쳐 가는 것이 있었다.

선거 전략에 대해 목소리를 내던 윤기현. 처음 당 대표를 소개해 줄 때 계속 도는 술잔에 얼떨떨해하면서도 자신이 원하는 바는 기가 막히게 맞히던 윤기현. 저의 노골적인 추근거림과 키스에 인상을 쓰던 윤기현. 반말하지 말라던 윤기현. 본부장이 되었노라 상기되어 말하던 윤기현.

그리고 욕조에서…… 그래. 욕조에서 모래 소리를 내며 빠져나가는 편백 욕조를 퍽 신기하다고 했던 윤기현. 바다는 안 좋아하는데 도망치고 싶어질 땐 바다가 생각난다는 태성의 말에 뭔지 알 것 같다고 했던 윤기현…….

—이사님.

"……."

—이사님? 헬기 대기는 시켰는데 어디로 가시려는 건지 말씀을 안 해 주셔서요.

"군산."

—예?

"군산에, AR모터스 공장."

기현과 교외로 나갔던 것도, 바다를 같이 보았던 것도 그게 처음이자 마지막이었다. 늘 태성의 집, 아니면 호텔 방, 그것도 아니면 자동차 안에서 어울렸다. 생각해 보니 기현과 다른 풍경을 감상한 적이 별로 없었는데 그마저도 공장의 옥상에서 몸을 섞느라 바빴다.

이미 태성은 여러 번 기현을 놓쳤다. 게다가 이번의 군산행은…… 갑작스러운 걸음을 뒷받침할 수 있는 어떤 근거도 없었다. 그저 막연히 거기에 가 봐야겠다는 생각이 들었다. 체념에 가까운 희미한 기대였지만, 태성은 그 기대라도 붙들어야 했다. 절실하지 않은 순간이 없었다. 기현이 사라진 이후로.

군산항 부근에 차가 미끄러지듯 진입했다. 힘차게 지면을 박차던 타이어가 기운이라도 빠진 듯 천천히 속도를 줄여 나갔다. 놀라울 정도로 사람이 없었다. 간이로 지어진 컨테이너에서 관리인 몇이 흘끔거리며 낯선 자들을 보고 웅성거릴 뿐이었다. 아무것도 없었다. 모터스 공장 옥상에서 바라보는 바다는 이쪽이 맞을 터였다.

뭔가 정보를 구했나 싶어 조마조마한 마음으로 기대를 부풀렸던 조 실장은 상상 이상의 삭막한 풍경에 숨을 죽이고 태성을 걱정스럽게 바라보았다. 공장과 인접한 화물이 나가는 곳이라 관광객도 드물었다.

"이 이상의 진입은 어려울 것 같습니다. 회사 사유지고……."

태성은 참담함에 입술을 깨물었다. 사람 마음이라는 게 그랬다. 크게 의미를 두지 않았더라도, 아무 기대를 안 한다고 생각하면서도…… 이곳으로 향하는 동안 어쩔 수 없이 이런저런 상상을 하게 됐다. 불가능에 가깝다는 걸 알면서도 기적처럼 여기에서 윤기현과 재회하는 것을 꿈꿨다.

지시를 기다리는 조 실장과 기사 등을 등진 채로 태성은 부두를 따라 걸었다. 자동차는 곧 생산을 시작할 예정이었다. 윤 회장의 안배대로, 그가 없어도 계획에는 차질이 없을 것이라 들었다. 새로운 시작을 앞두고 있었지만, 위에서 들려오는 소식이 죄 우울하니 항구의 분위기도 약간 무겁게 가라앉아 있었다.

그사이 몇몇 인부가 태성의 곁을 지나갔다. 사람의 그림자만 봐도 혹시나 하는 마음에 가슴이 뛰었지만, 불쑥 나타난 태성을 신경도 안 쓸 정도로 자신들의 일에 지쳐 보이는 사람들뿐이었다. 불어오는 바람엔 소금 냄새보단 쇳내가 더 강하게 섞여 있었다.

'맞아. 그때도 그랬었지.'

태성은 걸음을 멈추었다. 알 것 같네요, 하던 기현의 목소리가 귀에 자꾸 감겼다. 옥상에서 바다를 보려 기울였던 몸을 붙들고, 허리를 끌어안았던 그때. 다신 오지 않을 그 시간이 옅게 태성의 손을 스치고 갔다. 전부 환상이었다. ……기현은 여기에도 없었다. 당연한 말이지만.

'이젠 정말 시간이 없는데……. 아니, 그렇게 죽으려고 용을 쓰던 사람이 아직 멀쩡하게 살아는 있을까. 그럼 지금이 아니라 언젠가라도 만날 수는 있을까. 날, 만나 주긴 할까.'

제 발끝만 쳐다보던 태성이 느릿하게 숙였던 고개를 들었다.

그래도, 설마 살면서 한 번은 만날 수 있겠지. 그럼 할 수 있는 한 계속 찾아보자. 기다려 보자. 그 이전에 제가 죽어 나가지나 않으면 다행이겠지만. 자신이야 원래부터 존나 나쁜 새끼고, 어떤 비열한 짓도 서슴지 않으며 그렇게 꾸역꾸역 살아남았으니까. 또 앞으로도 그럴 수 있을 테니까. 윤기현은, 그 불쌍하고 처연한 새끼는 제발 살아 있었으면.

"난 대체 뭘 바라고……."

자조 섞인 혼잣말이 튀어나왔다. 들어 줄 사람은 없었지만.

벌써 시간이 늦었다. 어둑하게 긴 여름 해가 지려 하고 있었다. 가자. 돌아가서 기현의 부재로 인해 벌어진 일들을 수습해야 했다. 전부 놓고 싶었지만, 놓을 수 없었다. 윤기현이 돌아올 자리를 만들고 지켜야 했다. 이제는 이 일만이 태성의 삶의 이유가 될 터였다.

마지막으로 적막한 풍경을 휘 둘러보던 태성은 저 끝에 걸리는 무언가에 눈을 가늘게 떴다. 부두 끝에 걸터앉아 있는 사람이 있었다. 인부는 아니었다. 확실히 아니다. 저 사람은 사슴처럼 긴 목을 처연하게 드러낸 채 불어오는 바람을 온몸으로 맞고 있었다. 이상하게…… 심장이 벌컥벌컥 뛰었다.

설마.

설마…….

눈을 깜빡이면 사라질 것 같아서 그 자리에 박제되어 남자를 바라만 보던 태성은 홀린 듯 발걸음을 옮겼다. 머뭇거리던 걸음이 큰 보폭으로, 끝내 뜀박질로 변했다. 노을이 져 울렁거리는 붉은 시야의 끝, 곧 바다에 잠길 것처럼 숙인 하얀 목덜미. 모를 리가, 못 알아볼 리가 없었다.

"아……."

태성은 불이라도 삼킨 듯 뜨거운 속을 억지로 누르며 마지막 한 걸음을 옮겼다. 그 기척에 숙인 얼굴이 그를 천천히 돌아보았다.

과연, 윤기현이었다. 눈을 뜨고, 살아 움직이는 걸 그토록 보고 싶어 했던 윤기현이었다. 모든 걸 다 포기하고 돌아서려던 태성의 앞에 기적처럼 윤기현이 나타났다.

역광에 눈이 부신지 찡그렸던 기현의 미간이 이내 놀란 듯 펴졌다. 태성도, 기현도 아무 말 없이 그저 서로를 바라만 보았다.

이상한 일이었다. 윤기현을 다시 보게 되면 할 말이, 묻고 싶은 말이 참 많았는데. 그렇게 죽는 게 소원이면 내가 죽여 버리고 말겠다고 이를 갈기도 했었는데. 그런데 아무 말도 안 나왔다. 이름이라도 부르면 이대로 사라져 버릴 것 같아서 무서웠다.

가만히 태성을 올려다보던 기현이 마침내 몸을 일으켰다. 한참을 앉아 있었는지, 마른 몸이 휘청거리기에 재빨리 붙들었다. 체온이 닿으니 그제야 실감이 났다. 진짜, 윤기현이었다. 태성은 어깨를 잡았던 손을 내려 마른 팔목을 슬쩍 쥐었다.

"얼굴이 형편없네."

벼르고 벼르다 기껏 나온 말이 이따위라니. 고작 두 달 좀 넘는 시간이었는데 이 얼굴을 볼 수 없어서 죽을 것같이 괴로웠다면 윤기현은 믿을까.

기현은 제 손목에서 태성의 손을 떼어 내려다 잠시 멈칫했다. 나직한 시선이 한참을 머물렀다. 그도 그럴 것이, 태성의 손은 난장판이었다. 그때, 깨진 유리 그대로 쥐고 차에 달라붙어 생긴 상처였다. 기현은 여전히 생각을 읽을 수 없는 표정을 하고 있었다.

한참을 그렇게 손바닥을 들여다보던 기현이 슬쩍 몸을 물리려 했지만, 태성이 큰 움직임으로 다시 붙드는 바람에 소용이 없었다.

"나는……."

기현을 바라보는 태성의 눈동자가 이리저리 흔들렸다. 태성은 마음을 다잡으려 흠, 헛기침을 하고 천천히 말을 골랐다. 윤기현을 보면 하고 싶었던 이야기가 얼마나 많았던가. 꼴사나운 초조함을 감추려 노력하며 황망하게 달싹이던 태성의 입술이 드디어 열렸다. 하지만.

"어떻게 나간 거야."

"……."

"한 달 반이었어, 네가 산송장으로 누워 있던 게. 그런데 어떻게 기어 나가서 숨어 버린 거냐고."

참지 못하고 벌컥 튀어나온 건 부질없는 책망이었다.

"윤인범은 죽고, 윤의택은 운신도 못 하고, 주가는 널뛰고, 별 같잖은 것들이 본색 드러낸답시고 까불고, 그래도 어쨌든 난 네 자리 안 뺏기려고 노력은 하고 있지만……."

잠시 입술을 깨물던 태성은 또 기현의 탓을 했다. 그러게 대체 왜 사라졌느냐고. 왜 그런 거냐고.

"아니. 정말로 이제 다 와 놓고, 모든 게 다 코앞에 있었는데 왜 멋대로 그렇게……."

두서없는 말이 자꾸 튀어나왔다. 달라진 게 없었다. 기현이 왜 우는지, 왜 아파하는지 이해하지 못한 채로 태연하게 몸을 섞고 그다음엔 지분을 야금야금 파먹을 계획을 늘어놓던 그때의 자신과. 이러려던 게 아닌데.

"제대로 걷기도 힘들었을 거 아냐. 아니, 하 선생은 외상보다 그 머릿속의 문제가 더 클 거라고 했는데, 그러다 콱 뒈지면 대체 어쩌려고……."

기현은 어쩐지 딱딱하게 굳은 입매로 자꾸만 태성의 시선을 비끼기만 했다. 욱한 태성이 마른 뺨을 붙들어 기어이 자신을 보게 했다.

"그렇게 죽고 싶었어?"

말 좀 해 봐. 나한테 무슨 저주를 해도 좋으니까 제발 단 한마디라도 해 줘.

아무렇지 않은 척 노력하려고 했지만. 늘 그랬듯 평온하고 야비한 모습 그대로이고 싶어서 노력했지만, 결국 태성의 목소리가 꺾이고 말았다. 그렇게 내 옆에 있기 싫었냐고 묻는 낮은 목소리의 끝은 떨림으로 꺼져 갔다.

"말 좀 해 봐, 이 독한 새끼야. 내 집에 있는 게, 내 곁에 있는 게, 그렇게 끔찍해서 용을 쓸 정도로 싫었냐고! 그렇게 죽고 싶었냐고!"

기현은 놀란 듯 눈을 깜빡이다 생각이 많아졌는지 빛이 투과되지 않는 검은 바다를 말없이 응시했다. 사람들이 상상하는 보통의 바다와는 거리가 매우 먼 곳이었다. 매캐한 돈으로 얼룩이 진 곳이었다.

도망칠 수 있는 곳……. 떠오르는 건 일단 바다였는데, 불행하게도 기현이 당장 아는 바다는 이곳뿐이었다. 결국은 AR과 진태성이 얽혀 있는, 군산의 이 바다.

까무러칠 것 같은 몸을 추스르며 기다시피 태성의 집을 나와, 간신히 돈을 뽑고, 시선을 돌릴 준비를 하고, 행선지를 정해 표를 사고서 자리에 앉기까지. 중간중간 기억이 뭉텅 썰려 나간 것처럼 희미했다.

"……그러려고 했는데."

아, 다 갈라져서 형편없었지만, 태성이 그토록 간절하게 바라던 기현의 목소리였다. 신의 음성을 들은 것처럼 온몸에 전율이 일었다.

"나도 참 웃긴 게, 막상 다시 죽으려니까 그건 또 쉽지 않더라고요."

사람이 죽어 나가는 걸 눈앞에서 보고, 죽이기까지 했는데. 애타게 부르는 태성을 무시하고 모질게 핸들을 틀기까지 했는데……. 그런데 사람이 얼마나 간사하고 웃긴지, 또다시 그러려니까 용기가 없었다. 살기는 고단했지만 죽는 것도 고단했다. 더는 그 어떤 일을 저지를 힘도, 용기도 없는 채로 목숨만 붙어 있었다.

다시 생각에 잠긴 기현을 보고 태성이 뭐라고 중얼거렸다.

"저기, 그렇게 말하면 잘 안 들려요."

기계 돌아가는 소리, 바람 소리가 웅웅 울렸다. 기현의 엉뚱한 말에 비장한 표정을 하던 태성이 눈살을 찌푸렸다.

“이유는 모르겠지만…… 이제 이쪽이 잘 안 들려서.”

기현이 한쪽 귀를 톡톡 두드렸다. 아마도 차에서 떨어져 나가며 부딪힌 충격 때문이 아닐까 싶었다. 하지만 곰곰 생각해 보면 그 이전부터, 특히 힘들다고 생각할 때마다 이명이 잦았던 걸 미루어 결국 마음의 문제인가 싶기도 하고.

무슨 말인지 모르겠다는 듯 한참을 멀뚱히 쳐다만 보던 태성의 눈이 경악으로 크게 뜨였다. 뒤늦게 무슨 뜻인지 제대로 인지를 한 모양이었다.

“……어떻, 게…….”

“그러니까, 그렇게 말하면 안 들린다니까요.”

태성은 시큰해지는 눈을 다스리며 저 처량하고 불쌍한 인생을 동정하지 않기 위해 필사적으로 노력했다.

“……다시는.”

그러나 제 의지를 벗어난 묵은 말이 기어이 튀어나와 버렸다.

“다시는, 당신을 못 보는 게 아닐까 생각했어.”

엉망으로 떨리는 목소리를 다듬으려고 해도 소용이 없었다. 태성은 혹시라도 기현이 제 목소리를 놓칠까 봐 힘주어 크게 또박또박 말했다.

나도 너처럼, 내가 가장 불쌍하고 아픈 사람인 줄 알고 내내 살아서. 그래서 이렇게 속을 들끓게 하는 게 무슨 감정인 줄도 모르고 귀찮은 마음에 대충 정의하고 버려두려고 했는데. 이렇게 이기적인 나는 네가 눈앞에서 죽어 나가는 걸 보고서야 널 놓쳐선 안 된다는 걸 깨달았다고. 아직 이게 무슨 감정인지는 모르겠는데, 네가 옆에 있으면 알 수도 있을 것 같은데…….

"그냥, 살면서 꼭 한 번이라도 다시 볼 수 있었으면……."

한참을 망설인 끝에, 태성은 떨리는 목소리로 드디어 내내 가슴 한쪽을 무겁게 짓누르던 말을 끄집어 올렸다.

"기다릴 테니까……."

만나면 할 이야기가 많다고, 엉망진창으로 쌓여 있어서 뭐부터 말하면 좋을지 모르겠다고. 기현이 없는 동안 늘 무슨 말을 해야 할지 상상했는데, 막상 얼굴을 마주하니 아무 생각이 나질 않았다.

기다릴 테니까. 계속 기다리려고 했으니까. 네가 날 밀어내고 울었던, 배신감에 몸을 떨었던, 그렇게 절절하게 불러도 기어이 핸들로 손을 뻗었던 그 모진 옆모습이 정말 마지막이라면, 평생의 한이 될 것 같아서. 괜찮아질 때까지, 다시 내 얼굴 볼 수 있을 때까지 언제고 기다릴 테니까.

기현은 그저 조용히 태성의 말에 귀를 기울이곤 곱씹기라도 하듯 바다만 바라보다 잡힌 제 손목을 바라보다, 했다. 진태성은…… 감이 좋은 남자였다. 상식 밖의 행동을 서슴지 않았고, 본인이 원하는 건 조금도 포기할 줄 몰랐다. 그러니 이렇게 숨어 있어도 어떻게든 찾아낼지도 모른다고, 그런 생각을 했었다.

그렇게 하릴없이 공장 지대나 바다 근처에 조용히 숨어 넋을 놓고 풍경만 보다가 가끔 태성을 다시 만나게 되는 상상을 했다. 그럼 그대로 도망칠 생각이었다. 이렇게 아무렇게나 살다 죽게 날 내버려 두라고. 아니면 사람이 그렇게 사라져 버리니 기분이 어땠냐고. 너도 한번 네 뜻대로 안 될 때의 허망함을 느껴 보라고 실컷 퍼붓는다거나…….

그러나 태성이 그러했듯 기현 또한 아무런 말도 할 수 없었다. 이대로 영원히 모든 걸 다 놓고 싶다가도, 그럴 힘마저 없어진 지금.

막상 다시 만난 진태성은 평소와 똑같으면서도, 붙들린 손을 밀어내기만 해도 그 자리에서 고꾸라질 것처럼 형편없어 보여서.

손이 죄 찢긴 채로 제발 멈추라고 매달려 오는데도 보란 듯이 그의 앞에서 차를 틀어 버릴 정도로 미웠던 남자였다. 너무 미워서 힘이 드니, 빨리 한때의 순애가 하루빨리 사라져 버리길 바랐던 남자이기도 했다. 그런데…….

"……일단 한숨 자고 나서 이야기할까요."

태성이 고개를 번쩍 들었다. 방금 들은 기현의 목소리를, 그 말을 믿을 수가 없어서.

"난 지금도 이렇게 당신을 보고 있자니 속이 뒤집히지만……."

"……."

"습관 하나는 기가 막히게 들어서, 당신 없이는 통 잘 수가 없었으니까……."

교대 시간을 알리는 음악이 여기까지 들렸다. 뒤에 쪼르르 놓인 컨테이너가 열리고 여기저기에서 앓는 소리가 두런두런 터져 나왔다.

"아니면 그때 이미 죽어 버려서 더는 아무것도 느낄 수 없는 것도 같고……."

녹 냄새에 찌든 바닷바람이 태성과 기현의 머리를 헝클고 갔다. 그 바람을 신호로 꾹 참고 있던 숨이 크게 터져 나왔다. 벼락이라도 맞은 듯 태성이 떨리는 손으로 기현의 손목을, 팔을, 어깨를 쥐고 조심스럽게 끌어당겼다. 품 안에 들어오는 몸이 심히 말라 있어서. 부서질까 봐 세게 안지도 못하고 그저 손을 두른 채로, 태성이 그리웠던 몸에 얼굴을 묻었다.

기현의 어깨를 타고 흐르던 떨림은 이내 소리를 죽인 흐느낌으로 변했다. 기어코 뜨거운 눈물이 쏟아져 내렸다. 태성이 피부었던 날카로운 말처럼 기현 또한 벼르고 벼르던 말들이 있었지만, 차마 하지 못했던 말들은 그저 파도처럼 가슴에 부서질 뿐이었다.

기실 기현은 너무 지쳐 있었다. 낳아 준 이도 저주했던 이 힘겨운 삶이 그리워 계속, 계속 기다릴 거라는 달콤한 태성의 말에 잠깐 속아 주고 싶었다. 하지만 아직은 그를 마주 안아 줄 수 없었다. 들어올렸던 손은 머뭇머뭇하다 다시 힘없이 떨구어졌다. 이렇게 태성의 품에 안겨 있는 것이, 그가 낼 수 있는 최대치의 용기였다. 이 이상으로는 초라해질 수 없다는 마지막 발악이었다.

그런 기현의 몫까지 자기가 다 해내겠다는 듯, 다신 놓치지 않으리라 다짐이라도 하는 듯한 태성의 울음이 기현의 어깨와 가슴으로 방울방울 번져 나갔다. 절대자를 만난 어린 목자처럼, 곁에 있어도 좋다는 주인의 허락만을 기다렸던 충신처럼 맹목적인 모습이었다.

해가 완전히 바다 너머로 잠기고 있었다. 어둠이 스멀스멀 내려앉는 찰나, 기현의 고장 난 반쪽짜리 귀로 태성의 먹먹함이 온전히 내리꽂혔다.

기현은 이미 두 번이나 실패했다. 그리고 고작 그 정도로 도망칠 용기도, 기운도 잃어버렸다. 그렇다고 못 할 건 또 뭔가 싶었다. 신무원에서도 이 짧은 생을 꾸역꾸역 견뎌 왔다. 그간 죽을 기회는 얼마든지 있었음에도, 끝까지 살았다. 지겹도록 살아남았다. 그러니…… 앞으로도 사는 게 아니라 살아질 거다.

길고도 짧았던 방황의 끝이었다. 벗어날 수 없는 굴레의 원점이기도 했다. 지옥 같은 삶으로의 귀환을 환영이라도 하듯, 바닷바람이 한 번 더 기현의 몸을 훑고 갔다.

12장
대관식

대관식

["윤기현 상무가 인수인계와 짧은 휴식을 마친 가운데, AR그룹 지주사 설립이 박차를 가할 예정이라고 합니다. 기업 지배 구조가 바뀜에 따라 주식 시장의 큰 변동이 예상되며, 특히 금융지주의 설립은……."]

["윤기현 상무는 내달 지주사의 사장으로 임명될 예정이지만, 지주사가 설립되고 체계가 잡히기까지는 시간이 필요할 것으로 보입니다. 한편, 칩거를 선택한 윤의택 회장은 여전히 고(故) 윤인범 사장의 사고로 큰 충격에 빠져 있다고 합니다. 윤의택 회장 내외는 윤인범 사장의 장례식을 채 지키지 못하고……."]

뉴스 채널 어디를 돌려도 기현의 이야기였다. 본인 이야기인데도 감흥이 없는 듯 창백한 얼굴은 그저 무표정할 뿐이었다.

기현의 복귀로 AR그룹이 발칵 뒤집혔다. 윤진서와 가운데서 줄타기를 하던 윤희연, 윤소형은 물론이고 윤인범의 부인인 오선혜까지 지분 싸움에 덤벼든 찰나, 그간 종적이 묘연했던 기현이 기적처럼 나타난 것이다.

책임감이 없다는 둥 공식 문서가 아니니 인정할 수 없다는 둥 반발이 끊이지 않았지만, 윤 회장에게서 유일하게 후계자라는 직인을 받은 건 어쨌든 기현뿐이었다. 즉, 그들이 아무리 날뛰어도 대의명분으론 윤기현을 이길 수 없었다. 심지어 윤의택이 죽어서 그걸 증언 못 해 줄 상황도 아니니 더더욱.

뒷좌석에 달린 작은 TV는 끊임없이 이야기를 쏟아 냈지만 들을수록 입이 써질 뿐이라 그대로 꺼 버렸다. 유일한 소리가 사라지자 어색한 침묵만 흘렀다.

“참…… 그, 집사님은.”

여태 타이밍을 엿보고 있었는지 태성이 조심스럽게 운을 뗐다.

“믿을 수 없겠지만 그게 최선이었습니다. 신경을 쓴다고 했는데도, 다른 사람에게 들키지 않으면서도 내 아래 두고 관리할 수 있는 곳이 그 병원뿐이어서.”

“괜찮습니다. 아니, 고맙게 생각합니다.”

기현은 진심이었다. 태성은 이수경의 유골을 사고 직후 빼돌렸다고 했다. 다 쓰러져 가는 병원 근처의 을씨년스러운 납골당이었다.

그래도 한 번은 다녀오는 게 좋지 않겠느냐고 몇 번이나 태성이 권해 왔지만, 기현은 무슨 이유인지 망설이며 답을 하지 않았다. 그러다 오늘, 드디어 가 보겠노라며 길을 나선 거였다. 바빴던 것도 사실이지만 그보다는 마음의 준비가 필요했던 것 같다.

방문객도, 누군가 다녀간 흔적도 없는 싸늘한 납골당에서 기현은 한참 동안 조그만 칸을 들여다보며 서 있었다. 그 흔한 꽃도 준비하지 않고서, 울지도 않고, 차가운 유리를 한 번 쓸어 보지도 않고. 뻣뻣하게 경직되어서는 그저 앞을 바라보기만 했다. 그는 자신에게 어떠한 자격도 없다고 생각하는 것 같았다.

태성 또한 감히 아무 말도 할 수 없어서…… 그저 멀리 떨어져서 그런 기현을 기다렸을 뿐이었다.

"……뭔가를 계산하고 그랬던 건 아닙니다."

"그래요?"

"그냥, 그러고 싶었을 뿐입니다. 윤기현 씨가 바랐을 것 같아서."

정말이었다. 어떤 대가를 요구할 생각으로 수경의 마지막을 수습한 건 아니었다. 그냥 모든 걸 놓아 버린 기현의 얼굴이 자꾸 아른거려서, 이거라도 해 줘야겠다 싶었다.

"그런데 그 병원…… 정신병원 같던데."

"맞습니다. 상당히 유용하게 쓰였죠."

어떤 방식으로 유용하게 쓰였을지는 말하지 않아도 짐작이 갔다.

"참고로 그 병원은 아버지가 지었습니다. 그리고 제일 먼저 어머닐 거기 처넣었죠. 물론 지금은 반대가 되었지만."

"……."

"이복형은 미국 어딘가에서 약물 중독자로 만든 다음, 실컷 구르게 내버려 두다 데려와서 아버지 옆 병실에 넣어 버렸고. 서문희는 서서히 말려 죽이려고 대원 본가에 가둬 놨고. 이 모든 걸 이루려면 돈과 힘이 필요했습니다. 무슨 더러운 짓이든 해야 했죠."

고해성사라도 하듯 태성은 자신의 속이야기를 주섬주섬 풀어놓았다.

"AR그룹은…… 어릴 때부터 아버지가 윤소형과 결혼시킬 거라고 하도 압박을 줘서 그 이름만 들어도 토했던 적이 있습니다. 그러고 보니, 윤기현 씨와노 진구가 되어야 집안의 격이 높아질 거라면서

날 들들 볶았었죠."

말간 눈동자가 흔들렸다. 결국 윤기현은 윤기현이었다. 어쩔 수 없이 따뜻하고 선한 마음을 숨기지 못하고, 무슨 위로를 건네면 좋을지 고민하는 것 같았다. 사실 태성 나름대로 비슷한 이야길 했던 적이 있었다. 이렇게 상냥하고 자세하게 말해 준 것은 처음이지만.

아, 윤기현이 이런 표정을 지어 줄 걸 알았더라면 처음부터 솔직하게 말을 할걸.

"마찬가지로 윤기현 씨에게 뭘 바라는 게 아니라, 난 그렇게 컸다고요. 좀, 많이 별로인 환경에서 자라서 인간적인 감정을 배울 기회가 없었으니까."

흘깃 주었던 시선은 기현의 어깨쯤 머물렀다 빠르게 거두어졌다.

"아직도 나에 대해 아는 게 별로 없을 것 같아서."

덧붙이는 말에 기현이 피식 웃었다. 허망하고 예쁜 웃음이 걱정스러웠는지 태성이 흘끔거리며 기현의 기색을 살폈다.

"원망할 대상이…… 필요했던 건 사실입니다. 실제로도 많이 미웠어요."

주어는 당연히 태성일 터였다. 하지만 여전히 태성을 보지 않은 채로 기현은 그랬었다고, 어디까지나 과거형으로 툭 말을 던졌다.

"하지만 결국은 내 잘못입니다. 당신을 처음 만났을 때, 무릎이라도 꿇고 빌었어야 했어요. 집사님 좀 살려 달라고. 사람 취급 못 받고 살았으면서도 결국 그 집안사람들 사고방식과 다를 바가 없었던 거죠. 모든 일을 이렇게 만든 건 결국 납니다."

잠깐 주어진 반짝이는 것들이, 처음 맛보는 것들이 너무 달아서. 그저 취해서. 그마저도 결국 모래 위에 지어진 것인 줄 모르고.

한때는 확실히 태성이 미워서 견딜 수 없던 순간이 있었다. 어떻게 자신이 좋아하는 것을 알면서 거짓말이나 하고, 자기 유리한 쪽으로 연인을 휘두를 생각을 했단 말인가. 그게 너무 분해서 견딜 수가 없었는데, 그것도 결국 태성의 입장에선 필요한 일이었겠지. 다른 누굴 원망해서 무엇할까. 그래도 달라지는 건 없었다. 결국 전부 자신의 탓이었다.

“아뇨, 차라리 미워해요.”

“예? 미워하라고요?”

“그편이 낫겠습니다. 지금 당신은 꼭…….”

태성은 자꾸 저 아래서부터 뜨끈하게 올라오는 느낌을 견디며 말을 이었다. 가슴께가 아렸다. 지금의 윤기현은 감정 자체를 잃어버린 사람처럼 굴었다. 과거의 어딘가에 갇혀서, 자꾸 먼 데 시선을 주곤 한다.

“날 죽일 놈, 나쁜 놈이라고 실컷 미워했으면 좋겠다는 겁니다. 그래서 조금이라도 당신의 속이 나아진다면.”

기현이 마른 입꼬릴 당겼다.

“고작 나한테 미움이나 받으려고 그렇게 화려하게 등장했다니.”

퉁명스러운 말에도 태성은 더없이 진지했다. 기현의 버석 마른 입매가 조금 더 올라가는가 싶더니 이내 파르르 떨리며 주저앉는다.

“이제 적당히 해요. 진태성 씨는 날, 좋아하지도 않잖아요.”

줄 수 있는 건 많고, 썩 나쁘진 않으니 그저 즐겼던 거 아닌가. 그런 취급했던 건 진태성이었는데.

“……사실, 잘 모르겠습니다. 윤기현 씨가, 당신이, 점점 망가져가는 걸 보니까 안 되겠다 싶었고, 눈앞에서 그렇게 죽으려고 용쓰는 걸 보니까 미칠 것 같았고……. 그리고 그렇게 없어지니까.”

없어지니까…… 이번엔 태성이 다음 말을 흐렸다. 제발, 차라리 날 미워해 줬으면. 그렇게 텅 빈 눈을 하지 말고. 어느 순간부터 기현에게 그걸 바랐던 것 같다. 아마, 그 독립문에서의 끔찍했던 사고가 있었던 이후부터.

"모르겠습니다. 윤기현 씨를 놓쳐선, 아니, 놓아선 안 될 것 같았어요."

속살거리는 태성의 작은 목소리는 한숨에 묻혀 거의 들리지 않았다. 기현을 붙들고 굉장하게 울었던 것치곤 허무한 대답이었다.

"내가 윤기현 씨에게 대체 어떤 나쁜 짓을 저지른 건지, 왜 당신을 놓칠 수 없다고 생각했는지 알아 가고 싶었다…… 고 해 둘까요."

"……꼭 당신 같은 이유네요."

지극히 태성다운 이기적인 대답에 마침내 기현이 작게 웃었다. 그래. 차라리 저렇게 일관적으로 능글능글하게 구는 게 낫지, 싶었다. 믿을 수 없는 일을 너무 많이 겪고 나니 차라리 태성의 저열함은 이해라도 갔다. 뭐, 이제 웬만한 일에는 휘둘리지도, 절망하지도 않을 테지만.

"저번에 내가 한 말 기억납니까?"

기현의 그 텅 빈 웃음이 정말 좋아서 웃는 게 아니라는 걸 아는 태성이 필사적으로 말을 걸었다.

"윤기현 씨는 나에게 인간적인 게 뭔지 느끼게 한다고 했던 말. 그게, 신기하기도 했지만 거북하고 불쾌하기도 했어요. 자꾸 통제할 수 없는 이상한 감정들이 생기니까. 마음이 술렁거려서."

태성은 조금 괴로운 듯 미간을 잔뜩 찌푸렸다. '인간적'이라는 걸 태성은 그렇게 받아들였나 보다. 더는 가면을 쓸 수 없는. 자신의 의지대로 되지 않는 부드러운 감정들을. 한 발짝 물러서서 생각하면 태성 또한 참담한 삶이었겠다, 싶었다. 자신이 누군갈 그렇게 여길 처지는 아니지만.

"그런데 약간 다릅니다. 인간적인 거…… 라기보다는 윤기현 씨는 날 사람답게 만들어 줘요."

영문 모를 소리에 기현은 미간을 찌푸렸다.

"인간과 사람의 차이가 뭔데요?"

고등 영장류의 생물학적 정의가 아니라, 어떠한 꼴로 살아가는 형태를 말하는 걸까. 예를 들면 사람답게 살자, 이럴 때의 그 사람.

"사전에 딱히 두 단어의 구분이 있는 건 아니잖습니까."

"그랬던가요?"

태성은 볼 안으로 혀를 굴리며 잠시 차 어딘가를 바라보았다. 무언가를 반추하던 그가 허탈하게 웃었다.

"그렇네요. 왜 나에게는 그런 구분이 익숙할까, 했는데…… 아버지가 입에 달고 살던 말이었습니다."

"……."

"태어난 김에 어영부영 사는 거 말고, 한 번 사는 거 사람답게, 멋있게, 제대로 살고 싶다. 개랑 돼지랑 같이 엮일 수 있는 동물 중 하나인 인간 말고, 진짜 사람."

그러니 우리도 저 왕국으로 가자. 피라미드의 가장 꼭대기 위에 올라선 신무원의 사람들처럼 살자.

"짐승보다 못한 짓이나 하면서 돈만 갈퀴로 모은 주제에 그런 감상적인 구석이 있었다는 게…… 웃기죠."

새카만 어둠으로 돌진하기 전 보았던 마지막 진태성의 얼굴. 혼이 나간 것 같았던 그 절박함. 그랬던 때는 짐작할 수도 없을 정도로 덤덤하고 껄렁한 말투였다. 주어는 그의 아버지인 것처럼 보였지만, 사실은 진태성 자신을 자조하는 것 같았다.

기현은 아무 말도 하지 않았다. 아니, 못했다. 진태성은 확실히 좀 이상해졌다. 기껏 붙들어 놓고선 미안하다거나 이제 질해 줄 테니 용서해 달라거나, 그런 말은커녕 자길 실컷 원망해도 좋다는 이야기나 자신의 불행했던 과거를 늘어놓고 있다. 그런데 오히려 그런 태도에서 슬쩍 진태성의 틈이 보였다. 오로지 기현에게만 보이는 틈이고 진심이었다.

"뭐, 이런 관계도 있을 수 있는 거 아니겠습니까."

"……그럴 수도 있겠네요."

어쩐 일로 기현이 선선히 동의했다. 위로는 할 수 없어도, 이 정도는 베풀어 줄 수 있었다.

"윤기현 씨를 계속 기다리겠다는 말은 진심이었습니다. 어쩌면 평생을."

지나가듯 무심한 말투였다. 귀를 기울이지 않았더라면 거기 있는 물이나 좀 달라고 말했던 것 아닐까, 싶을 정도로 여상한 태도였다. 기현이 고개를 돌리자 태성은 아무 말도 하지 않은 것처럼 태연하게 다시 TV를 켜 뉴스 채널을 뒤적이고 있었다.

아마 태성은 지금 이 순간도 저를 기다리고 있을 거다. 오랜 시간이 걸리겠지만 기현이 이 관계를, 감정을 다시 정의 내리고 받아들이기까지. 물론 태성 또한 그의 말마따나 사람다운 마음이라는 것을 이해할 시간이 필요할 거고.

바닷가에서 들었던 태성의 고백이 구구절절 진심이었다는 걸 안다. 그가 기현에게 유일하게 모든 걸 까발리고 진짜를 내보인 순간이 그때였다. 그래서 일단은 함께 돌아오기로 한 거였다. 하지만 알고 있다고, 그래서 당신에게 온 거라는 말은 입 밖으로 내지 못했다.

대답을 바란 것은 아니었는지 태성은 더 길게 이야길 늘어놓지 않았다. 그저, 그뿐이었다.

미워서 몸부림을 치다가도 또 태연하게 몸을 섞고, 작당 모의를 하고, 밑바닥까지 무너지는 순간까지 곁에 있는 사람이라곤 서로가 유일했던 그런 관계. 닮은 듯 다른, 대체 뭐라고 말로 설명할 수 없는 사이. 그런 사이.

진태성과 윤기현을 그 이상 설명할 방법이 없었다. 아직은.

"일주일입니다. 정말 다른 준비는 안 하십니까?"

곧 이사회가 소집된다. 아니, 내부 상태가 난장판이니 이사회인지, 주주 총회인지. 뭐라고 불러야 할지도 모를 이상한 자리가 될 터였다. 윤인범이 죽었으니 배우자인 자신에게 그 권리가 넘어오는 거라면서 부인, 오선혜가 난리인 마당에 있는 듯 없는 듯 살던 윤소형까지 자기 권리를 행사하겠다고 나섰다.

윤소형이야 빈 수레가 요란한 격이었지만 오선혜가 문제였다. 그간 천덕꾸러기 첫째 며느리로 숨죽이며 살았던 게 적잖이 억울했는지, 이번엔 그 어떤 방법도 불사하겠다며 아주 이를 갈고 있었다. 오선혜의 친정인 나진 실업 또한 절호의 기회라 여겼는지 그녀에게 모든 힘을 보태 주려고 했다.

"일단 지금은 딱히 할 일이 없습니다."

"그런데…… 진태성 이사는 계속 곁에 두실 겁니까?"

"아마도요. 이제 와 제 갈 길 가기엔 너무 위험해졌죠."

서태식이 그닥지 않게 꿍얼꿍얼 볼을 부풀렸다. 좋게 생각하자며 어깰 짚어 주자 결국은 알겠다는 대답이 흘러나온다.

기현을 붙들고 태성이 한참 눈물을 쏟고, 그러다 얼결에 그와 함께 차를 타고서…… 간신히 잠든 것 같았는데, 눈을 뜨니 병원이었다. 그리고 침대 바로 맞은편을 보니 서태식이 있었다. 새카맣게 내려앉은 얼굴을 한 그는 불쌍하게 쪼그리고 앉아 머릴 감싸고 있었다.

아마 서태식은 기현에게 모든 걸 걸었을 것이다. 아니, 어쩌면 순수하게 호감을 느끼고 정성을 다해 모셔야겠다는 다짐을 했을지도 모른다. 그런 남자에게 네가 내 측근이니 어쩌고저쩌고하면서 승진까지 시켜 줘 놓고, 곧장 그 마음을 황당하게 배신해 버렸다.

미안하다고 머뭇거리는 기현에게, 서태식은 한참 동안 말이 없었다. 그러다 자신이 이렇게 서운한 것은 최후의 순간까지도 기현에게 어떤 존재도 되지 못했던 것을 확인받아서라고, 구부정하게 있던 몸을 펴고서 툭 말을 던졌다. 책임져야 할 한 식구가 아니라 그냥 부리는 존재일 뿐이라는 게 그렇게 서운했다고.

그제야 기현은 제가 짊어진 무게를 깨달았다. 이렇게 멋대로 죽어서도, 아파서도 안 되는 몸이었는데.

그러면서 서태식은 지갑에서 코팅된 네잎클로버를 꺼냈다. 뉴스를 보고 현아라는 여자가 찾아와서는 본부장님께 꼭 좀 전해 달라고. 몇 날 며칠을 서성이면서 간절하게 빌었다고. 찾아보니 실제로 선거 캠프에서 일했던 사람이 맞아서 받아 뒀다고 했다.

투명한 코팅지에 볼펜으로 꾹꾹 눌러썼는지, 글씨가 반쯤은 보이지 않았다. 들어 올려 불에 비추니 비로소 자국이 보였다.

[회장님이 되신다니 축하드려요. 늘 행운이 가득하시길, 그리고 또 행복하시길 진심으로 기도 드릴게요.]

소박한 축복에 눈이 시큰거리는 것을 간신히 달랬다. 기현이 정식으로 후계 경영을 시작한다고 하니 현아와 그녀의 어머니는 그럼 바로 회장님이 되는 건가 보다, 더 좋은 일이 생겼나 보다, 그렇게 순진하게 생각한 듯했다.

이젠 얼굴도 보여 주지 않는 그를 변했다고 생각하지도 않고, 그저 행복하길 기도해 주는 사람이 있다. 서태식, 모터스 직원들, 그 외 많은 사람의 삶이 제 어깨 위에 달려 있었다. 모순적이게도 그 부담과 기대가 기현을 다시 열심히 살고 싶게 만들었다. 군산항에서 태성을 만났을 때는 딱히 방법이 없으니 돌아가자, 이런 태도였지만 지금은 마음가짐이 좀 달라졌다.

"앞으론 깨끗하게 일을 할 순 없을 겁니다. 수단과 방법을 가리지 않을 거고, 필요하다면 주저 없이 진태성 이사의 정보도 빌릴 거고요."

'진태성 이사의 정보'라는 말에 비로소 서태식이 조금 밝아진 얼굴을 했다. 기현은 헛웃음을 삼켰다. 큰일이네. 진태성의 이야기를 꺼내는 것이 자신의 곁을 내준다는 징표가 되어 버리다니.

"괜찮으신 것…… 맞죠?"

"저 이래 봬도 변호사였어요. 어디 가서 말로 쉽게 밀리진 않을 테니 서태식 씨가 너무 걱정하지 않아도 됩니다. 어쨌든 지금 지주사를 쥐고 있는 것도 나고, 그룹 전략실과 홍보실을 유일하게 움직일 수 있는 사람도 납니다. 이기고 지고는 중요하지 않아요, 난 이미 이긴 사람이니까. 중요한 건 내 것으로 얼마나 더 빼앗아 올 수 있느냐, 이겁니다."

거침없는 기현의 말에 서태식은 온몸에 소름이 돋았다. 갑자기 사라졌다 나타나선 다 죽어 갈 것처럼 빌빌거리더니 순식간에 상황을 파악하고 척척 답을 내놓는다. 기현이 없는 동안 다른 형제들의 취급을 보아 뭔가 숨겨진 이야기가 있으리란 추측은 했다. 기현이 AR 그룹 내에서 그다지 환영받는 존재가 아니라는 것 또한. 그럼에도 불구하고 기현에게는 '타고났다'는 말밖에는 설명되지 않는 무언가가 있었다.

사실 기현이 생각해 내는 해결책이라는 건 그다지 구체적이거나 실용적이지 않았다. 무모한 것도 많았고, 뜬구름 잡는 이야기도 많았다. 그런데 반드시 모든 걸 가능하게 만들 수 있을 것 같은 힘이 있었다.

물산에서의 안정적인 지위도 버리고, 윤 회장의 지시라는 이야기만 들었을 때는…… 뭐 이론적으로야 손해를 볼 게 없는 자리긴 했지만, 막상 모터스로 옮기는 날엔 많은 생각을 했었는데. 과연, 윤기현을 선택한 보람이 진정 있었노라고 서태식은 한 번 더 스스로의 결정에 확신을 내렸다.

"그럼 내일 뵙겠습니다."

"그래요."

기현은 서태식을 배웅하러 몸을 일으켰다. 혼자서 무슨 결론을 내렸는지, 호남형인 태식의 얼굴이 금세 싱글벙글했다.

그가 물러가자 팔짱을 끼고서 문에 기대 있던 기현은 밀려오는 피로함에 눈을 감았다. 그러고 보니 별채에 또 혼자 남았다.

'견딜 수 있을까…….'

아니. 무리다. 그렇다고 본관으로 넘어가고 싶진 않았다.

'어떡하지. 진태성에게 전화라도 해 봐야 하나.'

고민에 잠긴 순간이었다.

"어……."

문을 열고 나간 서태식이 저 멀리서 곤란한 듯 탄식을 터뜨렸다.

뭔가, 하고 밖을 내다보았지만 웅웅 울릴 뿐 명확한 이야기가 들리지 않았다. 기현은 이럴 때마다 몸이 불편해졌다는 걸 실감하곤 했다.

"무슨 일—"

가까이 다가가자 서태식 너머, 경호원들 사이에서 작은 손과 발이 보였다.

기현의 모든 것을 제재했던 관리인 이하 사람들은 이제 그에게 함부로 접근할 수 없도록 모든 이를 가로막는 중이었다. 청소하러 오는 사람들도 눈치를 보는 와중인데 지금 기현과 사이가 살벌한 오선혜의, 그러니까 윤인범의 아들을 상냥하게 취급해 줄 리가. 여기 사람들은 상대가 어린아이라고 해서 너그럽게 굴지 않았다.

물론 그건 저 애들도 마찬가지였다. 권력을 쥐고 부리는 걸 당연하게 여겼다. 태어날 때부터 그게 옳은 일이라고 배워 왔으니까.

"들여보내요."

기현의 목소리에 검은 정장을 입은 무리가 반으로 뚝 갈라지며 순식간에 길을 열어 주었다. 까치발을 딛고 기웃거리던 윤인범의 어린 아들, 윤민우가 휘둥그레 눈을 떴다가 시무룩하게 고개를 숙였다. 이제야 권력의 판도가 뒤집혔다는 걸 실감한 거다. 그것도 한때 이 집안에서 짐승만도 못한 취급을 받았던 눈앞의 남자, 호적상의 제 숙부가 말이다.

윤민우는 쭈뼛거리며 별채로 들어섰다. 아마 이 근처엔 와 보지도 못했으리라.

"늦은 시간인데."

시계를 흘끗 보니 열한 시였다. 하지만 말을 뱉고 보니 부질없는 소리라는 걸 깨달았다. 여기 사람들은 늦게 자고 일찍 일어나므로. 윤민우도 늦게까지 배워야 할 것이 많아 한창 바쁠 터였다.

"잠이 안 와서……."

그렇지만 되바라신 어린애가 내놓은 대답은 의외였다. 게다가 제 물음에 고분고분하게 답까지 하다니. 기현은 잠시 수심 가득한 조그만 머리통을 내려다보다 앉으라며 손짓했다. 윤민우는 어색하게 소파에 걸터앉았다. 불안한 듯 발을 가만히 두지 못했다. 한참 그렇게 혼자 발꿈치를 바닥에 콕콕 찧거나 그네라도 탄 것처럼 종아리를 휘휘 흔들어 대거나 했다.

"민하는?"

"민하는…… 외가에."

"외가에?"

"증언에 대해 배워야 할 게 있다고 해서……."

아. 기현은 순식간에 뻣뻣하게 땅기는 뒷덜미를 주물렀다. 여기나 거기나, 인간 이하인 건 다 똑같았다.

"궁…… 금한 게 있어서…… 있어서요."

자기 잘난 맛에 살던 꼬맹이가 말까지 더듬거리며 존댓말을 쓰려고 노력하는 꼴이 이제 보니 귀엽기도 하고, 딱하기도 하고.

"저기, 아빠 말이에요."

꽤 오래 망설인 끝에 돌아온 윤민우의 말이 기현을 날카롭게 찔렀다.

"사고가 났을 때 어땠는지 궁금해서……."

하고 싶은 말은 그게 아닌데, 고작 그 정도 표현밖에 떠오르지 않는 자신이 한심한지 윤민우가 더듬더듬 계속 말을 이었다. 쿵, 하고 무거운 것이 기현의 가슴에 내려앉았다.

"사고가 아닐 거라고 하는 이야기는 들었지만. 그런 건 잘 모르겠고, 그냥 마지막이니까……."

"음, 너와 민하가…… 상주였겠구나."

"그렇긴 했지만…… 저도 장례식은 잘 모르니까."

"……어땠어?"

"그냥, 그랬어요. 사람은 엄청 많이 오고. 할아버지랑 할머닌 못 나오시고. 다른 어른들은 이야기하느라 바쁘시고."

향후 아이들의 거취와 재산 문제, 게다가 앞으로 기업 운영에 대한 일로 정신없었겠지. 윤민우와 윤민하, 어린애들 둘이서 그런 어른들을 보며 무슨 생각을 했을까.

기현 또한 그런 어른 중 하나에 불과한데, 너절해진 가슴을 움켜쥐고 아버지의 마지막 이야기가 듣고 싶어서. 같이 사고가 났다던, 그러나 누구보다 수상한 숙부를 만나겠다고 지금까지 우두커니 별채 앞에서 기다렸을 걸 생각하니……. 기현은 한 손으로 마른 얼굴을 쓸었다. 자신의 비극에 취해, 제가 저지른 짓을 잊고 있었다.

'어쩌면 이렇게 새카맣게 잊고 살 수가 있었지. 이 어린아이의 아버지를, 윤인범을 죽인 건 나였는데.'

그러나 윤민우에게 너무 미안하게도, 윤인범을 죽인 일은 후회되지 않았다. 이런 생각을 하는 스스로의 잔인함에 놀라울 지경이지만, 반대로 윤인범 또한 그때 기현을 죽였더라도 후회하지 않았을 거다.

'그렇지만 이 애에겐 그런 건 중요하지 않겠지.'

어쨌든 기현은 윤민우에게만큼은 몹쓸 짓을 한 거다. 어떤 핑계를 대도 그 사실은 변하지 않았다.

앞으로 얼마나 더 이런 끔찍한 일을 겪어야 할까. 이렇게 직접적이지 않더라도 결국 누군가의 피를 말리게 하고, 죽고 싶도록 몰아가고, 이 왕좌를 지키겠다는 명목하에 온갖 불법적인 일을 자행하겠지. 재킷 안쪽 주머니 머니 클립에 꽂힌, 열심히 살고 싶게 만드는 네잎클로버와 앞에 앉은 제 손으로 저지른 원죄의 희생양이 기현을 탄식하게 했다.

"아까 뭐라고 했지? 민하는 증언을 연습한다고?"

"네."

그럼 소송까지 불사하고 있다는 소리인데. 오선혜는 이렇게 어린 애들을 법정에 세울 계획까지 세우고 있단 말인가. 손가락으로 무릎을 톡톡 두드리며 잠시 생각에 잠겨 있는데, 그걸 가만히 보고만 있는 윤민우의 눈이 언젠가의 자신과 꼭 겹쳐 보였다.

그래서 기현은 다소 충동적인 생각을 떠올렸다.

"아빠가 좋아, 엄마가 좋아?"

언젠가 반드시 후회할 일이 생길 걸 알면서도 이미 말은 입술 밖으로 던져졌다. 뜬금없는 질문에 윤민우가 고개를 갸웃한다.

"AR이 좋아, 나진 실업이 좋아?"

기현은 윤민우가 쉽게 이해할 수 있도록 질문을 바꾸었고, 그제야 아이는 심각한 표정을 지었다.

"글쎄요. 어떤 게 좋은 건지 배운 적이 없는데. 우리 회사가 늘 가장 앞에 선다는 것만 배웠잖아요."

……그래, 의미 없는 질문이었다. 이 집에서 태어난 아이들이 어릴 때부터 뭘 보고 듣고, 어떻게 배우는지를 잠시 잊었다.

이것도 일종의 폭력 아닐까. 기현처럼 실제로 가둬 놓고 굶기지 않더라도, AR그룹에서 태어났다는 것이 이 나라에서 어떤 의미인지 끊임없이 세뇌당한다. 그리고 끝없이 윤의택에 대한 무서움을 새긴다. 모두 충분히 폭력이었다.

"나는 앞으로 결혼하지 않을 생각인데, 만약 네가 AR에 남아 있길 원한다면 널 양자로 삼을까 해."

"양자…… 요?"

"널 법적인 내 아들로 만들겠다는 뜻이야. 그러니까 내가 죽거나 혹은 적당한 때가 돼서 물러나게 된다면 내가 AR에서 누렸던 모든 지위와 혜택이 너에게 간다는 뜻이지."

"제가 숙부의 후계자가 된다는 거예요?"

"쉽게 말하자면 그렇지."

"왜요?"

"왜냐니?"

"친아들이라면 더 좋을 텐데. 왜 제가 필요하신 건지 잘 모르겠는데요……."

기현은 잠시 뭐라 말할지 망설였다. 네 나이에 '자신의 필요함'을 증명할 이유가 없다는 걸 알려 주고 싶다고. 혹은 딱 미국으로 쫓겨날 때의 내가 네 또래 정도였던 것 같아서 옛날 생각이 나니 안타까웠다고. 아니면, 내가 네 아버지를 칼로 찌른 놈이라서 애먼 죄책감에 널 거둬야겠단 생각이 들었다고…….

하지만 그런 감정적인 모든 것은 지우기로 했다. 기현은 지금 스스로를 돌보기도 벅찼다. 솔직히 아직 제정신이 아니었다. 끝까지 책임져 주지 못할 동정은 안 하느니만 못하다. 그래서 기현은 논리적이고 이성적인 일부터 생각하기로 했다.

"대충은 내 상황을 짐작하고 있겠지만, 난 그냥 결혼하고 아일 낳고 이런 데 염증이 생겼어. 남보다도 못한 가족이라는 게 지겨워서. 아버지…… 아. 너한텐 할아버지겠지. 난 그 사람처럼 살고 싶지 않아."

"제가 양자가 되면…… 숙부에게 도움이 되나요?"

"물론. 사적으로도, 공적으로도. 아주 많이."

"어떻게요?"

"사적으론, 너와 민하를 양육하는 일에만 집중하겠다고 하면 앞으로 내 결혼을 두고 훈수를 놓는 사람이 없으니 편할 테고. 공적으론, 너희 어머니에게 빠져나갈 우리의 재산을 지킬 수 있겠지?"

"엄마에게 아빠의 지분이 옮겨 가더라도 전 엄마 아들이니까 결국 제가 후계자가 되는 건 마찬가지일 것 같은데요."

"앞의 타이틀이 바뀌겠지. AR의 윤민우가 아니라 나진 실업의 오선혜 입김이 닿았다는."

제법 똑똑하게 대꾸하던 윤민우가 '나진 실업의 오선혜'라는 어머니의 지위를 거론하자 입을 꾹 다물었다.

"그리고 가장 중요한 건 나를 적으로 돌리지 않게 될 거란 사실이야. 너나 민하에게 숙부라는 소리도 못 듣고 이 집안에서 가장 열등한 취급을 받던 내가 지금 자리까지 치고 올라오는 데 얼마나 짧은 시간이 걸렸는지를 생각해 봐. 내 입으로 이런 말 하긴 좀 뭣하지만, 이런 나를 적으로 둔다면 아주 피곤해질 거야."

"그럼 적이라고 판단된다면 절 없애실 거예요?"

없앨 거냐는 말이 어쩐지 심상치 않게 들렸다. 기현은 윤민우의 눈을 똑바로 마주했다. 고요한 눈동자에는 아직 감정을 갈무리할 줄 모르는 어린아이 특유의 호기심과 불안이 잔뜩 뒤엉켜 있었다. 그리고 그 가운데, 예리하게 빛났다 사라지는 섬광이 있었다. 입 밖에 꺼내지는 않았지만, 윤민우도 분명 알고는 있는 것 같았다. 제 아버지를 죽인 사람이 누구인지.

"……없앤다는 말은 맞지 않는 것 같지만, 너의 사회적 지위를 꺾을 수야 있겠지. 네가 가진 주식들이 종이 쪼가리만도 못하게 만들 수도 있고. 아니지, 반드시 그래야 할 것 같은데? 그래야 내가 사니까."

이번엔 기현도 숨기는 것 없이 명쾌하게 답을 주었다. 윤민우는 가만히 고개를 끄덕였다. 이 정도로 조용한 애였나? 기현의 기억 속 윤민우는 좀 더 건방지고, 훨씬 더 철이 없는 아이였는데.

잠시 기억을 더듬어 보던 기현은 다 부질없다는 생각에 쓰게 웃었다. 하긴, 사실 기현 자신도 저 나이였을 때 이런 이야기를 주워들으면 곧잘 이해했던 것 같다. 아니, 머리 나쁜 윤인범도 그랬다. 머리가 좋고 나쁘고, 공부를 잘하고 못하고의 문제가 아니라 여기서 살아남으려면 저런 흐름쯤은 자연스럽게 익혀야 했다.

"그래서 아빠를 죽인 거예요? 숙부의 사회적 지위를 위해서?"

"너희 아버지가 먼저 날 죽이려고 했어."

갑작스러운 질문에 변명 아닌 변명이 툭 튀어나왔다.

"칼로요?"

"그래."

"그러다 싸움이 나서 자동차가 추락한 거고요?"

"……그래."

윤민우는 그렇구나, 하고 쉽게 납득하고 말았다. 어이가 없을 정도로 순순한 태도였다. 그냥 당사자 중 하나인 기현에게 제대로 된 답을 듣고 싶었던 모양이다.

금융 그룹을 설립할 거라는 뉴스가 뜨자마자 후계를 놓고 다투던 형제의 차 사고라니. 시나리오 두어 개는 뚝딱 나올 소재이긴 했다. 입방아 찧는 사람도 당연히 많았을 거고. 아니, 그런 사람들을 떠나서…… 엄마라는 사람부터 고모, 사촌 전부 거들며 나서 설전을 펼쳤겠지.

"내 양자가 된다는 건 그런 뜻이야. 한때 무시했던 사람의 밑에 서는 것도 속상해 죽겠는데, 심지어 네 아버지와 적대 관계에 있었던 사람의 법적인 아들이 된다는 거."

그 대가로 얻게 되는 건 AR그룹의 정식 후계자라는 지위 하나뿐이다. 승계만 해 줄 수 있다 뿐이지, 자리 잡기까지 물심양면으로 돕는 일도, 정성껏 길러 주겠다는 약속도 할 수 없었다. 기현의 입상에선 윤민우가 양자가 되는 게 가장 좋지만, 그렇지 않더라도 딱히 손해 볼 일은 아니었으니까.

보통의 사람이라면 고민도 하지 않고 거절했을 것이다. 결과적으론 아버지를 죽인 원수나 다름없는 사람의 양자로 살라니. 게다가 어머니를 따라가도 물질적으로 부족할 건 없는 게 확실한 상황에서. 그런데, 윤민우는 고민했다. 고작 여덟 살이었다. 아니, 이제 아홉 살이던가. 십이지가 다 돌지도 못했을 그 시간 동안 이 집안에서 나고 자라 배운 가치관이 발목을 붙든 걸 테지.

"전 엄마가 미워요."

그러나 기현의 생각과 달리 윤민우는 전혀 다른 이야길 꺼냈다. 어머니가 밉다고 또박또박 말하는 아이의 눈동자에서는 감정이 뚝뚝 흘러넘쳤다. 저건 진심이었다. 아버지의 죽음, 제 기준에선 미천했을 숙부…… 그런 모든 것을 뛰어넘는 생생한 증오였다.

기현은 그제야 안하무인의 꼬마 도련님이 갑자기 이렇게 성숙해질 수 있었던 연유를 알 것 같았다. 자신이 저지른 일의 영향이 얼마나 거세었는지 이 애를 보고서야 짐작이 갔다. 폭풍처럼 불어닥친 일들이 뭔지는 모르겠지만 그중 하나가 윤민우에게 지울 수 없는 상처가 된 모양이었다.

"그러니 숙부 밑으로 갈게요."

"어머니가 밉다고?"

그 물음에는 답을 하지 않은 채 윤민우가 고갤 숙였다. 대답할 시간이 필요한가 싶어 좀 더 기다려 주었지만 더는 말할 생각이 없는 것 같았다.

"많이 컸네."

윤민우는 다시 발로 소파를 툭툭 차다가 용건이 끝났는지 꾸물꾸물 일어섰다. 데려다줄까, 하고 물었더니 됐다고 거절한다. 하긴, 이런저런 일로 성숙해졌다지만 원래부터 고분고분한 놈은 아니었다.

"참, 할머니가 숙부를 계속 찾았는데."

도로 신발을 신던 윤민우가 그리 유쾌하지 않은 소식을 전했다. 그래…… 윤의택의 심기를 거슬러서 근신 중이라고 했지. 고작 김관장에게 신경을 쏟기엔 너무 많은 일이 일어나서 잊고 있었다. 웃기게도 그제야 제 상태가 많이 심각하긴 하구나, 하고 실감이 났다. 어떻게 그 사람의 처우 문제를 까맣게 잊고 있었을까.

"할아버지가 막아 놔서 거기는 아무도 갈 수 없거든요."

윤의택이 쓰러지기 전 내렸던 명령이었을 텐데 아직도 충실하게 지켜지고 있었다. 윤의택의 영향력이라기보다는 이제 기현의 눈치를 보느라 그런 것도 같지만.

"그건 내가 알아서 할 테니까."

"……네."

"내 양자로 들어오기로 한 건 아직 민하에게 따로 뭐라 말하지 말고, 그냥 너만 알고 있어. 그래야 일이 쉽게 풀릴 테니까."

윤민우가 제법 비장하게 고개를 끄덕였다. 앉느라 주름이 간 바지를 탁 털어 정리하고 문을 연 후, 등을 곧게 펴고 걸음을 옮기는 모습이 익숙했다.

'맞아. 걸음 하나, 옷 입는 방법까지 전부 배워야 했었지.'

자신의 걷는 모습도 저럴까 싶어서 기현은 작은 뒤통수가 점처럼 작아질 때까지 멀거니 지켜보았다. 그 짧은 시간, 누구 한 명 잠시 들렀다 갔다고 별채가 순식간에 휑한 기분이었다.

기현은 우두커니 서 있다가 주머닐 뒤적여 코팅된 네잎클로버를 꺼냈다. 그러곤 손을 천장 쪽으로 뻗어 불빛에 가만가만 비추어 보았다. 행복하시길 진심으로 기도 드릴게요. 입 모양만으로 소리 내 읽었다.

눈이 아플 정도로 네잎클로버를 들여다보던 기현은 핸드폰을 꺼내 가장 최근의 통화 기록을 눌렀다. 어깨에 핸드폰을 끼우고 하릴없이 코팅지를 팔랑여 보는데 신호가 먹통이었다. 아니, 뭐라고 말소리는 들리는 것 같은데 물에라도 잠긴 것처럼 웅웅 울리기만 했다. 기현은 코팅지를 내려놓고 액정을 응시하다 제대로 손에 쥐었다.

"여보세요?"

—들려요? 계속 말이 없어서 무슨 일 난 줄 알았습니다.

"……아."

그제야 기현은 핸드폰을 양쪽 귀에 번갈아 가며 대 보았다. 여태 크게 불편하지 않다고 생각했다. 군산에서 혼자 있을 땐 곁에 있는 사람이 없으니 몰랐고, 서태식 같은 밑 사람들이야 기현을 위해 또박또박 제대로 말했으니 전달이 잘되어서 불편을 느낄 틈이 없었다. 그래, 처음으로 깨달았다. 지금 자신의 몸이, 귀가 성하지 않다는 것을.

—여보세요?

"아, 아닙니다."

—무슨 일 있어요?

"아뇨. 잘 안 들린다는 걸 깜빡해서. 핸드폰이 고장 난 건가 했어요."

그런데 또 아무 말이 없다. 이상하다. 또 양 귀에 번갈아 가며 핸드폰을 대고 몇 번 그를 부르자 태성이 한 박자 늦게 '아……' 하고 목소리를 들려줬다.

—바싹 마른 몸 제대로 돌려놓을 것만 신경 썼지, 그 문제는 잊고

있었습니다.

"저도 사실 잊고 있었어요."

초조한 한숨이 고였다 흩어졌다. 태성은 스스로를 탓하는 것 같았다. 이 문제만큼은 꼭 그의 잘못이 아닌데.

—그래, 무슨 일인데요.

"알아볼 일이 있어서요. 부탁할 일도 있고."

—잠깐만요.

부스럭거리는 소리가 났다. 잠깐 그러더니, 이제 괜찮다고 말하란다.

—배터리가 별로 없어서.

충전기를 끼웠구나. 기현은 문득 어떤 날이 떠올랐다. 윤의택의 허락으로 다시 신무원에 발을 들였을 때. 별채로 온 탓에 잠을 못 이룰 것 같았을 때. 밤새 통화하자고, 충전기를 꽂았다고 했던 진태성이.

"……그때도 그랬었는데 말이죠. 별채로 다시 돌아왔을 때."

—별채로 다시? 무슨…… 아.

태성도 같은 기억을 떠올렸는지 잠시 말이 없었다. 모든 게 순조로이 풀린다 착각하고는, 진태성이 참 달다고. 이렇게 사람 마음을 잘 흔드는 남자이니 넘어가는 건 어쩔 수가 없다고 생각하며 들떴던 그때.

"……음, 그게 중요한 게 아니고. 우리 저번에 하려다 만 일 있잖습니까. 주주들 설득하고, 앞에선 언론사 몇 개 등록한 다음에 기사 뿌리려고 했던 거."

—윤인범 일로 말이죠.

"네. 그 비슷한 일이 좀 필요할 것 같은데."

—비슷한 일? 설마 오선혜 때문에? 그럴 필요까지 있습니까? 나진 정도면 굳이 내가 나설 필요도 없이 압력 넣을 수 있는 건수가 꽤 많은 것으로 아는데.

"소송을 준비하는 것 같아요. 윤민하라고, 윤인범 딸이 지금 증언에 대해 배우고 있다는 걸 보니까."

—어린애가 증언을 해 봤자 뭘 어떻게 한다고.

"AR의 고압적 분위기가 힘들었다거나, 여기에서 머무르기 싫다거나. 뭐 그런 것들 아닐까요."

오선혜에겐 적당한 몫을 챙겨 주려고 했다. 사고뭉치인 윤인범과 결혼한 뒤로 만만치 않은 시부모님들 때문에 고생을 많이 하긴 했으니까. 아니, 그런 이유를 떠나서 윤인범의 법적 배우자고 아이들의 친모라는 이유로 충분히 가져 마땅한 것들이었다. 그러나 그녀가 바라는 것은 도를 넘는 것들이었다. 윤인범의 생전 경영권 전체를 달라니.

"어쨌든 저한테 공식적으로 날을 세운 사람은 오선혜가 처음인 셈이라."

—그러니 제대로 끝장을 봐야 할 것 같다?

"뭐. 그런 셈이죠."

—그래서 지금 별채예요? 혼자?

"그렇죠."

—갈까요, 내가.

"아뇨, 마음은 고맙지만……."

—갈게요. 뭐 어떻게 들어가는지는 모르니까 말 좀 해 놔 봐요, 지키는 사람들한테.

태성이 불쑥 제 할 말만 하고는 전화를 툭 끊어 버렸다. 뭐야. 황당해서 다시 전화를 걸려던 손이 머뭇거리다 떨구어졌다. 환하게 불이 들어오는 거실 말고, 저 뒤의 방이라든지 띄엄띄엄 놓인 은은한 조명 외엔 어두운 곳을 보니 혼자 있는 게 무서워진 탓이다. 이런 주제에 어떻게 그 시커먼 수풀로 처박힐 생각을 했는지.

"……습관 하나 더럽게 들었네."

기현은 혀를 차며 내선 전화를 들었다. 멍하니 있다…… 허전해서 만만한 진태성에게 전화했던 것도 사실이니까. 물론 용건이 없는 것 또한 아니었지만.

—예, 도련님.

"늦은 시간에 미안해요. 급한 일로 조금 있다가 별채에 올 사람이 있는데……."

\+ ♚ +

"안녕하십니까."

관리인 두어 명이 태성에게 살뜰한 인사를 건넸다.

"키는 두고 그대로 내리시면 됩니다."

알아서 주차해 놓겠다 말하는 그들은 집안의 관리인이라기보단 VIP 라운지의 직원 같았다.

"대원 미술관의 진태성 관장님 맞으십니까?"

"네. 별채는—"

"신분증 좀 보여 주시겠습니까?"

거참, 되게 귀찮게 하네. 삐딱하게 신분증을 넘겨주자 이젠 몸수색까지 한다. 공항 보안 검색대 뺨치는 신분 확인이 끝나고서야 다른 관리인이 별채로 모시겠다며 앞장섰다.

'흠, 그럼 지금 지나가는 곳이 본관인가.'

여러 채의 건물을 둘러보는데 지어진 건물만 봐도 어떤 쓰임인지, 누가 있을 것 같은지 짐작이 갔다. 겉에서 보는 것과 달리 은근하면서도 과시를 거리끼지 않는 모양새였다. 신무원 사람들을 닮았다.

그저 조용하고 기품 있어 보이길 원하지만, 속으로는 이 집에서 태어났다는 그 대단한 행운과 자부심으로 똘똘 뭉쳐 있는.

건물 여러 개를 지나, 이어진 여러 건물과 완전히 반대편에 있는 소담한 단층 건물 앞에 다다랐다. 여기가 별채인 모양이었다. 산책로와 이어져 있고, 단독 정원도 있고. 본관 건물들과 어우러져 있지 않았을 뿐, 결코 부족함이 느껴지는 생김은 아니었다.

빙 둘러싼 경호원들을 지나 별채와 가까워질수록 태성은 새삼스럽게 가슴이 뛰었다. 여기에서 윤기현이 자랐다. 자랐다고 하기엔 많이 울고 힘들어했겠지만, 어린 기현이 이곳에서 책도 읽고 밥도 먹고 잠도 자고 했을 걸 생각하니 이상하게 가슴이 떨렸다.

어린 기현은 어땠을까. 귀여웠겠지. 어린애 주제에 그때도 그렇게 청순했을까? 목도 하얗고 기니까 정말 사슴 같았을지도 모른다. 원래 애새끼라면 질색을 하는 편이지만, 어린 윤기현이라……. 그건 전혀 다른 문제였다. 눈앞에 있다면 다정하게 안아 주고, 예뻐해 줬을 것 같다.

"왔어요? 안 그래도 연락받았습니다."

그렇게 혼자 한참 어린 날의 기현을 상상하고 있는데, 다 자란 윤기현이 불쑥 문을 열고 튀어나와 버렸다.

"아, 뭐야."

"예?"

"안 귀엽게."

"……뭐라고요?"

"어린 윤기현이 이 앞에서 볕을 쬐는 상상을 하고 있었다고요."

태성은 황당해하는 어른 윤기현을 밀치고 별채로 불쑥 침입했다. 조금 유행이 지난 인테리어긴 했지만 매우 공을 들인 티가 났다. 그렇지만 선반이라든지, 신발장의 모서리라든지…… 가구 끄트머리를 땜질한 흔적이 군데군데 보였다.

차근차근 안을 둘러보던 진태성의 시선이 훅 짙어졌다. 아기 분내를 풍기는 윤기현을 그려 보느라 몽글몽글 부풀었던 마음이 순식간에 가라앉았다. 묵직한 가구들의 모서리만 나간 이유, 뻔하지 않은가. 조그만 사슴 같은 모습을 한 어린 윤기현이 저기에 몸이나 머리를 쿵쿵 찧었을 생각을 하니 기분이 더러워졌다.

'아. 아니지. 윤기현이 울면 맞는 건 그 집사님이라고 했었나. 수시로 와서 머리채를 잡았다고도 했지.'

태성은 믿는 신은 없었지만 지금 이 순간만큼은 기현의 생모를 위해 기도하고 싶어졌다. 그녀에게 죄스러운 마음이 들었다. 이 좋고 튼튼한 가구들을 수리할 정도로 괴롭힘을 당한 게 윤기현이 아니라 다행이라는 생각이나 했다. 또 한편으로는 그 참혹한 광경을 빠짐없이 지켜봤어야 할 어린 시절의 윤기현이라거나 지금도 그 장면들을 잊지 못했을 윤기현이 안쓰러워서…….

"계속 거기 있을 겁니까?"

현관에서 생각에 잠겨 있는 태성이 못마땅했는지 기현이 서늘한 목소리로 들어오라고 독촉을 했다.

"이건 다 뭡니까?"

실내용 슬리퍼를 꺼내 신으며 거실로 들어선 태성이 예상외로 화려한 손님맞이에 수상쩍다는 듯 물었다.

"사람이 온다고 했더니 차려 주고 가더라고요."

테이블 위에 와인과 적당한 안줏거리들이 보기 좋게 차려져 있었다.

"……내가 지시한 거 아닙니다."

"그렇겠죠."

태성은 웃지 않으려 아랫입술을 꾹 깨물었다. 손님이 온다는 말에 고용된 사람들이 준비했으리라고, 당연히 그렇게 생각했다. 기현이 저렇게 새침하게 덧붙이지 않더라도.

"……역시 이쪽이 좋은 것 같습니다."

새끼 사슴 같은 어린 윤기현이 확실히 귀엽긴 했겠지만, 역시 곧게 잘 자란 이쪽에 비할 게 아니었다.

"기분 나쁘게 웃고 계신데요. 아까부터."

"아무것도 아닙니다. 음……. 몸은 좀 어때요."

"글쎄요. 예전이랑 비슷한 것 같은데."

"망할, 예전에도 딱히 좋았던 적이 없잖습니까."

태성이 짜증을 내며 와인을 벌컥벌컥 들이켰다. 그때 바다에서 기현을 붙들고 엉엉 울었던 뒤로 태성은 묘하게 애처럼 굴 때가 있었다. 좋게 말하면 감정 표현이 더 솔직하고 직설적으로 된 거고.

"참. 윤기현 씨도 술 마실 수 있습니까?"

"글쎄요……. 그렇지만 몸 상태와 관계없이 불면 증세도 있는데 술 마시는 습관 들어 봤자 안 좋을 것 같아서."

이런 데서도 참 곧은 게 드러난단 말이야. 태성은 술이든, 남자든, 약이든 가리지 않고 취하려 들었다. 그편이 편하게 잠들 수 있으니까. 반면 기현은 괴로워 식은땀을 뻘뻘 흘리면서도 의연하게 견디려고 노력했다.

"굳이 진태성 씨가 여기까지 와 줄 필요는 없었지만…… 어쨌든 잘됐습니다. 일주일 후에 이사회가 있을 겁니다. 그때 제 쪽 특별 관계자로 와 주셨으면 합니다."

"……내가요? 윤기현 씨의?"

"네."

기현은 자기 의지로 병원 침상을 툭툭 털고 일어난 이후로…… 아니, 정확히는 납골당을 다녀온 이후로 아무렇지도 않게 태성에게 이야길 하고 필요하면 전화도 하고 그랬다. 거리낌 없이 태성에게 기댔다. 꼭 이전으로 돌아간 것처럼. 태성의 사람, 정보, 그런 것들을 빌리는 데 주저함이 없었다.

"당연히 상관이야 없는데…… 굳이 나여야 하는 이유가 있습니까?"

문장만 놓고 보자면 시비조나 다름없지만, 태성의 목소리엔 의아함과 놀라움이 가득했다. 정말 순수하게 궁금해서 물어본 것이었다. 기현이 자신에게 이렇게 일 얘기를 터놓고 하는 게 신기할 따름이었다. 솔직히 기현과 다시는 깊은 이야기를, 예를 들면 신무원 내부에 관한 일 같은 것을 논의하기까지는 많은 시간이 필요하리라 생각했는데.

"일단 위아래 없이 대판 싸우는 자리가 될 거라서, 살짝 맛이 간 사람이 내 쪽에서 나서 주면 좋을 것 같아서요."

"……음. 그런 이유라면야."

"내가 가진 최대의 무기는 지주사인데, 이걸 가지고 협상을 할 때 최대한 내 이익을 계산해 줄 사람이 필요하기도 하고요."

"그냥 단순히 여러 사람 두기 귀찮은 거였군."

태성이 다른 와인에 손을 뻗으며 오프너를 장착했다. 와인병. 샴페인. 문득 스쳐 가는 기억들이 있어 기현이 작게 헛기침을 했다.

"흠, 그게 제일 큰 이유이긴 하지만……."

기현은 자연스럽게 말을 흐렸다. 태성과 대체 뭘 어쩌고 싶은 건지 알 수 없었다. 외부의 힘이 필요하면 자연스럽게 연락했고, 대부분의 일은 그와 상의를 거쳤다. 태성의 말대로 뭐라 정의 내릴 수 없는 관계가 되어 버린 것이다.

그건 편리한 핑계인 동시에 자꾸 풀지 못한 숙제처럼 가끔 기현을 답답하게 만들었다. 단순히 채무와 협박으로 이루어진 관계라고 할 수 없고, 연인 사이…… 라고는 더더욱 볼 수 없었다.

"참, 자고 가도 되는 거죠."

태성이 은근히 떠보는 말을 던졌다.

"이상한 짓만 안 한다면요."

그래, 요즘 애처럼 굴다 못해 부쩍 저런 말도 많이 한다. 장난을 받아치듯 생각 없이 답했을 뿐인데. 기현의 말에 태성이 와인을 들이켜려다 멈칫했다. 다소 놀란 것처럼 눈을 깜빡이더니 이내 눈꼬릴 휘며 웃었다. 사르르 녹는다는 건 이럴 때 쓰는 말인 것 같았다. 비웃거나 과장되게 웃는 게 아니라 태성이 저렇게, 그야말로 미소를 짓는 건 처음 봐서.

"왜…… 그렇게 웃어요?"

얼떨떨해서 따지는 것 같은 말투가 튀어나왔다.

"이상한 짓 하지 말라면서요."

"그게 왜?"

"내가 이상한 짓을 할 수도 있다고 생각한 거 아녜요?"

"그러니까 그게 왜—"

"농담처럼 그런 말을 던질 수 있는 정도까지는 됐다는 거잖아요."

그게 그렇게나 기쁜 일인가. 태성은 여전히 입꼬릴 올린 채였다. 붉은 과실주로 함빡 젖은 입술을 하고서, 태성이 손을 느리게 뻗었다. 손목을 쥐었다가 망설이듯 타고 내려가 기현의 손끝을 톡 건드렸다.

"손만 잡고 잘 테니까 걱정하지 말고."

어색하게 손끝이 겹쳐진 채였다. 그 별것도 아닌 일에 맥박이 뛰었다. 한편으론 이 사소한 것도 베풀어 주지 않았던 예전의 태성이 미웠다. 고작 손이 닿은 정도로 이렇게 마음이 복잡해진다.

"……당신이죠?"

"뭐가?"

"납골당에 꽃 보낸다던 사람."

그날 국화꽃 한 송이도 준비할 겨를이 없었다. 납골당에 도착하고 나서야 깨달았다. 염치도 없이 빈손으로 왔다는 걸.

사실 기현은 집사님의 죽음을 인정하기도, 실감하기도 어려웠다. 그래도 달라지는 사실은 없다. 집사님은, 어머니는 죽었다. 다시 돌아오지 않는다. 사과할 기회를 영영 잃어버렸다. 그래서 기현은 매주 국화꽃을 보냈다. 가장 상태가 좋은 꽃만 골라서. 물론 다 부질없는 짓이라는 걸 알지만.

그렇게 용기 없이 꽃만 보내길 몇 차례, 서태식이 어렵게 말을 꺼냈다. 원래도 주기적으로 꽃을 보내는 사람이 있어서 납골당에서 곤란해하더라고.

"……글쎄요."

태성은 말을 아꼈고 기현은 더 묻지 않았다. 확실히, 우리가 말로는 다 못 할 사이긴 한가 보다. 기현은 닿은 태성의 손에 시선을 주지 않으려 노력하며 눈을 감았다.

근희원은 이제 기현의 차지였다. 외부로 나가는 게 곤란한 문서나 일들은 이 자리에서 보고받고 처리를 했다. 내부에 놓인 책상처럼, 테이블처럼, 창가에 누워 있는 윤의택 또한 그런 정물과 다름없었다. 모터스 관련해서 확인할 일이 필요하면 실제로 넌지시 도움을 구하기도 했다. 윤의택은 그저 눈을 깜빡이는 것 정도밖에 할 수 없었지만.

"오늘 이사회가 있어요. 당신의 잘난 첫째 며느리가 AR그룹은 자기가 갖는 게 맞는 거라고 난리를 쳐서 그 문제를 해결해야 하거든요."

그간 기현이 한 거라곤 윤 회장의 사업 계획서, 유언장, 보험 증서…… 이런 것들만 뚫어져라 들여다보는 것이었다. 큰 도움이 될 것 같진 않았지만, 그래도 내용을 알아야 방어할 수 있을 테니까.

"걱정하지 마세요. 안 빼앗길 거니까. 참, 민우와 민하를 제 호적으로 올릴까 하는데."

심장 박동이 단번에 올라갔다. 호흡기를 타고 불안정한 호흡이 새어 나왔다.

"무슨 짓 안 해요. 나중엔 그 애들이 뒤를 잇게 될 겁니다."

결국 윤 회장이 그렇게 노래를 부르던 핏줄의 승계 아닌가. 모로 가도 서울로만 가면 되는 거 아니겠어요, 하고 기현이 서류를 정리하며 일어섰다.

"필요하면 각자 변호사를 대동하고 뵈러 올 수도 있어요. 물론 그런 일까진 안 생기도록 하겠지만, 만약 일이 꼬이게 된다면 그때 잘 대답해 주시면 됩니다. 그렇게 해 주셔야 할 거고요."

그래야 어머니의 납골당이 어디에 있는지 정도는 들으실 수 있을 테니까. 덧붙인 말에 윤의택이 눈을 부릅떴다. 마주치면 꼼짝도 할 수 없었던 근엄하던 눈동자는 누렇게 변한데다 핏줄도 벌겋게 다 터진 지 오래였다. 약 같은 데 중독된 사람 같기도 하고…… 아, 다른 의미로 약에 중독되긴 했구나.

"그럼 잘 싸우고 올게요."

기현은 이불을 잘 여며 주고 엉킨 심박기의 줄을 가지런히 정리했다. 진심으로 윤의택이 오래 살길 바랐다. 죽지도 못하고 그저 이렇게. 괴롭게. 언제쯤 집사님의 남은 이야길 들려주려나 전전긍긍하면서 오래오래 살았으면. 30년이 넘는 세월을 그렇게 살았던 집사님과 꼭 같이.

"……깜짝이야."

문을 여닫는 직원들은 이미 다른 업무로 배치했건만. 기현이 문 앞에 서서 손을 들자마자 문이 스르르 열렸다.

"아, 죄송합니다. 발소리가 들려서."

문 앞에 대기하고 있던 사람들은 서태식과 기현의 고문 변호사였다. 그리고…….

"못 보던 얼굴들인데?"

정장을 차려입은 사람이 코앞에서 공수 자세로 꼿꼿하게 서 있었다. 분위기상 기현을 기다리는 게 뻔했지만, 낯선 사람들이었다. 아, 모터스 직원들인가?

"다른 변호사들도 있고 모터스 직원들도 있고, 그렇습니다."

"그래요? 저 사람들은 회의실에 못 들어가는 것으로 아는데?"

"네. 그런데 좀 위압감을 줄 필요가 있습니다. 사장님이 걸어가실 때 뒤에서 길게 따른다거나, 뭐 그런 식으로요. 다른 분들도 그렇게들 하시니까요."

고문 변호사의 말에 서태식이 세차게 고개를 끄덕이며 동의했다. AR에서 잔뼈가 굵은 사람이긴 했다. 그래도 설마 그렇게까지 유치한 연출이 필요할까, 싶었는데 두 사람은 너무도 진심인 것 같았다. 기현은 어쩐지 그간 치열하게 고민했던 일들이 하나의 촌극이 된 것 같은 찜찜함을 지울 수 없었다.

"뭐…… 진태성 이사는?"

"회의실로 바로 오실 겁니다. 가시죠."

기현의 고문 변호사는 원래 윤의덕의 사람이었다. 그는 노련했고, 아는 것이 많았다. 이제 와 믿을 만한 사람을 찾는 것도, 또 사연을 구구절절 설명하기도 어려운 일이고…… 무엇보다 이런 일까지 태성의 사람을 빌리고 싶진 않았다.

박 변호사는 순식간에 나락으로 처박힌 윤의택 때문에 자신의 안위가 걱정됐는지, 자신을 도울 생각이 없냐며 슬쩍 운을 뗀 기현에게 상당히 호의적인 자세를 보였다. 지금이야 아직 맞춰 가는 단계이니 그런 내색을 보이는 걸지도 모르지만, 시간이 좀 지나면 그간 누린 위치가 있으니 이런저런 간섭을 하려 들 수도 있다. 그러면 그때 가서 다른 사람을 찾아봐야겠지.

"저기 계시네요."

태성과 조 실장이 본관 앞에 무료하게 서 있었다. 그 옆으로 윤소형과 그녀의 사람들로 보이는 무리가 줄지어 스쳐 갔다. 박 변호사와 서태식이 말한 연출이 저런 거였나 보다.

"저건 또 뭡니까?"

어쭙잖게 달고 오는 꼬리들을 보고서 태성이 옅게 미간을 찌푸렸다.

"……저렇게 해야 한다고 사람들이 고집을 부려서."

태성이 잇새로 아랫입술을 꾹 깨물었다. 요즘 생긴 그의 버릇이었다. 그렇게나 웃을 일이 많을까.

"알 만하네요. 참, 김 전무가 결국은 오선혜의 편에 섰던데."

"김 전무라면…… 설마 비서실장 말하는 겁니까, 윤의택 쪽의? 그 김 비서?"

"쥐고 있는 게 많은 사람입니다. 어설픈 회유는 통하지 않을 거고……. 오선혜와 경영권을 반씩 나눠 가지려는 것 같더군요."

"의외네요."

"그래요? 김 전무는 끝까지 윤의택 곁에 있을 것 같았습니까?"

"글쎄요……."

기현은 신중하게 말을 골랐다.

"사실 누군가 오선혜 쪽으로 돌아선다면 당연히 윤인범의 사람들일 거라고 생각했습니다."

"윤인범 쪽 사람들은 아이들이 있으니 쉽게 움직이지 못했을 수도 있습니다. 오선혜가 저렇게 나올 경우, 다른 신무원 사람들이 아이들을 인질 삼아 어떻게 나올지 뻔히 예상이 가는 상황이니 조금 더 지켜보고 움직여도 손해 볼 건 없으리라 판단했을 겁니다. 반대로 김 전무, 아니, 그…… 김 비서라고 하는 게 편하려나. 하여튼 그 사람은 순식간에 자기 설 자리를 잃어버렸으니 배신감을 느꼈을지도 모르죠."

아니면 윤의택을 정말 마음을 다해 의전해서 그를 망가지게 한 기현을 용서할 수 없는 걸지도 모른다. 어쨌든, 이유가 중요한 건 아니지 않냐며 태성이 걸음을 재촉했다.

"김 비서를 치우는 건 나중에 생각해요. 반대표 하나 있어 봤자 문제 될 거 없으니까."

물산의 사외 이사 일곱 명과 통칭 특별 관계자로 지칭되는 총수 일가 전원이 모인 자리였다. 원칙적으로 이사회엔 주주나 특별 관계자가 참여할 자격은 없다. 말 그대로 등기 이사들이 참석해 경영 방향이나 지분 변동을 논의하는 자리였으므로.

그러나 물산을 소유한 다른 계열사의 대표 이사들이 줄줄 소환되고, 보고받기 위해 내부 관계자들을 준비시키다 보면 결국 총수 일가가 다 모일 수밖에 없었다. 사외 이사라는 사람들 자체가 전부 내부 관계자일 수밖에 없는 것이다.

누가 표를 줬는지 훤히 다 드러나는 상황에서 신무원 사람들의 의결에 반대할 수 있는 이는 많지 않았다. 애초부터 견제의 역할을 기대하고 만들어진 것이 아니긴 했다지만.

지분이 아무리 많더라도 보통의 사람이라면 이사회에 참석할 수 없으나, 재벌가 사람이라면 단 0.01%, 혹은 해당 지분을 아예 소유하고 있지 않더라도 각 계열사 이사회에 여기저기 얼굴을 내밀 수 있는 명분도 여기서 생겼다.

어쨌든 새로운 지주사 사장으로 내정된 기현이 가장 상석에 자리했다. 그런데 앉고 보니, 사람들이 각자 앞에 뭔가를 다 놓고 있는 것이 아닌가.

'설마 녹음긴가.'

기현은 당황했지만 그런 기색을 드러내지 않으려 애썼다. 당연한 일이라는 듯 앞에 녹음기를 척 내놓는 게 관례일 줄은 몰랐다. 아니, 무엇보다 이사회에서 녹음이라니. 이거 불법 아닌가? 서태식 또한 이런 건 생각 못 했다는 듯 아차, 싶은 표정이었다.

여러 가지 생각으로 정신없는 가운데, 옆에서 뻗어 나온 손이 기현의 앞에 녹음기를 탁 내려놓았다. 긴 손가락이 딸칵, 버튼을 눌렀다. 태성이었다. 아아, 하고 소리를 내 보며 제대로 작동하는지 확인하더니 다 됐다는 듯 녹음기를 톡톡 두드렸다. 어느새 기현마저 따라 하게 된 태성 특유의 묘한 리듬으로.

당연한 걸 몰랐다는 게 좀 부끄럽다가도, 한편으론 약간의 위로가 되기도 했다. 아직은 녹음기 같은 걸 당연하게 여기지 않는 순수한 구석이 자신에게 남아 있다는 뜻이니까. 물론 이런 어설픔이나 순진함도 다음부터는 없을 테지만.

물산의 전략실장이 마이크를 끌어당기며 회의의 시작을 알렸다. 박 변호사, 진태성이 기현의 양옆에 앉고 서태식과 조 실장은 아래에 자리를 잡았다.

지루할 정도로 뻔한 이야기들이 오갔다. 세금 문제가 있으므로 지주사를 세우고, 밑의 계열사를 정리하는 건 시간이 좀 걸릴 것이다. 금융그룹 출범으로 인한 비용의 발생은 긍정적으로 생각해도 될 것 같다. 그로 인해 예상되는 효과가 확실하기 때문이다, 뭐 이런 이야기들.

일단 금융 그룹 출범은 정권 말년에 해치우는 게 좋겠다는 데 이견이 없었다. 해묵은 문제였다. 금융 당국에서도 마지막으로 성과 하나 올릴 수 있으니 그쪽에서도 호의적으로 나올 터였다.

이제 문제는 지주사인데……. 회사의 자본이야 주식의 매수나 증자를 통해 어떻게든 해결할 수 있겠지만, 결국 회사 소유주들의 세금 처리가 문제였다. 개인 재산과 회사의 자산을 떼어 놓지 않고 경영을 하니 생기는 폐단이었다.

"이해할 수가 없네요. 어째서 저의 법적인 권리를 인정받을 수 없는 거죠?"

오선혜가 대뜸 끼어들었다.

"법적인 권리를 인정받지 못했다니요? 세금 문제가 있으니 천천히 하자는 거 아닙니까. 지금 동네 구멍가게 자산 분배하려고 이렇게 모였습니까? 올케에게도 유리할 거 하나 없잖아요."

"돈이나 지분이 문제가 아니라 경영권 말입니다. 물산의 경영권을 왜 윤기현 본부장이 가지고 가야 하는지 납득할 수 없다는 거예요."

오선혜는 기현을 본부장이라고 불렀다. 사장이 아니라 본부장. 낮게 보는 거였다.

"형수님, 경영권은 재산이 아닙니다. 혼동하시는 것 같은데, 지금은 형님 사후의 이야기를 하는 거지 아버지 사후의 일을 말하는 자리가 아닙니다. 회장님이 돌아가시기라도 했습니까? 지금 멀쩡하게 살아 계십니다. 게다가 차후 경영에 관한 이야기는 이미 정정하실 때 못 박아 놓은 이야기고요."

"그이가 회사를 어떻게 일구었는데요. 그 모든 것을 다 눈앞에서 뺏기는데, 보고만 있으라고요?"

"일구었다고요? 오빠가 말아먹은 게 몇 개인데, 기여? 아니, 말아먹기만 했으면 다행이지 막판엔 무슨 짓까지 저질렀어요? 올케, 진심으로 하는 소리예요?"

황당해하는 윤희연의 말에 장내에 비웃음이 옅게 번졌다. 그 부분은 솔직히 할 말이 없기도 했으니 오선혜는 욱하는 걸 가라앉히고 다시 말을 이었다.

"B그룹에서도 이런 일이 있었을 때 며느리가 가업을 물려받은 선례가 있어요. 전 제 요구가 과하다 생각하지 않습니다."

"경우가 다르지요. 그쪽은 경영권이나 상속 문제가 제대로 정리가 안 된 상태였고요. 우리는 사고가 나기 전에 이미 회장님께서 못 박으신 내용이라고 몇 번을—"

"그래서 죽였습니까? 그 자리 확실하게 차지하려고?"

오선혜가 기현을 똑바로 보며 물었다. 아마 민우가 찾아오지 않았더라면 당황했을 테지만, 한 번 그런 일을 겪고 나니 동요하지 않을 수 있었다.

"말씀이 지나치시네요. 형수님."

"사고요? 사고라고……. 그걸 누가 믿어요? 시신에 칼자국이 있었어요."

태성이 기현을 흘끔 바라보았다. 혹시라도 오선혜의 오열에 동정심이라도 갖는 건 아닐까 싶어서.

"블랙박스는 확인도 안 시켜 주는데 차 사고? 그걸 어떻게 믿느냔 말이야!"

하지만 기현은 어머니가 미워서 기꺼이 자신의 양자가 되겠다고 하던 윤민우의 떨리던 목소리를 믿기로 한 터였다. 오선혜는 제법 남편의 죽음에 분노하는 것처럼 보였지만, 저건 윤인범이 죽어서가 아니라 자신의 재산이 날아간 것에 대한 울분일 것이다.

"아려 병원에서 시신에 아무 문제 없다는 답을 내놨고, 믿지 못하겠다고 하셔서 외부 의사까지 불러와서 진단했죠. 블랙박스가 없는 차량이었고 그 사고로 인해 윤기현 본, 아니, 사장까지 죽을 뻔했습니다."

"블랙박스가 없다고? 무슨……!"

빈정대는 태성의 말에 오선혜가 벌떡 일어났지만, 그녀의 변호사와 김 비서가 제지했다. 더 말했다간 추후 있을지 모를 법정 싸움에서 불리해질 수도 있었다.

"덧붙여서 올케가 자꾸 양육비 타령을 하는데, 양육의 의무는 부모에게 있어요. 친부가 사망했으면 친모에게만 의무가 있는 거라고요. 왜 그 책임을 조부모와 친가에 묻는 건지 모르겠네. 더는 책임져 줄 이유도 없는 거, 그래도 가족이니까 앞으로도 계속 도와는 주겠다는데 고마워하지는 못할망정."

자신들의 이야기가 나오자 오선혜로부터 서너 걸음 떨어진 뒷자리에 앉아 있던 민우와 민하가 눈치를 보며 목을 뺐다.

"그래요. 희연이 말대로 올케가 우리 쪽엔 그런 걸 요구할 권리도 없고. 아까 기현이도 말했는데, 올케는 자꾸 아버지의 사망 후 일과 헷갈리는 것 같아요. 정신 좀 차려요. 이건 상속 분쟁이 아녜요."

"하지만 도의적인 책임을 물을 순 있겠죠. 남편의 의문스러운 죽음, 어린아이의 거취는 신경도 안 쓰는 매정한 재벌가. 그런데 그게 AR그룹이라면 볼만하겠죠?"

결국 오선혜가 기대하는 것도 신무원 사람들이 가진 특유의 귀족적 자부심이었다. 다른 곳과는 다르다는 그 이미지를 유지하려고 지금까지 무슨 비이상적인 짓을 저질러 왔는지 대충은 알고 있었다. 이런 소재가 도마 위에 오르는 것 자체가 AR그룹의 굴욕이 되리란 걸 노리고 있는 거다.

"그걸 반대로 생각해 볼까요."

물론 윤진서라든지 다른 사람들은 확실히 귀족적 이미지에 집착할지도 모르겠지만, 기현은 아니었다. 지금 모든 언론사에서 그가 사생아라는 사실을 떠들어 대도 상관없을 유일한 AR그룹 사람이 기현이었다.

"남편의 죽음 직후 보란 듯이 시댁에 소송을 걸어 경영권을 챙기려는 며느리. 그것도 아이에게까지 거짓 증언을 강요하면서 말입니다."

"거짓 증언?"

"민우가 그러던데요. 민하는 증언 연습하러 외가로 간다고."

오선혜가 팩 뒤를 돌아보았다. 그녀가 어떤 표정을 지었는지는 알 수 없지만 움츠러드는 민우와 민하를 보니 알 만했다.

"연습이라뇨? 이런저런 일로 어른들 만나게 될 수 있고 법원이란 곳도 갈 수 있는 건데, 겁먹을 필요 없다고 이야기해 줬을 뿐입니다."

보다 못한 오선혜의 변호사가 대신 끼어들었지만 이미 주눅이 든 아이들의 얼굴 덕에 그 자리의 모두가 상황을 파악할 수 있었다.

"소송을 거는 건 상관이 없지만, 여론이 형수님께 도움이 될 거란 생각은 안 하시는 게 좋을 겁니다. 그간 이 집안이 언론을 어떻게 가지고 놀았는지는 몸소 겪으셨을 텐데요. 왜 AR이 광고비에 그런 천문학적인 돈을 쏟아붓겠습니까. 광고 효과를 기대하는 게 아니라 필요할 때 무기로 쥐고 흔들기 위해서입니다. 그리고—"

"저랑 민하는 숙부 밑으로 갈 거예요."

민하의 손을 꼭 쥔 민우가 벌떡 일어서며 갑자기 큰 소리를 냈다. 답답한 대화에 흥미를 잃고 핸드폰만 쳐다보던 태성이 고갤 번쩍 들었다.

"윤민우! 너 그게 무슨 말도 안 되는…… 애가 지금 여기가 어디라고!"

"맞잖아요. 숙부가 저 양자로 받아 주시겠다고 하셨잖아요."

"양자라니?"

이런 이야긴 들은 바 없다며 태성이 뚫어져라 쳐다보는 통에 옆얼굴이 타 버릴 것 같았다. 기현은 헛기침하며 아이들 쪽으로 몸을 틀었다. 조 실장과 서태식은 슬쩍 핸드폰을 꺼냈다. 액정을 두드리는 손이 바빠졌다. 곧 터뜨릴 기사에 추가할 내용이 생긴 것이다.

"윤민우!"

"그 꼴통 같은 남자랑 이제껏 버티고 산 이유가 AR이라는 타이틀 하나 때문이었는데, 얌전히 먹고 떨어지라는 것만 받아먹기엔 그 세월이 아깝다고 그랬잖아! 그리고 애들은 아직 어리니까, 애들 것까지 내 명의로 돌려놓으면……!"

윤민우가 꾹 쥔 주먹으로 눈물을 훔치며 간신히 말을 이었다.

"명의 돌려놓으면…… 그만이라고 그랬잖아. 윤인범 핏줄이면 이런 일에라도 도움이 되어야지, 재네들한테 발목 잡혀서 이제 평생 이렇게 혼자 살아야 할 텐데, 그랬잖아! 나랑 민하는…… 그렇게라도 쓸모가 있어야 한다고 엄마가 그랬잖아."

서러워 헐떡이면서도 민우는 가슴에 쌓인 말을 죄 쏟아 냈다.

"저 말이 사실이야? 민우가 너한테 양자로 삼아 달라고 했어?"

윤진서가 물었다. 당황이나 불쾌함보나는 흥미로움이 기득한 낯을 하고서.

"……네."

"거짓말! 거짓말이야! 저 사람이 먼저 우리 애들한테 접근했을 게 분명해요. 자기 아빠가 그렇게 됐는데 어떻게 애들이 당신한테 그런 소릴 해!"

"어제 민우가 직접 별채 앞까지 찾아와서 절 기다렸습니다. 날 만나겠다고. 필요하다면 확인해 보세요. 이 집에 널린 게 CCTV인데."

오선혜의 변호사와 김 비서가 골치 아프게 됐다는 듯 깊게 침음했다. 서태식과 조 실장은 전부 끝났다는 양 기현을 향해 핸드폰을 흔들어 사인을 보냈다. 태성에게 윤인범의 일을 터뜨릴 셈으로 언론사 몇 개를 등록해 달라고 했었는데, 그걸 이용해서 오선혜와 관련된 기사를 뿌린 것이다.

검색어 순위를 끌어 올리는 건 어려운 일이 아니니 사람들의 이목을 끌면 다른 언론사에서도 가져다 쓸 터. 그사이에 모체였던 기사들은 삭제해 버리면 그만이다. 회사 추적을 해 봐도 명의를 몇 번 거친 곳이니 쉽사리 파악하기도 어렵겠지.

"그래서 지금 투표해야 하는 안건들이 뭐였지?"

한심하다는 듯 혀를 차던 윤진서가 전략실장에게 물었다. 민우의 울음을 멍하니 보던 그가 어, 하며 팔랑팔랑 서류를 끝장으로 넘겼다.

"윤기현 본부장의 지주사 사장 내정에 대한 승인. 윤기현 본부장의 지위 승계. 금융 지주사 출범에 대한 승인. 물산으로 시작되는 순환구조를 해체하는 것에 대한 승인. 이렇게 총 네 가지 안건입니다."

"나는 절대 동의할 수 없으니까 마음대로 해요!"

"물산 해체에 관한 이야기를 말씀하시는 거라면, 반대표 한두 개 나온다고 의결이 안 되는 건 아닙니다. 형수가 바라는 경영권 문제는 이사회에서 논의할 사안이 아니니 그냥 소송 거세요. 10년이든 20년이든, 여기서 기간과 비용이 두려워서 소송을 겁내는 사람은 없잖아요?"

"죄송한데, 혹시 지금 뜨고 있는 기사들…… 본부장님이 지시하셨습니까?"

내내 침묵하던 김 비서가 핸드폰에서 눈을 떼지 않고 물었다. 기사까지 났다는 말에 윤진서가 편안하게 등받이에 몸을 기댔다. 더 볼 것도 없었다.

"네."

오선혜가 참을 수 없다는 듯 몸을 일으켰다. 이 이상은 시간 낭비라는 태도였다.

"그동안 얌전히 참고만 살았더니 저를, 아니, 우리 나진 실업을 너무 만만하게 보시는군요. 저도 더는 가만히 있지 않겠습니다."

참고만 살아왔다, 라……. 적어도 기현은 자신의 앞에서 할 소리는 아니라고 생각했다. 그녀의 변호사는 반대표든 무효표든 뭐라도 던지셔야 나중에 책잡힐 게 없다고 날뛰는 오선혜를 설득하느라 진땀을 흘렸다.

"부창부수라더니."

지켜보던 윤진서가 혀를 쯧, 차며 전략실장에게 투표부터 진행하라고 지시했다. 윤민우를 양자로 들일 거라고 언제 밝힐까 계산하고 있었는데, 아이가 서러워 먼저 울음을 터뜨리는 바람에 생각보다 자연스럽고 빠르게 매듭이 지어질 것 같았다. 물론 이 자리에 대한 매듭일 뿐, 실제로 소송까지 이어진다면 더 많은 나쁜 짓을 각오해야 하겠지만.

아무렇지 않은 척 회의에 집중하느라 온 마음을 소비했더니 머리가 띵했다. 혹시나 놓치는 소리가 있을까 봐 단 한마디도 허투루 넘길 수 없었다. 기현이 무의식중에 잘 안 들리는 쪽 귓불을 만지작거리자 태성이 바로 몸을 기울였다.

깜짝 놀라 옆으로 몸을 틀자, 얄밉게 어깨를 으쓱하고는 앞에 놓인 진행표를 끌어다 뭐라고 끄적거리더니 기현 쪽으로 쓱 밀었다.

[어디 아파요?]

기현은 고개를 저었다. 고작 귀 좀 만지작거렸다고 저렇게 심각하게 반응할 것까지야.

아무렇게나 제 인감을 퍽퍽 찍은 오선혜는 이대로 넘어가지 않겠다는 듯 기현을 노려보더니 옷과 가방을 들고 일어섰다. 윤민우가 훌쩍였다. 덩달아 윤민하도 코를 크게 삼키며 울었으나 아이들 쪽으론 눈길도 주지 않았다. 그게 그렇게 서러웠는지 윤민우가 눈을 찡그렸다.

"서태식 씨, 아이들 좀……."

"아, 예."

서태식이 허둥지둥 아이들의 손을 잡으려 다가갔지만, 윤민우는 이미 쌩하니 그의 걸음을 앞지르고 있었다. 누구 하나 안쓰러운 시선으로 보는 이가 없었다. 윤진서든 윤희연이든, 이쪽으로 돌아선 사외 이사들이든. 그저 훌륭한 카드가 되어 주어 장하다는 기색으로 잠깐 눈길을 주었을 뿐이다.

[정말 신기하네요.]

태성이 또 뭔가를 끄적거렸다. 신기하다고? 뭐가요, 하고 입 모양으로 묻자 글씨를 휘갈긴다. 뭐라고 쓴 건지 알 수 없어서 고개를 갸웃하자 잠시 인상을 쓰더니 다시 또박또박 쓴다.

[이따위 집구석에서 용케도 착하게 컸다고요. 쟤도 그렇고. 아니, 나만 해도 엄청나게 삐뚤어졌는데.]

또 쓸데없는 소리. 기현이 혀를 차자 전략실장이 서둘러 표결 결과를 발표했다. 아무래도 오해한 모양이었다.

"먼저 윤기현 본부장의 지주사 사장 신임 건은……."

제법 중요한 이야기가 시작되려는 와중인데, 옆에서 태성이 종이에 자꾸 뭘 끄적거리며 말을 걸었다.

[그나저나 몸은? 아무리 생각해도 귀는 그대로 두면 안 될 것 같은데. 그 나이에 보청기라니 그건 너무 서글프잖아.]

필담인데도 시끄럽다고 느껴질 정도였다. 자기 딴엔 그 장난이 퍽 아기자기하고 재미있다고 생각하는 듯했다.

[참. 그리고 그 소린 대체 뭡니까? 양자라니?]

적당히 좀 하라고 눈치를 줬지만, 태성은 아랑곳하지 않았다. 어쩐지 부산스러운 움직임에 옆에 앉은 박 변호사가 흠, 하며 헛기침을 했다. 덩달아 기현도 정신 사나워지는 바람에 표결 결과를 제대로 들을 수 없었지만, 윤진서의 표정이 괜찮은 걸로 봐선 아무 탈 없이 넘어간 것 같았다.

"공공의 적은 물리쳤으니 이제 이 파이를 어떻게 나눠 먹느냐가 문제인데……."

"아, 그 문제를 말씀 안 드렸네요."

기현이 퍼뜩 정신을 차리며 목소리를 가다듬었다. 태성도 웃음기를 거두고 기지개를 켰다. 여기서부턴 태성이 나서 줘야 했다.

"금융 그룹도 AR이라는 이름과 로고를 사용하는 이상 지주사 측으로 브랜드 사용료를 지불해야 합니다만……."

일순 이야기를 나누고, 서류를 들여다보던 모두의 움직임이 뚝 멎었다. 특히 윤진서가. 날뛰는 오선혜와 금융 그룹 설립으로 온 신경을 쏟는 통에 잊고 있었던 것이다.

이전까지는 상관없지만, ㈜AR이라는 지주사가 설립되면 그 밑으로 들어가는 계열사는 전부 AR이라는 브랜드 사용료를 지불해야 한다. AR이란 기업 이름, 로고에 대한 비용뿐 아니라 브랜드 유지를 위한 마케팅, 교육처럼 쓸데없는 명목에도 브랜드 로열티를 들먹이며 사용료를 요구할 수도 있다.

"전년도 매출액, 자산 규모, 이런 것들을 고려해 봐야겠죠. 일반 제조업과 금융 그룹을 함께 거느린 선례가 없으니 확인해야 할 것이 많긴 하지만…… 어쨌든 지주사는 법인세법을 기준으로 삼을 예정입니다."

태연한 기현의 말에 윤희연이 기가 막힌다는 듯 천장을 올려다봤다. 체면을 생각해서 화를 참는 것 같았다.

어려움이 뭔지를 모르는 사람들. 어떻게 보면 참 순진했다. 누군가 챙겨 주지 않으면 놓치는 것이 많을 정도로 세계도 좁고. 필요 없으면 가차 없이 쓰고 버리는 부모 밑에서 자랐지만, 그 이전에 그들에게 주어지는 것이 참으로 많았다. 당연하게 걸어온 꽃길이었다. 윤의택이 지주사를 세울 거라고 하니 그런가 보다 했겠지. 감히 다른 의문을 제기할 생각은 하지도 못했을 거다.

"너…… 그래서 뭘 가져도 상관없다고 했던 거니? 이걸 노리고?"

"네? 설마 지주사를 세운다는 게 무슨 의미인지 몰랐다고 하시려는 건 아니겠죠?"

정말 그렇다면 대단히 실망이라는 듯 기현이 고개를 모로 기울이며 윤진서에게 되물었다.

"당장 올케를 밀어내야 하니 표결은 했다만…… 이사회 결정이야. 언제든지 새로 안건 올릴 수 있는 건데 너무 건방 떨지는 마라. 중요한 시기에 뭘 하는지 파악도 할 수 없는 회사의 새 얼굴, 얼마든지 경질 대상으로 올릴 수 있어."

"글쎄요. 저 한 사람 자리 좀 비웠다고 내부가 이 지경으로 엉망진창이 되는 걸 봐선……. 방어부터 충실히 하셔야 할 거예요, 누님."

기현이 뻐근한 목덜미를 주무르며 자리에서 일어났다. 이런. 태성은 자꾸 올라가려는 입꼬리를 숨길 수 없어 반쯤 얼굴을 가린 채 턱을 괴고 기현을 흘끔 응시했다. 죄 물어뜯어 흠집 내고 싶은 여린 윤기현도 취향이지만, 이렇게 남들 위에 당당하게 군림하려 드는 윤기현도 마음에 들었다.

"어쨌든 제 존재감이 그렇게 컸을 줄은 몰랐습니다. 명심하고 제대로 이끌어 나가 보죠."

좌중을 둘러보는 오만함은 윤진서의 연출과는 달랐다. 피곤으로 반쯤 내리깐 눈이 미치게 야했다. 밀려오는 충동을 참느라 턱을 괴고 있는 태성의 손가락이 토독토독 시끄럽게 리듬을 탔다.

"일단 브랜드 사용료에 대한 대략직 협의는 제 대리인들과 말씀 나누시면 될 것 같습니다. 주주들의 의견을 모아서 가지고 계시기도 하니까요."

"대리인'들'? 설마 박 변호사님 말고 진태성 이사도 대리인이라는 거예요?"

일전, 태성이 자신에게 상스러운 말을 지껄였던 게 아직도 분한 듯 윤소형이 팔짱을 끼며 삐딱하게 몸을 뒤로 물렸다.

"네. 아, 죄송한데 김 비…… 아니, 김 전무님은 저 좀 잠깐 보실까요."

태성이 핸드폰을 쥔 손을 살랑살랑 흔들었다. 기현을 배웅이라도 하는 것처럼. 어지간히 재미없었는지 슬쩍 스친 액정엔 게임 화면이 떠 있는 것도 같았다.

주의를 주듯 기현이 눈을 부릅뜨고 아랫입술을 꾹 깨물었다 놓았는데도 그의 얼굴에선 웃음기가 가시질 않았다. 어디까지나 기현이 나가느라 문이 열리고, 닫히기 전까지만. 기현이 김 비서와 함께 회의실을 나서자 한껏 올라갔던 태성의 입매가 싸늘하게 내려앉았다. 단지 그것뿐이었는데도 위험한 분위기가 물씬 풍겨 나왔다.

"음, 진흙탕 싸움은 아무래도 제 쪽이 전문이라서. 일단 윤기현 사장님께 위임받은 건 브랜드 사용료에 대한 대략적 협의와 계열사들의 지주사 편입 시기고…… 참, 그전에 우리가 마지막으로 이야길 했던 게 윤소형 상무의 웃기지도 않는 협박이었던 것 같은데."

태성이 게임을 끄고 핸드폰의 문서 폴더를 터치했다. 여기에 앉은 사람들의 모든 정보가 든 폴더였다. 이걸 언제, 어떻게 흘려야 윤기현이 잘했다고 칭찬을 해 주려나.

"그럼, 시작해 볼까요?"

지주사가 가지는 가장 큰 권한을 휘두를 생각을 한 건 기현이었다. 당연히 윤진서를 비롯한 기타 등등이 그걸 가만히 두고 볼 것 같진 않았다. 법이 허락하는 한도 내에서 단 0.1%의 사용료라도 낮추기 위해 피 튀기는 싸움을 벌여야 할 터였다. 윤진서가 경고했던 대로 걸핏하면 이사회에 압력을 넣어 기현의 경질을 논의할지도 모를 일이다.

하여튼 법적 형제 모두와 싸운다는 건 쉽지 않으리라. 하지만 그들의 신경을 한곳에 잔뜩 쏠리게 해 두면 뒤에서 다른 짓을 하기가 편해질 수도 있다. 예를 들자면, 요직에 있는 사람들을 자신의 사람으로 꾀어내는 일이라든지.

기현은 기업 내 어떤 사람이 자신에게 우호적인지, 이참에 밖으로 빠져나가려고 하는지 등등의 숨은 움직임들에 대해 아는 바가 없었다. 주요 계열사의 임원급 인사들과 안면도 트지 못했다. 사람들을, 그들의 마음을 알아야 나중이 편할 텐데 말이다. 특히, 지금 가만히 건물 밖을 내다보는 김 비서와 같은 중역들은 자신에 대한 시선이 당연히 곱지 않았다.

"의외였습니다. 실장님께서 오선혜 쪽으로 돌아섰다는 게."

"계속 회장님께 충성을 다할 거라고 생각하셨나 보군요."

아주 어릴 때부터 윤의택 곁에 당연하다는 듯 있었던 그인데. 이제는 할아버지라고 불러도 어색하지 않을 나이가 되어 버렸다.

가장 해가 뜨거울 시간이었다. 김 비서는 눈을 가늘게 뜨고서 본관과 신무원 일대를 굽어보았다. 어느 하나 그의 지시가 닿지 않은 곳이 없었다.

"이 또한 회장님을 향한 제 나름의 성의입니다. 적어도 회장님을 그렇게 만든 본부장님을, 아니, 이제 사장님이라고 해야 합니까. 아무튼, 사장님이 잘되시라고 응원할 수 없었으니까요."

"글쎄요. 결국은 제가 이 자리에 서길 원하셨을 겁니다. 그럴 목적으로 저를, 집사님까지 이용해 마지막 시험대에 올리셨으니까."

"그래요…… 그랬지요. 그 마지막을 위해서, 관장님의 눈을 돌리려고 그렇게 오랜 시간 공을 들였으니까요."

숨겨 둔 이수경이 잡힌 것처럼 꾸미고, 또 적당한 타이밍에 이를 김 관장이 눈치채게 한다. 더는 참을 수 없어 실수하도록.

윤의택의 밑에서 전무의 지위까지 올라서도 그저 김 비서라고 불리며 온갖 더러운 일들을 도맡아 왔다. 그렇다고 후회를 하는 것도 아니었다. 나는 새도 떨어뜨린다는 AR그룹 전략실과 홍보실을 쥐고 흔들었다. 윤 회장이 믿고 쓰는 유일한 사람이 그였다. 이 거대한 제국의 번영은 그의 일조 없인 불가능했다.

"절 밀어내기 쉽지 않으실 겁니다. 외람된 말씀이지만 제가 꾸리고 있는 세력이 사장님의 것보다는 공고하니까요. 아니, 그것까지 갈 필요도 없습니다. 당장 제 차명 계좌만 터뜨려도 AR이 무너지는 건 순식간일 겁니다."

"그건 관심 없어요. 전 단지 저 회의실 안에 있는 사람들한테 이 자릴 내주기 싫었을 뿐이니까. 다 같이 망해 버리면 그것도 괜찮을지도 모르겠네요. 누구도 갖지 못하게 된다면, 네. 차라리 그게 나을 수도 있겠어요."

"……."

"김 전무님은 한참 잘못 생각하고 계세요. 제가 어떻게 자랐는지 모르시는 것도 아니면서요. 저에게 지금의 지위나, 돈, 세상의 이목 같은 이야기는 통하지 않아요. 그건 저들의 이야기죠. 회장님, 김 관장, 윤인범, 윤진서, 그리고 김 전무님. 뭐 그런 사람들이요."

작열하는 태양처럼 강렬하게, 그러나 고요하게 기현이 속삭였다.

"어릴 때…… 무슨 이유인진 몰라도 갇혀 있었는데. 물이라도 먹고 싶어서 버둥거리고 있으면 지키고 선 사람들의 눈이 한 번은 흔들릴 때가 있었습니다, 저거 불쌍하다고. 그런데 김 비서님한테서는 한 번도 그런 동정을 느껴 본 적이 없어서. 그래서 늘 궁금했어요."

김 비서가 헛숨을 길게 들이켰다.

"집사님까지 갈 것도 없죠. 다른 사람 이야기는 잘 모르겠습니다. 그냥 어떤 마음으로 절 지켜보셨는지. 태어나던 순간부터 나락으로 처박혔던 저를 보면서 뭘 느끼셨는지……. 그게 궁금해서 김 비서님과 이야길 나눠 보고 싶었습니다."

"……그런 식으로 말씀하셔도 제가 사장님의 편을 들어 드리는 일은 없을 겁니다."

"그럼요. 굳이 김 비서님까지 제 편을 들어 주실 필욘 없어요. 저도 새 사람이 좋거든요. 하지만, 그렇다고 마냥 두고 볼 수는 없겠죠. 김 비서님 말씀대로, 아직은 그룹 내에서 김 비서님의 영향력을 무시할 수는 없을 테니까."

스프링클러가 작동할 시간이었는지 정원에 일제히 물보라가 일었다. 햇빛을 받아 여기저기 아지랑이 같은 무지개가 피어올랐다. 조금 선선해진 공기에 기현은 한결 기분이 좋아졌다.

"사모님과 따님께 전부 말씀드릴 생각입니다. 그간 김 비서님이 저질렀던 모든 일을."

유치한 협박이었다. 처음엔 황당해하던 김 비서가 이내 목을 울리며 웃음을 터뜨렸다.

"사장님. 그게 저한테 협박이나 될 거라고 생각하십니까?"

"글쎄요. 그냥 당신의 아버지가, 당신의 남편이 어떤 쓰레기 같은 짓을 도맡아 하면서 다른 사람을 짓밟았는지 알려나 주고 싶을 뿐입니다. 우리 윤 회장님을 보니 그게 가장 큰 복수 같았거든요. 누구에게도 이해받지 못하고, 사랑받지 못하면서, 평생 혼자가 되는 거 말입니다."

"……."

"그래서 그런 삶이 행복하셨습니까? 김 비서님은."

얼마간의 시간이 흐르고, 스프링클러의 물줄기도 천천히 멎어 들었다. 어려운 일은 진태성에게 맡겨 놨다지만, 그 고삐 풀린 작자가 무슨 헛소리를 하는지 지켜보긴 해야 할 터였다. 이제 들어가 봐야 할 시간이란 말이다.

"적어도 따님 혼삿길의 짐이 되진 마셔야죠."

김 비서는 아무런 말이 없었다. 이런 말 한두 마디 좀 했다고 마음이 말랑해질 사람은 절대 아니었다. 그의 약점들 혹은 바라는 것들을 꺼내 협상을 하는 게 훨씬 더 빠를 터였다. 하지만 그냥…… 그에게도 심술을 부리고 싶었다. 앞으로 싸워야 할 사람을 더 늘려 버리면 어쩌자는 건지. 태성을 흉볼 것도 없었다. 자신이 제일 애처럼 굴고 있었다.

그래도 기현은 이제야 좀 속이 시원해지는 기분이었다. 살면서 한 번쯤은 저 얼음 같은 남자에게 이렇게 쏘아 주고 싶었다.

기현은 김 비서와 어떤 인사도 나누지 않은 채 그를 등지고 돌아서 본관으로 들어갔다. 습관처럼 귓불을 만지작거리며 대회의실 쪽으로 걸음을 옮기려는데, 그럴싸하게 전시된 흉상이 눈에 들어왔다.

[윤상중 명예 회장, 윤의택 회장]

이제 그 옆엔 자신의 얼굴이 놓이게 될까. 나이를 먹으면 자신 또한 저런 얼굴을 가지게 될까.

한참을 들여다보다 복도를 거닐던 기현은 문득 생각이 난 듯 대회의실 반대편으로 걸음을 옮겼다. 갑자기 지금, 큰 산 하나를 넘고 단락 하나가 끝난 바로 지금. 당장 그 여자를 봐야 할 것 같다는 충동이 들어서.

중심이 되는 본관을 두고 옆 건물과 연결된 통로를 지나면 김 관장이 주로 쓰는 건물이 나온다. 방대한 양의 전시품이 즐비한 곳. 기현은 이름도 잘 모르는 고미술품이 특히 많다고 들었다.

공간 전체가 죽어 버린 것 같았다. 관리인들도 발소리 하나 내지 않으려 조심하며 걸었다. 여기까지 넘어온 건 처음이라서 김 관장이 대체 어디쯤 있을지 고민했지만, 미술품의 산을 지나 방이 나오기 시작하자 배치된 경호원들이 눈에 들어왔다.

"오셨습니까."

방문을 미리 알린 것도 아닌데, 경호원들은 기다리고 있었다는 듯 길을 터 주며 정중히 고개 숙였다. 기현은 괜히 검지로 복도의 벽을 쓸며 느리게 걸었다. 아주 많은 일이 산재해 있지만, 어쨌든 윤의택을 대체할 수 있는 사람은 이제 온전히 자신뿐이었다.

"여기에 계십니까?"

"예. 저, 하지만 혼자 들어가시기엔……."

"괜찮아요."

"그럼 문은 잠그지 않겠습니다."

마스터키가 센서에 맞물리는 소리가 들리고, 육중한 문이 음산하게 열렸다. 어쩐지 독립문의 허름한 식당에서 나무문을 부쉈던 그때의 떨림과 오싹함이 겹쳐졌다.

그러나 기현 혼자만의 느낌이었을 뿐, 내부는 너무도 평온했다. 평소 김 관장이 생활하던 곳에 비하면 터무니없이 좁았지만, 그래도 거실은 물론이고 침실, 욕실, 드레스룸까지 갖출 건 다 갖춘 넓은 방이었다. 매일 깨끗하게 쓸고 닦는 모양인지 가구와 바닥에서 은은한 광택감이 느껴졌다.

그리고, 안쪽에서 다급함을 감추지 않은 발소리가 쿵쿵 울리며 가까워졌다. 김 관장은 여전히 완벽하게 정장 차림을 한 채였다. 그녀답지 않은 발걸음이 아니었더라면 심기가 불편하리라 전혀 예상하지 못했을 정도로 평소와 똑같은 모습이었다.

"살아 계셨네요. 아들이 죽었는데도."

기현 또한 아무렇지 않은 척하려고 애썼지만 김 관장을 보자마자 분노가 들끓어서 뾰족한 말부터 휘둘렀다. 어릴 때부터 가장 원초적인 학대를 가했던 장본인을 두고 괜찮은 게 이상한 거였다.

"어머니가 갇혀 있다는데 남은 자식들 누구도 들여다볼 생각도 안 하고. 이렇게 보면 당신 인생도 참 불쌍해요. 그렇죠?"

뉴스에선 충격으로 내외 모두 입원했다고 했으니, 김 관장은 일이 터진 직후부터 내내 여기에 갇혀 있었을 것이다.

"여기 있다고 해서 볼 수도 없고 들을 수도 없는 건 아니란다. 적어도 여기서 일하는 관리인들만큼은 다 내 손안에 있어. 그래, 네가 지주사 사장이 된다지."

내선 전화를 들고 버튼을 누르자 바로 관리인이 다기와 찻잔을 내왔다. 윤의택이 쓰던 것과 비슷한 모양이었다. 새삼스럽게 얼마나 좋은 걸 쓰는지 자랑하고 싶은 건 아닐 테고. 그저 이 정도로 관리인들이 자기 말을 잘 듣는다는 걸 보여 주고 싶은 모양이었다.

"손안에 있는 것도 그들에게 돈을 쥐여 줄 수 있을 때나 가능한 말이죠. 이제 그 사람들 월급을 주는 건 납니다. 시간이 흘러도 계속 그렇게 당신 말을 들어줄까요?"

"그 정도 시간이 걸릴 때까지 여기서 허송세월할 것 같니, 내가."

"그럴 수도 있죠. 회장님이 윤인범 아주 보내 버릴 생각으로 일부러 저랑 집사님 꼬여 낸 것도 모르셨잖아요? 처음부터 다 계획된 일이었는데요."

"뭐?"

"아, 물론 눈치는 채고 계셨죠. 그러니 그렇게 서투르게 돈을 끌어다 쓰셨지. 그래도 안타깝게 됐어요. 애꿎은 사람 여럿 죽게 만들고. 회장님은 처음부터 안전하게 집사님 빼돌리고 계셨던데."

김 관장이 다기를 툭 떨구는 바람에 뜨거운 찻물이 사방으로 튀었다.

"그럼 이건 아세요? 집사님이 윤 회장에게 부탁했던데. 집사님이 당하고 살았던 시간만큼 김연수도 그렇게 비참하게 만들어 달라고. 정확히 말하자면, 자기랑 똑같이 가둬 놓고 개처럼 구르면서 살게 해 달라고. 윤 회장은 물론 그러겠다고 약속했고요. 그래도 이게 어디예요. 제 덕분에 관장님, 사람처럼 살고는 있잖아요?"

결코 김 관장이 평온할 수가 없는 이야기를 기현은 아주 많이 가지고 있었다. 김 관장을 만나면 이성을 잃고 어떤 험한 말을 쏟아붓게 될까, 평정을 잃진 않을까, 그럼 지는 건데…… 뭐 이런 걱정을 했는데 그렇지도 않았다. 처음 봤을 때야 화가 치미긴 했지만 꾹 삼키고 나니 그다음부턴 쉬웠다.

"지금 이 내선 전화는 물론이고 책, 신문…… 세상과 통하는 모든 것을 끊어 버릴 겁니다. 물론 관리인들은 들여보낼 거예요, 일정한 시간에."

붙들고 계속 욕을 해도 모자랄, 치가 떨리는 사람이었지만 더는 마주하고 싶지 않았다. 이 이상의 위해를 가하는 것도 우스운 일이었다.

"옷? 화장품? 구두? 적당히 골라서 늘 새 걸로 채워 놓을 겁니다. 질 좋은 식사도 달라지지 않을 거고요. 다만 당신은 다시는 이 방 밖으로 나갈 수 없을 겁니다."

"이게 어디서 건방지게!"

"아들을 죽인 놈이 주는 것 따위 싫어서 다 버리겠다고, 처음엔 그렇게 화를 내시겠죠. 그런데 그게 오래 못 가요. 사람이라면요. 제가 겪어 봐서 알거든요."

김 관장의 눈가가 파르르 떨렸다.

"당신처럼 무식한 방법으로 사람 가두고 패는 일은 안 해요. 전 당신들과 다르게 정말 우아하게 살고 싶으니까. 몸이 좀 안 좋은 것 같으면 무슨 약을 써서라도 건강하게 회복시켜 드릴 겁니다. 제때 먹지 않겠다고 하면 죄 으깨서 목에 쑤셔 넣기라도 할 거예요. 상주하는 감시인들, 경호원들 전부 붙여 놓을 테니 허튼짓은 마시고요."

그녀가 기현을 미워할 이유야 충분했다. 남편이 다른 여자에게서 낳아 온 아이였으니까. 윤 회장을 사랑하든, 사랑하지 않았든 부인인 김 관장이 화를 낼 수 있는 건 당연한 거였다. 심지어 그 여자와 아이가 자기와 같은 집에서 한솥밥을 먹고 산다는데.

하지만 그건 기현도 마찬가지였다. 원해서 이런 집에서 태어난 게 아니었는데, 그 이유 하나만으로 학대와 다름없는 미움을 견뎌 내야 했다. 강제로 끌려온 집사님은 어떻고?

만약 김 관장이 그 살벌한 분노를 윤 회장에게 표출했더라면. 이 모든 게 당신 탓이라고, 기현에게 그랬듯 악다구니를 썼다면. 그랬다면 그래도 끝까지 그녀를 이해해 보려고 노력했을 것이다.

하지만 김 관장은 그러지 않았다. 자신의 명예와 자존심을 지켜 줄 윤의택에게는 윽박조차 지르지 않았다. 가장 큰 원흉인 윤 회장에겐 필요한 것이 있으니 꾹 참기만 했다. 그래도 자기 기분이 나쁜 건 어쩔 수 없으니 그 모든 분노를 집사님과 기현에게만 온전히 쏟아 냈다. 비겁하고, 치졸했다.

"이제 살면서 서로 얼굴 볼 일은 없을 겁니다. 그럼 제가 베푸는 것에 감사하며 그렇게 남은 생을 보내세요. 영원히, 여기서."

집기들이 요란하게 부서지는 소리에 놀란 경호원들이 바로 문을 열었다.

"아, 신경 쓰지 마세요. 이제 일어서려던 참이니까. 그리고 지금 이 시간부터 적어도 한 공간에 두 명 이상씩 사람 배치해서 감시하세요. 모자란 인원은 충원 요청하시고."

"네."

김 관장은 얼이 빠져 기현의 뒷모습을 바라보았다. 윤의택, 자신, 혹은 장남인 윤인범만이 관리인들에게 저런 명령을 내릴 수 있었다. 그런데 그 윤기현이 주제도 모르고 저런 지시를 하다니. 믿을 수도, 견딜 수도 없어서 김 관장은 손을 벌벌 떨었다.

실감이 나지 않았다. 조만간 기현이 찾아올 거라고는 생각했다. 분명 자신을 보면 화를 낼 거고, 그럼 그 마음을 자극해서 적당한 협상안을 내밀 작정이었다. 더불어 기현이 왔다 갔다는 소식이 퍼지면 무슨 말을 나눴을지 궁금해서라도 다른 아이들에게서 연락이 오리라 예상했다. 그럼 적당히 밀고 당기기를 하면서 관리인들 통해서 계속 이야길 주고받다가…….

"그 누구도 오지 못할 겁니다. 각자 자기 재산을 방어하느라 정신이 없을 텐데, 한낱 패배자를 누가 신경 쓰겠어요. 그렇게 가르친 건 당신인데."

자신을 내려다보는 기현의 눈이 너무 덤덤하고 평온했다.

'저런 애가 아니었는데. 선거가 어쩌고저쩌고하면서 날뛸 때도 저런 눈을 할 줄 모르던 애였는데…….'

김 관장은 멍하니 자신의 공간을 침입하는 사람들과 기현을 번갈아 가며 바라볼 뿐이었다. 그때, 주머니에 손을 찔러 넣은 채로 기현이 상체를 숙였다. 핏발 선 눈이 바로 앞에 있을 정도로 가까운 거리였다.

"윤인범은 끝까지 멍청했어요. 보란 듯이 칼을 가져와 놓고선 자기 허벅지에 올리고 있었다고요. 버러지 같은 놈이었으니 감히 자길 찌를 거라곤 생각도 못 한 거지."

기현의 속삭임에 김 관장이 어지러운 듯 머릴 짚으며 비틀거렸다. 적어도 제 아들은 소중히 여겼던 모양이다. 대를 이어 부를 이어 줄 가교로 여겼든, 혹은 진심으로 사랑하는 장남이었든.

"그럼 만수무강하세요."

김 관장과 지긋하게 눈을 맞추던 기현이 굽혔던 몸을 폈다. 돌아서자마자 뒤에서 무시무시한 소리가 터졌다. 먹먹한 기현의 한쪽 귀에도 꽂힐 정도로 엄청난 기세였다. 그리고 쾅, 하고 제법 큰 소리를 내며 문이 닫혔다. 잠김음이 경쾌하게 울렸다.

이 구역의 책임자인 듯, 명찰을 달고 있는 경호원이 조심스럽게 기현의 곁에 섰다. 당연히 더 지시할 것이 있으리라 생각하는 모양이었다.

"제 쪽의 사람을 더 빼서라도 여기에 배치하세요. 관리인들은 전부 교체하시고."

"하지만 사장님 쪽 경호를 줄일 수는 없습니다."

"외부 일이라면 모르겠지만, 집에 있는 동안은 대부분 근희원에 있을 것 같아서요. 겹치는 인원이 생길 테니 잘 조정해 보세요."

앞으로도 별채에서 머물 수 있을 리가 없다. 잠들 지 못할 테니까.

"김 관장이 원하는 건 다 주세요. 단 전화, 책, 신문, 의사 표현을 할 수 있는 것…… 뭐 종이나 펜이라든지. 이런 건 안 됩니다."

"알겠습니다."

주치의는 상시 대기시켜라. 식사는 제때 줘야 한다. 만약 거부하거든 붙들고 강제로라도 씹어 삼키게 해라. 꽤 살벌한 명령인데도 경호원은 익숙하다는 듯 표정 하나 변하지 않고 명령을 숙지했다. 그러곤 자신이 맡은 구역의 끝인지 따라 발을 옮기다 말고 무뚝뚝한 인사를 건넸다.

기현은 다시 고상한 미술품이 즐비한 복도를 지나 본관으로 건너왔다. 꿈을 꾸는 것만 같았다. 아무리 적을 향해 주먹을 내질러도 영 속도가 나지 않는, 그런 꿈을. 분명 최선을 다해 빠르게 걷고 있는데도 느렸다.

이상한 일이었다. 어린 시절을 좀먹던 여자였다. 아니, 최근까지도 기현이 불행했던 이유 중 상당수의 지분이 있던 사람이었다. 그리고 마침내, 고통받았던 그대로 돌려주게 되었다. 그런데 조금도 속이 시원하질 않았다.

잠깐 걸음을 멈춘 기현은 답답함에 가슴을 몇 번 내려쳤다. 셔츠를 움켜쥐며 잠시 그러고 있는데, 뒤에서 누군가 어깨를 짚어 왔다. 익숙한 손길과 체향은 아무래도—

"진짜 몸 안 좋은 것 같은데."

역시 진태성이었다.

'아…….'

이 남자는 늘, 어쩌면 이런 타이밍에, 약해질 것 같은 순간에 귀신같이 자신을 찾아내서 두드리는 걸까.

"……회의는요?"

"개판 됐죠. 윤기현 씨 나가고 뭐 30분도 안 돼서 다 박차고 나가던데."

"한 번에 진행될 리가 없잖습니까. 예상했던 대로네요. 그런데 내가 여기에 있는 줄은 어떻게 알았어요?"

"아. 뭐, 그냥 심심해서 구경 좀 했습니다."

여기저기 놓인 그림과 책, 가구 하나하나에 태성이 시선을 주었다. 확실히 가치가 있는 수집품들이긴 한 모양이다. 그래, 이 남자도 미술관을 운영하고 있었지. 예술품으로 돈세탁도 하고.

"……처음에 당신이 날 속이려고 하는 걸 알았을 때."

불편한 주제가 나왔지만, 태성은 그대로 선 채 웅장한 복도만 바라볼 뿐이었다. 듣고 있는 건지. 무시하려는 건지.

"그땐 당신의 돈이든 사람이든 무엇이든…… 그렇게 원한다는데, 당신의 손으로 이 모든 걸 치워 버릴 생각이었습니다. 그리고 김 관장에겐 집사님처럼 똑같이 평생을 가둬 놓고 못 나오게 하려고 했고요."

"……."

"집사님의 말이 이제야 이해 가는 것 같아요. 길가의 돌이든, 풀이든 그게 뭐든…… 정을 주지 않고선 견딜 수가 없었다는 말이."

돌이켜 보면 내가 그랬던 것 같으니까, 당신에게. 기현은 그러고도 한참 말을 고르다 간신히 입술을 뗐다.

"글쎄요. 모르겠습니다. 다시 시작해야지, 내가 책임져야 할 것들이 있지. 그런 생각을 하다가도…… 그런 게 무슨 의미가 있을까 싶고. 시간 지나서 나도 윤 회장이나 김 관장 같은 사람들처럼 변할 거라는 생각이 들면…….”

담담히 기현의 말을 들으며 한참을 그림에서 눈을 떼지 않던 태성이 천천히 몸을 돌렸다. 무표정했지만, 어쩐지 초라한 부두에서의 그때처럼 당장에라도 울 듯한 눈 같았다.

“……나도 꼭 그랬습니다. 드디어 그 지겨운 인간들을 해치웠다는 희열은 10분도 가지 못했죠. 이대로 죽긴 아까워서 그럭저럭 살긴 했는데, 모든 게 무료했습니다.”

그러던 어느 날 널 만났어. 아주 엉망이 된 초라한 몰골로 네가 나에게 찾아왔지.

“나도 그렇고 윤기현 씨도 그렇고 이제까지 행복하다고 느껴 본 적 없잖아요. 자신을 위해 뭘 가져 보고 싶었던 적도 없고. 이젠 그런 걸 위해 노력해도 되지 않겠습니까.”

초점 없는 검은 눈으로 핸들을 꺾었을 때, 기현이 사라져 텅 빈 자리를 봤을 때. 온몸의 핏기가 빠져나가던 그 순간. 다시 만나지 못할 거라고 생각했던 바닷가의 끝에서 간신히 다시 윤기현을 만났을 때의 그 전율을 대체 어떻게 설명할 수 있을까.

“내가 곁에서, 계속 윤기현 씨에게 미안해하면서…… 잘해 주려고 노력할 테니까.”

다시는 내 감정이 뭔지도 모르고 바보처럼 실수하지 않을 테니까……. 태성의 손이 기현을 만지고 싶은 것처럼 움찔거렸지만 끝내 닿지 못하고 툭 떨구어졌다.

“……글쎄요.”

그건…… 모르겠다. 가지고 싶은 것이라니. 행복이라니. 아마 기현은 앞으로도 이렇게 되는대로 살 것이고, 계속 그러다 보면 또 어느 순간 태성에게 틈을 내줄 것이다. 그에게 기대어 자다가 또 습관처럼 몸을 섞을지도 모르고. 아무렇지도 않게 일 이야기를 하다가, 예전에 태성이 쏟아 냈던 잔인한 말들이 생각나서 발작하듯 그를 때리며 울지도 모른다.

그런데도. 그걸 알면서도. 기현은 바보처럼 태성의 말에 기대고 싶어졌다. 이젠 행복을 위해 노력해 보자는, 누구에게도 듣지 못했던 그 말에 마음이 훅 기울어 버려서.

처분을 기다리듯 온순한 척 기현을 마주하고 서 있지만 끝내 어떻게든 자신이 원하는 걸 가지려고 들 남자다. 결국 태성의 말대로 되어 버렸다. 헤퍼지고, 쉬워져서 고작 그의 말 한마디에 이만큼이나 기대가 자라 버린다.

'그럴 수도 있을까. 앞으로도 계속 이렇게 살게 될 텐데, 내 주제에 행복한 삶이라는 게 있을 수도 있을까.'

감히 그런 노력을 해도 될까.

"……그래서, 회의는 어떻게 개판이 난 겁니까?"

잔뜩 물을 먹은 것 같은 눈동자를 하고서 서글프게 허공을 응시하던 기현이 어느새 처연한 분위기를 싹 지우고 다시 사장의 가면을 썼다. 그 변화가 무슨 뜻인지 알기라도 하는 것처럼, 태성이 흘러내린 기현의 머리카락을 귓바퀴에 꽂아 주었다.

"여기서 이야기하긴 좀 그런데."

음, 좀 많이 그렇긴 했다. 아까 기현에게 묵례했던 경호원이 그들을 흘끔거리고 있었다. 훔쳐본다기보다는 집안의 권력을 쥐게 된, 어디서 툭 튀어나온 도련님이 코앞에서 멀뚱히 있으니 어딘가 불안해서 그런 것 같았다.

"별채로 갈까요?"

태성의 눈이 휘둥그레졌다.

"본관에 다른 회의실도 있—"

"아뇨."

잠들지 못하는 밤이 아닌 다른 때에, 다른 이유로 별채로 가자는 기현의 그 말이 어떤 허락처럼 들렸다. 기현이 정확히 무엇을 허락하는 건지는 알 수 없었지만. 태성은 앞으로 그에 대해 깨닫는 것을 숙명으로 여길 생각이었다. 정의 내릴 수 없도록 엉망이 된 기현과의 관계가 한 발짝 더 나아갈 수 있도록.

"그땐 별채로 바로 와서 몰랐겠네요. 여기가 본관이고, 정원으로 나가는 길이 있습니다. 거기서 이쪽으로 꺾으면……."

기현이 문을 열고 별채로 가는 길을 담담하게 설명했다. 곳곳에선 관리인들이 물러서며, 가장 외진 곳으로 터벅터벅 나아가는 새로운 주인에게 공손히 허리를 숙여 인사를 건넸다.

〈본편 완결〉

외전 1
Your Favorite

Your Favorite

“미술관 일에 조금 신경 쓰셔야 하지 않을까요.”

웬만해선 태성에게 싫은 소리를 하지 않는 조 실장이 저렇게 나올 정도니, 그간 태만하긴 했던 모양이다. 하긴. 요즘 미술관 일이라고 해 봤자 옥션 정도에만 힘썼지, 새로운 전시 기획은 적당히 맡겨 놓은 터라 뭐가 어떻게 진행되고 있는지도 몰랐다.

생각해 보니 정말 그랬다. 요즘은 종일 윤기현과 관련된 일에만 매달리고 있었다. 만나는 사람도, 생각하는 사람도 윤기현뿐이다.

자꾸 초조해지는 건 어쩔 수 없었다. 기현은 괜찮은 것 같다가도 금방이라도 사라질 것처럼 아슬아슬한 얼굴을 하곤 했으니까. 왜 이 남자가 내 옆에 있는 거지, 그런 눈빛으로 멍하니 쳐다볼 때마다 태성은 목 끝까지 치미는 것을 간신히 삼켰다. 차라리 그냥 같이 죽자고 목을 조르고 싶다가도, 무릎 꿇고 울며 빌고 싶어지기도 했다.

지금은 하루에도 몇 번이지만 곧 일주일, 한 달, 일 년…… 기현 또한 덤덤해질 것이다. 그러나 아직은 그런 때가 요원해서, 몇 번이고 계속 고사라지는 기현을 보고 애가 닳는 것 말고는 할 수 있는 것이 없었다. 지금은 붙들려 주었지만 이내 아무렇지도 않게 손에 쥔 것을 다 놓고 또 사라질 것 같아서 무서웠다.

잘해 주고 싶다고. 기현이 독으로 얼룩졌던 옛날을 떠올리지 않도록 도와주고 싶다고. 예전에 말했던 것처럼 행복하게 해 주고 싶다고……. 그런 생각을 몇 번이고 하고는 있는데, 그게 참 어려웠다. 살면서 뭐 그런 착한 마음을 먹어 본 적이 있어야지.

"넌 늘 그런 식이잖아!"

음? 전시관 쪽에서 제법 큰 소리가 났다. 평일 오전인지라 미술관이 한가한 편이어서 더더욱 소란이 크게 느껴졌다. 뭔가 싶어 고개를 내밀었던 직원들이 어휴, 하고 고개를 내젓고는 다시 제자리로 돌아갔다.

별일은 아닌가? 계단 난간에 삐딱하게 기대서 툭툭 발만 차 대던 태성은 뭔가 싶어 전시실로 향했다. 사랑에 관한 설치 미술가들의 해석을 다룬 기획전이었다. 아, 신경 안 쓰고 있었더니 주제 진짜 후지게 잡고 있었네.

"보고 싶으니까 같이 맛있는 거 먹자고 부르고, 생각나니까 작은 선물 해 주고, 좋아하는 거 같이 나누고 싶은 게, 그게 그렇게 잘못이야? 바쁘다고 연락도 없고. 나랑 있을 땐 무슨 생각하는지도 모르겠고. 나는 정말 잘해 주려고, 너 좋아하니까 그러려고 노력하는데, 넌 대체 뭔데? 이럴 거면 나랑 왜 사귀는데!"

"진짜 바쁘고 피곤하니까 그렇지. 오늘도 기껏 월차 냈는데 그냥 좀 쉬면 좋잖아."

"뭐? 쉬어? 쉬긴 개뿔이, 종일 모텔에서 뒹구는 게 쉬는 거냐? 햇빛 아래서 데이트하면 아주 죽니? 죽어? 잘하지도 못하는 것들이 꼭 야한 거에 환장해서……!"

남자가 식겁을 하며 여자의 입을 틀어막았다. 여자가 도끼눈을 뜨자 나가서 이야기하자고, 무조건 잘못했다고 싹싹 빌며 어깨를 감싼 채 빠른 걸음을 옮겼다. 물론 그런 보람도 없이 계단을 내려가자마자 이번 달에 모텔이 아닌 곳에서 만난 게 몇 번이나 되는지는 아냐고 왁왁 내지르는 고함이 미술관 전체에 울려 퍼졌지만.

'멍청한 새끼. 생긴 게 저 모양이면 공이라도 들여야지. 그렇게 뻔하게 몸에만 관심 있는 것처럼 굴면…….'

"어……?"

남자의 티 나는 무성의함에 혀를 차던 태성은 문득 머리를 스치는 생각에 그대로 몸을 굳혔다. 저 사람들은 남자와 여자니까 굳이 비교의 대상은 될 수 없었지만…… 태성 또한 기현에게 몸부터 먼저 들이댔다. 예전에 기현에게 사귀자고 했을 때도…… 호텔, 집 외의 다른 곳을 가 본 기억이 없었다. 그나마도 침대, 소파를 오가기만 했지.

기현과 뭔가 다른 걸 시도해 볼 생각도 안 했다. 일과 앞날에 관한 이야기를 흘리다 입술이 열리고, 혀를 섞고, 그러다 보면 다른 데도 열리고. 심지어 마지막으로 했던 섹스는 기현이 온통 울거나 건전지 나간 인형처럼 덜걱거렸던 게 전부였다.

"나는 네가 날 생각해 주는 거라면, 아주 사소한 작은 거라도 좋았을 거야! 뭐 어떻게 한번 해 보겠다고 던져 주는 가방이나 구두보다, 나를 위해 고른 작은 선물들이 훨씬 기뻤을 거라고! 심지어 그 선물들, 진짜 내가 좋아해서 해 준 것도 아니잖아, 너. 내가 여자한테 이만큼 사 줄 능력이 있다고 과시하고 싶었던 거잖아!"

상대방을 가방으로 내려쳤는지 퍽, 하고 둔탁한 소리가 울려 퍼졌다. 유리문이 밀쳐진 힘에 못 이겨 윙윙, 하다 푸르르 떨리며 제자리를 찾았다. 그것이 신호라도 되는 양 태성은 느리게 고개를 수억거렸다.

'아아, 이제야 알았다. 윤기현에게 어떻게 하면 좋을지.'

반짝, 머릿속에 전구가 켜졌다.

+ ♚ +

진심으로 기현에게 잘해 주고 싶다 생각했다. 이제 온전히 스스로를 위해 행복해지라고, 그렇게 살아 보자고. 그럴싸하게 말은 해 놨는데, 문제는 태성도 방법을 모른다는 거였다. 그런데 그 커플이 싸우는 걸 보니까 조금 알 것 같았다.

기현이 차츰 괜찮아질 때까지 얌전히 기다려 줄 수는 있었다. 하지만 얌전한 것과 착하게 구는 건 달랐다. 상태가 좋아진 기현이 저번처럼 다른 사람과 결혼을 할 거다, 뭐 이런 좆같은 소리를 또 한다면 그건 참기 어려울 것 같았다.

그러고 보니 기현더러 보고 싶다고 밥이나 먹자고 불러낸 적도, 생각나서 샀다고 불쑥 선물을 내밀어 본 적도 없었다. 솔직히 그런 것보다 자신의 얼굴을 한 번 더 보여 주는 것이 효과가 좋았다. 다른 사람에게도 물론 통하는 방법이었지만, 얼굴 밝히는 기현에게는 더더욱. 그래도 그간의 경험상 뇌물이 안 먹히는 사람은 없었으니…… 선물 공세도 나쁘지 않은 방법인 것 같았다.

뇌물은 꼭 금품이나 돈 같은 걸 말하는 게 아니었다. 상대에게 바라는 바가 있어 호의를 베푸는 것도 결국은 뇌물 아닌가? 그리고 경험상 윤기현은 후자에 상당히 약한 사람이었다. 따뜻한 마음, 호의, 정성. 그런 것들에.

"갑자기 무슨 일입니까?"

무리하게 시간을 맞췄는지 바삐 걸어온 기현이 조금 가쁘게 숨을 내쉬었다. 부른 장소가 격식 있는 곳이기에 무슨 대단한 할 말이라도 있나, 여겼던 모양이다.

"적당한 걸로 주문해 놨으니 일단 앉아요."

창가의 테이블에 코스 요리를, 그것도 점심시간에. 심지어 대대적으로 내걸린 프로모션은 연인들을 위한 것이었다. 두 사람 사이에 있었던 일을 떠나서, 자신들의 성격과는 그다지 어울리지 않다고 생각했는지 기현이 콧등을 살짝 찡그리며 물었다.

"혹시 누구 올 사람 있습니까?"

"아뇨, 그냥 둘이 밥이나 먹자고요."

기현의 눈이 깜짝 놀란 듯 커진다거나 당황스럽다는 듯 쑥스럽게 깜빡이는 걸 기대했는데…… 그는 그러냐며 고개를 끄덕일 뿐이었다.

"당황스럽긴 하지만…… 마침 잘됐네요. 다른 계열사야 문제가 될 게 아닌데, 금융 그룹은 AR에서 완전히 독립하는 걸 목표로 삼은 것 같습니다. 예를 들면 C그룹과 D그룹처럼. 이대로 가다간 홍보 비용에만, 아. 죄송한데 가염 버터밖에 없나요?"

손을 닦고 폭풍처럼 말을 쏟아 내던 기현이 서버를 불러 이것저것 주문했다. 푸아그라테린 이미 오더 들어갔나요, 그럼 커스터드로 바꿔 주시겠어요, 와인은 리스트에 있는 게 전부인가요? 깐깐해 보일 수 있는 물음인데도 특유의 선한 목소리로 다감하게 질문하자 전혀 그렇게 보이지 않았다.

"그래서 어디까지 이야기했죠."

"금융 그룹이 완전히 독립하는 걸 목표로 삼았다고요."

"맞다, 그래서 지금보다 금융 그룹을 압박할 필요가 있을 것 같습니다."

"AR이 아니라 금융 쪽은 어디라도 금감원 입김이 제일 세니까 거기만 움직여도 어려울 건 없을 겁니다. 그리고……."

별것 아니라는 듯 턱을 긁적이던 태성은 뭔가 이상함을 느끼고 말을 멈추었다. 아니, 잠깐만. 이런 이야기를 하려는 게 아니었는데. 기현은 눈을 내리깐 채 우아하게 식사하다 태성의 목소리가 끊기자 무심히 고개를 들었다.

'어…… 그러니까, 미술관의 커플이 어떻게 싸웠더라. 먹을 거, 선물, 햇빛 아래 데이트…… 였던가?'

태성은 어딘가 찜찜하게 남아 있는 기억을 더듬었다. 일단 먹을 걸로는 안 되겠다. 하긴 좋은 식기, 와인, 이런 데 아쉬울 게 없는 윤기현이다. 신무원을 본가로 두고 휘하에 호텔을 거느리고 있는 사람이니 좋은 식당도 당연히 감흥이 없겠지.

'흠. 그럼 다음엔 선물을 해 볼까?'

어딘가 상당히 방향을 잃은 채로 태성이 잔을 스월링했다. 아니, 스월링 정도가 아니었다. 어찌나 힘을 주었는지 붉은 액체 위로 뽀얗게 거품이 일어났다.

"……뭡니까?"

"뭐가요?"

"뭔가 꿍꿍이가 있는 것 같은데요."

자기가 먼저 불러 놓고서 왜 저러지. 태성의 손아귀 안에서 힘차게 소용돌이치는 와인을 보며 기현은 눈을 가늘게 좁혔다. 어딘가 수상쩍었다.

"무슨 일이 있어야 밥을 먹는 사이였습니까, 우리가."

태성은 아무것도 아니라는 듯 어깨를 으쓱했으나 기현의 눈매는 더더욱 가느스름해졌다. 원래 진태성이 속으로 이런저런 계산하는 거야 새삼스럽지 않다. 그런데 오늘은 뭔가…… 하여튼 확실히 이상하다는 게 느껴질 정도로 혼자 생각도 많아 보이고, 동요도 엿보였다. 이건 또 무슨 극본인 거지. 기현은 결국 들고 있던 잔을 내려놓았다.

"할 말 있죠?"

"윤기현 씨랑 밥 좀 같이 먹고 싶었다는데, 되게 그러네."

제대로 대답하라는 듯 기현이 팔짱까지 끼며 몸을 뒤로 물렸다.

"……어제, 미술관에서 싸우는 커플을 봤는데 그 대화를 듣고 깨달은 게 있었을 뿐입니다."

사실대로 말을 했는데도 팔짱을 낀 기현의 손은 풀어질 줄 몰랐다. 거짓말이라고 생각하는 게 뻔했다.

'미치겠네, 진짜.'

"거봐요. 믿지도 않을 거면서. 됐으니까 먹기나 합시다."

"……뭐라고 했는데요?"

여전히 의심을 풀지 않은 채 기현이 딱딱한 목소리로 예의상 물었다.

"솔직하게 말하고, 같이 맛있는 것도 먹고, 작은 선물이면 충분하고, 햇빛 아래서 데이트 좀 하자. 모텔은 지겹다. 뭐 그런 이야기?"

그제야 기현이 픽 웃었다. 어떤 맥락으로 커플들이 싸웠는지 바로 짐작할 수 있었다. 그런데 태성은 제일 중요한 건 다 날려 버리고 이상한 포인트만 기억하고 있었다.

"누구 맘대로 데이트? 그러니까 버스 떠나기 전에 잘하지 그랬습니까."

어라. 아까 기현이 지어 주었으면 하는 표정을 오히려 본인이 하면서, 태성이 눈을 깜빡였다. 앙금은 다 안 풀어졌어도 어쨌든 곁에 있는 걸 허락해 줬으니까. 다시 돌아왔으니까 시간이 지나면 받아 줄 것도 같았는데. 그런데 지금 말하는 것만 봐선 이미 과거는 과거로 영영 묻어 둔 것 같았다. 뭘까, 저 덤덤함은. 그러니까 앞으로 자길 받아 줄 수도 있다는 건지, 아닌 건지.

“게다가 진태성 이사님은 솔직히 말해 나랑 호텔에서 뒹구는 게 더 좋잖아요.”

“그건 그렇지만…….”

기현의 표정이 순식간에 차갑게 식어 버렸다. ……아, 말을 잘못 골랐다. 뒤늦게 ‘그런 뜻이 아니라’ 하고 말을 덧붙여 봤지만, 이미 늦었다.

“그래요, 다 아는데 왜 안 어울리는 짓을 하십니까.”

아까처럼 태성을 의심하지도, 그렇다고 크게 기분이 상한 것 같지 않은 기색을 띠고서 기현은 식사를 이어 나갔다. 더는 그 주제를 입에 올리지 않고 한참을 지주사와 그를 둘러싼 정책과 법, 그리고 관계망에 관한 이야기를 주고받았다.

기현 또한 가면을 쓰는 데 능숙했지만, 그의 대외적 얼굴은 태성의 것과 달랐다. 비열함과 거짓을 몰랐다. 그러니까 지금 윤기현은 말 그대로 ‘그렇구나. 진태성은 호텔에서 뒹구는 게 좋구나’, 그렇게 여기는 게 분명했다.

물론 틀린 말은 아니었다. 사람 많은 곳은 질색이므로. 방 안에서도 뭐든지 다할 수 있는데 뭣 하러 밖으로 나가지? 그래도 곰곰이 생각해 보니 그 여자의 말이 꽤 보편적인 이야기 같아서 기현에게 뭐라도 해 줘 볼까, 그렇게 생각했을 뿐이다. 곧 윤민우를 법적인 자식으로 들여앉힐 거라는데. 그러고 나면 진짜 결혼이라도 하겠다고 설쳐 대면, 그러면…….

하지만 윤기현에겐 뇌물이 안 먹힌다. 그나마 그에게 효과가 있었던 게 뭘까. 솔직했던 거? 그래, 자신이 약간이라도 진심을 내보이면 여지없이 흔들렸었다. 군산 끝자락에서 기어이 붙들고 올 때도, 신무원의 그 복도에서도. 사실 그래서 이번에도 솔직하게 말해 본 거였다. 그런데 기현의 반응이 영…… 아니었다.

'이번엔 대체 뭐가 문제였지.'

턱을 괴는 태성의 낯이 더없이 진지해졌다. 어차피 윤기현은 정작 중요할 때 자신의 예상대로 움직여 준 적이 단 한 번도 없었다. 뭔지는 모르겠지만 바로 그 점이 기현과 자신이 어긋났던 포인트일 테니 태성은 이번 기회에 그걸 꼭 알아낼 생각이었다.

"사장님, 오늘도……."

"또 왔어요? 와, 진짜 징글징글하다."

"하……. 그래도 오늘은 좀 늦게 왔네요."

요즘 사무실로 자꾸만 성명불상의 꽃바구니가 온다. 처음에는 신종 범죄인가 싶어 서태식이 경찰도 부르고, 목장갑을 끼고서 바구니를 파헤치며 검사도 꼼꼼히 하고…… 별 난리를 다 피웠다. 하지만 같은 일이 일주일이 넘게 계속되자 이젠 다들 그러려니 하고 있다.

지주사는 현재 AR재단 건물의 두 층 정도를 사용하고 있었다. 당장 지주사 사옥으로 쓰기 마땅한 건물이나 부지가 없기도 했고, 비용 문제도 있어서 임시로 택한 방법이었지만 이런 모양새를 유지하는 것도 나쁘지 않았다. 타 기업도 지주사와 장학 재단 같은 걸 함께 두는 경우가 많았으니까.

어쨌든 상대적으로 조그만 이 사무실에는 드나드는 사람이 적었다. 상주하는 직원의 수 자체가 많지 않았고, 기현 또한 출근 시간이 정해져 있지 않았다. 대개 외부에서 보는 일이 많아서기도 했고, 중요한 일은 근희원에서 처리할 때가 많았기 때문이다.

그런데 기현이 잠깐이라도 사무실에 들를 때면 기가 막히게 그때를 노려 꽃이 배달되고 있었다. 그렇다면 기현의 스케줄을 꿰뚫고 있는 사람이라는 건데……. 기현이 알기로 그럴 능력이 있고, 이런 일에 아무렇지도 않게 돈을 막 쓸 수 있는 작자는 한 사람뿐이었다.

오늘 배달된 꽃을 보니 더더욱 확신이 들었다. 어디서 뭘 주워들었는지 오늘은 카드까지 끼워져 있었는데, 내용은 아무것도 없었다. 겉에 쓰인 '윤기현 사장에게'가 전부였다.

"이게 뭐야?"

카드를 이리저리 뒤집어 보았지만, 그 외엔 아무런 말도 없었다. 뭐지? 살펴보다 카드를 덮으려던 기현은 순간 스쳐 가는 것이 있어 빠르게 안을 들춰 보았다.

"……하."

설마, 진태성 이 인간…… 원래 카드에 쓰인 문구가 있으니 내용은 아무것도 안 써도 된다고 생각한 건 아니겠지?

"사장님, 모터스 쪽 회의 참석하실 시간입니다."

"어, 그래요."

여러 종류의 꽃으로 화려한 바구니를 만지작거리던 기현은 불에 데기라도 한 듯 화들짝 놀라 손을 뗐다. 요즘 들어 진태성이 자꾸, 이상한 짓을 한다.

“이게 뭡니까?”

“선물 좀 사 와.”

“예? 선물이요? 어, 음…… 어떤 분께 드릴…….”

조 실장은 손에 쥔 신용 카드와 태성을 번갈아 가며 쳐다보았다.

“내가 개인적으로 선물할 사람이 누가 더 있겠어.”

심사가 뒤틀렸는지 태성은 책상에 삐딱하게 다릴 올리고 있었다. 며칠 전 조 실장이 심혈을 기울여 작성하고 힘들게 협의를 끝낸 사회 공헌에 관한 보고서는 비행기가 되어 사무실 안을 팔랑팔랑 날아다녔다.

태성은 성질도 더럽고 변덕도 심했다. 한 번 속이 뒤틀리면 무시무시하게 난동을 부리곤 했다. 그렇지만 의외의 부분에서 어린아이 같은 구석이 있었다. 정확히는, 어린아이처럼 무지했다. 조 실장은 그게 꼭 어릴 때 제대로 보살핌받으며 자라지 못한 탓인 것 같아서, 태성이 무슨 나쁜 짓을 해도 결국 마음이 약해지고 만다.

그런 태성이 놀랍게도 누군가에게, 그러니까 기현에게 관심을 두게 되었다. 태성은 약간의 관심 정도라고 말을 잘랐지만, 조 실장이 보기엔 이미 줄 수 있는 마음은 다 준 것 같았다. 경험이 없으니 조금 혼란스러워하는 것 같기도 했다. 조 실장이 보기엔 매우 긍정적인 변화였으나 태성 본인은 뜻대로 일이 풀리지 않으니 요즘 많이 답답한 것 같았다.

누가 봐도 기현을 좋아하는 게 뻔한데. 군산에서 그를 데리고 자동차에 오른 태성의 눈이 잔뜩 운 것처럼 짓무른 걸 보고 얼마나 놀랐는지. 한편으로는 태성에게 저런 감정이 생겼다는 데 얼마나 기뻐

했던가.

그러니 이선 말려야 한다. 또 일을 망쳐 대성이 기현과 엇나가고, 그래서 두 사람 다 망가지는 걸 보고 싶지 않다. 조 실장이 고개를 끄덕이며 이런 방면에는 문외한인 제 상사를 조용히 불렀다.

"안 좋아하실 겁니다."

"뭐가?"

"선물은 직접 골라야 의미가 있는 거죠. 남이 골라 주고 계산만 한 선물은 별로 안 좋아하실 것 같은데요."

"남이 골라 준 건지 윤기현이 어떻게 안다고."

"선물이 원래 그렇잖습니까. 저는 진짜 생각해 줘서 산 건지 아닌지 보면 바로 알겠던데요."

살살 달래는 것 같은 말투가 좀 거슬렸지만, 조 실장의 조언은 미술관에서 들었던 커플의 싸움과 어딘지 닮아 있었다.

'흠, 그래서 여태 반응이 없었나.'

보는 눈이 까다로우니 신경 써서 만들라고 말해 놨는데도 꽃바구니에 대해 일언반구도 없는 걸 보면……. 여기까지 생각을 하니 조 실장의 의견에도 신빙성이 있는 것 같아 직접 선물을 골라 보기로 했다. 태성은 손을 까딱여 다시 신용 카드를 받아 들었다.

호기롭게 나서는 태성을 응원하는 것처럼 고갤 끄덕이던 조 실장은 뒤늦게 그가 중요한 결재는 하나도 해 주지 않고 가 버렸다는 것을 깨닫고 허탈한 한숨을 푹 내쉬었다.

일단 태성은 직접 오길 잘했다고 생각했다. 뭘 사야 할지 몰라 일단 백화점으로 오기는 했는데, 아무리 봐도 비서처럼 보이는 사람들이 고가의 선물을 정성 들여 포장해 가는 걸 벌써 여러 차례 목격했기 때문이다.

'적어도 나랑 윤기현은 저런 불륜이나 스폰 관계와는 다르니까. 음. 그런데 스스로 고르는 게 의미가 있다면…… 쇼퍼의 도움도 받으면 안 되는 건가?'

태성은 턱을 문지르며 잠시 멈춰 섰다. 생각해 보니 순수하게 쇼핑할 목적으로 백화점에 온 것도 매우 오랜만이었다. 필요한 것이 있으면 조 실장이 알아서 전부 채워 놓았다. 직접 살 일이 생겨도 요즘엔 태블릿 같은 걸로 간단하게 끝내 버렸고.

일단 와인은…… 기현의 취향이 워낙 확고한데다 그 취향이란 것도 결국은 신무원에서 나고 자라며 길든 거라서 거기에 맞춰 주고 싶지 않았다.

'그러니 와인은 패스하고……. 그때 미술관에서 그 여자가 뭐라고 말했더라.'

태성은 어느새 자기가 듣고 싶었던 대로만 기억하고 있었다. 혼재된 기억에서 간신히 소박한 선물, 뭐 이런 것을 떠올렸다. 구두와 가방, 그런 말도.

'구두와 가방이라. 그렇지. 보석도 아니고 그 정도면 소박하다고 할 수 있지. 자산으로 구분되지도 않으니까.'

결론을 내린 태성은 망설임 없이 가죽 제품으로 유명한 매장으로 발걸음을 옮겼다. 구두 사는 김에 드라이빙 슈즈도 하나 맞춤 제작하고, 요즘 기현의 모습이 매체에 자주 등장하니 태블릿 케이스나 여권 케이스 같은 자잘한 소품도 고를 생각이었다.

'그러고 보니 윤기현이 골프를 치던가? 저번엔 거절했던 것 같은데…….'

뭐, 아니더라도 앞으로 필드 나갈 일이 많을 테니 운동할 때 입기 좋은 편한 옷도 괜찮을 것 같았다. 목이 하얗고 긴 편이니까 피부색에 잘 어울리는 폴로셔츠도 괜찮을 것 같고.

이렇게 보니 윤기현에 대해 굉장히 많은 걸 알고 있는 것 같았다. 선물을 받은 기현이 이게 대체 뭐냐고 물으면 대답할 거리가 많았다. 그를 얼마나 생각하고 있는지도 표가 날 듯하다.

"잠시만 기다려 주시면…… 아, 찾으시는 것 있으십니까?"

습관적으로 입구에서 잠시만 기다려 달라고 하던 매장 직원은 화려한 태성의 얼굴을 보고 혹 연예인인가 싶어 빠르게 매장 안으로 안내를 했다.

"어머, 진태성 관장님 아니세요? 어쩐 일로 직접 오셨어요?"

직원의 어깨 너머로, 몇 번 본 기억이 나는 브랜드 매니저가 살갑게 다가와 말을 걸어왔다. 유명 브랜드의 매장, 게다가 백화점 위치 자체도 강남 한복판이다. 여유 있는 사람들을 대상으로 하고 있어서 그런지 이 지점의 브랜드 매니저는 미술관 전시 등에도 관심이 많았다. 그래야 고객과 대화가 된다나.

"아, 선물을 좀 하려고 하는데…… 신발이랑 뭐, 그런 거?"

"신발이요? 애인 선물은 아닌가 봐요? 우리 관장님은 이렇게 잘생기셨는데 왜 애인이 없으실까?"

"왜요? 애인 선물로는 안 됩니까?"

"보통 신발은 잘 안 하죠. 새 신 신고 도망간다고."

새 신 신고 도……. 매니저가 말한 걸 다 곱씹기도 전, 태성이 얼굴을 싹 굳혔다. 안 그래도 윤기현이 또 사라진다고 상상만 해도 피가 바싹 마르는데, 뭐? 새 신을 신고 도망을 가?

"애인 선물 하시는 거면…… 음, 제가 특별히 하나 보여 드릴게요.

지금 전액 지불하고도 웨이팅 1년 이상 걸릴 것 같은 가방이 하나 있는데요. 이게—"

"됐고, 넥타이나 하나씩 포장해 줘요."

"예?"

"넥타이. 벨트랑. 저거랑 저거도. 다."

어쩐지 찝찝해진 태성은 사람을 꽉 묶어 둘 수 있을 것 같은 것들을 가리키면서 죄다 포장하라고 주문했다.

'그래, 그리고 옷이나 사자.'

하릴없이 기다리기도 지루해서 일단 계산만 한 뒤 매장을 나섰다. 사실 앉아 있으려니 이상하게 자꾸 신발만 눈에 들어와서 자리를 박차고 일어선 거였다.

'옷……. 그런데 옷에도 저런 숨은 사연 같은 게 있으면 어쩌지. 씨발. 그런 엿 같은 전통은 또 언제 생겼어.'

입구마다 서 있는 직원들이 움찔거릴 정도로 살벌한 얼굴을 한 채 명품 매장을 휘젓던 태성은 빠르게 발걸음을 옮기다 어쩐지 눈에 들어오는 것이 있어 다시 두어 걸음을 뒤로 물렸다. 평소 관심도 두지 않던 주얼리 매장이었다.

시계야 보석 브랜드보다는 시계만 취급하는 브랜드를 선호했고, 커프스나 넥타이핀은 몰라도 귀걸이나 반지 같은 건 관심이 없으니까. 하지만 이런 쪽엔 일말의 관심이 없는 태성도 저 조그만 상자의 색을 티파니 블루라고 부른다는 것 정도는 알았다. 감격에 찬 연인들이 서로 끌어안고 있는 광고가 시즌마다 벽의 전면에 큼지막하게 걸린다는 것도.

"……."

잠시 한쪽 벽면을 도배한 광고를 들여다보던 태성은 이내 시계 편집숍으로 발걸음을 돌렸다. 예나 지금이나 태성은 주제 파악이 뛰어났다. 시금 상황에서 반지는 무슨, 말도 안 될 일이다. 태성은 어딘가 미어지는 마음을 꾹꾹 누르며 윤기현을 생각했다.

그러고 보니 그 독한 남자는 시계값에 이자까지 붙여서 송금했다. 그때 기현이 골랐던 브랜드가 뭐더라. 당장 살 수 있는 것 중 적당한 디자인을 골라 포장을 기다리고 있는데, 길게 진동이 울렸다.

기현이었다. 몰래 자기 선물 사고 있는 건 어떻게 알았지. 뜨끔했다가도 혹시 꽃 배달 이야기를 하려나 싶어 약간의 기대를 품으며 전화를 받았다.

"네."

—아, 저. 대뜸 죄송합니다. 지금 시간 좀 있으십니까?

"있기야 있는데, 왜요?"

—개인적인 일이 있는데 같이 가 주셨으면 해서.

"그래요. 어딥니까?"

어, 하고 기현은 그답지 않게 말을 끌었다.

—사실 제가 본가입니다. 기사 없이 혼자 가고 싶어서, 그…… 운전대를 잡았는데…….

중얼거리던 목소리가 툭 떨어졌다. 시동을 켤 수가 없어요, 하고. 기현은 자기도 이럴 줄 몰랐다는 듯 겸연쩍게 웃기만 했다.

아. 태성은 질끈 눈을 감았다 떴다. 시동 켜는 법을 모른다는 소리가 아닐 테고. 그때 이후 처음으로 핸들에 손을 얹는 걸 텐데. 아마도 기현은…….

"갈게요."

—미안합니다.

"……금방 갈 테니까."

—네.

태성이 그대로 자리를 박차고 나서자 직원들이 당황하며 쇼핑백을 한 꾸러미 들고 따라왔다. 계산이야 쇼핑하면서 할 때도 있지만 대개 VVIP는 따로 청구서를 보내니 그게 중요한 게 아니었다. 다들 일단 물건부터 챙겨 가시라며 성화였다.

'이럴 땐 편하네, 돈이 많은 게.'

가뜩이나 튀는 얼굴이 쇼핑백을 주렁주렁 든 사람들을 뒤에 달고 걷자 수군거리는 사람들이 아까보다 많아졌다. 태성이 급히 돌아간다는 걸 들었는지 아까 넥타이며 이것저것 잔뜩 샀던 브랜드에서도 황급히 직원들을 딸려 보냈다. 태성은 다 내팽개치고 싶은 걸 참으며 걸음을 옮겼다.

"병신, 뭐? 드라이빙 슈즈?"

태성은 스스로가 한심해서 견딜 수가 없었다. 차에서 죽겠다고 설치던 사람이었는데. 괜찮다고 하면서도 아직도 지워지지 않는 잔상에 계속 괴로워하고 잠도 편히 못 자는데. 심지어 그 일로 한쪽 귀는 이제 잘 들리지도 않는다는데…….

"저, 관장님. 이건……."

"……아무 데나 놔요."

직원들은 트렁크와 뒷좌석에 쇼핑백을 욱여넣고 빠르게 물러났다. 태성이 사람을 치든 말든 무작정 액셀을 밟을 것 같았던 모양이다. 뒷좌석 전체에 꽉 들어찬 쇼핑백은 콘솔 박스까지 아슬아슬하게 밀려 나왔다.

'씨발, 괜히 차에 실었다. 알아서 처리하라고 할걸.'

태성은 눈을 질끈 감았다. 기현에게 잘해 주고 싶다고…… 생각하고는 있나. 누군가에게 이렇게 유순하게 구는 건 처음이지 싶었다.

솔직히 고백하자면 기현에게 다정하게 구는, 아니, 다정하게 구는 것 같은 자신의 행동에 들떠 있었다. 이 정도면 충분히 잘해 주고 있는 것 아닌가, 그렇게 뿌듯해하고 있었는데…… 아니었다. 미술관을 찾은 평범한 커플도 알고, 조 실장도 알고, 브랜드 매니저도 아는 걸 태성 자신만 모르고 있다.

윤기현은 아직 혼자 운전대도 잡지 못하는데, 잘 보이겠답시고 선물로 가죽으로 된 드라이빙 슈즈를 고른 진태성. 나름대로 다정하게 대했다고? 잘해 주고 싶었다고? 대체 뭘, 어떻게.

"……이렇게까지 공감 능력이 떨어지는 주제에."

태성은 참담함을 누르며 거칠게 핸들을 꺾었다.

타르처럼 검고 질척한 분노. 원래 태성이 아는 감정이라곤 그게 전부였다. 그런데 윤기현은 약한 마음을 일깨운다. 자꾸만, 슬퍼지게 만든다. 그가 불쌍해서, 목 놓아 울고 싶게 만든다.

"아, 정말 미안합…… 이게 다 뭡니까?"

고개를 꾸벅 숙이며 문을 연 기현은 앞자리까지 침범하려 드는 쇼핑백의 행렬에 당황스러워하며 안전벨트를 찾아 맸다.

"쇼핑 좀 했어요."

"쇼핑…… 이요?"

"그냥 기분 전환 좀 하고 싶어서."

쇼핑하면서 기분 전환을 했다고? 진태성이? 황당한 소리였다. 차라리 술을 진탕 마셨다거나 골프채라도 휘둘렀다면 모를까.

"근데 무슨 볼일입니까?"

"아, 야구장 좀 가려고요. 잠실이요."

"야구장? 야구 좋아했습니까?"

"아시겠지만 곧 제가 구단주가 되거든요. 그런데 야구장은 한 번도 가 본 적 없어서……."

어색하게 구는 바람에 기사 사진이 웃기게 찍히기라도 하면 큰일 아니냐며, 기현이 자못 심각하게 말했다. 귀여운 이유였다. 진지하게 그런 고민을 하는 게 기현답기도 해서 태성은 딱딱하게 굳었던 입매를 조금 당기며 손을 뻗었다. 부드러운 머리카락 사이로 손을 넣어 쓱쓱 헝클고는 다시 운전대를 잡았다.

갑작스러운 접촉에 기현의 귓불이 발갛게 물들었다. 만나면 그놈의 꽃 배달 그만 좀 하라고 잔소리를 퍼부으려 했는데. 뭔가 좀, 새삼스러워서 아무 말도 하지 못했다. 어색한 것 같기도 하고, 간질간질해서 몸이 꼬이는 것 같기도 하고……. 아마 태성의 분위기가 평소와는 다른 탓도 있는 것 같았다. 오늘의 그는 살짝 가라앉아 있었다. 나른한 눈매가 어쩐지 평소보다 훨씬 깊어 보였다.

'그러고 보니 안 하던 쇼핑까지 잔뜩 하고, 무슨 일 있었나.'

야구장이나 가자는 시시한 부탁을 한 게 뻘쭘해서 기현은 괜히 헛기침하며 이리저리 눈을 굴렸다. 그러다 콘솔 박스로 밀려온 쇼핑백에 시선이 닿았다.

"어?"

태성이 그리 선호하지 않는 브랜드였다. 그는 화려한 것을 걸치는 데 거리낌이 없었다. 만약 얼굴만 보고서 그의 직업을 맞히라고 한다면 백이면 백, 연예인이라고 할 것이다. 곱고 아름다운 외양만큼 좋아하는 옷 스타일도 눈이 다 얼얼해질 정도로 화려하다 보니 액세서리의 가짓수는 최소화하는 편이었다.

물론 착용하는 아이템 디자인 자체는 거대한 공작새가 날개를 펼친 것처럼 요란했지만, 시계 외엔 딱히 뭔가를 몸에 걸치는 걸 보지 못했다. 그나마 신경을 쓴다면…… 커프스 정도일까? 그런 의미에서 태성이 이 브랜드에서 쇼핑했다는 점이 상당히 의외였다. 그는 관심이 없는 물품들을 주력으로 내세우는 곳인데.

“진태성 씨는…… 이런 브랜드 별로 안 좋아하는 줄 알았는데요.”

“……어떻게 알았습니까?”

“시계 말고는 액세서리 별로 안 좋아하잖아요. 그나마 커프스? 아주 가끔 넥타이핀 정도면 몰라도.”

“맞아요.”

태성은 또 뭉클해졌다. 이러다 정말 쓸데없는 소릴 할 것 같아서 툭 말을 꺼냈다.

“……관심 있으면 다 가져도 됩니다. 충동구매 했더니.”

이렇게 선물할 생각은 아니었지만, 기현에게 생색을 내선 안 될 것 같아서.

“아…… 저는 아마도…… 있을 것 같은데요?”

“아마도?”

“아려 백화점 신제품은 대부분 받아 보는 편이니까요.”

기현이 조금 미안한 얼굴로 만지작거리던 쇼핑백을 내려놓았다. 하지만 그 말에 태성은 웃음을 크게 터뜨리고 말았다. 조금 전까지만 해도 왜 나는 남들처럼 평범하게 사고하지 못하는가에 대한 우울함이 밀려왔는데, 윤기현이 그걸 한 방에 날려 주었다.

그렇지, 애초에 우린 평범하지 않지. 억대를 호가하는 시계가 당연한, 백화점 컬렉션을 집 안에서 받아 보는 재벌가 도련님에게 꽃바구니나 차를 터질 듯 메운 쇼핑백 같은 것이 무슨 감흥을 줄 수 있을까.

그러다 문득, 태성은 멋대로 놓치고 있었던 커플의 대화를 다시 떠올렸다. 돈으로 살 수 있는 것들이 아니라. 자기 자신을 과시하기 위해 건네는 선물 같은 게 아니라. 사소한 거. 심심한 듯 평범한 것. 마음이 담긴, 그런 것들.

"……실은 윤기현 씨 주려고 샀습니다."

이렇게까지 솔직하게 굴 생각은 없었다. 태성은 기현과 달리 진심의 위력 같은 걸 믿지 않는 편이었으므로. 그러나 끝내 꾸역꾸역 묻어 두었던 고백이 튀어나와 버렸다. 고해성사라도 하듯, 백기를 흔들고 말았다. 불가항력이었다.

"뭘요?"

"저것들."

"……들? 이 쇼핑백들 전부 다요?"

좀처럼 표정 변화가 없던 기현이 깜짝 놀라 되물었다. 크게 벌어진 입술을 베어 물고 싶었지만, 그랬다간 영영 못 볼 각오를 해야겠지. 기현은 황당한 듯 목을 길게 빼고 뒷좌석의 쇼핑백 수를 헤아려 보려다 포기했다.

"트렁크에도 있을 걸요, 아마."

"예? 아니, 왜……. 참, 이 얘길 까먹고 있었네. 그래. 요즘 계속 꽃 보낸 것도 이사님이죠?"

"예쁘죠?"

"그렇긴 한데…… 아니, 그게 문제가 아니라. 대체 왜 보내시는 겁니까?"

태성이 어깨를 으쓱했다.

"이제 윤기현 씨가 도망가지 않게 잘해 주고 싶은데 뭘 해 줘야 할지 모르겠어서."

아무렇지도 않은 고백에 기현의 뺨이 아까보다 더 발그레하게 물들었다. 물론 태성은 눈치채지 못할 정도의 변화였지만.

"남들은 저런 거 사 주면 좋아한다고 하던데. 생각해 보니 돈으론 아쉬울 게 없잖아요. 기현 씨든, 나든."

"……그렇죠."

"가지고 싶은 게, 간절히 사고 싶은 게 있긴 해요?"

"글쎄요. 야구 선수? 좋은 외국인 선수가 있다면 영입하고 싶긴 합니다."

"하하."

태성은 눅눅하고 습한 기운을 완전히 걷어 내고 크게 웃었다. 기현은 그런 태도를 지적하고 싶다는 듯 불퉁한 표정을 지었지만, 태성은 거의 다 왔다며 말을 돌려 버렸다. 실제로 야구장 근처이기도 했다.

"음. 주차할 곳이 없는 것 같은데."

"길가에 잠깐 세워 두면……."

"윤기현 씨가 타고 있는 차라는 게 밝혀지면 곤란해지지 않을까요."

"그럼 그냥 여기 있을까요? 시동은 켜 놓고 상황 봐서 움직이죠, 뭐."

"그럴까요."

기현은 에어컨을 끄고 창문을 내렸다. 찬 공기와 더운 공기가 아무렇게나 섞여 몸에 감겼다. 응원 소리에 질세라 찌르르, 매미 우는 소리가 요란해졌다. 어디에서든 한가득 여름이 묻어났다. 어느새 시간이 흘러 이젠 조명도 켜지고 가로등에 불도 들어왔다.

"총각들 안 출출햐?"

그렇게 각자 생각에 잠겨 풍경에 젖어 있는데, 노점 상인이 불쑥 얼굴을 들이밀었다. 깜짝이야. 창틀에 팔을 괴고 밖을 보던 태성이 움찔 어깨를 튀며 몸을 뒤로 물렸다. 저렇게 놀라는 태성은 처음 봐서 이번엔 기현이 크게 웃음을 터뜨렸다.

"번데기 있는데, 번데기. 시원한 물도 있고. 이제 곧 장사 접을 거라서 싸게 많이 줄게."

"……번데기?"

이번엔 태성이 웃고, 기현이 미간을 찡그렸다. 얼마냐고 물었더니 터무니없는 가격을 부른다. 흔치 않은 디자인의 외제 차에, 슬쩍 와서 보니 뒷자리는 쇼핑백으로 터질 것 같으니 바가지를 씌우는 듯했다. 기현은 절레절레 고개를 내저었지만, 온갖 못된 짓에 이골이 난 태성은 망설임 없이 지폐를 내밀었다. 뻔했다. 기현에게 먹여 보려는 거였다.

"먹어 봤어요? 번데기."

"……아뇨. 실제로 본 것도 처음이에요."

"길거리 음식 안 좋아해요?"

"길에서 파는 게 문제가 아니라 그건 벌레잖아요."

"그렇게 따지면 갑각류도 벌레 비슷하게 생겼는데 잘만 먹잖아요."

"갑각류는 갑각류잖아요. 번데기는 어떻게 구분해도 그냥 벌레고요."

종이컵을 들이밀자 질색을 하며 고개를 젓는 모습이 귀여웠다. 기현에게 저런 표정도 숨어 있을 줄 몰랐는데.

"사실 저도 안 먹어 봤습니다. 이런 데 와 본 적이 없으니까."

굳어 있던 기현의 어깨가 그제야 약간 풀어졌다. 평범한 사람들이 느끼는 평범한 감정은 잘 모르지만 적어도 윤기현이 어떤 주제에 약한지 정도는 안다. 태성은 안 어울리게 귀여운 짓을 하는 윤기현 때문이라고 슬쩍 책임을 전가하며 자꾸만 졸라 댔다.

"그러니까 딱 한 개만 먹어 봐요."

다시 한번 종이컵을 내밀자 기현이 길게 한숨을 내쉬었다. 허락이나 다름없는 신호였다.

"아."

태성이 입술을 살짝 깨물며 이쑤시개에 찍은 번데기를 기현의 입가로 가져다 댔다. 누가 봐도 웃음을 참는 표정이었지만, 기현은 생각지도 못한 난관에 매우 진지하고 비장하게 임하느라 아직 눈치채지 못했다. 아, 하고 한 번 더 재촉하니 마지못해 우물쭈물 입을 벌린다.

문제의 길거리 식품을 씹은 기현은 묘한 표정으로 입을 우물거리더니, 이내 물을 벌컥벌컥 들이켜며 있는 대로 인상을 썼다.

"어때요?"

"대체 이런 걸…… 휴…… 대체 왜 먹는지 모르겠습니다. 혹시 야구 경기 중에 불시에 저런 간식을 권하는 시간이 있기도 할까요? 아니겠죠? 다음 주에 싫어하는 표정 지으면 또 엄청나게 말이 나올 거고……."

묘하게 수다스러워진 기현이 이제 큰일 났다는 듯 화면 속의 스코어를 힐끗거렸다. 진심으로 AR그룹 산하의 야구단이 경기에서 지길 바라는 것 같았다. 이제 9회 초였다.

"그런데 갑자기 웬 야구입니까? 새 구단주 된 기념으로 얼굴 좀 비추래요?"

"네, 뭐……."

지금 번데기를 먹게 된, 그러니까 야구장에 오게 된 이유를 묻자 말을 흐렸다.

"긴장할 거 없습니다. 내가 알기론 구단주들이 앉는 좌석도 따로 있고, 안에선 번데기 같은 걸 팔지도 않습니다. 무엇보다 윤기현 씨의 사람들이, 윤기현 씨가 원하지도 않는 간식을 차려 줄 리도 없고요."

이렇게까지 마음의 준비를 할 필요 없다고 돌려 말하자 기현이 크게 숨을 들이켰다.

"오늘 물산 사옥에서 나오는데……."

"나오는데?"

"정문 앞에서 어떤 아저씨가 절 기다리고 있었습니다. 경비들과 한창 몸싸움 중이더군요."

차분히 말을 꺼낸 목소리는 평소보다 낮았다. 고작 번데기 하나를 삼키느라 다 마셔 버리는 바람에, 기현이 손을 꼼지락거릴 때마다 빈 물통이 뽀스락거리는 소리를 내며 구겨졌다.

"비정규직 사원이었다던데 부당한 처우를 받았던 것 같았어요. 그런데 지금 여긴 선거판이 아니잖습니까. 그때처럼 하나하나 손잡아 주고, 인사하고, 이야길 들어 주는 척하면 안 되는 상황인 거예요."

같이 회의에 참석했던 타 계열사 임원들의 혀를 차는 소리가 들리자마자, 그 남자는 경비들에게 붙들려 질질 끌려가야 했다.

"아마 그 사람은…… 저는 다를 거라고 생각했던 모양입니다. 하도 여기저기서 떠들어 놨잖습니까. 봉사, 무료 변호, 선하고 다른 사람이라고…… 이미지가 참 좋잖아요."

어쩌면, 윤기현이라면 자신의 이야길 들어 줄 거라고. 다른 재벌들과는, 다른 AR그룹 사람들과는 다를 거라고 그렇게 굳게 믿었던 모양이다. 짐짝처럼 옮겨지던 그 남자는 충격과 배신감으로 딱딱하게 굳어 있었다. 그 잔상이 오래도록 아른거릴 것 같았다.

"그런 와중에…… 뭐 당연한 이야기지만 지금 제가 지주사 사장만 됐지, 장악력은 좀 부족하잖습니까. 간섭이 정말 많더군요."

기선 제압을 해야 한다고 생각했는지 각 계열사 중역들은 기현에게 주문하는 것이 많았다.

오늘만 해도 그랬나. 선하고 친근한 이미지를 자주 드러내는 게 그룹 차원에서 좋겠다며, 이참에 야구장이나 젊은 사람들 많이 간다는 곳을 가 보라고 권했다. 앞으로의 사업 방향이나 새로운 정책을 상의하는 임원은 아무도 없었다. 특히 본사가 아닌 계열사의 중역들은 노골적으로 기현을 전시용 인형 취급했다.

하지만 그들의 말을 무시할 수 없었다. 기현이 힘이 없는 건 사실이었으니까. 게다가 세금 문제로 지분이 완전히 넘어온 상황도 아니었다.

"답답했습니다. 그래도 일단은 이야길 들어 주는 척이라도 하면서, 그러면서 조용히 기다려야겠죠."

"그래요. 윤기현 씨 누구보다 잘하지 않습니까. 참는 거. 기다리는 거."

기다린다, 라. 그래. 그 또한 맞는 말이었다. 어떻게 견뎠는지 모르겠지만 신무원에서의 지옥 같았던 나날도 꾹 참으며 견뎌 왔다. 그런데 이상하게도 이제는 '기다린다'는 말을 들으면 군산의 바닷가가 생각났다. 해 질 녘 노을을 온몸으로 받아 내며 자신을 끌어안던 떨리는 태성의 손이. 속수무책으로 번지던 그 울음이.

"그러다 도저히 못 견디겠다 싶은 놈이 생기면 나한테 말하면 될 일이고."

"왜요?"

얼떨결에 튀어나온 기현의 물음이 새삼스럽다는 듯 태성이 픽 웃었다.

"저번에 그러지 않았습니까. 앞으로 더러운 일은 다 나에게 맡기겠다고."

"아……."

확실히 그랬었다. 아니, 정확히는 그런 생각을 하긴 했었다. 태성에 대한 미움이 들끓었을 때. 이렇게 된 거, 전부 네 손으로 처리하겠다고. 태성의 돈, 태성의 사람들. 모두 끌어다 쓰면 결국 나중엔 그에게도 독이 될 것 같아서. 그렇지만 그걸 입 밖에 낸 적은 없었던 것 같은데, 그 또한 느꼈던 모양이다.

역시 태성의 감정 센서는 좀 이상하다. 처음 기현이 품었던 의구심이 고마움으로, 설렘으로 차츰 변해 갔던 것은 몰랐으면서 불행하고 슬픈 마음은 기가 막히게 알아챘다.

"그런데…… 정말로 있습니까?"

"있다니요? 있기야 있죠. 내가 기현 씨에게 품은 마음이 한두 개가 아니긴 하니까."

영양가 없는 농담에 기현이 못 들을 걸 들었다는 듯 눈살을 찌푸리다 떨떠름하게 말을 이었다.

"제…… 영상이요."

"영상?"

기현의 의중을 파악하고자 고개를 기울이던 태성이 이내 낮게 목을 울렸다. 그가 저렇게 딱딱하게 굳을 때면 과거의 어느 순간을 후회하고 있다는 것을, 이제는 안다.

"아뇨……. 없었습니다. 처음부터."

"그럼 그땐 왜 그렇게 말했어요?"

추궁이라고 느꼈는지, 혹은 약간의 기대를 품은 기현의 목소리가 자기를 놀리는 것처럼 들렸는지 꾹 다물린 태성의 입매는 열릴 생각을 안 했다. 정말이지, 애가 따로 없었다.

"예전에…… 제가 결혼하겠다고 했을 때. 화 많이 났었죠?"

그걸 말이라고. 불쾌함에 못마땅함까지 섞여 태성은 한쪽 눈썹을 크게 씰룩였다.

"보통 사람들은 그걸 질투라고 합니다. 좋아해서 빼앗기고 싶지 않은 거, 혹시 빼앗길까 봐 불안한 거…… 그런 감정을요."

열기를 품은 묘한 기류가 두 사람 시이를 넘실거렸다. 누구 하나라도 움직였다간 파문이 잠잠히 번지는 게 눈으로 보일 것만 같았다. 기현은 손끝에 힘을 바싹 주었다 조금 푸는, 의미 없는 동작들만 반복했다. 어쩐지 이 긴장감이 썩 기분이 나쁘지는 않다고 그런 생각이나 하면서.

"흠……."

태성이 느리게 눈을 깜빡였다. 덕분에 긴 속눈썹의 움직임이 더욱 나른하게 느껴졌다. 일단, 그도 '질투'가 뭔지는 알았다. 기현이 자꾸 과거를 묻길래 대놓고 너 질투하냐고 물어본 적도 있었다. 다만 태성은 그냥, 내 것은 무조건 빼앗기기 싫은 마음이라고 생각했는데…… 기현은 친절하게도 부가적인 단서를 달아 주었다.

좋아해서. 좋아해서 그런 거라고.

"그럼…… 잘해 주고 싶다는 생각도 드는데 뭘 어떻게 해야 할지 모르겠고, 내가 왜 이러는지 모를 무력감이, 아니, 패배감마저 자꾸 드는데. 이런 감정은 대체 뭐라고 부릅니까?"

일과 사적인 경계에서 몸을 섞었던 사람들, 당연히 있었다. 그때는 확실히 윤기현 같은 느낌을 준 사람이 없었다. 거짓말을 하는 데, 이용 가치가 끝나면 내치는 데 아무런 죄책감이 없었다. 그런데, 왜, 너만은.

"글쎄요."

잔뜩 기대하게 해 놓고선 기현은 싱거운 대답을 돌려주었다.

"기다릴 거라고 했었죠. 하고 싶은 말이 있었다고, 그대로 평생의 한이 될 것 같았다고."

"그랬죠."

"그럼 나에게 무슨 말을 하고 싶었던 건지 물어봐도 됩니까."

"그러는 기현 씨는 기대하는 말이라도 있습니까, 나한테."

숨은 의도가 무엇인지 가늠하려는 듯 태성이 고개를 모로 기울였다. 조금 설렌 얼굴이었다. 어쩐지 기현이 필히 의도를 가지고 질문해 주길 바라는 것 같았다.

"정말 뻔뻔하시네."

"뭘, 새삼."

"미안하다고 빌어도 모자란 거 아닙니까? 나 몰래 윤진서랑 손잡으려고 하고, 뒤에서 수상한 일 꾸미고. 사귀자고 했으면서 필요할 때만 취하고 말 것처럼 굴었으면서."

"그건—"

"심지어 싫다는데 강제로 하고."

그 부분만큼은 뭐라고 할 말이 없어서 태성은 괜히 기현의 시선을 피했다.

"엉엉 우는 사람한테 한 번 더 해 줘야 원하는 걸 주겠다는 말이나 하고."

곤란한 듯 눈썹을 팔자로 하고선 기현의 눈치를 힐끔힐끔 본다. 처음 본 순간부터 넋을 놓게 했던 아름다운 얼굴에 수심이 잔뜩이었다. 과연 진태성은 자기가 가진 장점을 십분 활용할 줄 알았다.

"……미안, 합니다."

"뭐라고요?"

"그때의 일은…… 정말 미안합니다."

곤란해하는 낮은 목소리는 너무나 진심이었다. 놀림과 비아냥거림을 반씩 섞어 대꾸하던 기현이 겸연쩍어질 정도로.

"우리의 행복을 위해 살아 보자고, 잘해 주겠다고, 계속 기현 씨의 곁에 있어 주겠다고 했지만…… 사실 나는, 잘 모르겠습니다. 성격이 이따위라서 결국은 오늘도 완전히 망쳐 버렸잖아요."

"망치다뇨?"

"꽃이든 선물이든, 이것저것 해 주는 게 잘해 주는 방법 아닐까, 그렇게 생각했는데 아니었죠. 애초부터 기현 씨가 그런 걸 바라지도 않았을 거란 생각을 처음부터 떠올리지도 못했습니다."

기현은 질릴 정도로 빼곡한 쇼핑백의 향연과 요즘 사무실을 화려하게 점령한 어마어마한 꽃들을 떠올렸다. 확실히 자신이 바라던 것도, 그런 것에 풀어질 응어리도 아니었다. 다만, 기현은 밝고 따뜻한 감정이라곤 조금도 면역력이 없는 태성이, 사적으로는 카드의 메시지를 쓰는 법도 모르는 그런 태성이…….

"꽃이나 이런 선물들을…… 그런 걸 바라진 않았지만, 오늘 일은 고맙게 생각합니다. 임원들 성화에 미리 공부할 겸 와 보긴 했지만, 사실 한 번쯤 들르고 싶었어요. 야구장이나, 뭐 이런 곳들."

야구 관람 같은 건 기현에게 요원한 일이었다. 혹시라도 중계방송에 얼굴이라도 잡혔다간 어떻게 책이 잡힐지 모른다며, 기현에겐 엄하게 금지되어 있었기 때문이다. 아마 이 초라한 반란이 아니었다면 평생 허락받지 못한 채 그렇게 살았어야 했겠지.

"다른 사람들이 듣기엔 정말 재수 없을지도 모르지만, 이런 사소한 것들을 누려 본 적이 없었으니까. 전화 한 통에 바로 달려와 줘서, 또 여기까지 같이 와 줘서 정말 고마웠습니다."

"……."

"그러니 적어도 오늘은 망치지 않았어요."

기현이 위로 아닌 위로를 건넸다.

"굳이 뭐가 좋으냐고 묻는다면, 확실히 전 이런 게 더 좋거든요.

꽃보다, 쇼핑백보다. 같이 야구장을 와 준 이런 것들이."

태성은 입술이 바싹 말랐다. 그러고 보니 윤기현은 원래 그랬다. 소위 말해 공적인 것으로 분류하는 일에서는 하나도 지려고 들지 않으면서, 서툴게 쓰다듬는 손길엔 금방이라도 무너질 것 같은 눈을 했었다.

"……그래, 기현 씬 원래 그랬었지. 그런 걸 좋아했었죠."

처음과 같을 수는 없을 거다. 앞으로 기현이 자신을 완전히 믿어주려면 얼마나 시간이 필요할까? 그렇지만 결국은 저 곧고 다감한 눈에 자꾸 희망을 품게 된다. 정작 자신은 기현의 상태도 까맣게 잊고서 드라이빙 슈즈 따위나 떠올리고 있었는데. 이 지경이 되어서도, 태성에게조차 끝까지 모질게 대하지 못하는 윤기현이니까. 그러니까…….

태성은 목이 따끔거려 침을 삼켰다. 여태 몇 번이고 잡힐 듯 잡히지 않았던 정체 모를 감정을, 이제야 알 것 같았다. 가슴이 터지도록 부풀어 올랐다. 그것을 인지하자마자 기현과 닿고 싶어졌다. 불손한 의미가 아니라, 그저 손이라도 붙들고 싶었다.

"되게 유치한 거 아는데…… 지금 생각나는 말이 이것뿐이라서."

조수석 헤드에 한쪽 팔을 두르며 태성이 바싹 다가갔다. 꼭 그만큼 기현의 몸도 물러났지만, 좁은 차 안이라 한계가 있었다. 태성은 앓는 소리를 꾹 참으면서 그나마 이 낯선 감정과 가장 어우러질 것 같은 말을 간신히 골랐다.

"사귈까요, 우리."

"……네? 사귀자, 고요?"

그 순간 경기가 절정으로 치달았는지 야구장 밖으로도 함성이 요란했다. TV 속 캐스터들의 고함이 정신없었다. 그 요란한 소리를 뚫고, 먹먹한 한쪽 귀를 돌아, 한 템포 늦게 태성의 말이 머릿속으로 쏙 들이왔다.

'사귈까요, 우리.'

언젠가 태성이 했던 것과 꼭 같은 말이었다. 그러나 표정, 말투, 풍기는 분위기, 그리고 두 사람의 상황까지. 모든 것이 판이했다.

"앞으론 거짓말도 안 하고, 내가 잘 모르는 것들도 윤기현 씨가 알려 주기만 하면 이젠 제대로 다 인지할 테니까. 이게 질툰지, 뭔지…… 그런 것들도 전부 다."

너무나 당연한 거였다. 사귀는 사이 이전에 사람 대 사람으로 당연해야 하는 것들을 본인의 장점이랍시고 필사적으로 내세우는 태성이 어이가 없었다.

"내가 뭐든지 다 알아서 할 테니까, 윤기현 씨는 그냥 옆에만 있어 주면 됩니다."

기현은 웃음을 참으려 슬쩍 입술을 깨물었다. 처음으로 그가 조금 귀엽다는 생각이 들었다. 하지만 태성 또한 그런 당연함을 몰랐을 것이다. 기현에게 야구장이 당연한 일이 아니었던 것처럼.

"가끔 듣고 싶은 바가 있을 때…… 그게 명확한 위로가 될 때가 있잖습니까. 똑같은 나쁜 놈이 되어 갈 게 뻔한 나에게, 너는 신무원의 다른 사람들과는 다르다고 해 준다거나…… 그런 말들."

대답을 기다리는 태성의 얼굴이 너무 필사적이어서 기현은 웃음기를 누르며 가만가만 말을 꺼냈다.

어쨌든 지주사와 모터스를 거머쥔 공식적 후계자가 되었으니 물러설 수 없었다. 태성의 말대로 참고 기다리다 보면 많은 것이 달라지겠지.

하지만 그 말은 기현 또한 지금 신무원 사람들이, 돈과 권력 좀 있다는 여타 사람들이 쉽게 저지르는 일들을 자행해야 한다는 뜻이기도 했다. 단가를 후려치고, 최대한의 이윤을 내기 위해 사람들을 쥐어짜고, 정책과 법안을 뒤흔들기 위한 검은돈을 들이는 걸 주저하지 않는 그런 일들을. 그러면서 지금처럼 성실하고 착한 이미지는 계속 유지해야 할 것이다.

물론 처음부터 다시 시작하는 게 가장 이상적인 답안이긴 하겠지만, 현실적으로 그건 불가능하다. 기현 혼자 깨끗하게 바꿔 보겠다고 나서서 될 것이 아니므로.

그저 조금이나마 윤의택과는 다른 행보를 걸어 보겠다고, 다짐하고 또 다짐하는 일이 지금 할 수 있는 것의 전부였다. 핏줄에 대한 권위 의식이나 위선. 그런 껍데기를 조금씩 벗어던지는 일.

"행복해지는 것까지는…… 바라지도 않지만, 가끔 그렇게 네가 나빴던 것만은 아니었다고. 그런 위로면 충분할 것 같습니다."

애매한 대답이 되돌아왔다. 태성은 난감해하며 고개를 갸웃 기울였다. 꽃 선물보다는 그런 소소한 말들을 해 달라는 것 같은데, 그럼 다시 사귀어도 좋다는 뜻인 걸까. 그냥 입 다물고 있다가 필요할 때 듣기 좋은 말만 해 달라는 것일까. 감정의 언어는 너무 어려웠다.

인식하지 못한 새 점점 더 거리가 가까워진 탓일까, 기현이 불편한 듯 몸을 뒤척였다. 정신을 차리니 몸을 조인 안전벨트가 팽팽하게 당겨져 있을 정도로 가까웠다. 아래를 향한 속눈썹과 주름 하나 없는 기현의 매끈한 입술이 눈에 들어왔다.

아……. 달짝지근한 분위기라고는 손톱만큼도 모르는 태성도 바로 지금이 키스해도 괜찮은 때라는 걸 깨달았다. 그는 곧바로 안전벨트를 풀었다. 딸깍이는 쇳소리에 기현이 고개를 퍼뜩 들었다.

태성은 물러설 곳도 없을 만큼 기현 쪽으로 몸을 더 기울였다. 조수석 헤드를 붙든 손에 절로 힘이 들어갔다.

"사귈 거라는 이야기는 아직 안 했는데요."

"그래요."

입술이 닿으려는 찰나, 태성의 어깨를 밀어내며 기현이 버텼다.

"그리고 이사님이 했던 그런 말들, 행동들…… 용서하겠다는 말을 한 적도 없습니다."

"알아요."

그러니까 앞으로 잘할게, 지금처럼 알려만 준다면 충실하게 이행할게. 태성이 기현의 코끝을 가볍게 깨물었다. 경기장의 큰 함성이 또 한차례 주차장 일대를 뒤흔들었다.

"이제 전 이사님이 무슨 말을 해도 못 믿습니다."

"그래, 알아. 다."

태성의 손끝과 기현의 손끝이 얽혔다. 세게 붙들었다면 차라리 그대로 내치기라도 했을 텐데. 걸쳐지다시피 한 미미한 힘이었다.

"그리고—"

"응."

입술이 가볍게 닿았다 떨어졌다. 그리고, 이어질 말이 뭐냐는 듯 태성이 잠시 시간을 주었다. 하지만 당황한 기현이 아무 말도 못 하자 조르듯 촉, 하고 몇 번 더 입술을 부딪쳤다.

"다 잘못했어, 내가."

그제야 기현이 불만스러운 기색으로 볼을 부풀렸지만, 이미 태성이 입술을 겹친 뒤였다. 더운 혀가 입술의 모양을 여러 번 덧그리더니, 간질이듯 입안을 파고들었다. 고개가 몇 번이고 꺾였다. 얽힌 손끝에 점점 힘이 들어갔다. 일부러 깍지를 낀 것처럼 맞잡게 된 것을 알면서도 모르는 척했다.

태성은 속으로 탄성을 내질렀다. 만약 서 있었다면 절로 무릎이 꺾이지 않았을까 싶을 정도로 쾌감이 치밀어 올랐다. 결국 허락받은 건 아무것도 없지만 계속 옆에 있어도 된다는 사실만으로도 이미 모든 것이 충분했다.

기실 그에게 키스는 섹스의 시작을 알리는 전초전일 뿐이었다. 입술이 닿았으면 손은 상대방의 옷을 벗기고 있어야 했다.

그런데 그러고 싶지 않았다. 입술을 맞대고 있는 것만으로도 좋아서, 다시 찾은 윤기현이 너무 소중해서 어쩔 줄을 몰랐다. 숨이 가쁜 기현이 밀어내면 가만히 입술을 깨물거나 핥으며 기다렸다 다시 또 혀를 섞었다. 고이는 타액이 달았다.

"……처음 하는 거예요."

이렇게 아무 짓도 안 하고 키스만 하는 것도, 그런데도 좋은 건 처음이라고. 태성은 잘도 그런 소릴 늘어놓았다.

"……진태성 이사님, 아까 내 말 듣긴 했습니까?"

"날 믿지도 않을 거고, 아직 용서한 것도 아니고, 사귀자는 제안에 대답도 안 했다는 거요?"

"……용케 듣기는 들은 모양인데."

그런데 이 새끼 왜 이러는 거지, 숨겨진 뒷말이 뻔하고 귀여워서 태성이 픽 웃었다.

"그나저나 역사적인 첫 키스가 번데기 맛이라니."

잊고 있던 번데기의 질감과 모양이 생각난 건지 기현의 얼굴이 확 구겨졌다.

"그러고 보니 번데기. 그거 어디 갔어요?"

기어 옆에 아슬아슬하게 놓인 종이컵을 발견한 기현이 질겁하며 태성을 밀어냈다.

"차에 쏟아지면 어떻게 합니까, 빨리 버리고 와요."

손도 대기 싫은지 뻣뻣하게 굳어서는 저거 빨리 치우라고 성화였다.

"나도 윤기현 씨에게 궁금했던 게 있는데요."

종이컵을 들고서, 우습게도 번데기를 인질로 삼아 태성이 줄곧 궁금했던 이야기를 꺼냈다.

"뭔데요."

드물게 기현이 짜증을 드러내며 말을 받았다. 불안한 눈초리는 여전히 종이컵에 고정된 채였다.

"저번에. 태어나서 처음으로, 당신이…… 뭐 나한테 그런 말을 했었던 것 같은데."

"저번에? 언제요."

"왜, 윤진서와 이야기 나눈 일로 우리 사이가 좀…… 많이 안 좋았을 때 말입니다."

불편한 주제라는 걸 알면서도 슬쩍 운을 떼어 봤다. 그때 기현은 태성이 다른 마음을 품었다 생각하고, 세상이 무너질 것처럼 아파하면서, 분명 그렇게 울음 섞인 말을 삼켰었다.

"그다음으로 무슨 말을 하려고 했습니까?"

그런 이야길 했었던가. 기현은 민망함에 드러난 목빗근을 연신 문질렀다.

사실 그땐 너무 기가 막혀서 닥치는 대로 속에서 끓어오르는 얘길 다 내뱉었을 뿐이다. 하지만 그때 무슨 심정으로, 무슨 말을 하고 싶었던 건지는 대충 짐작이 갔다. 아마 진태성도 눈치채고 있을 터였다. 아무것도 바라지 않는 것처럼 굴었지만 결국은 자기와 똑같은 감정을 내놓으라고 요구하는 게, 참 진태성다웠다.

"일단 번데기부터 치우고 오면 다시 이야기합시다. 저건 정말 내 취향 아닌 것 같네요."

진태성은 입술을 가볍게 부딪치는 것으로 대답을 대신했다. 번데기를 버리려 차 문을 여는 순간, 경기장의 함성이 지축을 뒤흔들었다.

["이게 무슨 일인가요! AR블랙윙즈의 화려한 역전승입니다! 그렇죠, 이게 9회 말의 묘미죠!"]

아, 이겼구나. 중계 화면을 들여다보던 기현이 퍼뜩 한쪽 눈썹을 치켰다. 그럼 다음 주에 무조건 경기를 보러 와야 한다는 거고, 친근한 이미지 어쩌고저쩌고를 내세우며 저놈의 번데기를 아무렇지도 않게 먹어야 한다는 건가?

얼굴이 점점 일그러지는 기현이 무슨 생각을 하는지 알 것 같아서 태성은 허리까지 숙여 가며 크게 웃었다. 저러다 혹시라도 번데기를 쏟는 건 아닐까 불안해서 기현이 빨리 버리고 오라며 버럭 소리를 질렀다.

매미가 크게 울었다. 오래간만의 평화였다. 두 사람의 상황에 전혀 어울리지 않는 단어였지만, 적어도 지금 이 순간만큼은 그렇게 불러도 좋을 것 같았다.

외전 2
사모곡(思母曲)

사모곡(思母曲)

"허…… 헉……."

기현은 무거운 눈꺼풀을 힘겹게 들어 올렸다. 가슴 한가운데가 불로 지진 것처럼 뜨거웠다. 태아처럼 몸을 웅크리고 가만히 안에서 울컥 올라오는 것들을 다스려 보려 했지만, 쉽지 않았다. 머리맡에 놓인 생수병을 더듬거리는 손이 파르르 떨렸다.

얼마 전부터 본격적으로 심리 치료를 받기 시작했다. 한쪽 귀가 잘 들리지 않는다는 건 생각보다 매우 불편한 일이었다. 무엇보다, 다시 세상 속으로 뛰어들기를 결심하고 나니 기현보단 그를 지켜보는 사람들이 많이 힘들어했다. 진태성은 물론이고, 그냥…… 이런저런 사람들 전부 다. 안타까워하고 안쓰러워하는 시선이 불편했다.

그렇다고 꼭 그들을 위해서 치료를 시작한 건 아니었다. 기현이 차지한 이 왕좌에 깔린 목숨이 대체 몇 개인지 셀 수도 없었다. 대의명분이 무엇이었든 그것은 씻을 수 없는 원죄가 될 터였다.

그래서 더 잘 살고 싶었다. 어떻게 이 자리까지 올라왔는데. 기현은 보란 듯이 잘 살아야 할 의무가 있었다. 그래서 용기 내 치료를 받기로 결심했다.

제일 먼저 내려진 처방은 기현이 일부러 의식 너머로 밀어 넣었던 일들을 다시 끄집어내는 일이었다.

태성의 주치의인 하 선생을 비롯해, 믿을 수 있는 몇몇 의사에게 그간 겪었던 몇 가지 이야길 간략하게 들려주었는데, 짚이는 곳이 너무 많다며 모두가 고개를 절레절레 저었다. 제 손으로 윤인범을 찌르고 윤의택을 반신불수로 만든 것부터, 아주 어릴 때의 일까지. 그냥, 기현이 여태 살았던 모든 게 다 문제라고 했다.

염증이 터지고 진물이 다 말라야 새살이 돋는다고들 하지만. 내부가 너무 많이 곪아 있을 땐 어쩌면 좋을까. 환부는 도려낼 수라도 있지, 기억은 어쩌지도 못하는데.

기현은 목이 깔깔해 기껏 손에 쥔 물을 얼마 마시지도 못하고 다시 털썩 드러누웠다. 오늘 차라리 태성과 진탕 구르기라도 했으면 좋았을 뻔했다.

그와의 섹스는 늘 소모적이었다. 내일 써야 할 기력까지 전부 끌어다 쓰는 착각이 들 정도로 가진 모든 것을 탕진하게 했다. 도중에 까무룩 잠든 적도 있을 정도로 체력 소모가 심했지만, 사실 기현은 섹스가 끝난 후 태성이 온몸으로 자신을 끌어안고 잠드는 것이 좋았다.

분명 기억에 없었는데도 눈을 뜨면 그의 품 안이었다. 빈틈없이 몸이 맞물려 있는 데 이상한 안정감이 느껴져서, 그렇게 꾸물꾸물 조금이라도 눈을 붙일 수 있었다.

'지금이라도 진태성에게 전화를 할까.'

멍해진 머리로 고민을 했지만 이미 수마가 온몸을 짓누르고 있었다. 정확히는 잠이 아니라…… 뭐라고 해야 할까, 가위눌리는 것과 비슷한 감각이었다.

그러고 보니 진태성은 중국으로 출장을 갔다. 큰 경매가 있는데 한 번 놓쳤던 것이 다시 풀렸다고 했다. 이번엔 무조건 사서 대원 미술관 창고에 처박아 놓겠다며 이를 박박 갈던 게 생각나 픽 웃음이 샜다.

그리고 그도 잠깐, 이내 손도 까딱하기 어려울 정도로 전신이 무겁게 늘어졌다. 제발 좀 자라고 온몸의 신경들이 날뛰었다.

"그러니까 가장 잠들고 싶은 건 나라고……."

감긴 눈으로 검고 흰 화면이 오락가락하더니 완전히 시야가 나가려는 찰나, 희미하게 자동차 소음이 들리는 것도 같았다. 또 시작이었다. 가장 꾸고 싶지 않은 꿈이, 전부 다 나아 새살이 돋더라도 평생 흉터로 남을 기억이…….

"……어째 점점 못생겨지는 것 같은데."

며칠 만에 만난 기현의 상태는 처참할 정도였다. 턱을 쥐고 여기저기를 살펴보던 태성이 혀를 찼다.

"……통 잘 수가 없어서요."

마른세수하며 기현이 깔끔하게 올려 넘겼던 머릴 헝클었다.

태성은 깃털처럼 우아하게 떨구어지는 가느다란 목덜미에 제법 오랫동안 시선을 주었다. 다른 곳도 전부 마음에 들었지만, 태성은 역시 부러질 듯 선이 긴 기현의 목이 가장 마음에 들었다. 물론 피곤에 찌들어 팬 미간이라거나 내리깔고 있는 눈 같은, 어딘지 축축하고 습한 기현의 분위기 전체가 다 자신을 뒤흔드는 요소이긴 하지만.

'그나지나 이걸 좋아해야 해, 말아야 해.'

처음에는 그나마 자신이 곁에 없으면 제대로 눈을 못 붙이는 습관이 들었다는 게, 포만감을 불러일으켰다. 그런데 어느 순간 덜컥 불안해졌다. 잠들기 위한 용도로만 필요할 뿐인 거라고, 기현이 그렇게 생각하게 되면 어쩌지 싶어서.

정에 굶주린 그가 얼마나 쉽게 마음을 열었던가를 생각해 보면 말이 안 되는 것도 아니었다. 섹스 자체로 안락을 얻을 수 있다고 생각하게 되면 곤란했다. 다른 사람과도 몸을 섞으면, 태성 자신이 아니더라도 기댈 수 있을 사람이 생기면 충분하다고 여기면 어떡하란 말인가. 기현에게 안식을 주는 건 자신뿐이어야 했다.

그렇다고 이 초조함을 미주알고주알 기현에게 이야기하는 건 당연히 좀 쪽팔린 짓이어서. 그렇게 태성 혼자 불면에 허덕이는 기현을 보며 속 끓는 사이, 시간은 또 이렇게 저렇게 흘렀다. 그러다 보니 이제는 정말로 기현이 걱정됐다. 그간 있지도 않은 타인에게 질투로 불을 태웠던 것이 미안할 정도로.

잠들기 직전까지도 이번엔 또 어떤 꿈을 꾸게 될까 두려워 몸을 웅크리는 여윈 등이 가여워서. 내가 없더라도, 적어도 눈은 붙일 수 있게 된다면 좋을 텐데 싶었다.

"잘까요."

더 견디기 어려운지 기현이 목을 죄고 있던 타이에 손가락을 걸어 풀어냈다. 어딘지 갈급함이 느껴지는 조름이었다. 셔츠 단추를 또각또각 푸는 손끝은 단정해서 더 야하게 느껴졌다. 물론 섹스와 기현의 몸은 태성이 환장하는 요소다. 그런데 기현은 태성의 몸이, 그 관계가 좋아서, 애가 닳아서 자자고 하는 게 아니었다. 예전엔 몰라도 요즘에는 그랬다. 지금 또한 마찬가지다.

"그냥 잡시다."

옷을 벗는 기현의 손을 제지하고 마른 몸을 가만히 끌어당겼다. 순순히 딸려 오면서도 어딘지 얼떨떨한 얼굴이었다. 태성은 그런 기현을 안으며 소파에 길게 누웠다. 가슴에 고개를 묻은 채 덩달아 태성 위에 엎힌 듯 누운 기현이 빠르게 눈을 깜빡였다.

"나도 피곤하고, 당신도 피곤하고. 그냥 이렇게 쉬는 것도 나쁘지 않잖아요."

"쉰다고요? 그냥? 이렇게?"

"네. 그냥. 이렇게."

태성이 먼저 관계를 마다하는 건 처음이라 좀 얼떨떨했다. 야구장에서의 키스를 시작으로, 페팅부터 삽입 섹스까지…… 다시 몸을 섞는 일은 물 흐르듯 자연스러웠다. 오랜만에 관계를 가졌을 땐 조금 서먹한 구석이 없지 않긴 했지만, 한번 다시 몸이 붙은 이후론 거절한 적이 없었는데.

저 인간이 왜 저러지? 하고 수상하게 여기는 게 분명한 기현의 머리통을 잡아 누른 태성이 대충 등을 토닥거렸다. 기현은 어이가 없었는지 피식 웃다가 이내 쓰러지듯 기댔다.

굳이 따지자면 기현은 늘씬한, 아니, 마른 쪽에 가까웠지만, 그래도 온전히 힘을 빼고 누우니 제법 무게가 느껴졌다. 하지만 그 무게가 주는 안정감이 좋아서 태성도 기분 좋게 잠들 수 있을 것 같았다.

기현의 숨소리가 고르게 가라앉고 있었다. 지금은 이렇게 잠잠하지만, 곧 괴로워하며 등을 말고서 식은땀에 젖어 펄쩍 몸을 튈 것이다. 조금이라도 기현이 잠들 수 있길 바라며, 태성은 서툰 손짓으로 안쓰러운 등을 쓸어 주었다.

어느 순간부터 꿈은 일정한 패턴을 반복했다. 한동안은 기현조차 잊고 있던 해묵은 기억을 한차례 헤집고는, 그 광경이 익숙해질 것 같으면 가장 뼈아픈 순간들이 조각조각 상영되었다.

심리 치료사의 말로는 무의식중에 스스로를 괴롭히는 거라고 했다. 자꾸 마음에 걸리는 게 있어서, 편해지거나 행복해서는 안 된다고 금제를 거는 거라고. 정신과 의사의 소견도 비슷했다. 그들은 무엇이 그렇게 기현을 괴롭히는지 들려주길 바랐지만, 그 질문만 나오면 조개처럼 입을 꾹 다물어 버렸다.

나도 살아남으려고 애썼을 뿐인데, 네가 뭔데 날 찌른 거냐고 피를 철철 흐르며 발악하는 윤인범. 갑자기 훌훌 털고 일어나 자신을 끌어내리려 드는 윤의택. 그리고…… 악몽의 끝에는 늘 집사님이 등장했다.

별채에서 전면이 유리로 된 창을 더듬거나 멍하니 꽃이 넘실거리는 밖을 보며 눈물을 떨구거나 수시로 들이닥친 김 관장에게 머리채를 잡힌 채 질질 끌려다닌다거나. 그러다 울고, 또 울고……. 끝없이 흐르는 집사님의 눈물을 멀거니 바라보고 있노라면 시야가 확 뒤집혀서 어느새 자동차 안이었다.

'멍청하게 찍소리도 못 하고 그러고 살더니, 그래도 네가 살면서 한 번은 도움 주는 날도 있긴 하구나.'

집사님은 비린 미소를 띠고, 사람을 할퀴는 말을 하고…… 또 차 문이 덜컹 열린다. 손을 뻗어 보려고 하지만 이상하게 움직일 수 없었다. 광기와 희열에 들뜬 그녀의 몸이 뒤로 천천히 젖혀지고, 끼익 브레이크를 밟는 소리와 쿵, 하고 뭔가를 치받는 소리가 귀청을 찢고 나면. 그러고 나면 비로소 기현을 짓누르던 중력이 사라진다. 그리고…….

"기현 씨."

"으윽……."

"윤기현, 정신 차려!"

"허억……!"

몸이 크게 흔들렸다. 기현은 천근만근 무거운 눈꺼풀을 간신히 들어 올렸다. 태성의 집, 거실이었다. 도저히 별채나 신무원에선 잘 수가 없어 주인이 없는 걸 알면서도 여기까지 와 잠을 청해 봤지만 변하는 건 없었다.

"기현 씨."

"괜찮…… 습니다."

태성은 심각한 얼굴로 이마에 흐르는 땀을 닦아 주었다. 예전엔 이 정도는 아니었는데. 고작 이틀 만에 사람이 이렇게 처참하게 무너질 줄이야.

"그러고 보니 조 실장이 저번에도 그랬는데, 우리 참 닮았다고."

보다 못한 태성이 망설이다 참견하는 말을 꺼냈다. 언젠가의 자신도 꼭 이랬던 적이 있다. 그래서 방법이 없다는 것 또한 너무 잘 알았다. 해 줄 수 있는 것이 없는 태성은 기현의 흐트러진 머리만 내도록 쓸어 주었다.

"내가, 윤기현 씨한테 정말 하고 싶었던 단 한마디를 하지 못해서 그게 계속 후회됐거든요."

"그래요? 정작 나는 그게 무슨 말인지 못 들은 것 같은데."

그랬던가, 하며 태성이 딴청을 피웠다.

"어쨌든 꽤 절절했잖아요. 진심으로 기다리려고 했다니까요."

"그래요. 그렇다고 칩시다."

거참, 두 달 좀 넘게 마음고생했다고 되게 생색이었다.

"실은 준비했던 이야기들이야 물론 많았는데, 막상 기현 씨를 딱 마주치니까 그런 건 하나도 생각 안 나고 그냥 나도 모르게 뭐라고 막 떠들고 있더군요."

그랬었냐며 기현이 큰 의미 없이 맞장구를 쳐 주었다.

"그러니까 윤기현 씨도 그러면 좀 나아질지도 몰라요."

언제까지 혼자 앓을 거냐고. 그러면 달라지는 게 없을 거라고. 속에 묵은 이야기를 전부 털어놓으라고. 심리 치료사의 이야기와 같았다.

하지만 누가 그걸 몰라서 그러나. 기현 또한 어떻게 해야 마음이 편해질지 잘 알았다. 알면서도 못하는 거였다. 언제까지고 이렇게 살 순 없을 테지만 적어도 지금은, 자신만 행복해지는 데 죄책감을 느끼고 있었다.

무엇보다 기현을 뼈아프게 하는 것은 집사님을 영영 만날 수 없다는 것이다. 아직 윤의택과 김 관장은 살아 있다. 자신 역시 살아서, 다시 태성을 만나서, 꼬인 매듭을 풀어 보려 애를 쓰는 중이다. 그렇지만 집사님은…… 다시는 만날 수 없다. 미안하다는 말조차 영영 입 밖으로 낼 수 없게 되었다.

"한 번이라도 다시 만날 수 있다면 참 좋을 텐데요……."

어색하게 얼어붙은 공기에 고개를 든 기현은 그제야 자신이 속마음을 툭 내뱉었다는 것을 깨달았다. 태성은 또 그런 얼굴을 했다. 기현을 간신히 붙들었을 때. 곁에 있어도 좋다는 것과 다름없는 허락을 내렸을 때의 그 아이 같은 얼굴.

"쓸데없는 소릴 했네요. 괜찮습니다. 어떻게든 되겠죠."

태성이 야윈 뺨을 안타깝게 쓸었다. 기현은 그런 태성의 손에 모든 걸 내맡겼다. 가만히. 그저 가만히.

"시간이 좀 필요한 것 같아요."

"……그래요."

"시간이 좀 지나면…… 아마도……."

"그래요, 내가 윤기현 씨 곁에 있을게요."

어떻게든 사람은 살아가게 되어 있다. 익숙해질 것이다. 어둠과 배고픔에, 신무원 사람들의 무언의 폭력에 결국은 익숙해졌던 것처럼.

또 시작이었다. 피를 뒤집어쓴 윤인범도, 산소 호흡기를 집어 던지며 당장 저놈을 토막 내어 개에게나 던져 주라고 노성을 지르는 윤의택도. 이젠 점점 감흥 없이 지켜보게 되었다. 꺼지는 한숨과 동시에, 몸이 훽 기울고 시야가 바뀌었다.

한때는 물망초처럼 하늘하늘하고 곱던 집사님이 나타났다. 이제 그녀는 톡톡 유리창을 두드려 보고 어깰 늘어뜨린 채 흐느낄 것이다. 그다음은 김 관장이 소리를 지르며 안으로 들이닥치겠지. 그리고 세상이 뒤집히고, 자신과 집사님은 또 자동차 안에서 서로를 바라보고 있으리라.

익숙해진 장면을 관조하듯 바라보던 기현은 문득 평소의 꿈과는 조금 다르다는 걸 느꼈다. 원래 기현은 관객처럼 꿈의 틀 끄트머리에 서 있었다. 이 고통을 지켜보기만 하라는 듯, 꿈은 아무것도 허락해 주지 않아서 그렇게 가만히 있어야 했다.

그런데 오늘은 어쩐지 몸이 무겁지 않았다. 숨도 못 쉬고, 꼼짝도 할 수 없는 그런 압박감이 느껴지질 않았다. 기현은 손가락을 까딱여 보았다. 현실에서처럼 아무렇지 않게 움직일 수 있었다.

"그래도 네가 살면서 한 번은 도움 주는 날도 있긴 하구나."

기현은 소스라치게 놀라 집사님의 얼굴을 마주했다. 평소와는 조금 다른 느낌이 들어 주의를 기울이지 않은 사이, 벌써 꿈의 마지막까지 다다른 것이다. 슬로 모션처럼 차 문의 잠금장치가 톡, 열렸다.

'안 돼, 잡아야 해.'

손과 발이 움찔거렸다. 여느 날과 마찬가지로 환하게 웃으며 집사님의 몸이 뒤로 쑥 밀려났다.

"안 돼!"

기현은 필사적으로 자유로워진 손을 버둥거렸다. 빠르게 튀어 나간 손이 추락하려는 그녀의 몸을 붙들었다. 집사님은 어딘지 멍한 얼굴을 하고서, 기현이 끌어당기는 대로 다시 차 안으로 올라와 앉았다.

처음이었다. 꿈이라도 좋았다. 처음으로 기현이 집사님의 추락을 막아 냈다.

"뭐야? 이게 이젠 끝까지 발목을 붙들려고 그러네? 이거 안 놔? 놔!"

아마 그때, 집사님을 붙잡았다면 분명 이렇게 말하며 놓으라고 난리를 쳤겠지. 살아도 산 게 아닌 것 같은 삶이 뭔지, 기현도 잘 안다. 모든 걸 다 놓고 끝내 버리고 싶은 마음도.

그러나 이기적인 마음으로 바랐다. 집사님이 이렇게 변해 버리기 전에 먼저 용기를 냈더라면. 조금만 더 같이 있을 수 있었다면. 결국 변명뿐이었던 자신을 속죄할 수 있는 시간이 조금이라도 주어진다면.

반쯤 열린 차 문이 위협적으로 덜컹거렸다. 손이 희게 질리도록 집사님을 놓치지 않으려 애쓰던 기현은 문득, 태성의 말을 떠올렸다. 그냥 막상 마주하니 되는대로 내뱉게 되었다고 했던가.

기현은 크게 침을 삼켰다. 제가 생각하기에도 이런 순간이 다시 올 것 같지 않았다. 내일이면 보란 듯이 손 하나 옴짝달싹할 수 없는 긴 악몽이 재현될지도 모른다. 그러니까.

"……마."

"뭐?"

집사님의, 이수경의, 아니, 어머니의 눈이 크게 뜨였다. 그래 봤자 성한 한쪽 눈뿐이었지만.

왜 이렇게 겁이 났을까. 혼자 그녀를 생각할 때도 감히 어머니라고, 엄마라고 부를 엄두를 내지 못했다. 늘 집사님이었다. 엄마라는 두 글자를 알려 주는 이도, 허락해 주는 이도 없었다. 태어나는 순간부터 짊어진 속박이었다. 기현은 남은 힘을 모조리 쥐어짜 간절하게 어머니를 불렀다.

"저기, 엄마. 제가……."

뿌옇게 번진 시야에는 아무것도 담기질 않았다. 차 문이 덜컹거리다 크게 쾅, 하고 여닫히는 소리만 귓가에 울릴 뿐이었다.

엄마, 고작 그 한마디를 말했을 뿐인데 이유를 알 수 없는 눈물이 후드득 쏟아졌다. 이미 오래전에 다 말라 버렸다고 생각했었는데. 어머니가 눈앞에서 죽어 나가는 걸 봤을 때도, 그 초라한 납골당에 우두커니 서 있었을 때도 한 방울도 흐르지 않았던 눈물이 이날을 위해 참아 왔던 것처럼 끝내 왈칵 터져 버렸다.

이렇게 이기적인 자식이라 미안하다고 말할 기회가 한 번만 있었다면. 모든 게 망가지기 전에 그 지친 손을 맞잡고, 어머니라고 직접 불러 드릴 수 있었더라면 얼마나 좋았을까. 지치고 고된 집사님의 육신이 초라한 한 줌의 재가 되기 전에, 단 한 번만이라도.

"아, 윽……."

태싱의 단단한 팔이, 바투 닿은 몸이 기현을 끌어안으며 다독였다. 베고 누운 그의 팔에 눈물이 번지는 바람에 가볍게 몸을 뒤척일 때마다 맞닿은 귓바퀴가 찰박이며 미끄러졌다. 순간 꽉 닫혔던 한쪽 귀에 다시 세상의 모든 소리가 웅웅 울리며 꽂혀 들었다. 눈물이 떨어지는 소리마저 벼락처럼 들렸다. 천둥같이 오감이 뒤흔들렸다.

기현의 하루하루는 아직도 그날에 멈춰 있었다. 어머니가 갇혀 있던 차. 죽을 걸음을 재촉하던 차. 차 안에, 그 어둠 안에.

그런데 뻔뻔스럽게도 마음에 얹혀 있던 말을, 엄마라는 부름 한 번에 그 단단했던 세계에 쩌적 금이 갔다. 틈새로 희미한 빛이 쏟아지고 있었다.

이 얼마나 이기적인가. 스스로를 위로하기 위해, 앞으로도 꾸역꾸역 살아가기 위해, 스스로 걸어 잠갔던 마음의 빗장을 열었다는 것만으로 아주 약간이나마 고통을 덜어 낸 자신이 미워서 기현은 가슴을 쳤다. 그러다 끅끅 꼴사나운 울음을 쏟아 내며 태성을 간절하게 끌어안았다.

누가 알려 준 것도 아닌데, 이상하게도 기현은 이제 다시는 어머니가 꿈에 나타나지 않을 거라는 예감이 들었다. 적어도 오늘처럼 그녀를 붙들고, 부르고, 만질 수는 없을 것 같았다. 더는 눈앞에서 몸을 떨구는 어머니를 보지 않아도 된다. 지난했던 불면의 밤도 서서히 나아가리라.

그러나 그럼에도, 또 평생을 이 잔인한 꿈을 그리워하게 될 것이다. 끝내 어머니께 미안하다는 말 한마디를 하지 못해서.

외전 3
질투는 나의 힘

질투는 나의 힘

"사장님, 오셨습니다."

수행 비서가 조심스럽게 문을 열어 주었다.

"아, 어서 와요."

기현이 반색을 하며 걸음을 뚜벅 옮겼다.

"오느라 고생했습니다."

"아닙니다. 김종찬입니다."

살가운 기현의 환대에도 불구하고 남자의 태도는 무뚝뚝하기 그지없었다. 뭐가 되었든 본사로, 그것도 실질적인 기업의 오너가 부르는 게 마냥 좋은 일은 아니라는 걸 아는지 그의 얼굴은 상당히 경직되어 있었다. 귀찮은 건 곧 죽어도 싫다는 게 고스란히 느껴져서 기현은 오히려 그가 마음에 들었다. 이 사람은 쉽게 타협하지 않을 것 같았다. 사람이든, 일이든.

"싱겁지만, 그냥 궁금해서 불러 봤습니다."

"……아, 예."

"음, 아시겠지만 많은 일이 있었고…… 그렇게 회사가 혼란스러웠을 때 굳건히 주가가 상승했던 건 AR기획뿐이었거든요."

겉으로 보이기론 AR그룹 전체가 굳건했다. 아니, 오히려 더욱 승승장구하는 것처럼 보였다. 금융 그룹까지 출범을 앞두고 있어 더더욱 그랬다.

이것저것 제한을 두더라도 모든 기업이 금융 계열사를 하나 이상은 소유하려 드는 데는 이유가 있었다. 일정 수준의 현금 보유량은 기업을 운영하는 동안 절대 무시 못 할 뒷배가 되어 주었다. 세계적 경제 위기마다 휘청거릴 듯 해도 버티는 국내 기업은 대부분 금융 계열사를 구원 투수로 두고 있었기 때문이다.

그래서 AR이라는 이름만 사용하고 있을 뿐, 엄연히 다른 기업을 표방하고 있음에도 금융 그룹 설립으로 인해 AR그룹 전체의 투자 안전성은 착실히 좋은 평가를 받고 있었다.

하지만 그건 어디까지나 겉으로 봤을 때만 그랬고, 내부는 아직도 안정되지 못했다. 기현의 역량에 대한 의문은 여전했다. 특히 윤의택을 오래 따르던 핵심 인사 전부 기현의 머리 꼭대기 위에 앉으려고 들었다. 어쩔 수 없는 일이라고 생각했다. 윤인범처럼 계속 존재감이라도 드러냈더라면 모를까, 그들 입장에서 기현은 막내아들이란 이유 하나만으로 툭 튀어나온 애송이에 불과했으니까.

그래서 더더욱 곁에 둘 사람이 필요했다. 시작부터 함께해 나갈 젊고 유능한 사람이. 예전에도 그랬듯 처음 말도 안 되는 선거 출마를 했을 때부터 아마 끝나는 날까지, 결국은 사람이 기현이 기업을 운영하는 데 있어 가장 어려운 숙제가 될 터였다.

"AR기획이 또 칸 광고제에서 수상했다죠."

"괜찮은 직원이 하나 있는데 그 친구가 또 잘해 냈습니다. 운도 좋았지만요."

소문난 광고쟁이라더니 그 말이 틀리지 않은 듯 김종찬의 입매가 슬쩍 올라갔다. 화려하고 현실감 없는 진태성을 자주 보는 터라 다른 이의 외모에 대한 감흥이 좀 무뎌졌는데도, 이렇게 보니 꽤 준수한 용모였다. 기획이 아닌 그룹 전략실로 옮겨 온다면 확실히, 활용하기 좋은 카드가 될 것 같았다. 잘생겼는데 유능하기까지 한 업계의 전설. 미디어가 좋아할 이야기다.

"돌려 말하지 않겠습니다. 기획이 아닌 계열사에서, 그러니까 지주사에서 일해 볼 생각은 없습니까?"

노골적으로 얼굴을 찡그리려던 남자는 상사, 그것도 아주 높은 상사의 앞이라는 걸 떠올렸는지 간신히 짜증을 참아 내며 덤덤하게 기현을 응시했다. 확실히 재미있는 사람이었다.

"얼마 전에 본부장으로 승진했다죠, 상무보라고 들었는데. 그룹 전략실로 온다면 바로 상무부터 시작하도록 조치하겠습니다."

"애초에 상무보가 상무로 약속을 받은 자리인 것으로 알고 있습니다만."

"자리 보전에 대한 약속을 믿으십니까? 명패 바뀌기 전까진 믿는 거 아닙니다."

김종찬은 '귀찮아 죽겠다'를 얼굴에 잔뜩 새긴 채로 으음, 하고 상체를 슬쩍 숙이며 곤란한 척했다.

"……사실 지금 대표님께 이미 부사장까지 약속받은 상태입니다."

누구도 아닌 기현에게 이런 시시콜콜한 계열사 속사정 이야기까지 입에 올리는 게 면구스러운지 김종찬이 조금 머뭇거리며 이야길 꺼냈다.

"그리고 난 그 대표를 바꿀 수 있는 사람이라는 거, 아시죠?"

"……그건 그렇죠."

"시작이 상무라는 겁니다. 좀 더 솔직히 말하겠습니다. 지금 내 사람들이 아주 절실하게 필요합니다. 시간은 좀 걸리겠지만 고인 물은 다 걷어 낼 겁니다. 조금만 나와 함께 고생하면 단순히 명함에 찍히는 직위 말고, 등기 이사까지도 바라볼 수 있어요."

그래도 초반엔 곤란한 척이라도 하던 종찬은 점점 시큰둥하게 고개를 끄덕였다. 설득하려고 하면 할수록, 높은 직위나 보기 좋은 것들이 통하지 않을 부류라는 느낌이 왔다. 아까웠다. 원래 저런 인재일수록 욕심이 나는 법이다.

"발령이 내려오면 어쩔 도리가 없겠죠."

"진심입니까?"

권한 건 자신이면서, 예상외의 대답이 돌아오자 기현이 깜짝 놀라 되물었다.

"제가 위에서 말씀하시는 걸 거절할 위치는 못 되니까요."

"……의외네요."

"솔직히 말씀드리자면…… 네, 저는 계속 이 업계에 몸담고 싶습니다. 하지만…… 제가 좋아하는 일만 하고 싶다고 융통성도 없이 굴었다가 소중한 부하 직원을 잃을 뻔한 적이 있습니다."

"그래요?"

"시간이 지나면 자리가 높아지고, 책임질 일도 생기는 거고, 싫은 일도 해야 하는 거고…… 그게 자연스러운 거니까요. 저 좋은 것만 한다고 우기다가 누군가를 잃는 일은 다시는 없었으면 합니다. 요즘은 정말로, 지키고 싶은 것이 많아져서요."

어째 말하는 폼만 봐선 부하 직원이 아니라 꼭 애인이라도 잃었던 것처럼 비장함이 철철 넘쳤다. 그러니까…… 까라면 까겠지만 난 솔직히 네가 부르는 게 좋지는 않다는 이야기였다. 그런데 오히려 그 가식 없는 이야기에 마음이 너그러워졌다.

"휴……. 사실 말을 꺼내는 순간부터 김종찬 씨는 설득하기 어렵겠다는 생각이 들었습니다."

"죄송합니다."

"죄송할 것까지야. 나도 진심인 사람을 원해요. 마음을 다해 함께 새로운 AR을 일굴 수 있는—"

—진태성 이사님 오셨습니다.

삐, 하는 알림과 함께 내선 전화에서 달갑지 않은 소식이 흘러나왔다. 아, 저 인간은 또 왜.

"손님 계신다고 전하세요."

—네.

분명 데스크에선 처음부터 안에 선객이 있다고 안내를 했을 거다. 그런데도 빤히 직원만 쳐다보면서 얼른 자기 왔다고 말하라는 티 팍팍 냈겠지. 정말 갈수록 지랄 맞은 성격이다.

"어디까지 말했죠? 아, 그래요. 아무튼 김종찬 씨를 억지로 데려다 앉히고 싶진 않습니다. 그럴 생각이었다면 처음부터 무작정 인사발령을 내렸겠죠."

"이해해 주셔서 감사합니다."

"그나저나 그렇게 싫은 게 티가 팍팍 나서야. 그동안은 광고주들 대체 어떻게 상대했습니까?"

"……실력 좋은 거 하나만 믿었습니다."

종찬이 뒷덜미를 주무르며 슬쩍 기현의 시선을 피했다. 볼수록 아깝다는 생각이 들었다. 하지만 말 그대로 온 마음을 다 내줄 사람이 아니면 필요 없었다. 자신의 어떤 추악한 뒷모습을 보더라도 참고 견딜 수 있는 그런 사람이어야 했다. 똑똑한 사람은 한 명이면 충분했다.

물론 뛰어난 책사가 여러 명 있다면 더할 나위 없이 좋겠지만, 김종찬처럼 뛰어난 한 사람보단 충성을 여럿 거느리는 쪽이 훨씬 나았다. 어쨌든 서태식도 제 몫을 다해 주고 있긴 하니까, 당분간은 이런 체제를 이어 가는 게 낫겠다.

"언제가 되었든, 생각이 바뀌면 연락해요. 지키고 싶은 게 많아졌다고 했죠? 그럼 조금 더 높은 지위가 필요하다고 느낄 날도 분명 올 테니까."

그제야 김종찬이 진중한 얼굴을 하고는, 불러 주셔서 감사하다는 대답을 내놓았다. 기현은 씁쓸하게 웃었다. 정말로 욕심이 없구나. 내 사람이 되어 준다면 정말 든든했을 텐데.

이후로는 잘 모르는 광고에 대한 시답지 않은 이야기나 늘어놓으며 끊길 듯 끊기지 않을 대화를 이어 가다, 피차 용건이 끝난 것이 뻔히 보여서 자리를 파하기로 했다. 몸을 일으켜 그를 배웅하기 위해 사무실 문고리를 당기자—

"어?"

기다리다 못해 직접 노크를 하려고 했는지 한 손을 든 채로 태성이 코앞에 있었다.

세상에, 옷은 또 왜 저렇게 입었는지. 딱 달라붙어 몸 선이 다 드러나는 정장은 그에게 무척 잘 어울리긴 했지만, 가뜩이나 얼굴도 화려한 사람이 그런 옷을 입으니 순간 어안이 벙벙해졌다. 연예인들 시상식에서나 입으면 모를까, 회사에선 너무 튀는 차림이었다.

"그럼."

갑자기 나타난 눈앞의 사람에 한쪽 눈썹을 씰룩 올렸던 김종찬이

기현과 태성에게 고개를 꾸벅 숙이고 뚜벅뚜벅 걸어갔다.

"뭔데, 저거."

김종찬의 뒷모습을 위아래로 훑는 태성의 시선에선 못마땅함이 철철 넘쳤다.

"전략실이나 커뮤니케이션 부문으로 오면 좋을 것 같다고 생각해서 얘기 좀 하려고 했는데…… 노골적으로 오기 싫어하는 게 보여서 포기했습니다."

"누군데요."

"AR기획 쪽 본부장이요. 그나저나 옷이 그게 뭡니까? 회사에 일이 있어서 올 거면 좀—"

"흠. 잘생겼던데."

"……당신이 남한테 그런 칭찬도 할 줄 알아요?"

"그냥 보이는 대로 그렇게 생겨 먹었다는 이야길 한 건데 이게 칭찬이라고 할 수 있나?"

어느 순간부터 태성은 존대와 반말의 경계가 허물어져 오락가락했다. 원래 저런 인간이니 크게 신경 쓰진 않았지만 이런 상황에서의 반말은 어딘가 수틀렸다는 뜻이다.

이제 보이지도 않는데 복도 쪽을 지긋하게 바라보던 태성이 흠, 하고 기현을 지나쳐 멋대로 사무실로 침입했다. 왜 저러나 의아해하던 기현이 이내 설마, 하고 콧등을 찡긋거렸다. 저 인간이 설마 이제 이런 일로도 질투하나?

"설마 질투하는 건 아니죠?"

"질투?"

질투. 그건 기현으로부터 다시 제대로 배운 감정 중 하나였다. 단어를 곱씹던 태성은 설레설레 고개를 내저었다.

"방금 저 사람한텐 질투 안 해요."

"……저 사람한텐?"

"기현 씨는 저런 얼굴 안 좋아하잖아요. 예쁜 얼굴이 취향 아닌가?"

"뭐라고요?"

"내 얼굴 좋아하잖아요. 처음 만났을 때도 넋 놓고 쳐다봤던 거 똑똑히 기억하고 있는데."

"뭐…… 뭐라고요?"

황당함에 얼이 빠진 기현은 문을 붙든 채로 얼어 버렸다. 이 인간이 지금 뭐라고?

"저번에 윤기현 씨가 알려 준 거에 대입해서 방금 이게 질투인가 아닌가 잘 생각해 봤는데, 이건 질투는 아니고 그저 불안한 겁니다. 슬프게도 윤기현은 얼굴만 보고서 푹 빠져 버리는 쉬운 성격이니까 취향이 아닌 남자에게도 금세 넘어가는 건 아닐까, 뭐 그런?"

기가 막혔다. 어이가 없어서 계속 허, 하는 탄식밖에 안 나왔다. 눈가의 점이 얄미운 소리나 하는 예쁜, 아니, 빌어먹을 이게 아니라, 얄미운 얼굴을 화룡점정으로 콕 찍어 올렸다.

"뭐 하고 있어요? 외국인 투자자 동향 알려 달라더니."

사람 속 뒤집는 미친 소릴 해 놓고선 얼이 빠진 기현을 오히려 한심하다는 듯 독촉한다. 뭐 저런 놈이 다 있어? 기현이 문을 쾅 닫고 책상에서 회의 자료를 챙기는 사이, 태성은 소파 팔걸이에 반쯤 몸을 기대고는 핸드폰을 만지작거렸다.

"알겠지만 우리 사주가 거품일 거라고 말을 흘리고 다니는 사람들이 있다던데…… 솔직히 지금 상황에서야 뭐 그게 틀린 말은 아니지만—"

"아, 잠깐만요. 급하게 메시지 보낼 일이 있어서."

태성은 짐짓 심각한 얼굴로 턱을 매만지다 화면의 버튼을 꾹꾹 눌렀다.

[AR기획 본부장이라는데 얼굴은 좀 잘생겼고 이름은 몰라]

"……음, 됐습니다. 그래서요?"

"이사회에서는 이 책임을 외국인 투자자에게로 돌리려고 하는데, 반대로 임원 회의에서 나온 이야길 종합해 보면 꼭 그렇지만도 않은 게……."

순식간에 기현의 얼굴이 진지해진다. 만년필을 굴리며 보고서를 차락차락 넘기는 모습이 야해 빠졌다. 아닌 척 흘끔 훔쳐보는 태성의 눈이 꿀이 뚝뚝 흐르는 것처럼 달았다.

그래, 이건 질투가 아니다. 생긴 건 단정한데 저렇게 당기는 태를 아무렇지도 않게 내보이는 점이나 헤퍼지라고 했기로서니 진짜 누구에게나 쉽게 마음 줄 것 같은 윤기현의 성격이 문젠 거다.

[어떤 놈인지 알아봐. 지금 당장]

전송 버튼을 누른 태성이 핸드폰을 아무렇게나 떨구고는 기현 쪽으로 몸을 기울이며 경청했다. 일단은 듣는 척이라도 해 줘야겠지.

"아무래도 이사회 내부의 누군가가 다른 마음을 먹고 공매도를 노리는 것 같은데……."

윤기현의 취향인 놈들이 떼로 몰려온대도, 자신만이 해 줄 수 있는 중요한 일 이야기 중이었으니까.

하루라도 매체에서 기현이 나오지 않는 날이 없었다. 그간 AR그룹이 너무 꼭꼭 싸매고 있었던 것의 부작용인지 여기저기서 난리였다. 언론부터 여성지, 인터넷의 듣도 보도 못한 삼류 언론, 심지어 보통 사람들의 SNS에서도. 그가 입고, 먹고, 마시는 모든 것이 사람들의 관심을 끌었다.

기현은 차라리 이 현상을 기회로 삼으려고 했다. 시대가 변했다. 이젠 윤의택처럼 사람 모두를 손에 틀어쥐고 지배하는 건 불가능한 일이었다. 그렇다면 가십과 루머를 적당히 방관하면서 이용하는 편이 나았다. 본가와 떨어져서 지냈지만, 그간 보고 듣고 배운 게 어딜 가지는 않는지 사람들 다루고 끌어들이는 자질은 천부적이었다.

솔직히 일과 관련된 면에서 허술한 구석이 조금씩 엿보였지만, 그건 그런 일을 전문적으로 담당하는 아랫사람들이 제 몫을 해내고 있으니 상관없었다. 왕좌를 틀어쥔 기현이 천명했던 대로, 자신의 존재 자체가 중요하다는 것을 결국 증명해 낸 셈이었다.

문제는…… 요즘 보이는 그런 윤기현의 모습들이 상당히 위험하다는 거다. 다른 사람들 앞에선 거침없이 굴면서, 돌아서면 저에게만 약한 얼굴을 보여 주니까. 전자에는 정복하고 싶은 아찔함이, 후자에는 울리고 싶은 야한 구석이 있었다.

그리고 이 위험한 간극을 태성만 느끼는 게 아니었다. 그는 윤기현의 이름이 계속 실시간 검색어를 오르내리고 있다기에 슬쩍 포털사이트를 들여다봤다. 또 꼬까옷이라도 주워 입은 건가 싶어서.

알고 보니 모교인 뉴욕대에서의 스피치 영상이 인기몰이를 하는 중이었다. 단정한 얼굴을 하고서 차분한 목소리로 법학과 공학의 상관관계를 이야기하는데, 그 포쉬한 영어 발음에 목덜미에 소름이 돋을 정도였다.

사람들이 빽이 갈 법도 했다. 드라마에 지겹도록 나오는 왕자님의 현실판 아닌가. 괜찮은 외모, 선하다고 알려진 성품, 게다가 그 AR 그룹의 유일무이한 후계자. 심지어 젊은데다 미혼이기까지.

"……이런."

태성은 손끝에서 느껴지는 진동에 한숨을 터뜨렸다. 무의식중에 기현에게 메시지를 보냈는데, 그 내용이 가관이었다. 밑도 끝도 없이 집. 그 한마디가 전부였다.

"덜떨어진 사춘기 어린애도 아니고."

어이가 없어서 헛웃음만 자꾸 나왔다. 자신답지 않은 내용에 놀랐는지, 메시지를 보낸 지 얼마 되지 않아 기현에게서 전화가 왔다. 물끄러미 액정을 바라보던 태성은 핸드폰을 뒤집어 음 소거했다. 지금 목소리를 들으면 오늘 기현이 바쁘다는 걸 알면서도 막무가내로 그를 끌고 오게 될 것 같아서였다.

단정한 얼굴을 들여다보고, 살을 맞대고, 마음껏 체향을 들이켜고 싶었다. 실제가 아닌 매체 속 기현을 관음하는 것을 즐겼다. 묘하게 낯선 모습에 애가 닳아 그를 그리워했다. 그러면서도…… 최근, 기현을 아무에게도 보여 주기 싫다는 이상한 감정이 자꾸 생겨났다.

'어떻게 해야 윤기현을 전부 가질 수 있을까. 묶어서 어디다 가둬놔야 하나?'

저번에 김종찬인지 뭔지 하는 놈의 보고서를 헐레벌떡 준비한 조실장은 태성에게서 이유를 듣더니 깊은 한숨을 쉬었다. 회사 인력을 질투하는 데 사용하시는 건 좀 곤란하다고 하면서.

'그러고 보니 윤기현도 분명 그랬었지. 질투? 질투인가…….'

하지만 윤기현이 짚어 줬던 예시들은 어딘지 애틋하고 몽글몽글한 느낌이었다. 이렇게 바싹 온몸이 탈 것 같고, 날이 서는 감정이라고 말해 준 사람은 여태 아무도 없었다.

무엇보다 태성을 갑갑하게 하는 것은, 자신만 이 난리를 피우고 있다는 점이다. 기현이 오로지 자신에게만 모든 걸 터놓고, 또 자신 없이 잠드는 것을 불안해하긴 하지만. 그렇다고 해서 태성이 저번의 윤기현처럼 결혼이 어쩌고저쩌고하면서 선을 보러 간다든지, 누군가와 다정하게 어울린다고 해도 언젠가의 그가 그랬듯 크게 화를 낼 것 같진 않았다.

"아, 개같네. 진짜."

태성은 널브러진 서류 틈바구니에 머리를 쾅, 박았다. 지난달에 들여온 미술품 보험 서류가 나풀나풀 날렸다. 손톱만 한 장식품 주제에 200만 달러였던가. 이러고 있는 꼴을 조 실장이 보면 까무러칠 게 뻔했지만, 태성은 그대로 종이에 파묻힌 채 눈만 깜빡였다. 말갛고 곧은 눈으로 좋아한다고 속삭이던 기현에게 못돼 먹은 소리만 했던 과거의 자신을 두들겨 패 주고 싶었다.

핸드폰을 슬쩍 다시 뒤집었다. 짜증 낼 게 뻔해서 그에게 말한 적은 없지만, 사실 태성은 기현으로부터 온 연락이 쌓여 있으면 기분이 좋아졌다. 그거라도 보면 이 울렁이는 속이 좀 나아질 것도 같았다.

하지만 은근했던 기대가 무색하게 부재중 전화는 고작 한 통이 전부였다. 메시지도 없었다. 뻔했다. 메시지 봤는데 무슨 일이냐, 오늘은 바빠서 못 본다, 그런 말이나 하려고 했겠지. 태성은 다시 머리를 쾅 박았다.

'윤기현은 아무렇지도 않고 멀쩡한데, 왜 나만 이렇게 애가 탈까.'

물론 속으로 중얼거리는 그 순간에도 우문이라는 걸 알고 있었다.
"아, 진짜 모든 게 엉망진창이네."
누구의 탓도 할 것 없이 자신의 업보였으니.

"뭐야."
아까 난데없이 집, 이라고만 덜렁 메시지를 보내 놓고 전화도 안 받는다. 그러고 태성은 지금까지 아무런 말이 없었다. 집이라니. 설마 자기 집으로 오라는 소린가?
"기다리는 연락이라도 있으십니까?"
기현과 사적으로 연락을 주고받는 사람은 지극히 한정적이다. 게다가 무려 연락을 기다리기까지 하는 이는 딱 한 사람뿐이라는 걸 알고 있지만…… 자꾸 정신 사납게 핸드폰을 들여다보는 기현의 주의를 환기할까, 해서 서태식이 모르는 척 말을 붙였다.
"……아, 그건 아닌데."
"두어 시간이면 끝날 겁니다. 조금만 기다리시죠."
서태식의 어른스러운 토닥임에 부끄러워진 기현은 그만 핸드폰을 집어넣었다. 아랫사람 보기 민망한 것도 있었지만, 자꾸만 초조해하는 자신의 모습 자체가 마음에 들지 않았다.
원래 태성과 만날 때는 일정한 흐름 같은 게 있었다. 어차피 끝은 섹스였다. 급한 대로 몸만 섞고 일어설 때도 있었고, 조금 여유가 있으면 진행 중인 일에 대해 의견을 나누곤 했다. 여유는 있는데 바로 살을 맞대기는 좀 그렇고, 그렇다고 딱히 할 이야기도 없으면 영양가 없는 재계 동향이라도 주고받곤 했다.

그런데 어느 순간부터 이게 점점 무너졌다. 저번처럼 아무것도 하지 않고 그의 옆에 누워 꼭 안긴 채 잠만 청한다거나, 즉흥적으로 만나 밥이나 한 끼 하고 산뜻하게 헤어진다거나.

생각해 보니 요즘 진태성은 확실히 이상했다. 원래도 안하무인인 성격이긴 했지만 저건 뭡니까, 라는 말버릇을 달고 살았다. 사람을 가리키며 누구냐고도 안 하고 저거, 라고 지칭하면서 기현이 만나는 인사들을 궁금해했다. 말이 궁금한 거지, 무슨 핑계로 저걸 잡아 족칠까 하는 눈빛이었다.

누구에게나 쉽게 마음을 연다고 저를 놀렸던 건 어디 사는 누구였는지. 요즘의 태성은 저돌적으로 자신의 온 감정을 내보였다. 그래 놓고선 '나 질투하는 거 아닌데?' 하는 꼴이 세 살 먹은 어린애가 따로 없었다.

얇은 막을 두른 듯, 가면을 쓴 듯 알 수 없던 예전보다야 나았지만, 그렇다고 지금의 태성이 결코 쉬운 건 아니었다. 오히려 점점 더 어려워지고 있었다. 그를 어떻게 대하면 좋을지 모르겠다. 좀 더 정확히는…… 진태성을 상대로 이런 낯간지러운 기분을 느껴도 되는 건지 모르겠다.

기현은 자꾸만 피어오르는 상념을 애써 지우며 입꼬리를 끌어 올렸다. 후원 행사는 서태식이 말했던 시간보다 두어 시간은 더 걸렸고, 많은 사람이 치대는 통에 정신이 하나도 없었다. 설상가상으로 주차장에서 차로 이동하는 그 짧은 거리에도 바깥은 녹을 듯 더웠다. 술을 마신 탓도 있었겠지만.

녹초가 된 기현은 카 시트에 몸을 묻고서, 꽉 조인 넥타이 매듭에 더듬더듬 손가락을 걸었다. 결이 좋은 직물을 느슨하게 잡아당길 때마다 한숨이 푹푹 쏟아졌다.

“잠깐 눈 좀 붙이시죠.”

“뭐 보고할 게 있다고 하지 않았었나?”

“그렇긴 한데…… 지금은 좀 주무시는 게 나을 것 같아서요.”

가볍게 들이켠 와인과 칵테일이 뒤섞여 어질어질했다. 와인은 모를까, 칵테일은 아는 바가 없었다. 어떤 게 유명한지 이름 정도는 알았지만 마셔 볼 기회가 많이 없었던 탓이다. 작은 우산 같은 걸 꽂아 둔 귀여운 잔 속에서 찰랑이는 예쁜 술을 홀짝일 여유 같은 건 조금도 없었던 팍팍한 삶이었으니까.

“그걸 전부 드셨다고요?”

“아마…… 도?”

“방심하다 금세 취해 버리는 것들만 드셨네요.”

“그래요?”

“맛만 달콤하지, 도수는 높아서 계속 홀짝이다 자기도 모르게 취할 수 있는 것들이에요.”

기현이 나열해 준 칵테일의 이름을 듣고 화들짝 놀란 서태식이 고개를 내저었다. 그와 나이 차이가 크게 나는 것도 아닌데, 쏟아지는 잔소리를 듣고 있자니 꼭 친척 어른에게 꾸중을 듣는 기분이었다. 가져 본 적은 없지만, 숙부 같은 게 생기면 이런 기분이려나.

“사장님. 그렇게 허허 웃고 넘기실 일이 아닙니다.”

멍하니 생각하던 기현은 차창 너머로 비친 자신의 얼굴을 멀거니 들여다보았다. 볼이 발갛게 달아오른 남자가 흐리멍덩한 눈을 하고서 실없이 웃고 있었다.

“……그래요, 앞으론 주의하죠.”

기현은 그제야 자신이 술을 많이 마셨다는 걸 알았다. 그것도 제법.

"사장님."

피곤해서 잠깐 눈을 감는다는 게, 정말 스르륵 잠들어 버렸다. 체감으로는 눈 한 번 깜빡인 것같이 짧았는데, 시계를 보니 이미 도착하고도 남았을 시각이었다.

"아, 일어나셨습니까."

서태식은 기현이 눈을 뜨기까지 기다려 준 모양이었다.

"곤히 주무셔서 깨울 수가 없었습니다."

"그래도 그렇지……."

민망하고 미안해서 재빨리 늘어진 상체의 각을 잡으려던 기현은 어쩐지 익숙한 풍경에 어…… 하고 바보 같은 감탄사를 내뱉었다.

"여기, 진태성 이사의……."

운전기사가 차를 세운 곳은 진태성의 집 앞이었다.

"아, 네. 아까 계속 연락 기다리시던 분, 진 이사님 아니셨습니까? 급하신 일 같아서."

"……그렇긴 한데."

말 목을 자른 김유신의 심정이 이랬을까. 기현은 어쩐지 확확해지는 낯을 누르며, 아무렇지 않은 척 오늘 수고 많았다는 인사를 건넸다. 얼른 저들을 돌려보내야 할 것 같아서 벨을 누르는 손이 바삐 움직였다. 비밀번호는 당연히 알고 있었지만 그런 것까지 공유하는 사이라는 걸 아랫사람들에게 보여 주고 싶지 않았다.

하지만 이 남자와 얽혔을 때 어디 마음대로 되는 일이 있던가. 이러다 고장이 나는 것 아닐까 싶을 정도로 연신 벨을 눌러 댔는데도 진태성은 묵묵부답이었다.

"하……."

저만 쳐다보고 있는 뒤통수가 따가워서 결국 기현은 비밀번호를 꾹꾹 눌렀다. 경쾌한 해제음이 울리자 등 뒤에서 들려오는 푹 쉬시라는 인사에 쿨럭, 헛기침이 나왔다. 어쩐지 그 말을 곧이곧대로 들을 수가 없어서.

듣는 둥 마는 둥 고개를 끄덕이며 대문을 닫는 손길이 영 어설펐다. 기현은 아직도 열감이 가시지 않은 뺨을 손등으로 문질렀다. 그래. 술김에 어리바리하게 구는 거라 생각해 주겠지.

"그나저나 왜 기척이 없어. 집이라고 했으면서."

기현이 작은 정원을 거슬러 현관의 도어 록까지 열고 들어가도록 태성이 보이질 않았다. 설마 그새 외출했나? 그렇지만 집, 그렇게 덜렁 한 글자만 보낸 것을 보면 급한 일이 있었던 것 같은데……. 물론 그때로부터 네 시간? 아니, 다섯 시간 정도 흘렀으니 급했던 용무라면 진작 해결이 됐겠지만. 그래도.

손님용 슬리퍼가 보이지 않아 구두를 신은 채로 뚜벅뚜벅 걸음을 옮겼다. 안으로 들어서자 적당히 풍기는 서늘한 냉기 덕에 기분이 좋아졌다. 여름에도 슈트에 셔츠, 넥타이까지 갖춰 입어야 한다니. 쿨 비즈 캠페인 같은 걸 아무리 해 봤자 사라지지 않는 허례허식이 참 불편하다는 생각이나 하던 기현은 이내 고개를 휘휘 젓고서 다시 걸음을 옮겼다.

어차피 태성은 안에 없는 것 같으니 늘 자신의 차지였던 게스트룸에서 잠이나 자다 가야 할 것 같았다. 그렇게 익숙한 곳으로 발을 움직이려는 순간, 2층에서 희미하게 문을 여닫는 소리가 났다.

"뭐야. 있으면서 왜 말을……."

목을 길게 빼고 보니 태성의 방으로 추정되는 곳에서 희미한 불빛이 새어 나오는 것도 같았다. 욕실을 제외하곤 2층에 가 본 적 없는데……. 가도 되는 걸까. 잠시 고민하던 기현은 계단 쪽으로 몸을 틀었다.

사실 태성을 부를 수도 있었다. 모르는 것 같은데 나 왔다고 크게 부를 수도 있었고, 다시 전화를 할 수도 있었다. 알면서도 기현은 위층으로 향하는 걸음을 멈출 수 없었다. 굳이 핑계를 대 보자면…… 밑도 끝도 없이 집, 하고 메시지를 보낸 이유가 궁금했다. 술에 취한 것 같으니 혹시 도움이 될 만한 약이 있는지 묻고 싶었다. 또…….

"아……!"

……뭐지? 계단을 거의 다 올라왔을 무렵, 태성의 방 너머에서 여자의 신음이 웅웅 울렸다. 난간을 쥔 기현은 잠시 헛것을 들었나 싶어 머리를 절레절레 저었지만, 여자의 목소리가 맞았다. 그것도 관계 중인 게 분명한. 묵직한 호흡이 엉키는 난잡한 소리가 기현의 귓전을 때리고 갔다.

"하……."

순식간에 핏기가 가셨다. 자기 욕정 풀고 싶다고 사람을 그렇게 급하게 불러 놓고선, 그 잠깐을 못 참아서 여잘 불렀다는 건가. 잘해 주고 싶은데 어렵다느니, 배운 적이 없는 감정이니 알려 달라느니, 같이 알아 가자느니, 사람답게 만들어 줘서 고맙다느니……. 결국 그 번지르르한 말도 다 자신을 붙잡아 두려는 사탕발림이었던 거다.

'그래. 너 그런 새끼인 걸 깜빡 잊고 있었지, 내가.'

기현은 손톱이 손바닥에 파고들 정도로 주먹을 꽉 쥐었다. 성난 발걸음이 바닥을 쿵쿵 울렸다. 훅 치미는 이 감정을 뭐라고 설명할 새도 없이 몸이 먼저 움직였다.

'이젠 내 얼굴을 보고 또 뭐라고 변명할래. 뭐라고 그럴싸하게 혀

를 놀릴—'

"……아."

씨근덕거리며 문을 연 기현은 예상 밖의 풍경이 펼쳐진 탓에 느리게 눈을 깜빡였다. 오래된 홍콩 영화가 커다란 스크린을 한가득 메우고 있었다. 재생 중인 영화를 배경음악 삼아 뭔가를 읽고 있던 태성이 눈을 크게 뜨며 침대 헤드에 기대고 있던 몸을 일으켰다. 방금 씻었는지 젖은 머리칼에 가운만 걸친 채였다.

아. 누굴 불러들인 게 아니라…… 영화를 보는 중이었구나. 조금 전엔 씻는 중이라 초인종 소리를 못 들었던 건가…….

"윤기현 씨?"

어찌나 세게 문을 열어젖혔던지 아직도 그 반동으로 문고리가 벽에 콕콕 부딪히기를 반복하고 있었다. 아아. 기현은 몰려오는 부끄럼에 제 머리도 콕콕 박고 싶어졌다.

"언제 왔어요? 씻느라 몰랐습니다."

"아, 어…… 그게, 메시지가, 나는, 무슨 급한 일이라도 있는 줄 알고."

"뛰어왔습니까?"

"예? 아니, 왜……."

"얼굴이 좀 빨간 것 같은데."

태성이 리모컨을 들어 영화를 정지하고 몸을 일으켜 가까이 다가왔다.

"술 마셨습니까?"

진동하는 단내에 태성이 코를 찡긋했다.

"조금요……. 아니, 사실 약간. 주는 대로 마시긴 했습니다."

다릿심이 쭉 빠지는 것 같았다. 내가 대체 무슨 상상을……. 기현은 휘적거리며 침대 끄트머리에 걸터앉았다.

그러고 보니 처음으로 발을 들인 태성의 개인적인 공간은, 그야말로 자는 곳이구나 싶었다. 뒤에 보이는 문은 욕실이나 드레스룸으로 통하는 용도일 것 같고. 널따란 공간에 놓인 가구라곤 커다란 침대와 작은 사이드 테이블, 벽면의 전면 스크린과 그 옆에 세워진 장의 빼곡한 DVD가 전부였다.

물론 그쪽으론 아예 관심이 없는 기현이 보기에도 스크린이든 DVD 플레이어든, 꽤 공을 들인 티가 나는 물건들이었지만.

"이런 걸…… 좋아하는 줄 몰랐습니다."

"아아."

태성도 기현의 옆에 털썩 앉았다.

"좋아한다기보다는, 공부죠."

"공부요?"

"색감이라든지, 이런저런 것들? 전공이 이쪽이라서요. 넓게 보자면 밥벌이라고도 할 수 있고."

"아……."

습관적으로 고개를 주억거리던 기현은 그건 생각도 못 했다는 듯 탄성을 크게 내질렀다. 진태성의 다른 직함이 대원 미술관 관장인데. 그와 처음 만난 곳도 미술관이었는데. 왜 그가 미술을 전공했을 거라곤 생각도 못 했던 걸까.

"이사님이 그림을 그리셨을 거라곤 생각하지 못했습니다. 당연한 일인데도."

"잘 그리지는 못했어요. 전공은 예술경영 쪽이었으니 그리는 것과는 또 다르죠."

그렇구나. 기현은 지나치게 놀랐던 자신의 모습이 뒤늦게 부끄러워져 하릴없이 눈만 굴렸다. 스크린에선 어슴푸레한 빛이 쏟아지고 있었다. 검고 푸른 색감 속, 배우는 조르듯 허공을 향해 손을 뻗은 채로 질끈 눈을 감고 있었다.

괜히 젖은 머리카락만 꼬아 대던 태성은 이내 결심이라도 한 듯 기현을 향해 조심스레 손을 뻗었다. 에어컨이 돌아가는데도 기현의 볼은 따끈따끈했다. 발긋한 뺨을 지나 턱과 목을 문지르고 쓸면서 마른 몸을 슬쩍 끌어당겼다. 벌어진 입술에선 정말로 달콤한 맛이 났다.

누구랑 무슨 술을 먹었길래. 유치한 심술이 픽 일어나서, 아랫입술을 아프게 물었다가 덧그리며 기현의 애를 태웠다. 벌어진 입술의 숨이 뜨거웠다.

키스하며 가볍게 몸을 뒤척인 탓에 기현이 팔에 걸치고 있던 재킷이 떨어졌다. 툭, 그 소리가 시발점이라도 된 것처럼 태성의 혀가 입안을 파고들었다. 슬쩍 뒷머리를 헤집는 손길에 소름이 오스스 돋았다. 간을 보듯 치열을 건드리고 가볍게 입술이 맞닿았다. 쪽, 하는 낯간지러운 소리가 났다.

아주 가까이에 진태성이 있었다. 기현은 새삼스러운 시선으로 그의 얼굴을 들여다보았다. 대리석처럼 하얗고 매끄러운 피부를. 젖은 머리에서 똑 떨어지는 물방울과 눈가의 점을. 도톰한 입술을. 높은 콧대와 깊은 눈매를.

홀린 듯 쳐다보는 기현의 시선에 자극받았는지 이번엔 태성이 아까보다 훨씬 더 깊게 고개를 꺾었다. 동시에 몸이 거칠게 당겨졌다. 뾰족한 혀가 입천장을 문지르자 꼬리뼈 아래가 지잉, 울렸다. 태성이 느슨하게 풀어진 타이를 완전히 벗겨 내고 셔츠 단추를 풀었다. 순식간이었다.

"잠…… 깐, 읏……."

숨이 막혀 밀어내려 하자 더 바싹 끌어당겼다. 태성이 걸치고 있던 가운이 반쯤 벗겨질 정도의 열렬한 입맞춤이었다.

생각해 보니 누군가의 집에서, 그것도 침실에서 섹스하는 건 처음이었다. 밖에서는 호텔에서 살을 맞대는 것이 대부분이었고, 태성의 집에서 만날 땐 기현이 머무는 게스트룸에서 일을 벌이다 함께 잠이 들곤 했다. 그것도 아니라면 욕실. 혹은 소파…….

딱히 장소에 큰 의미를 두는 편은 아니었다. 아마 태성도 마찬가지일 것이다. 두 사람 모두 보안과 편의에 더 중점을 두었기 때문일까? 누구도 굳이 상대방의 침실까지 가서 몸을 섞자는 고집을 부린 적은 없었다. 그래서 여태 몰랐는데…… 누군가의 침대 위라는 게, 묘하게 사람을 간질간질하게 만들었다. 진태성도 마찬가지였는지 평소보다 훨씬 더 혀를 쓰는 게 농밀했다.

"저, 씻는 게……."

"난 씻었어요."

"나는 아니어서요."

"괜찮습니다."

굳이 따지자면 기현의 살냄새가 훨씬 더 좋으니까. 땀에 절어 있다면 그건 또 그거대로 좋았고. 아니, 뭐든. 그런 게 무슨 상관일까 싶었다, 지금 이 상황에서.

반쯤 벌어진 다리 사이에 무릎을 끼워 넣으며 슬쩍 비비자 벌써 기현에게서 단 숨이 터져 나왔다. 애써 팔꿈치로 디디며 버티던 기현의 몸이 천천히 침대 위로 무너졌다. 벨트를 풀어 내리는 손이 급했다. 바지를 끌어 내리자 그제야 퍼뜩 정신이 들었는지 씻고 싶다며 어깨를 밀어냈다.

"안 씻어도 된다니까."

"그쪽은 방금 막 씻어 놓고 나만 이렇게 땀에 전 채로 하고 싶진 않, 읏……!"

얄미운 소리를 하는 입에 손가락을 물려 주자 기현이 뾰족한 눈을 하고선 도리질을 쳤다.

"빨아 둬야 편해질 텐데."

손톱으로 앞니를 톡톡 두드리며 채근하고 나서야 기현이 체념한 듯 눈을 내리깔았다. 이렇게 나올 때의 태성은 어떤 말로도 설득할 수 없다는 걸 무수한 경험을 통해 체득한 탓이었다.

경직됐던 혀가 머뭇머뭇 살갗을 쓸고 가는가 싶더니, 이내 감질나게 손가락을 빨아 대기 시작했다. 태성은 다른 한 손을 뻗어 협탁을 뒤적였다. 찾던 물건의 뚜껑을 열자 작은 알약이 우수수 쏟아졌다.

"흐, 으……."

손가락을 두 개나 물고 있는 탓에 기현의 입에서 잔뜩 고인 타액이 주룩 흘렀다. 잠시 손을 거두며 입가를 정돈해 주던 태성은 질척해진 입안으로 수상한 알약을 불쑥 밀어 넣었다.

"뭐, 우웃—"

긴 손가락이 목구멍 바로 근처까지 쑥 파고드는 바람에, 기현은 구역질이라도 하듯 컥컥대다가 수상쩍은 물건을 꿀꺽 삼켜 버리고 말았다. 방금 그거 뭐냐고 물을 새도 없이 태성이 기현의 속옷을 끌어 내렸다. 얇은 천 조각은 반쯤 단단하게 일어선 성기를 튕겨 내며 벗겨졌다. 상황에 어울리지 않게 경쾌한 소리가 났다.

누가 쫓아오는 것도 아닌데 뭐가 그렇게 급한지. 태성이 벗기다 말고 키스하는 바람에 속옷은 기현의 한쪽 허벅지에 아슬아슬하게 걸려 있었다. 셔츠도 비슷한 꼴이어서 양말과 바지 빼고는 제대로 벗은 옷이 없었다.

"진태성 씨."

"응."
"방금 그거 뭔데요?"
"좋은 거."
"약 같았는데, 아니었어요?"
"그냥, 조금 기분 좋아지는 약?"
황당함에 기현의 눈이 쫙 찢어졌다. 저 미친 작자가, 이제 약까지!
"침대 바로 옆에 그런 약을 두고 있습니까? 아니, 이게 아니지. 왜 먹여요, 그런 위험한 물건을?"
"그런 걸 따질 정신이 아직도 남아 있단 말이야?"
기현의 침으로 흥건히 젖은 태성의 손이 불쑥 아랫도리에 닿았다. 그는 제 무릎으로 기현의 허벅지를 넓게 벌려 고정하고선 느리게 기둥을 쓸었다. 신속하고 정확한 움직임이었다.
미모 하나만큼은 트집 잡을 수 없는 아름다운 남자가 성감으로 들끓는 눈을 하고서 자신을 뚫어져라 바라보았다. 가운은 거의 풀어 헤쳐져서 아무것도 걸치지 않은 것이나 다름없었다. 어둑어둑한 방 안, 재생을 멈춘 영화의 한 장면을 고스란히 받아 내고 있는 태성의 가슴이, 드러난 어깨가 하얗게 빛났다.
기현은 저도 모르게 침을 꿀꺽 삼켰다. 몰랐다. 혼자 있을 때 이런 차림으로 색감이 좋다는 옛날 홍콩 영화를 보고, 학술지를 읽고, 침대 옆에는 성감을 돋우는 약을 태연하게 놔두는 줄은. 확실히 진태성은 그런 말도 안 되는 것이 전부 어울리는 사람이긴 했지만.
"슬슬 힘들어질 때가 됐는데……."
태성이 성기 끝을 튕기듯 문지르며 웃음기 가득한 목소리로 속삭였다. 아직도 목에서 대롱거리고 있는 넥타이와 술 냄새가 가득 밴 셔츠가 불편해서 몸을 자꾸 뒤척거리게 됐다. 기현은 어쩐지 분한 마음에 여린 하순을 꽉 깨물었다.

"아……."

고작 몇 번의 키스였다. 옷을 벗기고, 아랠 좀 쓰다듬은 것만으로도 이미 순식간에 부풀어 귀두 부분이 번드르르 젖어 들었다. 부드럽게 성기를 쓰다듬던 태성의 손이 고환을 몇 번 주무르다 회음을 문지르길 반복했다. 깊은 곳에서 올라오는 숨과 신음을 견디며 기현이 옆으로 고갤 팩 돌렸다. 아무래도 약으로 흥분을 유도한 게 기분 상했던 모양이다.

"말 잘 듣는 게 모두가 편한 길이란 걸 왜 아직도 모를까?"

"지금 그걸……."

태성의 손이 미끄러지듯 아래를 파고들었다. 기현을 놀리기라도 하듯이.

"나랑 한두 번 자는 것도 아니면서. 응?"

대답 대신 크게 벌어진 허벅지가 얕게 떨렸다. 손가락을 구부리며 젓자 기현이 미간을 찌푸렸다. 조금씩 달아오르기 시작했다는 증거였다.

영 민망한지 자꾸만 눈가를 가리려고 드는 기현의 팔을 잡아 누르며 태성이 몸을 숙였다. 그의 입술이, 혀가 어디에 닿을지 알고 있는지 단정한 눈빛에 동요가 일었다. 태성은 그 청아한 얼굴을 올려다보며 혀를 내밀어 유륜을 넓게 핥았다. 전체를 크게 베어 문 것만으로도 유두가 봉긋하게 일어섰다.

살살 달래듯 돌기를 혀로 눕혔다 세우는 행위만으로도 기현의 숨이 가빠졌다. 그 상태에서 손가락을 하나 더 넣자 침입자를 밀어낼 듯 개폐를 반복하다가도 순식간에 내벽이 감겨들며 움직여 달라고 졸라 댔다.

"벌써 넣어 달라고 난리잖아."

"그러니까, 왜 이상한 걸…… 넉여서……."

추삽질하듯 빠르게 손가락을 움직이자 기현의 몸에 바싹 힘이 들어갔다. 조이는 정도가 대단했다. 태성도 더 견디기 어려워져서 손장난을 멈추고 성기 끝을 회음과 구멍에 비볐다. 그 얕은 움직임에도 기현의 허리 아래가 파르르 떨렸다. 들어오길 바라는 건지, 무서워하는 건지.

"아……!"

"하아—"

기현의 위로 쓰러지듯 몸을 맞댔다. 갈급하면서도 또 느긋한 움직임이었다. 종이 한 장 들어갈 틈도 없이 기현과 밀착하고 있는 이 감각이 좋았다. 태성은 잠시 눈을 감고 있다가 자꾸만 안으로 말리는 기현의 어깨를 단단히 움켜쥐었다.

"흐, 읏……."

빠듯할 정도로 아래가 꽉 맞물렸다. 순식간에 아래가 가득 차 벌어지는 느낌에 기현이 참지 못하고 소릴 흘렸다. 명치부터 음모와 골반까지 전부 맞닿은 채로 허리만 추어올리자, 단박에 깊은 곳을 찔렸는지 기현의 눈동자가 속절없이 흔들렸다.

"뭘 했다고 벌써."

"그렇, 지만……."

물기 어린 낯을 하고서 기현이 고개를 저어 댔다. 쾌감이 빠르게 번지는 몸이 무서운 모양이었다.

"엄청 조여."

"갑자기, 너무 깊게, 흣……."

잘게 박아 넣으며 순식간에 쾌감을 고조시킨 태성이 발긋해진 기현의 귓불이며 목덜미를 핥고 깨물었다. 기현이 금방이라도 쌀 것처럼 조여 대면 움직임을 멈추었다가, 조금 가라앉은 듯하면 다시 일정한 리듬으로 깊게 박아 댔다.

"아, 아아, 아……!"

반쯤 찢어진 셔츠를 끌어 내리고 땀으로 번들번들해진 맨 어깨에 입을 맞췄다. 예전의 기현은 어딘지 축축하고 처연한 느낌이었다. 그런데 요즘은 거기에 더해 어딘가 위험한 분위기까지 풍겼다. 목끝까지 단추를 채우고 타이를 꽉 조인 금욕적인 태는 사람들이 고전적으로 뽑는 관능 중 하나였다.

이유야 뻔했다. 벗기면 어떤 표정을 지을지 궁금하니까. 그 도도해 보이는 자태를 하고서 어떤 목소리로 자신의 밑에서 애원할지, 괜히 상상하게 되니까. 그리고 윤기현은 사람들의 그런 상상력을 자극하는 맛이 있는 사람이었다.

누가 알까. 조금 전까지도 후원회에서 사람들과 악수하고 기업의 미래를 논하며 머리부터 발끝까지 빈틈없는 정장으로 무장했던 윤기현이, 태성과 단둘이 있을 땐 반쯤 벗겨진 셔츠를 걸친 채 구멍에 남자 자지를 꽂고서 잔뜩 붉어진 눈을 한다는 걸. 씨발, 태성은 욕지거리를 삼켰다.

'내가 봐도 야한데 다른 사람들은 안 그렇겠어?'

느리게 치대며 태성이 다시 옆으로 손을 뻗어 뒤적거렸다. 몸의 중심이 기울자 기현이 괴로운 듯 눈을 슬쩍 떴다 태성이 딸깍, 하며 뭔가를 또 꺼내자 질색을 하며 밀어냈다.

"대체 무슨 짓, 싫, 읏……!"

울음처럼 터지는 자신의 목소리가 민망했는지 기현이 고개를 저으며 입을 다물려고 했다. 그렇지만 늘 그랬듯, 꼿꼿하게 솟아 있는 성기를 꾹 쥐고 몇 번 흔들자 보람도 없이 아, 하며 야한 울음이 터져 나왔나. 뜨거운 혓바닥 위로 알약을 눈지르다 척척한 타액이 고이기 시작하자 망설임 없이 쑥 밀어 넣었다. 꿀꺽. 목울대가 일렁이는 선이 고아했다.

"으응, 이거, 아…… 까……."

기현의 것에서 말간 물이 질금 터져 나왔다. 부푼 귀두를 튕기듯 훑으며 태성이 느릿느릿 입을 맞추었다.

"아까 먹었던 것과 같은 거 맞아요."

"흐읏……."

정신없이 얽히는 와중에 턱을 타고 타액이 줄줄 흘렀다. 앓는 소리는 태성의 혀에 막혀 입안에서만 아련히 떠돌았다. 폭발할 듯, 폭발하지 않았다. 좀 더 강한 자극을 바랐다. 그렇지만 태성에게 솔직하게 애원할 수는 없어서 속이 탔다. 얄미운 남자의 몸을 밀어냈지만 땀이 배어나는 탓에 손이 자꾸 미끄러졌다.

두어 번 더 미약하게 거부의 의사를 보이자 이번엔 어쩐 일로 태성이 순순히 몸을 물렸다. 대신—

"미쳤…… 뭐 하는, 아……!"

태성이 기현의 몸을 뒤집었다. 자연스레 들어 올리게 된 엉덩이에 그의 더운 숨이, 입술이 닿았다. 벗어나려 몸부림치려는 순간 말캉한 혀가 고환 끄트머리와 이어진 회음을 부드럽게 문질렀다.

"흐, 으……."

혀를 내밀어 구멍을 문지르고, 은근히 주름을 펴며 핥자 놀란 몸이 펄쩍 뛰었다. 태성은 그 조임을 즐기다가 엉망이 된 기현의 등을 힐끗 살폈다. 얼마나 흥분한 상태인지 말해 주듯 셔츠 등줄기가 고스란히 젖어 있었다. 헐렁하게 걸쳐진 타이는 꼭 목줄이라도 되는 것 같았다.

"아, 안 돼……."

기현의 몸이 자꾸만 앞으로 무너졌다. 안 된다, 싫다…… 그런 말만 입에 달고 있었지만 이제 딱히 힘을 주어 강제하지 않아도 기현이 알아서 엉덩이를 치켜든 채로 흔들었다. 태성은 입구를 치대던 혀를 깊게 넣어 빨며 고환을 느리게 주물렀다.

"싫, 아…… 아읏!"

흔들리는 엉덩이만큼이나 동그랗게 올라붙은 것을 느긋하게 주무르다 일정한 리듬으로 치댔다. 아무 물건이나 만지는 것 같은 무감한 손길이 툭툭, 반복적으로 계속됐다.

"응, 읏, 아—!"

뜨거운 체온과는 전혀 다른 그 차가운 손짓에 기현이 더는 참지 못하고 허리를 튕겼다. 성기 끝에서 정액이 뚝뚝 떨어졌다. 좀 더 빠르게 고환을 치며 느긋하게 한곳을 혀로 핥아 주자 약에 취하기라도 한 듯 으응, 하고 우는 소릴 흘렸다. 기현의 허벅지가 잘게 경련하더니 바싹 일어선 아랫도리가 크게 꺼떡거렸다.

"하아…… 아, 아!"

시트에 손을 짚고 일어서려던 기현의 몸이 다시 무너졌다. 부드러워진 구멍을 비집고 태성의 것이 자비 없이 파고들었기 때문이다. 쉴 틈도 없이 뒤에서 들이박는 질량감이 상당했다.

아까까진 애들 장난이었다는 듯 내벽을 쳐올리는 몸짓에, 기현은 몇 번이나 몸을 일으키려던 걸 포기하고 결국 상체를 길게 뻗어 버렸다. 뒤에서 치대는 힘에 늘씬한 선을 드러내며 꺾인 허리가 아렸다. 살이 맞물려 찰싹이던 소리가 이젠 퍽, 하는 꽤 살벌한 소리로 변했다.

후우, 태성이 끓어오르는 신음을 참으며 기현의 셔츠를 완전히 젖혔다. 땀에 젖어 잘 벗겨지지 않아 거의 찢다시피 한 채로, 마른 어깨에 이를 박아 넣었다.

"으응, 흣, 힘…… 듭니다, 그…… 만……."

"……보고 싶었어."

예상치 못한 말에 고갤 처박고 끙끙거리던 기현이 태성을 팩 돌아보았다. 꽤 놀랐는지 그를 보는 눈이 평소보다 동그랬다. 발갛게 달아오른 뺨에, 왁스로 단정하게 넘겼던 머리가 죄 헝클어져 훨씬 어려 보았다. 백치처럼 벌어진 입술에, 어깨에, 목에, 턱에, 그리고 귓불에 아이처럼 쪽, 하고 가볍게 입을 맞추자 평소답지 않은 행위가 낯간지러운지 잔뜩 붉어진 눈매로 흘겨보았다.

"오늘은 또 누굴 만나서, 하…… 그렇게 웃어 줬을까. 사람들이 달라붙어도 넌 또 점잖게 마주 웃어 줬겠지. 상상만 해도 속이 뒤집혀서, 크읏…… 당장 내 눈앞에 데려다 놓고 싶다고, 그런 생각을 자꾸 했어."

이상한 소리 좀 작작 하라고 화를 내야 하는데. 태성이 저 깊은 쪽까지 발라 버릴 것처럼 자신을 응시해 와서 말문이 턱 막혀 버렸다.

"하읏, 으……!"

그러나 딱히 대답을 들으려던 건 아니었는지, 대답할 정신도 없을 정도로 태성의 것이 한계까지 다시 박혀 왔다. 젖은 음모가 엉덩이에 닿을 정도로 깊숙하게. 태성은 그 아찔한 감각을 음미하듯 눈을 감고 입술을 짓이겼다.

뭔가를 애써 참는 듯하더니, 결국 씨근덕대며 몸을 일으켰다. 순간 상스러운 말을 했던 것 같다. 그러곤 순식간에 퍽, 하고 아래를 쑤시고 흔들어 댔다. 기현은 입을 벌린 채 아무런 소리도 내지 못했다. 설마. 이전보다 더 세게 치받을 순 없을 거라 생각했는데. 그걸 비웃기라도 하듯 벅찬 움직임이었다.

"아, 흐으…… 아읏—!"

태성이 기현의 목에 헐렁하게 매달린 타이에 손가락을 걸었다. 가뜩이나 힘이 들어가지 않던 상체가 무력하게 무너져 내렸다.

"싫어요?"

기현은 아무런 말도 하지 못했다. 목을 졸리는 것 같아 컥컥 연신 밭은 숨을 내뱉고 있었지만, 사실 그 벅찬 감각이 싫지는 않았다.

"이것 봐. 남자 좆이라면 환장을 하잖아, 응?"

긴장으로 땅겨진 등 근육이 미치게 예뻐서 태성의 성기 또한 무시무시하게 부피를 키워 갔다. 안에서 잔뜩 부푸는 느낌에 몸서리쳐지는지 기현이 고개를 도리도리 저었다. 퍽퍽 쳐올리는 리듬에 기현의 것이 덩달아 흔들리며 시트에 쓸리길 반복했다. 한차례 사정 직후 예민해진 탓에 성기는 참지 못하고 물을 줄줄 흘려 댔다.

"아으, 읏……."

"좀 더 조여 봐, 한 발만 빼고 또 실컷 싸 줄 테니까."

"응, 응…… 읏! 아, 아!"

또 싸 주겠다는 말이 좋았는지 기현의 구멍이 알아서 태성의 것을 쫀득하게 조여 댔다. 저 욕심 많은 구멍이 정액을 모조리 쥐어짜려는 것 같다고 느껴질 정도였다.

"하……."

만족스러운 숨을 길게 뱉으며 태성 또한 파정을 맞았다. 안에 뭔가 가득 차오르는 느낌이 그리 좋은 것만은 아니어서, 기현은 시트를 그러쥐며 간신히 그 감각을 견뎌 냈다. 느리게 허릴 털며 남은 정액까지 모조리 쏟아부은 태성이 포만감으로 충만해진 얼굴을 하고 다시 몸을 숙였다.

미친, 또 뭘 하려고. 피하려 들었더니 움직일 수도 없게 뒷머리를 휘어잡곤 입을 맞춘다. 뿌리째 씹어 먹을 것 같던 아까와는 사뭇 다른 부드러운 키스에 기현도 천천히 몸에서 힘을 풀고 혀를 받아들였다.

"미국에서 계속 자랐는데 왜 쓰는 건 영국식이야, 사람 미치게."

"왜 시빕니까. 어차피 남의 나라말인데."

"씨발, can't가 자꾸 cunt[1]로 들리는 것 같았다고."

"그건 진태성 씨가 이상한 겁니다."

"단정한 모양새로 사람들 앞에서 음담패설이나 늘어놓는 것처럼 보이는데, 돌지 않는 게 이상하잖아."

나지막하고 힘 있는 목소리로 사람들을 휘어잡는 윤기현. 왁스로 깔끔하게 넘긴 머리, 정장, 고르는 것 하나하나 고상하게 학습된 취향이 잔뜩 묻어나는 윤기현.

그리고…… 벌린 입으로 침을 흘리는 것도 모른 채 엉덩일 흔드는 윤기현. 셔츠며 타이가 다 흐트러져서는 더 박아 달라고 졸라 대는 구멍, 발갛게 달아오른 뺨, 땀이 배어나는 살결, 개 부르듯 툭툭 두드려도 좋다고 질질 싸는 좆이며 불알까지. 그 갭이 오싹할 정도로 사람을 흥분하게 만들었다.

"아직도 나와 가까워지는 걸 무의식중에 피하려고 하는 건 상관없어요. 내가 더 다가가려고 노력하고 있으니까."

태성은 구멍에서 천천히 몸을 물렸다. 얼마나 싸질렀는지 찰박이며 얼마간 정액이 딸려 나왔다.

"하지만 다른 사람을 곁에 두는 건 용서가 안 돼. 모르는 놈이 윤기현 씨 옆에 서서 알짱거리는 것만 봐도 죽여 버리고 싶으니까……."

살 떨리는 집착에 기가 질렸다. 무엇보다 진태성은 실제로 그럴 능

1. cunt: 여성 성기를 뜻하는 비속어.

력이 된다는 게 가장 문제였다. 아니, 이건 능력보다는 성격의 문제일까. 나른한, 그리고 아직 뜨거운 눈을 깜빡거리며 기현이 픽 웃었다.

"그래서 김종찬 씨 뒷조사시켰어요?"

"……뭐?"

사납게 으르렁대며 누굴 죽이네, 살리네 하던 태성이 난데없는 지적에 놀란 듯 조금 굼뜨게 반응했다. 기현은 아까까지 저 저질스러운 인간에게 죽도록 휘둘렀던 것도 잊고서 터질 것 같은 웃음을 참았다.

"나도 이제 부리는 사람들이 있습니다."

뇌수까지 정액에 절인 듯 흐리멍덩하던 눈이 순식간에 AR그룹 후계자 윤기현의 눈으로 변했다. 그를 믿질 못해 주변에 사람을 붙여 감시한다는 말이, 문장만 봐선 기분 나빠야 할 것 같은데 가슴이 쿵쿵 뛰었다. 설레서. 아니, 설렌다는 말로도 부족해서.

"……아니, 잠깐만. 대체 왜 커지는 거예요?"

엉덩이에 닿는 느낌이 이상해서 흘끗 아래를 바라본 기현이 경악했다.

"아니, 대체 이 말의 어디에 흥분할 구석이 있다고?"

"계속 그래 줬으면 좋겠어."

의심하고 집착해 줘. 내 좆을 물고 엉엉 울면서도 애써 아무렇지 않은 듯 오만하게 군림해 줘.

"대체 뭐…… 가……."

땀으로 다 젖은 셔츠를 완전히 벗겨 내며 꼬리뼈부터 등을 따라 입을 맞추고 간질였다.

윤기현은 틀렸다. 이건 질투가 아니다. 질투 같은 말로 정의 내릴 수 있는 감정이 아니었다. 감히 같아지길 소원하는 것이다. 자신이 그를 바라고 원하는 만큼, 그도 자신에게 그랬으면. 물론 기현이 예전의 그때처럼 곧고 온화한 눈으로 태성을 바라보기까지는 한참의…… 어쩌면 평생도 부족할 시간이 걸릴지도 모른다. 하지만 바라는 건 나쁜 게 아니다.

"허벅지 더 벌려요. 안에 잔뜩 고여 있어."

태성이 아프지 않게 엉덩이를 찰싹 때렸다.

"알아서 할 테니까, 좀…… 아!"

"알아서 하겠다는 말이 나올 정도면 약발이 안 듣나 봐?"

금세 단단해진 태성의 것이 예고도 없이 쑥 파고들었다. 이미 적당히 풀어진 뒤는 거부감 없이 그의 것을 물고 삼켰다. 맥박이 전신에서 뛰는 느낌이었다. 묵직한 아래가 버거워 저도 모르게 앞으로 도망치려는 걸 단단한 손이 꼭 붙들었다.

"한 번만 말해 줘, 응?"

좋아한다는 말은 바라지도 않으니. 너도 내 곁에 선 다른 사람들을 보면 화가 나 미칠 것 같다고, 단 한 번만.

"하, 하아……."

허리 밑으로 아예 감각이 사라진 것 같았다. 무슨 약을 먹였는지 더는 쥐어짜려고 해도 나올 게 없는데 아래는 자꾸 빳빳하게 일어섰다. 배 속과 머릿속에 온통 정액이 찰랑이는 기분이었다.

후배위로 시작해서 후배위로 끝났다. 부끄럽게도 그 체위가 태성의 것이 가장 깊게 찌르고 들어와서 좋아 자지러지는 걸 숨길 수 없었다. 약을 먹은 건 기현인데, 이상하게 그만큼이나 몸이 단 태성은 이번엔 놀리는 말이나 느긋한 애무도 없이 거칠게 퍽퍽 쑤셔 댈 뿐이었다.

"아, 그…… 만."

질펀하게 정액을 쏟은 태성의 성기가 남은 액까지 모조리 털어 내려는 듯 느리게 움직이다, 또 내벽이 터질 듯 무섭게 부피를 키웠다.

"제발, 그만…… 차라리 입으로 해 줄게요, 제발, 응?"

타액으로 범벅이 된 입술로 웅얼거리며 태성에게 애원했다. 그게 더 역효과라는 걸 모르고. 태성은 미친 듯이 들이받으려던 걸 참으며 기현의 가장 깊은 곳까지 처박았던 제 물건을 서서히 물렸다.

"나 이러다 진짜 어딘가 망가질 것 같아서 그러니까, 제발……."

이쯤에서 끝나려나. 맛이 간 몸은 아직도 흥분으로 덜덜 떨리긴 하는데 괜찮을까. 이런 태평한 생각이나 하고 있는데, 전부 다 물릴 것처럼 굴던 태성이 완전히 빼지 않은 채로 접합부를 어루만졌다.

"아, 읏……."

"보여 주면."

당장에라도 울 것처럼 반들반들, 발갛게 짓이겨진 눈매가 무슨 뜻인지 묻는 듯했다.

"안에 고인 정액들 싸는 거, 다 벌리고 보여 주면."

"그……."

짓궂은 주문에 기현이 대답을 망설였다. 일이 아닌 사적인 시간을 같이 보내는 동안 그는 열을 말하면 최소 아홉은 믿을 수 없는 남자였다. 부끄러움은 둘째치고 정말 태성이 멈출까. 앞에서 그런 꼴을 보이는데 저 발정 난 인간이 가만히 두고 볼까.

"싫으면 그냥 박고."

귀두 끝을 걸치고 문지르고 있던 태성이 쑤욱, 반쯤 제 것을 밀어 넣었다.

"아, 잠, 잠깐만……! 할 테니까."
"뭘?"
"아까 진태성 씨가 말한 거, 아으, 보, 보여 줄 테니까……."
흉기 같은 성기가 느리게 안을 휘저으며 빠져나갔다. 그것만으로도 이미 약간의 물이 주르륵 흘렀는데, 여기서 뭘 더 어떻게 보여 달라는 건지. 지친 기현이 멍하니 숨만 몰아쉬자 태성이 발목을 쥐고는 무릎이 가슴에 닿을 듯 접어 주었다.
기현은 부끄러움에 입술을 짓이기며 무릎 아래, 허벅지 부근을 쥐고 견디려 애썼다. 튄 체액과 땀 때문에 손이 자꾸 미끄러졌다.
"잘 안 보이는데."
"으응……."
이미 여러 차례 희롱당해 기현의 것은 위로 밀어 올리는 손길에도 힘줄을 드러낼 정도로 예민하게 반응했다. 지쳐 늘어졌던 것이 다시 반쯤 일어섰다. 음모며 고환이며 기현의 사타구니 부근은 온통 제 것인지, 태성의 것인지 알 수 없는 정액으로 질척이며 젖어 있었다.
"좀 뚫어 주면 나오려나."
"말과 다르…… 하, 다르잖습니까."
"내 것 말고. 이걸로 하면 되잖아?"
스스로 다릴 잡아 벌리고 있는 손가락을 톡톡 두드리자 기현이 눈을 질끈 감으며 고갤 저었다. 그런 주제에 귀두 아래 움푹 팬 곳을 엄지손가락으로 거칠게 비벼 대자 어쩔 줄 몰라 하며 허릴 떨었다.
"뭐 어때, 어차피 약 때문에 그런 건데."
그 말에 기현이 자못 억울한 듯 앓는 소릴 토해 냈다. 한편으론 조금 위로가 되었다. 이렇게 짐승처럼 쾌락에 매달리는 게, 이성으로 제어가 될 수 있는 게 아니라는 점이.

기현은 하얗게 점멸되는 머릿속으로 애써 스스로를 달랬다. 어차피 진태성은 원하는 꼴을 하기 전까진 절대 놔주지 않을 거고, 지금 괴로울 정도로 몸이 땅기는 상태라고. 저 무식한 게 또 안에 들어올 바에야 지금 빨리 보여 주고 끝내 버리는 게 낫다고.

무슨 생각을 하는지 빤히 다 보일 정도로 눈을 굴리던 기현이 허벅지를 쥐던 한쪽 손을 슬금슬금 내려 제 회음을 더듬었다. 망설이듯 머뭇머뭇하던 손가락이 입구에 닿자, 태성이 성기를 주무르던 손을 떼었다. 갈 듯 말 듯 밀려오던 쾌감이 사라지니 허전함에 몸이 달았다.

"빨리. 또 싸고 싶잖아, 응?"

옅은 분홍빛을 띤 무릎에 태성이 입을 맞추고 혀로 간질였다. 질펀하게 젖은 기현의 좆도 그만큼이나 분홍빛이었다.

입구에서만 맴돌던 기현의 손가락이 천천히 구멍 안을 파고들었다. 머뭇거리던 것도 잠깐이었다. 순식간에 손가락을 삼킨 구멍이 더한 것을 바라는 듯 오물거렸다. 하, 태성은 혀를 내어 입술 끝을 핥았다. 그러곤 기현의 벌린 무릎 아래를 노곤하게 문지르며 적나라한 그림을 감상했다.

"흣……."

손가락이 몇 번 들어왔다 나가더니 금세 구멍이 고인 정액을 울컥 토해 내기 시작했다. 시트가 금세 젖어 버릴 정도로 엄청난 양이었다. 기현이 배가 부를 정도로 실컷 싸 두긴 했지만 그래도 유독 저 구멍이 음란하게 오물거린 탓에 저렇게 금방 흘리는 것 같다고. 그러니까 저 몸이 문제인 거라고. 태성은 제가 싸지른 건 생각도 안 하고 기현에게 슬쩍 책임을 미뤘다.

"이제, 그…… 하윽!"

뒤에서 줄줄 흐르는 감각이 부끄러운지 기현이 손가락을 얼른 빼내기도 전에, 태성이 그대로 자신의 좆을 욱여넣었다. 흐물흐물해진 구멍은 그대로 퍽, 하고 거칠게 박아 내는 것을 제법 수월하게 받아 먹었다.

"약속이, 틀리잖아…… 아, 아파……."

"아프다고?"

"아, 으응!"

"거짓말. 뒤로 질질 싸면서 이렇게 끝까지 다 삼키는데?"

"안…… 한다고 했잖, 하으……."

"손 빼란 말 안 했는데 빼려고 했잖아?"

"그런 게……!"

심지어 아직 손가락은 다 빼내지도 못한 채였다. 쑥, 밀고 들어오는 태성의 성기에 기현의 손가락도 딸려 들어갔다. 가뜩이나 굵은 태성의 것에 이물이, 그러니까 제 손가락마저 더해지니 미칠 것 같았다.

기현이 몸을 비틀며 간신히 손가락을 빼내자마자 몸을 꿰뚫을 듯 태성의 것이 푹 꽂히더니 빙그르르 시야가 크게 돌았다. 엄청난 격통에 잠시 컥컥거리며 아무 말도 못 했다. 이번엔 정말 아파서 아랫배가 찌르르 울릴 정도였다. 물론 고통은 꼭 그만큼의 쾌감으로 바뀌었지만.

태성은 기현에게 좆을 꽂은 채로 길게 누워 버렸다. 그러니까 오늘 처음으로 하는 기승위였다. 정지된 스크린의 푸르스름한 불빛이 기현과 태성의 몸을 훑었다. 밑에서 보니, 또 내려다보니 서로의 얼굴과 몸이 낯설어서 그대로 잠시 질척한 시간이 흘렀다.

"부스럭부스럭 움직이는 게 꽤 귀여워서."

어딘지 탁한 목소리로 태성이 손을 들어 헐렁해진 기현의 넥타이 끝을 만지작거렸다. 맨몸에 걸친 거라곤 타이뿐이었다. 평소보다 훨씬 넉넉한데도 숨을 쉴 수 없을 정도로 목이 졸리는 기분이었다. 이런 꼴을 생각할 여력이 없을 정도로 정신없이 태성에게 휘둘리고 있었다.

"허릴 좀 흔들어요. 그리고 내 얼굴에 싸 줬으면 좋겠어요."

천사 같은 얼굴을 하곤, 쏟아 내는 건 저따위 말들이었다.

"지금 그걸…… 어떻게 그런 말을, 아무렇지도 않…… 하아……."

꼭 자기처럼 야하고 못된 말만 골라서 한다. 환장할 것 같은 건, 상상도 못 할 저런 부끄러운 말을 들어 놓곤 좋다고 뒷구멍에 힘이 들어가는 제 몸이다. 그걸 느꼈는지 태성이 낮게 웃는다. 그러곤 어차피 약 때문인데, 하고 또 면죄부를 주며 꼬신다.

"네가 싸면 바로 끝낼게. 내가 싸든 안 싸든. 진짜로."

흔들어 봐. 물고 조여 봐. 환장하게 예쁠 것 같아, 응? 나한테 싸 줘. 태성은 열에 들뜬 목소리로 자꾸만 사람을 흔들어 댔다. 기현은 어린애처럼 싫다고 고개를 저었다. 제대로 된 말이 입에서 나오질 않았다. 그런 걸 생각할 틈이 없었다.

"그렇게 쳐다보니까…… 자꾸 박고 싶어지는 걸 어떻게 해."

태성이 살살 달래면서 옆구리를 쓸었다. 말도 안 되는 소릴 하며 책임을 미루는 못된 남자가, 그의 몸이 엄청난 존재감을 내보이며 자꾸만 원한다고 달려든다. 이런 생각을 하는 스스로가 좀 미친 것 같긴 한데…… 기현은 사실 기분이 나쁘지 않았다.

"약속…… 지켜요. 내가 싸면 끝낸다고, 하아, 했던 거……."

쩔쩔매던 기현이 부질없는 약속을 재차 확인하며 엉덩이를 조금씩 움직여 봤다. 바로 끝낼 거라는 태성의 눈이 몸에 꽂힌 성기만큼이나 뜨겁고 흉포했다.

"아……."

손을 뒤로 뻗어 태성의 무릎을 쥔 채 기현이 몸을 들썩였다. 뒤로 할 때보다 훨씬 더 깊게 찔려져서 이렇게 움직이는 것만으로도 버거웠다. 찌걱거리며 아래에 꽂히는 느낌이 적나라했나. 미처 빼내지 못해 고여 있던 정액이 출렁이며 뒤로 흐르는 게 느껴졌다. 그걸 윤활유 삼아 부드럽게 움직일 수 있긴 했지만, 어쩐지 뒤가 스스로 젖어 드는 느낌이라 얼굴이 확 달아올랐다.

적나라하게 아랫도리를 관통하는 쾌감에 태성도 더는 여유를 찾아볼 수 없게 됐다. 넥타이를 매고 있는 긴 목이나 흰 어깨, 탄력 있고 단정한 몸 선을 하고서는 반쯤 풀린 눈으로 살랑살랑 허리를 흔드는 꼴이, 배 아래로는 정액으로 흠뻑 젖은 그 간극이 너무 야해서.

도톰하게 일어선 유두를 꾹 쥐고 튕기자 기현이 허릴 돌리는 움직임이 달라졌다. 곧 사정할 것처럼 기현의 입이 헤벌어졌다. 태성은 손을 뻗어 기현의 몸에 척척하게 달라붙은 타이를 풀어냈다. 갑자기 목이 허전해지자 의아해하던 기현의 눈이 곧 경악으로 물들었다.

"무, 무슨……!"

태성이 풀어낸 타이로 기현의 일어선 성기를, 정확히는 귀두 바로 아래를 아무렇게나 꽉 묶어 버렸다. 사정할 수 없도록. 푹 젖어 길게 늘어진 타이는 그 자체로도 음란한 섹스 토이 같았다.

몸을 비스듬히 일으킨 태성이 한쪽 손으로 침대를 짚고, 한쪽으론 기현의 허릴 감싸 안으며 당겼다. 기현은 손을 덜덜 떨며 묶인 타이를 풀려 했지만, 도무지 힘이 들어가질 않아 자꾸 실패했다. 찌르는 각도가 바뀌어서인지 구멍 안쪽이 마구 경련했다. 누가 봐도 더 해 달라고 조르는 모양새였다. 그 반응이 마음에 들었는지 태성의 입술 끝이 슬쩍 올라갔다.

"응, 아, 거기는……."

태성이 봉긋하게 부푼 유두를 넓게 핥았다. 기현은 괴로워하면서도 더 빨아 달라고 엉덩일 빼며 저도 모르게 가슴을 슬쩍 들어 올렸다.

제정신이 아닌 상태에서 그러는 걸 테지만 역시 야하다니까. 두어 번 핥은 후 이로 가볍게 비틀다 빨면서 가지고 놀자 으응, 하고 억누르던 신음이 이젠 거의 자지러지는 흐느낌으로 변했다. 태성이 살을 빠는 소리가 다소 추접스러울 정도로 적나라하게 귀에 감겼다.

기현의 손은 아까부터 태성의 어깨를 밀어내는 건지 당기는 건지 알 수 없었다. 아래에서 허릴 옅게 쳐올리자 그제야 뭐라도 쥐고 싶은 듯 어깨에 얹은 손에 힘이 들어갔다. 하지만 묶인 성기가 연신 태성의 배에 비벼지자 괴로운 건지 어깨에 올렸던 손도 축 늘어뜨린 채 태성의 몸에 기댔다.

"그만 좀 삼켜요. 잘리겠네."

"윽, 넌, 진짜 개새끼야, 읏, 흐읏!"

음, 너무 놀렸나. 서러움을 담고 울컥하는 목소리에 태성이 부드러운 목소리로 기현을 달랬다.

"너무 야해서, 쫀득하게 조이니까 좋아서 그랬어. 너 아무한테도 주기 싫어서 그래. 응?"

"이것 좀, 풀…… 어 줘, 힘들, 어…… 아읏……."

목소리만 상냥했지, 아랫도리 사정은 더욱 흉포해져서 기현은 축축해진 목소리로 애원했다. 금방이라도 사정할 기세로 기현의 좆이 탱탱하게 부풀어 있었다.

"싸고 싶어?"

"……으, 응."

"달아오르게 말해 봐, 그럼 풀어 줄게. 끝까지 쑤시고 흔들어 줄 테니까."

귀에 속삭이는, 숨이 반쯤 섞인 목소리가 더는 기현을 제정신으로 있을 수 없게 만들었다. 이미 기현이 알아서 엉덩일 돌리고 있고, 태성은 박자만 맞춰 주고 있었음에도.

"나도 곧 쌀 것 같으니까."

"자꾸 사람 가지고 놀 겁니, 아!"

억울한 듯 기현이 뾰족하게 휙 노려보았지만, 아랠 쳐 대자 금세 야한 눈을 하고서 으응, 풀어진 목소리를 냈다.

"아주 사람 갖고 놀지, 어?"

"그건 내가, 내가, 할 말……."

"구멍이 대체 어떻게 타고났으면 이렇게 잘 받아먹을까, 응?"

"풀…… 어 주기로……."

"야한 기분이 들게 해 준다고 하면."

"그럼, 할 테니까……."

"할 테니까?"

"당신 얼굴에 싸라는 거, 그건 싫어…… 못하겠어."

잔뜩 붉어진 눈으로 기현이 속살거렸다. 그건 너무 부끄럽다고.

아, 씨발. 저 미친 게. 속 안의 무언가가 뚝 끊기는 기분이었다. 태성은 고환까지 쑤셔 넣을 기세로 허리를 쳐올렸다. 기현의 고개가 절로 퍽퍽 꺾였다. 이미 그의 정액으로 흥건히 젖은 구멍이 찔꺽거리며 정신없이 음란한 소릴 냈다.

"좋다고 엉덩일 흔들면서 그렇게 말하면, 하…… 누가 믿겠어?"

"하아…… 으응…… 이제 갈 것 같……."

"맛있어, 응?"

정액으로, 땀으로 엉망이 된 몸을 하고서 기현이 정신없이 흔들렸다. 아니, 제 몸을 흔들어 댔다.

"응, 맛있어……."

"내 자지가 맛있어서, 당신의 구멍이 참지를 못하겠다고 말해 주면."

그럼 얼굴에 안 싸도 된다고. 태성은 짐짓 자비로운 척 또 못되게 굴었다. 기현의 것이 좋아 죽겠다며 흔들리는 건 실컷 봤으니까. 잔뜩 느껴서 도톰하게 부푼 내벽 어딘가를 긁듯이 쳐올리자 기현이 자지러지며 엉덩이를 잘게 흔들었다.

"아, 응, 맛있어, 서……."

"뭐가?"

"네 거기가, 아읏, 당신 자지가, 흐, 너무 좋, 아서, 내 구멍이…… 응, 으응!"

더 견딜 수 없는지 기현의 것이 한계까지 조여 왔다. 태성이 붉은 입술을 벌리고, 지그시 미간을 찡그렸다. 퍽, 하고 또 아래에 질척한 게 꽉 들어찼다. 이미 안에 고여 있는 게 한가득한데, 또 한참 질펀하게 정액을 쏘아 댄다. 도무지 익숙해지지 않는 감각에 기현이 벌어진 허벅질 부들거릴 때쯤이었다.

"아읏—!"

드디어 태성이 귀두에 묶인 타이를 풀며 사정을 허락해 주었다. 울컥 흰 정액이 잘금잘금 흐르다 남자의 것이 빠져나가며 내벽 어딘가를 건드린 순간, 저 밑 고환 아래 고여 있던 한 방울까지 전부 쏟아 낼 기세로 사정해 버렸다. 기현은 소리도 내지 못하고 온몸을 덜덜 떨며 생전 가장 강렬한 절정을 맞았다.

"아, 예쁘다."

태성이 축 늘어진 기현의 뺨을 쥐고 코를 살짝 깨물었다. 그러곤 기현의 허리를 쥔 채로 땀과 체액으로 흥건하게 젖은 모습을 눈에 담았다. 이대로 박제해 버리고 싶은 것처럼.

"……나는 늘, 네가 당장에라도 없어질 것 같아서 무서운 것 같아."

"그런 핑계를 대지 말지?"

"자꾸 가지고 싶으니까, 좀 더 가까워지고 싶으니까."

시무룩하게 태성이 기현의 눈치를 보는 척을 했다.

"말이라도 못 하면."

기현의 정기를 다 빨아먹은 듯 요사스러운 얼굴이 반짝반짝 빛났다. 얄미운 손을 밀치며 옆에 털썩 누웠다. 온몸이 끈적거렸다. 손 하나 까딱할 기운도 없었다.

"……나도 가끔은 합니다, 질투."

"……어?"

눈앞의 남자는 싫다고 울어도 죽도록 몰아붙이고, 상상도 못 한 상스러운 말을 하라고 시키고, 사정을 담보 삼아 변태적인 짓을 하는데도 거리낌이 없다. 그런데도 결국은 그가 바라는 대로 흔들려 주고 있다.

"아직도 열에 아홉은 믿을 수 없고, 그래서 그런지 몰라도 나도 당신이 다른 사람이랑 잔다고 생각하면 화난다고요."

내가 잘못했다고, 잘하겠다고 납작 엎드려 빌어도 모자라는 주제에 자길 갖고 싶어서 미칠 것 같다고, 다른 사람이랑 같이 있는 것도 싫다고 무섭게 이를 드러내는 모습에…… 왜 약해지고 마는 것일까. 도통 모를 일이었다.

"사실 아까도 진짜 여자가 있는 줄 알고 화가 났었는데…… 영화여서 좀 민망했었죠."

태성이 믿을 수 없다는 듯 댕그랗게 눈을 떴다가, 이내 눈매를 곱게 접으며 웃었다. 야한 얼굴에 어울리지 않는 미소를 띠고서는 기현의 눈 밑에, 입술에, 뺨에 닥치는 대로 입을 맞춰 댔다. 아무런 계산도 담지 않은 순수한 웃음이 낯설었다.

괜히 민망해진 기현은 땀으로 범벅이 된 몸이 찝찝해서, 이제 정말 씻자고 몸을 일으켰다. 아니, 일으키려 했지만 그대로 힘이 풀려 태성 위로 주저앉고 말았다. 그 바람에 엉덩이와 허벅지에 태성의 성기가 퉁, 하고 퉁겨졌는데…….

"뭡니까?"

기현은 경악하며 아래를 바라보았다. 태성의 좆이 아직도 반쯤 단단하게 서 있었다.

"약은 그쪽이 먹은 거 아닙니까? 이게 대체……."

"약? 아아."

천사처럼 웃던 눈매에 순식간에 장난기가 대롱 매달렸다.

"약은 약이지만, 비타민인데."

……뭐?

"하, 하지만…… 분명히……."

내가 지금 뭘 들은 거지? 태성이 침대 옆에 있던 뚜껑이 열린 통을 기현 쪽으로 툭 던졌다. 손에 쥐어 보니 아까 삼켰던 것과 꼭 같은 크기와 모양이었다. 그건 정말로…… 비타민이었다.

'허, 아까 그럼……. 아니, 그럼 그렇게 달아올랐던 게 설명이…….'

기현은 훅 끼치는 어지러움에 머리를 짚었다. 까득, 하고 이 가는 소리가 살벌하게 울리자 태성이 사근사근하게 몸을 치대며 입을 맞춰 주었다. 기현은 민망해서 고개를 들 수가 없었다. 그러니까 고작 비타민을 먹고, 최음제인 양 착각해서 혼자…….

"그렇게 야한 몸이니까 내가 자꾸 의심하고 불안해하는 거라니까요."

"거기서 한마디만 더하면 가만 안 둘 겁니다."

"비타민 두 알에 그렇게 잔뜩 달아올라서는—"

"당신은 진짜, 넌, 사람이 어쩌면……!"

태성이 기현을 꼭 끌어안으며 어깨에 고갤 묻었다. 다정한 척 굴고 있지만, 함부로 밀어낼 수 없도록 산뜩 힘을 주고서.

"난 여자랑은 어차피 못 해요. 네가 너무 맘에 들어서 다른 남자한테 설 것 같지도 않고."

"됐으니까 꺼져요."

"정말인데. 윤기현 씨뿐이라고요."

쪽, 태성이 기현의 어깨에 입을 맞추었다. 가벼운 듯 무게가 있는 말에 아까와는 다른 뜨거움이 가슴을 확 스치고 갔지만 그 감정은 기현도 알지 못했다.

"이제 좀 씻을까요?"

"따로 씻어요. 난 이제 당신이 무슨 말을 해도 안 믿을 테니까."

말은 그렇게 했지만, 몸이 축 늘어져서 결국 태성이 부축해야 했다. 욕실로 가는 그 짧은 거리에도, 뒤에서 흐르는 느낌에 몇 번이나 멈췄다.

"그냥 내가 안아 줄까요? 그게 나을 것 같은데."

"……거기서 한 뼘만 더 가까워져 봐요. 진짜 가만 안 둘 거니까."

"큰일이네. 화를 내는 것도 야하게 들려서."

"진태성 씨!"

티격태격하는 사이, 욕실에 다다랐다. 문이 열렸다. 와인 셀러와 선반을 지나 저쪽 문을 열면 편백 욕조가 있을 터였다. 파도 소리와 모래 소리가 나던 그 욕조가.

태성의 손이 수상하게 아랫도리를 배회하려 했지만…… 여기서 또 기현의 속을 긁었다간 정말로 국물도 없을 걸 알았는지 결국 얌전히 부축만 했다. 예전이었으면 또 꼴린다며 손이든 좆이든 들이밀었을 텐데.

'조금은 사람이 되었다고 봐야 하나. 그러고 보니 처음 할 때는 넓히겠다며 와인병을 들이밀었었지. 이런 손톱만큼의 변화도 변화라고 여기고 칭찬해 줘야 하는 걸까.'

눈이 마주치자 태성이 씩 웃었다. 어이없게도 눈길이 닿는 순간 화가 사르르 녹아 버리는 엄청난 얼굴이긴 했다.

"자꾸 그렇게 쳐다보면 또 선다니까."

하는 말은 전혀 곱지 않았지만.

"그런 소리 하지 말라고 했…… 아니, 저거 비타민 맞아요? 당신 아랫도리는 대체 왜 그 모양이야? 왜!"

쓸데없는 질투에 집착까지 늘어서, 더 힘만 좋아진 개새끼. 자신 또한 조금은 질투한다는 말에 머리끝까지 또 기어오르려고 드는, 진짜 개새끼.

어이가 없어서 흘겨보자 태성이 또 쪽, 하고 이마에 입을 맞추었다. 이어 기현의 관자놀이로, 정수리로 다시 한번 짧은 입맞춤이 비처럼 쏟아졌다. 아마 욕조에 축 늘어져 몸을 담그고 있을 때도, 잠이 들기 직전까지도 들러붙어 꼭 안은 채겠지. 계속 그렇게 말도 안 되는 헛소리를 하며, 이젠 나와 사귀어 줄 때도 되지 않았냐며 입을 맞춰 줄 터였다.

〈3권에서 계속…〉

킹메이커 2

초판 1쇄 인쇄 2024년 2월 20일
초판 1쇄 발행 2024년 2월 29일

지은이 모스카레토
펴낸이 최원영
편집장 예숙영
책임편집 손혜진
편집디자인 한방울
영업 김민원 조은걸
물류 이순우 최준혁 박찬수

펴낸곳 ㈜디앤씨미디어
출판등록 2002년 5월 1일 제117-90-51792호
주소 서울시 구로구 디지털로 26길 111 JnK디지털타워 503호
대표전화 (02)333-2513 팩스 (02)333-2514
전자우편 tone@dncmedia.co.kr

ISBN 979-11-264-7054-9 (04810)
ISBN 979-11-264-7052-5 (set)